ecco

Katharina Höftmann Ciobotaru

ALEF

Roman

Ecco

eccoverlag.de

1. Auflage 2021
Originalausgabe
© 2021 Ecco Verlag
in der HarperCollins Germany GmbH, Hamburg
Einbandgestaltung von Anzinger und Rasp, München
Einbandabbildung von Ella Uzan (Foto)
und Koketit (Illustration)
Autorinnenfoto von Kat Kaufmann
Gesetzt aus der Adobe Garamond und der GT Sectra
von Dörlemann Satz, Lemförde
Druck und Bindung von CPI books GmbH, Leck
Printed in Germany
ISBN 978-3-7530-0000-8

Für Ruthchen und Gitti

Und für meine Familie:
die Höftmanns,
die Wurzbachs,
die Ciobotarus,
die Laniados.

I am a child of three countries.
the water.
the heat.
the words.

Nayyirah Waheed

STAMMBAUM

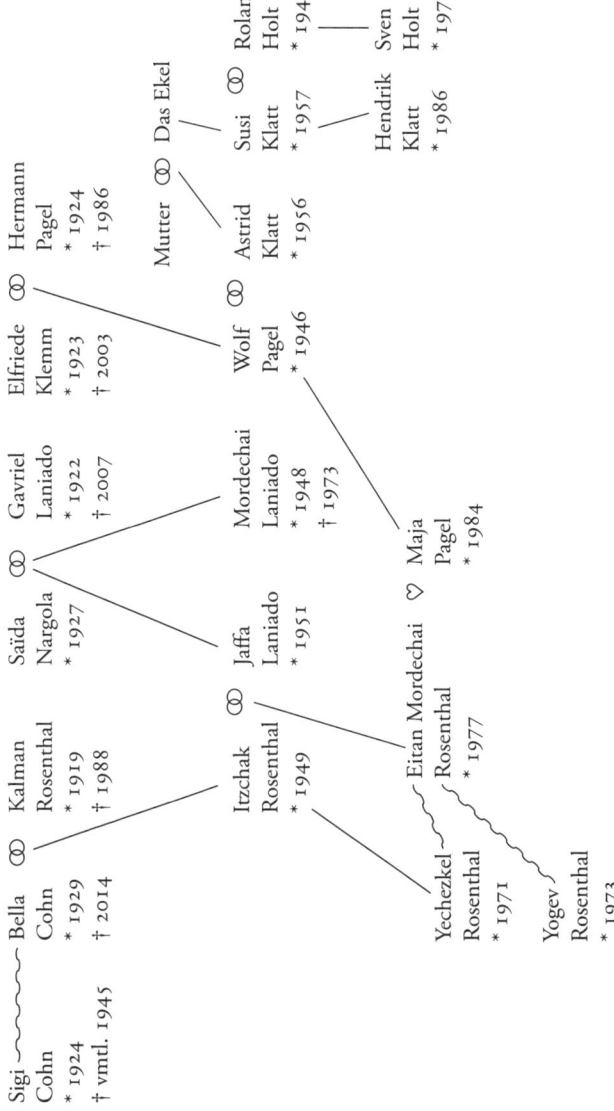

WOHER?

DAS LETZTE KIND

Als Maja geboren wurde, an einem unter drückender Hitze ächzenden Nachmittag im August 1984, raste ein mit fünf Tonnen Kies beladener Lastwagen mit einer Geschwindigkeit von 60 Kilometern pro Stunde über die Sperranlagen am Grenzübergang Friedrichstraße / Zimmerstraße. Im LKW, auf dem mit einem Stahlboden ausgebauten Führerhaus, kauerte Tante Susi. Majas Mutter wäre auch lieber in die Freiheit gerast, als in einem stickigen Kreißsaal mit ihrer Freiheit abzuschließen. Und so dachte ihre Mutter, während sie Maja aus ihrem Uterus presste, an ihre Schwester Susi. Und fragte sich zwischen Wehen, deren einziger Zweck es zu sein schien, ihren Körper in der Mitte auseinanderzureißen, ob Susi noch lebte. Ob die Soldaten geschossen hatten. Ob die Anlage zur Verriegelung des Sperrschlagbaumes reagiert hatte, bevor der LKW drüben war. Oder ob sie gar schon Dokumente erhalten hatte und bereits im Zug Richtung Hannover oder Hamburg saß? Das neue Westgeld in den Händen. Sie fragte sich, wann sie Susi wiedersehen würde und wie alt das Kind, das ihr gerade mit seinem Kopf den Damm eingerissen hatte, dann sein würde. Ein paar Monate? Ein paar Jahre? Erwachsen?

Majas Mutter und ihre Schwester Susi hatten oft gemeinsam von der Flucht geträumt, aber Wolf, Majas Vater, stellte immer nur Gegenfragen, wenn das Thema aufkam. »Wie stellst du dir das Leben drüben vor? Meinst du wirklich, da geht's uns besser? Ist es nicht in Wahrheit Wahnsinn, ein echtes – und nicht schlechtes, das muss man ja auch mal sagen! – Leben für eine vage Idee aufzugeben?« Und ging dann, wie immer, wenn er nicht weiterwusste, zu philosophischen Grundsatzfragen über: »Ist es nicht naiv, zu denken, dass alles besser sein könnte? Ist es nicht sogar falsch, zu denken, dass alles besser sein könnte? Was, wenn der Kapitalismus noch viel schlimmer ist, als die Genossen sagen? Und eigentlich ist das hier doch unser Zuhause. Trotz allem. Warum können wir denn nie zufrieden sein?«

Und er erzählte dann von dieser Studie, die er immer anbrachte in solchen Momenten, bei der Psychologen festgestellt hatten, dass Menschen zwölf Monate nach einem heftigen Schicksalsschlag wieder genauso zufrieden oder unzufrieden waren wie vorher. Es änderte sich nämlich nie etwas. Man blieb immer, wer man war. Und Astrid war überall unzufrieden, das wusste Wolf ganz genau.

Majas Mutter sah das freilich anders. Erstens: Sie, die einst Astrid Klatt hieß und seit der Geburt ihrer Tochter vor allem *Majas Mutter*, hatte ein fast symbiotisches Verhältnis zu ihrer Schwester Susi. Mit nur elf Monaten Altersunterschied waren sie wie Zwillinge. Susi brauchte Astrid, und Astrid brauchte

Susi. Deswegen war Astrid am liebsten so nah wie möglich bei ihr. Oder wenigstens nicht durch eine unüberwindbare, von Scharfschützen bewachte Mauer von ihr getrennt. Die beiden Frauen, aufgewachsen in einem Haus, in dem die Mutter nie da war und der Vater nicht oft genug weg sein konnte, aufgewachsen in einem Haus, in dem man immer fror – egal, wie viel Kohle man in den Ofen schippte –, aufgewachsen in einem Haus, in dem es keine Schokolade, aber immer Schnaps gab, waren nämlich miteinander verwachsen. Verwachsen wie zwei Rotbuchen, deren Äste der Wind bewegt, bis sie einander aufreiben und dort, wo die Rinde aufgerissen ist, zu einem Ast verschmelzen. Diesen Ast in der Mitte auseinanderzubrechen und in zwei verschiedene Länder zu werfen, ging eigentlich nicht. Schon dass sie vor Susis Flucht in verschiedenen Städten gelebt hatten, war eigentlich unmöglich, lag aber, und das war der zweite Grund für Astrids Traum vom *Rübermachen*, daran, dass Astrid nie da sein wollte, wo sie war. Majas Mutter hatte die Angewohnheit, sich wegzuträumen. Egal wo sie gerade war. In dem eisigen Haus, in dem sie aufwuchs, träumte sie von vier Wänden ohne den Vater, den sie nur *das Ekel* nannten (»Ist *das Ekel* weg?«) und der in ihnen nur das Schlechteste hervorbrachte. In der besetzten Altbauwohnung im Prenzlauer Berg, die sie sich mit Susi und ihren wechselnden Männergeschichten teilte, träumte Astrid von einem Heim mit einem Mann, der ihr, nur ihr, gehörte. In dem Dachgeschoss in der Sandstraße, 200 Meter Luftlinie von der Elbe, ihre beiden Namen auf dem Klingelschild, *Wolf und Astrid*, Außentoilette auf halber Treppe, träumte sie von einer Neubauwohnung mit eigenem Bad. Im Taklerring, in einer Zweiraumwohnung in Groß Klein, Neubau, Vollbad ohne Fenster, saß sie mit Wolf und Maja auf dem Balkon im elften Stock, beobachtete Schiffe, die in den Rostocker Hafen einliefen, und träumte von der weiten Welt. In einer Hand das Fernglas, in der anderen den Atlas, schlug sie die unbekannten Flaggen nach und fragte sich, ob sie all diese Orte jemals mit eigenen Augen sehen würde. Und dachte: wahrscheinlich nicht.

Wenn ihre Schwester bei ihr war, dann ließ Astrids Rastlosigkeit immerhin ein bisschen nach. Aber jetzt war Susi weg. Hockte im Stahlboden über Kraftwagenfahrer Rico, und sie, Astrid, lag allein in diesem Kreißsaal und quälte sich mit der Geburt eines Kindes, von dem sie nicht wusste, ob sie es wirklich wollte. Wobei Letzteres sie nicht beunruhigte, denn sie glaubte, dass man immer Kinder bekam, ohne zu wissen, ob man sie wirklich wollte. Nur die Dummen wollten Kinder und hatten keine Zweifel. Nur die Dummen waren so blind, dass sie nicht begriffen, was ein Kind mit dem eigenen Leben machte. Nur die Dummen konnten nicht erfassen, was mit einem Kind auf sie zukam. Die Dummen wollten Kinder, um ihre eigene Dummheit zu vergessen. Astrid aber war nicht dumm. Sie wusste, dass dieses Kind, das sie ja schon hier im Kreißsaal ganz genau spüren ließ, wer der Boss war, alles verändern würde. Es würde sie fesseln. An einen Ort, an einen Mann, an ein Leben, in dem vor lauter Verantwortung für einen anderen Menschen nichts mehr zum eigenen Vorteil entschieden werden konnte. Und es würde sie Liebe spüren lassen, eine Liebe, so riesig, so total, so endgültig, dass sie ihr Angst machte. Denn mit einer so unendlichen Liebe kam immer auch die Panik vor dem Verlust. Und diese Panik ließ Frauen merkwürdige Entscheidungen treffen. Das nannte man dann Mutterschaft. Astrid war jetzt zwei Menschen. Für immer. Seit sie den ersten Tritt aus dem Inneren ihres Bauches heraus gespürt hatte, einen Tritt, der nicht sanft war, nicht flatterhaft, sondern voller Stärke, ein Hieb geradezu, wusste Majas Mutter, dass sie nie wieder allein sein würde. Und während das andere Frauen, dumme Frauen, so sehr beruhigen mochte, dass sie ein Kind nach dem anderen bekamen, wie blökende Schafe, die sich ohne Widerstand zur Schlachtbank führen ließen, versetzte es Astrid zuerst in Panik, dann in Trauer und schließlich in Resignation. Seit den ersten elf Monaten ihres Lebens war Astrid nie wieder allein gewesen. Und man hätte denken können, dass sie sich deshalb vor dem Alleinsein fürchtete, aber die Wahrheit war, dass sie sich danach sehnte. Denn von klein auf liebte Astrid es, wenn Dinge wie am Schnürchen liefen, und hasste es, Rücksicht auf andere nehmen zu müssen. Rücksicht auf ihre Mutter, eingehüllt in anhaltende Dunkelheit, ihren Vater, eingehüllt in Fahnen aus Bier und Schnaps, ihre Schwester, eingehüllt in das Verlangen nach Anerkennung und Leidenschaft. Astrid hatte immer nur allein sein wollen. Auch wenn sie das nie zugegeben hätte, denn wer war sie, dass sie, die geborene große Schwester, plötzlich von eigenen Bedürfnissen sprach. Und doch: Hätte sie jemand in diesem Moment im Kreißsaal – in diesem Moment zwischen Leben und Tod, Himmel und Hölle, Ende und Anfang – gefragt, was sie wirklich wollte, sie hätte zum ersten Mal die Wahrheit gesagt: Allein sein will ich. Allein sein und dann sterben.

Wolf, Majas Vater, bekam von alledem nichts mit. Als Astrids Fruchtblase endlich platzte, der Startschuss zu den Presswehen, schoss Wolf gerade ein Tor. Es war das erste Tor seines Lebens. Wolf Pagel war keiner, der Tore machte, und dementsprechend überraschte der Treffer alle um ihn herum. Am meisten ihn selbst. Er hatte gerade am Spielfeldrand herumgelungert, in dem Versuch, möglichst wenig im Weg herumzustehen, als Ecke, der sein Arbeitskollege war und ein bisschen auch sein Konkurrent, ihm einen Pass zuspielte. Ecke hatte vor dem Spiel drei Kurze getrunken und dachte eigentlich, er spiele Genosse Trotzki an, der ein sehr guter Stürmer war, und wenn jemand Tore gegen die Mannschaft der VEB Zellwolle machte, dann er. Stattdessen erwischte er Wolf, der seinen Fuß nicht schnell genug wegziehen konnte und das runde Leder aus Versehen im Netz versenkte. Und der das Gefühl hatte, dass die Welt im Anschluss an seinen Überraschungstreffer für einen Moment stehen blieb. Was durchaus kein schlechtes Gefühl war, aber ein abruptes Ende fand, als plötzlich seine Mutter, Elfriede Pagel, geborene Klemm, auf das Spielfeld stürzte. Und in dem Moment, als Wolf noch dachte, *das ist jetzt aber des Jubels und der Aufregung zu viel, wenn selbst meine Mutter …,* brüllte Elfriede ihn schon an: »Ick gloob, es hakt, deene Aschtrid liecht im Krankenhaus und du eierst hier ufm Fußballplatz rum.« Woraufhin sich die Welt wieder weiterdrehte, jetzt sogar ein bisschen schneller als zuvor, und sich Wolf mit seinen viel zu lang geratenen, spindeldürren Beinen schnurstracks in Bewegung setzte, aufs Fahrrad sprang und gegen den Wind, der über die Elbe direkt in sein markantes Gesicht mit der schiefen Nase und dem dichten Schnurrbart blies, ans andere Ende der Stadt fuhr. Und dabei mit aller Kraft, die er in dem kurzen Moment als gefeierter Torschütze gesammelt hatte, in die Pedale trat.

Auf der Geburtenstation wurde er jedoch von der Oberschwester, deren Schnurrbart seinem in Prächtigkeit kaum nachstand, herzlos ausgebremst: »Sie können da nicht rein«, grunzte sie ihn an und verwies seine ganzen aufgeregten ein Meter zweiundneunzig auf eine kahle Stuhlreihe, bevor sie, Schnurrbart voran, weitereilte. Auf den Stühlen hockte bereits ein weiterer armer, zur Untätigkeit verdammter Tropf, der die Enttäuschung, die in Wolfs Augen trat, als er begriff, dass er bei der Geburt seines Kindes nicht dabei sein würde, als Enttäuschung darüber, dass sein Leben, so wie es war, nun hier vor diesem Kreißsaal endete, missinterpretierte. Wolf tat, was man ihm befohlen hatte, starrte an die Wand und war jetzt nur noch klopfendes Herz. Ein Herz, das so heftig schlug – vor Aufregung und vor Glück und vor Angst und vor Sorge –, dass es ihn nicht überrascht hätte, wenn es aus seinem Brustkorb gesprungen wäre, um wie ein Flummi im Krankenhausflur auf und ab zu hüpfen. Wolf durfte nicht zu Astrid und hatte trotzdem das Gefühl, genau neben ihr zu stehen, denn ihr Stöhnen und Keuchen hallte über den ganzen Flur. Es erinnerte ihn an ein verletztes Tier, das mit letzter Kraft um sein Leben kämpfte, und das fand Wolf gleichermaßen furchterregend und beeindruckend. So wie er Astrid, diese Frau mit dem Igelschnitt und dem großen Mund, überhaupt gleichermaßen furchterregend und beeindruckend fand – auch dann, wenn sie nicht gerade sein Kind gebar.

Wolfs Mutter Elfriede eilte währenddessen geradewegs in die Zollstraße. Unter dem Schild »Zum stillen Winkel« öffnete sie, ihren rechten Arm weit von sich gestreckt, schwungvoll die Tür (ein kurzer, aber umso kräftigerer rechter Arm, der für den linken, seit ihrer Flucht über die vereiste Ostsee lahmen Arm mitarbeiten musste). Mit ihren blassblauen Augen tastete sie den verrauchten Raum auf der Suche nach dem starken Hermann ab. Fand ihn am Tresen, sein weizenblondes Haar hatte sie noch überall leuchten sehen, und teilte ihm die frohe Botschaft mit. Majas Großvater, der noch nie was von Geld, aber immer schon viel vom Trinken verstanden hatte, beugte sich kurzerhand zur Glocke hinüber, um eine Runde für alle Anwesenden einzuläuten. Es war Mitte August, und mit dem Glockenschlag würde der Rest seines Monatslohns aufgebraucht sein. Elfriede wusste das – im Gegensatz zu Hermann – ganz genau, aber dachte ausnahmsweise mal nicht darüber nach. Dachte nicht darüber nach, dass sie später beim Bäcker und beim Fleischer anschreiben lassen müsste. Dachte nicht darüber nach, dass sie mal wieder bei ihrer wohlhabenden Tante Minna wegen der Miete zu Kreuze kriechen müsste. Stattdessen ließ Elfriede ihr Glas an Hermanns knallen, denn wenn sie auch sonst nichts miteinander anzufangen wussten, das konnten sie gut.

Elfriede und Hermann soffen also. Astrids Schwester Susi raste schreiend, egoistisch!, in ein neues Leben. Astrid stöhnte vor Geburtsschmerzen oder vor Wut darüber, dass sie nie wieder allein sein würde. Und Wolf hockte untätig herum, während andere – in diesem Fall Astrid – für ihn die Arbeit machten. Alles war im Prinzip so wie immer. Bis hinter der Tür ein Schrei ertönte und ein neues Leben begann.

Wolf begrüßte dieses Leben mit Glückstränen. Er hatte sich immer ein Kind gewünscht. Während seine Arbeitskollegen Tipps austauschten, wie man ihnen keinen »ungewünschten Balg« anhängen würde, hatten verdutzte fremde Frauen ihn manchmal dabei erwischt, wie er sehnsüchtig in ihre Kinderwagen schaute. Doch in ihrem Alter, er war 38 und Astrid immerhin auch schon fast 28, hatte Wolf Pagel die Hoffnung, überhaupt noch einmal Vater zu werden, lange aufgegeben. Im Sozialismus bekam man jung Kinder, dagegen war er ja schon fast im Großvateralter. Wolf hatte immerhin irgendwo in der Prignitz einen Sohn, den er mit 27 mit einer Verkäuferin namens Renate gezeugt hatte, aber Renate wollte nichts mehr von ihm wissen, als sie erfuhr, dass Wolf nicht der ungelernte Hilfsarbeiter war, Monatslohn: 1400 Mark, für den sie ihn bei ihrem ersten Treffen gehalten hatte. Als sie erfuhr, dass Wolf nur zur Bewährung in die Produktion geschickt worden war und eigentlich als Assistent des Hauptbuchhalters (mit Ambitionen!) im Nähmaschinenwerk arbeitete, winkte sie ab. Darauf ließ sie sich nicht ein, wusste doch jeder, dass Akademiker in ihrem Land die eigentlich armen Schweine waren. Renate heiratete Hans-Dieter vom Fließband und beförderte Wolf aus ihrem Leben. *Lass ma, dit jibt bloß Zirkus!* Sie wollte nicht, dass er seinen Sohn, den sie und Hans-Dieter Stephan nannten, je wiedersah, und Wolf hatte keine großen Hoffnungen, dass Stephan jemals nach ihm suchen würde. Denn Stephan dachte ganz sicher, dass Hans-Dieter sein Vater sei, und damit war die Geschichte für Renate, Hans-Dieter und Stephan beendet. Und auch Wolf versuchte, so wenig wie möglich an Stephan zu denken. Früher war er noch regelmäßig zu ihrer Wohnung gefahren und hatte sich hinter einem Gartenzaun versteckt, um wenigstens einen kurzen Blick auf Stephan werfen zu können. Aber dann waren Renate, Hans-Dieter und Stephan weggezogen, und nach einer Unterredung mit Trotzki, der nicht nur ein guter Stürmer, nicht nur sein bester Freund, sondern auch ein ganz passabler Justiziar war, hatte er beschlossen, Stephan zu vergessen. Denn Trotzki, der eigentlich Toni Bernstein hieß – den Spitznamen gaben ihm die Kollegen, weil er immer dagegen war, also gegen alles, prinzipiell –, hatte ihm freundschaftlich auf die Schulter geklopft und gesagt: »Du verrennst dich da in etwas, Wolfer, lass dit. Biologisch jesehen magst du seen Vater sein – ick wäre mir da aber och nich' so sicher, haste dir dat Mädel jut anjekieckt? –, aber Rechte haste nicht. Lass den Jungen in Frieden uffwachsen.« Und das Letzte, was Wolf wollte, war, dass Stephan nicht in Frieden aufwachsen konnte. Denn Wolf wusste wahrscheinlich am besten, was es hieß, nicht in Frieden aufzuwachsen. Immerhin war der starke Hermann sein Vater.

Und so schenkte er Stephan das Wertvollste, was er sich vorstellen konnte. Fragte sich immer seltener, ob Stephan wohl auch so gerne malte wie er und ob seine Augen so braun waren wie die seiner Mutter oder eine Mischung aus allen Farben wie Wolfs. Da stellte Wolf fest: Mit dem Schmerz war das eine komische Sache. Er kam und ging, warf einen hin und her, und irgendwann, wenn man sich ein Leben ohne ihn gar nicht mehr vorstellen konnte, verschwand er. Das war der Moment, in dem aus der Trauer um den Sohn, seiner einzigen Verbindung in die Zukunft, eine blasse Erinnerung wurde. Ein Gefühl, das ihn nicht mehr erschütterte. Ein Gefühl, gut gehegt und gepflegt hinter dickem Schutzglas in einem Zimmer, das er nie wieder betrat.

Die Frage, ob er über den Verlust jemals hinweggekommen war, stellte sich in all den Jahren danach nicht. Die Antwort waren die ungeheuerlich vielen Tränen, die aus ihm herausliefen, als er Maja zum ersten Mal sah. Sie war sein Kind. Sie war seine Zukunft. Die Vorstellung, noch einmal von vorne zu beginnen, einen Menschen, der dann auch noch sein eigen

Fleisch und Blut war, unvoreingenommen kennen und lieben zu lernen, gefiel ihm. Die Vorstellung, dass alles wieder offen war und sich die ganze Zukunft wie ein seidener Teppich zu seinen Füßen gelegt hatte, berauschte ihn geradezu. Und er nahm sich fest vor, Maja immer ein guter Vater zu sein. Denn darum ging es: Er, Wolf, würde für sein Kind da sein. Nicht wie sein Vater, dieser Mann, den alle nur den *starken Hermann* nannten, der aber eigentlich den Namen *schrecklicher Hermann* viel mehr verdient hätte und der zu Hause ein Regiment führte, in dem Wolfs Mutter nicht einmal mit Arbeitskollegen kegeln gehen durfte. Und das war noch das geringste Problem.

Maja wurde geboren, Astrids Damm riss, und zur Begrüßung erleichterte sich das Kind auch noch auf dem Krankenhausleibchen seiner Mutter, erst danach schrie es. Sie schrie so entsetzlich laut, dass Astrid sich die Ohren zuhalten wollte. 3400 Gramm brüllendes Leben. Sie schrie und schrie, und irgendwann war sie fertig und nuckelte zufrieden an Astrids Brust, die sich in den Minuten seit der Geburt verdoppelt zu haben schien. Majas Mutter betrachtete ihr Kind und wusste sofort, dass es ihr erstes und letztes sein würde. Nicht, weil sie es nicht liebte. Sie liebte ihre Tochter augenblicklich, was sie fast überraschte, denn eigentlich kannte sie diesen Menschen, der da auf einmal in ihren Armen lag, ja gar nicht. Aber sie sah dieses Mädchen, seine kleine breite Nase, das dunkle Haar und Augen so blau wie der Himmel vor dem Krankenhausfenster, und dachte: Das kriege ich nie wieder so gut hin. Sie sah Wolf an, sah seine Tränen (dachte: *Und mit dem schon gar nicht)* und überreichte ihm das Bündel. Wolf wog die Zukunft in seinem Arm, schnupperte an ihr (ein Geruch, der genau so war, wie er ihn sich vorgestellt hatte) und flüsterte Maja ins Ohr, dass er ihr Vati war. Dass er sie nie im Stich lassen würde. Und in dem Moment glaubte er das wirklich. Dann küsste er Astrid, die er zwar nicht mehr liebte, aber die er jetzt, wo sie seine einzige Zukunft geboren hatte, nie verlassen würde.

*

Die ersten Tage, Wochen, ja Monate in Majas Leben waren für alle Beteiligten wie ein schöner Rausch. Voller Glück und Hoffnung, wie sie nur in Anfängen lag. Wolf blühte auf und Astrid lächelte, als ob sie es dieses Mal wirklich ernst meinte mit dem Glücklichsein. Sogar Elfriede, eine Frau, aus deren Herz die Liebe entwichen war, damals, als die Russen kamen, strich zärtlich mit ihren kurzen, dicken Fingern über Majas weiche Wangen. Und der starke Hermann, der vor dem Krieg gar nicht so stark war, sondern genauso spindeldürre Beine hatte wie Wolf, nickte erst Maja und dann seinem Sohn zu. Was fast so viel wie eine Umarmung bedeutete.

Zugegeben: Maja machte es ihnen leicht, sie zu lieben. Sie schlief jede Nacht sieben Stunden am Stück und weinte wirklich nur dann, wenn sie Hunger hatte. Sie ließ sich ohne Probleme stillen und vertrug die Muttermilch hervorragend. Als sie gerade einmal zwei Tage alt war, lächelte sie ihre Eltern an. Die Wissenschaft spricht vom sogenannten *Reflexlächeln*, aber für Wolf fühlte es sich an, als wenn dieses Lächeln ihm den Panzer, der um sein Herz gewachsen war, aufsprengte. Und er schwor sich, alles anders zu machen als seine Eltern. Seine Mutter hatte immerhin versucht, eine gute Mutter zu sein, aber sie war dazu schlichtweg nicht in der Lage. Wärme und solche

Dinge waren ihr am 31. Januar 1945 abhandengekommen, als die Russen in ihre Heimatstadt einfielen, ihren Vater mitnahmen und dann ihre geliebte Kinderfrau vergewaltigten und erschlugen. Als Elfriede und ihre Schwester vor ihrer Flucht hastig die Kinderfrau verscharrten, begruben sie auch ihr Vertrauen in die Menschheit. Eine Mutterschaft ohne dieses Vertrauen war jedoch ein aussichtsloser Versuch. Und Wolfs Vater, ein Mann, der mit wehenden Fahnen in den Krieg gezogen und mit gebrochenem Blick heimgekehrt war, hatte das mit dem Vatersein nie auch nur probiert. Von Wolfs Geburt an – der Junge war ein Frühchen und kam mickrig und brüllend zur Welt – hatte er ihn als Enttäuschung empfunden. Diese Enttäuschung wurde immer nur größer. Wie ein Ballon, den man Atemzug für Atemzug mit mehr Luft füllte. Der kleine Wolf, immer kränkelnd, immer nah am Wasser gebaut, war ein Schöngeist. Wollte malen und Gedichte schreiben. Sein Vater, der starke Hermann, fand hingegen: Für Schöngeister gab es keinen Platz in ihrer Welt und schon gar nicht in seinem Haus. Doch egal, wie oft er versuchte, den Schöngeist aus seinem Sohn herauszuprügeln, immer legte sich Wolf nur auf den Boden und spielte tot. Nie wehrte er sich, nie gab er ein Widerwort. Nie wurde sein Kampfgeist geweckt. Erst als Wolf 18 wurde und den starken Hermann bereits um einen Kopf überragte, gab sein Vater die Erziehungsversuche auf und ließ von seinem Sohn ab. Doch die Enttäuschung verschwand nie wieder aus Hermanns Blick. Noch als er seinen letzten Atemzug tat, im »Stillen Winkel«, das Schnapsglas eingekrallt in seiner rauen Arbeiterhand, verdüsterte sich sein Blick, als er an seinen Sohn dachte. Als er daran dachte, dass sein Sohn nun der einzige Mann mit seinem Nachnamen sein würde, ballte sich sein Gesicht zur Faust, bevor er tot umfiel. Wolf hielt es trotzdem ganz gut zu Hause aus. Bis Astrid in sein Leben trat, lebte er als Junggeselle bei seinen Eltern und Tante Minna unterm Dach. Als Wurmfortsatz seiner Mutter, die ihn zwar nicht verwöhnte und auch nicht vor dem starken Hermann beschützte, die ihm aber doch, wenn der starke Hermann und die geizige Tante nicht guckten, eine Extrascheibe Schinkenspeck auf die Stulle legte, die er dann mit zur Arbeit nahm, wo Wolf Pagel, den die meisten Kollegen schon von Weitem an seiner Körperlänge und dem dichten Schnurrbart erkannten, dafür verantwortlich war, dass sie Nähmaschinen bauten. Nähmaschinen, die vor dem Krieg unter dem Namen *Singer* und jetzt in der DDR als *Veritas Haushaltsnähmaschinen* und im Westen im Quelle-Katalog verkauft wurden. Später, als Wolf, Astrid und Maja nach Rostock umzogen, Wolf sollte an der Universität unterrichten, Astrid wollte promovieren, sah er seine Eltern nur noch einmal im Monat. Als sein Vater starb, kurz nach ihrem Umzug, kam Elfriede sie auch regelmäßig in Rostock besuchen. Die regelmäßigen Besuche reichten Wolf, bei aller Liebe und Dankbarkeit, die er zumindest für seine Mutter empfand, als Erinnerung dafür, was er bei Maja alles anders machen wollte.

*

Die ersten zufriedenen Tage, ja Wochen, ja Monate nach Majas Geburt sollten Maja wohl über die dann folgenden Jahre, ja eigentlich das ganze Leben hinwegtragen. Denn dieses Leben, Majas Leben, war nicht dafür gedacht, einfach und unkompliziert zu sein. Und auch Maja selbst war nicht dafür gedacht, einfach und unkompliziert zu sein. Vor allem aber führte sie ein Leben, dem ständig etwas fehlen sollte. Als Erstes verlor sie ihren Vater. Denn nachdem Majas Vater so glücklich war wie nie zuvor, kam die Wende und machte alles kaputt. Zerfetzte ihm Hoffnungen und Träume, bis er nur noch eine Hülle von Mann war. Dann verlor Maja ihre Mutter, denn ihr brachte die Wende viel zu viel Glück. Und viel zu viele Gelegenheiten, von zu Hause wegzubleiben, und viel zu viele Gründe, um anzustoßen.

Dann kam Eitan, und Maja verlor sich selbst.

EIN WUNDER NAMENS
EITAN MORDECHAI ROSENTHAL

Sieben Jahre, drei Monate und sieben Tage, bevor Maja in der Stadt an der Elbe geboren wurde, kam in einer Stadt am Fuße des Berges, nur einen ausgedehnten Spaziergang vom Meer entfernt, in einem anderen Land, ein Junge auf die Welt. Bei der Beschneidungszeremonie am achten Lebenstag nannte man ihn Mordechai. *Bereshut moirei verabotai. Le Chaim!* Nun war Mordechai kein Name für ein Baby. Schwerer wog jedoch die Tatsache, dass seine Mutter Jaffa den Namen nie über die Lippen brachte, denn Mordechai hieß auch ihr innig geliebter Bruder, der vier Jahre zuvor an der ägyptischen Grenze in einem Panzer verbrannt war. Das Kind hieß also auf dem Papier Mordechai, aber in der Realität gab man ihm alle möglichen Spitznamen, von »Kuki« bis »Chamudi«. Und seine Mutter nannte ihn sowieso immer nur »chaim sheli«. Mein Leben. Denn das war er, hatte er ihr doch das Leben mit seiner Geburt zurückgebracht.

Wenn ein Mensch geboren wurde, wusste man noch nicht, was für eine Art von Mensch er sein würde. Aber wenn man ganz genau hinsah, bekam man eine erste Ahnung, wen man da vor sich hatte. Manche Neugeborenen schrien wie verrückt und machten ihrer Mutter auf den Kittel, die nächsten lagen einfach nur da, wie Küken, die zu früh aus ihrem Ei geschlüpft waren. Eitan hingegen wurde geboren, seiner Mutter auf die Brust gelegt, hob den Kopf und sah ihr direkt in die Augen. Da wusste Jaffa, dass sie wieder lebte. Und all die Taubheit, die sich in den vier Jahren, seitdem ihr Bruder gestorben war, über ihr Leben gelegt hatte wie ein feiner Film aus Asche, verschwand mit diesem einen Blick.

Es war damals üblich, im Schnitt alle zwei Jahre Kinder zu bekommen, und ihre ersten beiden Söhne hatte Jaffa, genauso wie es erwartet wurde, mit weniger als zwei Jahren Abstand bekommen. Dann fiel Mordechai. Ihr Leben machte halt. Und für eine ganz lange Weile gab es kein Danach mehr, sondern nur noch ein Davor. Mit Mordechais Tod war ihr die Zukunft abhandengekommen. Als die Ägypter seinen Panzer mit einer Rakete beschossen und sprengten, töteten sie nicht nur die sich darin befindlichen vier israelischen Soldaten, sondern auch die Zukunft ihrer Familien. Mit dem Tod vier junger Männer war für sie alle, die Eltern, die Geschwister, die Kinder, die Frauen und die Freundinnen, die Welt stehen geblieben. Dass sie sich jemals weiterdrehen würde, schien unvorstellbar. Als Jaffa nur wenige Monate nach Mordechais Tod feststellte, dass sie wieder schwanger war, fuhr sie deshalb zu der Russin, die im Viertel alle kannten, und bezahlte bar. Jaffa, die sich in diesen Tagen um zwei kleine Kinder, ihre Mutter, ihren Vater und ihren Ehemann kümmern musste, hatte kein Fünkchen Platz mehr in ihrem Leben. Vor allem aber spürte sie in ihrem Herzen keine Liebe mehr. Und das war schlimm genug für die Söhne, die sie schon hatte – das Elend musste man nicht noch vergrößern. Die Russin nahm das Geld, und weil sie von einem Haus in Haifas bestem Stadtteil träumte, sparte sie sich den Anästhesisten. Unter örtlicher Betäubung fühlte sich der Eingriff an, wie langsam zu sterben. Aber weil Jaffa sich seit dem 18. Oktober 1973, als die zwei uniformierten Männer vor der Tür ihrer Eltern aufgetaucht waren, um ihnen mitzuteilen, dass Mordechai vermisst sei, jeden Tag so fühlte, als würde sie sterben, bemerkte sie keinen Unterschied. Vielleicht gesellte sich zum Gefühl des langsamen Sterbens ein wenig Erleichterung, als sie die Räume der Russin verließ. Aber das war auch schon alles. Danach passten Jaffa und ihr Mann Itzchak mächtig auf, wenn sie ineinander waren. Bis Itzchak drei Jahre später einmal zu müde war, um aufzupassen, und Jaffa nach einem ersten kurzen Schreck dachte, dass es kommen sollte, wie es kam. Neun Monate später wurde ihr dritter Sohn geboren, und auch für Jaffa fühlte es sich an wie eine Neugeburt, chaim sheli, mein Leben, sah ihr in die Augen, und aus dem ewigen Davor wurde wieder ein zaghaftes Danach.

Mordechai war ein Kind ohne Namen. Nie wusste er, wie er wirklich hieß. »Chaim sheli« rief ihn seine Mutter. »Kuki« seine Brüder. »Sohn« sein Vater. An seinem ersten Tag im Kindergarten, dreieinhalb Jahre alt, stolzgeschwellte Brust, große, bernsteinfarbene Augen, fragte ihn die Kindergärtnerin, wie er denn heiße, und er zögerte so lange, dass seine Mutter eingreifen musste. Sie sagte »Rosenthal«, nicht »Mordechai«.

Als junger Soldat beschloss Mordechai, chaim sheli, seinen

Vornamen offiziell ändern zu lassen, da er eine Karriere als Offizier anstrebte und von seinen Soldaten weder mit dem Namen des gefallenen Onkels noch mit chaim sheli gerufen werden wollte. Er schlug ein hebräisches Namensbuch auf, und »Eitan« war der erste Name, Seite 7, der ihm gefiel. Eitan, was so viel wie »stark« und »langlebig« bedeutete und damit hoffentlich dem Fluch des Schicksals entgegenwirkte, mit dem man ihn belegt hatte, als man ihm den Namen des gefallenen Onkels gab. Eitan mit »Alef«, dem ersten Buchstaben des hebräischen Alphabets. Alef, was ursprünglich »Stier« oder »Herrscher« bedeutete. »Aluf«, der General.

Und das war genau das, was Eitan, Sternzeichen Stier, Ambition General, sich so vorstellte.

Mordechai beließ er jedoch als Zweitnamen, alles andere hätte seine Mutter ihm nie verziehen.

Auch Eitan kam ohne seinen Vater auf die Welt. Als seine Mutter Jaffa nachts um zwei plötzlich aufwachte, dachte sie erst, es läge am Vollmond, der wie ein ungebetener Gast in ihr Zimmer schien und alles hell erleuchtete. Dann krümmte sich ihr Körper unter den ersten Wehen, während Eitans Vater Itzchak tief und fest weiterschlief. So fest, so tief, dass er sich auch nach mehrmaligen Aufweckversuchen seiner Frau weigerte, aufzustehen.

»Frag Moshe, ob er dich fahren kann«, knurrte er in sein Kissen und drehte sich, schwer wie ein Sack voller Steine, auf die andere Seite.

Doch das Auto des Nachbarn war kaputt. Moshe überlegte, wen man noch fragen könnte. Jaffa lief zurück nach oben. Ihre Wehen kamen in immer kürzeren Abständen und wurden immer stärker und schmerzhafter. Irgendwann hielt Itzchak das Gestöhne und Geächze neben sich nicht mehr aus, denn wer konnte dabei schon in Ruhe schlafen, und quälte sich schließlich doch noch aus dem Bett. Er lieferte seine stöhnende und ächzende Frau am Eingang zum Krankenhaus ab, wünschte ihr eine leichte Geburt, wendete den Wagen und fuhr nach Hause. Dort legte er sich zurück ins Bett und schlief, schalom al Israel, den Schlaf der Gerechten. Was nicht ungewöhnlich war, denn Itzchak Rosenthal war diese Art von Mann. Was auch nicht ungewöhnlich war, denn Itzchak Rosenthal kannte keine andere Art von Mann. Vor allem aber war Itzchak Rosenthal seines Vaters Sohn. Auch Kalman Rosenthal konnte sich am besten um sich selbst kümmern. Als Eitans Großvater am 2. Juli 1946 im Hafen in Haifa ankam, waren seine Eltern bereits tot. Ermordet, erfroren oder verhungert in den Lagern Transnistriens. Kalman Rosenthal war 27 und allein. Er blieb es sein ganzes Leben lang. Vielleicht wäre alles anders gekommen, wenn Kalman Mimi getroffen hätte. Eine junge, gerade aus Marokko eingetroffene Einwanderin, schwarze Augen, dunkle Locken, große Familie, großes Herz, mit der die Nachbarn ihn hatten verkuppeln wollen. Doch bevor Kalman Mimi treffen konnte, traf er Bella Cohn. Eines Tages, als Kalman mal wieder am Hafen stand, weil er hoffte, doch noch einmal jemanden der Ankömmlinge zu kennen, einen ehemaligen Klassenkameraden oder einen Nachbarn vielleicht, irgendjemanden, der bezeugen konnte, dass es ihn, Kalman Rosenthal, wirklich gab, dass er ein Leben vor dem Grauen gehabt hatte, sah er, wie Bella Cohn vom Schiff stieg. Bellas Einsamkeit ging ihr voran wie ein Schatten, und Kalman Rosenthal konnte kaum schnell genug zu ihr eilen, um zu fragen, ob er ihren Koffer tragen dürfe. Bellas weiches, helles Haar und die graublauen Augen waren ihm viel vertrauter als dunkle marokkanische Locken. Vor allem aber erkannte er, dass auch sie allein war, und schon seine Mutter hatte immer gesagt, dass Liebe aus Gemeinsamkeiten entstand. Doch Bella und Kalman waren auch gemeinsam einsam. Das Gefühl, allein zu sein, wurden sie nie wieder los. Aus ihrer Gemeinsamkeit entstand keine Liebe, sondern nur noch mehr Einsamkeit. Nun muss man sagen: Bella Cohn, später Cohn Rosenthal, suchte auch gar keine Liebe. Sie wollte keinen Mann und keine Kinder. Jedenfalls nicht mehr, nachdem sie erlebt hatte, was sie erlebt hatte. Warum sie einwilligte, trotzdem und ausgerechnet mit Kalman Rosenthal, der weder besonders schön noch besonders nett war, mitzugehen? Die einzig mögliche Erklärung dafür lag in Bellas Bedürfnis, beschützt zu werden. Denn Kalman Rosenthal war kein schöner Mann, er war kein netter Mann, aber stark, das war er. Er sah aus wie einer, der beschützen konnte. Seine Muskeln sprengten fast das Hemd, als er am Hafen ihren Koffer anhob und wie eine Beute zu seiner Unterkunft trug. Und das beruhigte sie, einen jungen Menschen, der alles Bekannte verloren hatte und nun einsam in einem fremden Land war, irgendwie. Als Bella kurz darauf begriff, dass Kalman seine Stärke nie nutzte, um irgendjemanden zu beschützen, und als sie dann auch noch feststellte, dass sie schwanger war, ein Kind, entstanden in einer Nacht voller Missverständnissen, lief sie deshalb schnurstracks zum Arzt:

»Machen Sie mir das weg«, befahl sie dem Arzt.

»Es sind zu viele jüdische Kinder gestorben«, winkte der ab.

Bella heiratete Kalman Rosenthal, und ihr Sohn Itzchak wurde 1949, genau 40 Wochen und vier Tage, nachdem seine Mutter vom Schiff gestiegen war, geboren.

*

Bella Cohn Rosenthal war eine schöne Frau. Das war kein Zufall. Ihre Haare lagen immer perfekt, ihre Kleidung warf nie Falten und ihre Haut war makellos. Sie pflegte sich mit Hingabe, als versuche sie so, die innere Verwahrlosung zu verstecken. Bella hatte das, was ihr geschehen war, nie überwunden. Die echten Auswirkungen zeigten sich jedoch erst nach Itzchaks Geburt und trieben Kalman Rosenthal erst in den Wahnsinn und dann aus dem Haus: Am Tag nach der Beschneidung begann Bella tagein, tagaus das Fenster zu bewachen. Als Baby Itzchak sich zum ersten Mal vom Rücken auf den Bauch drehte, sah sie aus dem Fenster. Als er seine ersten, zarten Fohlenschritte tat, sah sie aus dem Fenster. Als er sie das erste Mal rief, *Ima*, ein Wort, so magisch aus dem Mund eines Kindes, dass es bei anderen Frauen Glücksgefühle der höchsten Art auslöste, wenn sie es zum ersten Mal hörten, sah sie aus dem Fenster.

Itzchak Rosenthal kannte den sorgfältig auftoupierten Hinterkopf seiner Mutter besser als ihr Gesicht. Später, als Teenager, kräftig und zäh, wie die Arbeit und Kalmans Gene ihn gemacht hatten, hätte er das Fenster gerne manchmal eingeschlagen, damit sie ihn endlich einmal ansah. *Sieh mich an, Ima, sieh mich endlich einmal an.* Doch seine Knochen waren schon zu müde für solche Sachen. Und es hätte ja sowieso nichts gebracht. Denn gegen das Fenster kam keiner von ihnen an. Das Fenster war Bellas ganzes Leben.

Das Fenster war Sigi.

Bella hatte die Hoffnung nie aufgegeben, dass irgendwann, an einem strahlenden Tag, oder auch an einem verstaubten, ihr Bruder Sigi vor dem Fenster auftauchen würde. Überall in Deutschland hatte sie Hinweise und Spuren für Sigi hinterlassen. Allen im DP-Lager hatte sie ihre Geschichte erzählt. Sie schickte Briefe in die ganze Welt hinaus, an alle Organisationen, die es gab, um Überlebende zu finden. Und fast wöchentlich rief sie im Radio bei der Sendung an, in der Überlebende einander suchten. Und hätte Kalman sie nicht im Hafen abgefangen und mitgenommen, Bella wäre bestimmt schon in den Fünfzigerjahren zurück nach Deutschland geflogen, um Sigi zu suchen. Aber Kalman bestimmte, als sie ihn eines Tages danach fragte, »wir sind Juden, da haben wir nichts verloren«, und damit war die Diskussion beendet. Anfangs beschwor Kalman seine Frau noch, das Fenster endlich zu verlassen. Redete auf sie ein, dass Sigi, so wie ihre Mutter und ihr Vater und so wie die vielen Onkel und Tanten, Cousins und Cousinen, die einst zu ihrer Familie gehört hatten, Auschwitz nur auf einem Weg verlassen haben konnte: als Rauch durch einen der Schornsteine. Versuchte, ihr diese Wahrheit verständlich zu machen. Versuchte, ihr verständlich zu machen, dass sie beide doch nicht als Einzige überlebt hatten, um nun Fenster zu bewachen. Doch Bella schüttelte dazu nur den fein frisierten Kopf: Sigi würde eines Tages vor ihrem Fenster auftauchen. Und sie würde da sein.

Was Bella und Kalman nicht verstanden, war, dass sie beide überlebt hatten, ja, aber auf völlig unterschiedliche Weise. Bella war nicht gestorben, Kalman hingegen war wieder zum

Leben erweckt worden. Er sah es als Geschenk, zu leben. Und so kam Itzchaks Vater immer seltener nach Hause, um wenigstens so dem Trauerspiel zu entgehen. Um sein Leben in vollen Zügen zu genießen.

Itzchak und Bella waren also meistens allein. Als er klein war, saß Itzchak, der später Eitans Vater werden sollte, noch oft neben Bella am Fenster, um ihr Gesellschaft zu leisten. Manchmal legte sie eine Schubert-Platte auf, und dann sah Itzchak sie weinen. Was etwas Besonderes war, denn sie weinte sonst nie. Gefühle, das war ein Luxus, den es in Itzchaks Zuhause nicht gab – jedenfalls für ihn. Eitans Vater begriff sehr früh, dass er sich nicht darauf ausruhen konnte, ein Kind zu sein. Er übte das an den Tagen, an denen Bella sich stundenlang in ihrem abgedunkelten Schlafzimmer einschloss. Oder wenn sie alles aus dem Küchenschrank riss und in sich hineinfraß wie ein wildes Tier. Am schwierigsten waren jedoch die Nächte. Wenn es dunkel wurde und er allein in seinem Bett lag. Wenn er sich nach jemandem sehnte, der ihn beschützte. Es dauerte fast bis zu seiner Pubertät, bis ihn die allnächtlichen schrillen Schreie seiner Mutter nicht mehr aufweckten. Bis er gelernt hatte, die Überfälle, wenn sie nachts plötzlich in seinem Bett lag und sich so fest an ihn klammerte, dass sie ihn fast erwürgte, bis zum Morgen unbeschadet abzuschütteln. Er liebte sie trotzdem. Leise. Ohne es jemals auszusprechen. Er liebte sie und war zufrieden mit dem, was er hatte. Itzchak kannte nur dieses eine Leben. Und eine Mutter, von der nur die Hülle aus Theresienstadt zurückgekehrt war, war besser als nichts. Und viel mehr als der Vater, der Kalman Rosenthal war.

Man konnte einen Vater wie Itzchak und Wolf haben, ob er Kalman oder Hermann hieß, war im Prinzip egal, man konnte so einen Vater haben und sich entscheiden, es besser zu machen oder genauso zu werden. Scheitern würde man sowieso. Und während Wolf alles tat, um nicht wie sein Vater, der starke Hermann, zu werden, wurde Itzchak genauso wie Kalman mit den vielen Muskeln. Nur eines nahm Itzchak Rosenthal sich schon in jungen Jahren vor: Niemals, *niemals!*, würde er eine Frau heiraten, die das Gleiche durchgemacht hatte wie er. Niemals würde er eine heiraten, die ebenfalls von Überlebenden abstammte. Ihm reichten seine eigenen Albträume, in denen er in Lagern verhungerte, die er doch selbst nie erlebt hatte.

Als er Jaffa Laniado an der Kinokasse sah, eine irakische Prinzessin mit kecken Brüsten und samtig-schwarzem Haar, aufgetürmt wie eine Krone, sprach er sie deswegen sofort an, auch wenn an seinem Arm noch eine andere hing. Grüßte sie mit Augenzwinkern, und Jaffa, irritiert von dem Gruß eines Mannes, an dessen Arm eine andere hing, grüßte überrascht zurück. Jaffa dort an diesem Abend zu begegnen, kam Itzchak vor wie Schicksal. Er hatte eigentlich zu Hause bleiben wollen, und nur dank der Überredungskünste seiner damaligen Freundin, einer zierlichen Marokkanerin, waren sie in das Kino in Downtown gefahren. Nach Downtown Haifa fuhr man damals nur, wenn man französisches Parfum, amerikanische Zigaretten oder echte Jeans kaufen wollte. Oder eben, wenn man ins Kino gehen wollte. In dem Altstadtkino, betrieben von einer Kleinwüchsigenfamilie, die Mengele überlebt hatte, wurde nur eine Art von Filmen gezeigt: indische Liebesfilme. Filme gebrochener Herzen, die erst in tausend Stücke zersplitterten und dann durch Gesang und Tanz wieder zusammengesetzt wurden. Als könne jede Note, jeder Tanzschritt das Herz reparieren. Die anständigen Leute, die auf dem Karmel oder daneben am Fuße des Berges lebten, hielten sich von der Gegend um den Hafen fern. Aber Itzchak, der im Hafen arbeitete, kannte Downtown wie seine Westentasche. Er fühlte sich dort mehr zu Hause als in dem Ort am Fuße des Berges, in dem er aufgewachsen war. Er liebte die Nähe zum Meer, das Salz in der Luft. Am meisten aber liebte er die Nähe zu den Schiffen, die er reparierte und mit denen er manchmal wochenlang über die Weltmeere schipperte. Wo Schiffe waren, konnte man flüchten. Das mit dem Flüchten war vielleicht das Einzige, was sein Vater Kalman ihm je beigebracht hatte. Itzchak wusste immer, egal wo er sich befand, wie er am schnellsten von dort wegkam. Itzchak wusste auch, was die Leute über Menschen wie seinen Vater und seine Mutter dachten: dass diejenigen, die die Lager, die die Deutschen überlebt hatten, schuldig waren. Für ein Stück Brot getötet, ihren Körper verkauft oder als Kapo die anderen verraten hatten. Die Sabres dachten das, weil die Überlebenden immer so furchtbar auf der Hut waren, als hätten sie Dreck am Stecken. In Wahrheit saß den Menschen immer noch die Furcht im Nacken. Eine Furcht, die sich nie wieder abschütteln ließ. Und diese Furcht hatte auch Itzchak mit der Muttermilch getrunken. Die Furcht und die Liebe zum Meer und den Schiffen, mit denen man immer flüchten konnte und von denen es hier im Hafen in Downtown mehr als genug gab. Hier in dieser zwielichtigen Ecke, wo es auch das beste rumänische Restaurant gab. Gerichte, die Itzchak liebte, nicht weil er damit aufgewachsen war, sondern weil es in seinen Genen lag, Mămăligă zu lieben, genauso wie es in seinen Genen lag, immer zur Flucht bereit zu sein. Genauso wie es in seinen Genen lag, Gefühle nur auf ganz schwacher Flamme zu kochen. Genauso wie es in seinen Genen lag, indische Liebesfilme als Kitsch abzustempeln und dann umso mehr ans Schicksal zu glauben, als er Jaffa, die Schöne von der Kinokasse, kurz darauf wiedersah. Als Itzchak am selben Abend, als der Film zu Ende war, hinter Jaffa im Sammeltaxi saß und sie sich über den Fahrer beschwerte, der demonstrativ vor dem Wagen bis 23 Uhr geraucht hatte, weil sich die Fahrtkosten dann verdoppelten, wusste er, dass er sie heiraten würde. Denn hier saß eine Frau, die wütend sein konnte. Eine Frau, die mit nichts hinterm Berg hielt. Jaffa schien all die Gefühle zu haben, die er sein Leben lang nicht gefühlt hatte, nicht fühlen durfte. In ihren Augen flackerte ein Feuer, und Itzchak hoffte wohl, dass ihn dieses Feuer wärmen und nicht verbrennen würde.

Weil Itzchaks einziges Kriterium gewesen war, dass seine Frau nicht von Überlebenden abstammte, suchte auch er sich die falsche aus. Glücklich waren Eitans Eltern nie. Jedenfalls nicht miteinander. Itzchak arbeitete hart, wirklich hart, schindete seinen Körper, der seit jungen Jahren nichts anderes kannte als die Schinderei, und Jaffa kümmerte sich um die Kinder und den Haushalt. So lebten sie aneinander vorbei. Itzchak interessierte sich nur selten für Jaffas Leben, für ihre Familie, die ihm im Gegensatz zu seiner übertrieben groß erschien, unheimlich groß geradezu, oder das seiner Kinder. Umgekehrt war es genauso. Für Eitan war sein Vater lange nur der Mann, den sie als Kinder während seines Mittagsschlafes nicht wecken durften. Der Mann mit den wechselnden Autos, tollen, schönen Autos, »Finger weg«-Autos, und der, der immer fremden Frauen nachguckte. Nichts davon störte Jaffa, und deswegen störte es Eitan auch lange nicht. Jaffa störte es ja nicht einmal, dass Itzchak sie, in den Wehen liegend, vor dem Krankenhaus absetzte, um dann wieder schlafen zu gehen. Was sie ihrem Mann alles hatte durchgehen lassen, erstaunte sie erst Jahre später, als sie die Beziehungen, die ihre Söhne führten, beobachtete. Ihre Söhne hatten andere Instinkte, sie gingen mit ihren Frauen liebevoll und aufmerksam um. Erst da begriff sie, wie dumm sie gewesen war. Erst da bereute sie, das alles ohne ein Wort der Widerrede mitgemacht zu haben. Als Itzchak später begann, manchmal in der Küche zu helfen, als er begann, seinen Enkeln manchmal aus einem Buch vorzulesen, war es für Jaffa bereits zu spät. Der Eindruck, den er 40 Jahre lang hinterlassen hatte, ließ sich nicht mehr korrigieren. Und während seine Söhne ihm irgendwann verziehen, tat Jaffa das nie. Mit der Erkenntnis kam der Hass, und der ging nie wieder weg. Egal wie oft Jaffa sich sagte, dass es eben andere Zeiten gewesen waren.

In diesen anderen Zeiten hatte Jaffas Mutter Saïda sie perfekt darauf vorbereitet, Hausfrau und Mutter zu werden und damit zufrieden zu sein. Zufrieden zu sein mit dem, was sie hatte, nicht mit dem, was sie hätte haben können. So etwas wie Selbstverwirklichung oder Lebensglück kam in Saïdas Erziehung nicht vor. Und Gott sei Dank. So konnte Jaffa die Mutter werden, die sie immer sein wollte. Eine perfekte Mutter, die immer alles möglich machte. Die ihren Kindern nie das Gefühl gab, dass ihr irgendetwas zu viel oder zu anstrengend war. Die die Anstrengung einfach verschluckte wie ein Blauwal Krill.

Drei Jahre, nachdem sie Itzchak in der Kinoschlange getroffen hatte, bekam Jaffa ihren ersten Sohn. Zwei Jahre später folgte der zweite. 1977 wurde dann schließlich Eitan geboren. Und vielleicht wuchs Eitan mit einer Mutter auf, die nicht wusste, wie sie selbst hätte glücklich sein können, aber er wuchs auch mit einer Mutter auf, die wusste, wie man Kinder glücklich machte. Besonders Eitan. Er war ihr Lieblingskind, ihr Kleinster. Ihr Augapfel. Ihr Leben. Chaim sheli. Er, der den Namen des gefallenen Bruders trug, war Jaffas Ein und Alles. War ein Sonnenschein, brachte sie zum Lachen, bis ihr Tränen aus den Augen liefen. War immer liebenswürdig und damit so ganz anders als sein vier Jahre älterer Bruder Yogev, der nicht nur äußerlich eine Kopie seines Vaters war. Und auch anders als sein ältester Bruder Yechezkel, der von klein auf immer nur das machte, was er wollte, und bei dem es Jaffa manchmal so vorkam, als könne er es nicht erwarten, endlich aus dem Haus zu kommen, weg von ihr. Erst als Eitan später zu Maja nach Deutschland ging, endete die abgöttische Liebe seiner Mutter abrupt und verwandelte sich in tiefste Enttäuschung. Die Enttäuschung einer Mutter, die das eine Kind verloren hatte, das ihr wirklich wichtig war. Denn egal, wie oft Jaffa sagte, dass ihre Kinder wie die Finger an ihrer Hand seien, womit sie meinte, dass sie alle gleich liebte, die Wahrheit war: Eitan war ihr Zeigefinger. Ein Leben ohne ihn schien unmöglich.

*

Als Eitan geboren wurde, schenkte er nicht nur seiner Mutter Jaffa ein neues Leben, auch Bella verließ zum ersten Mal seit Langem ihr Fenster. Die ersten beiden Kinder hatte sie ignoriert, und niemand wusste, warum sich das bei dem dritten plötzlich änderte. Vielleicht lag es daran, dass Eitan Jaffas erstes Kind war, seitdem sie ihren Bruder verloren hatte. Und dass Bella, die wusste, wie es sich anfühlte, seinen Bruder zu verlieren, ihrer Schwiegertochter beistehen wollte. Auf jeden Fall verließ Bella ihr Fenster. Ging zum ersten Mal seit vielen Jahren behutsamen Schrittes durch die Stadt. Sah sich auf dem Weg ungläubig um, so als sähe sie die Häusermeere, hastig aufgetürmt, um all den Einwanderungswellen gerecht zu werden, zum ersten Mal. Betrat die Wohnung, in der Itzchak, Jaffa und ihre drei Söhne lebten, betrat das Schlafzimmer, in dem nun der kleine Eitan in einem Babybett lag und lächelte, als sie ihn sah. Lächelte zum ersten Mal seit 42 Jahren. Eitans schiere Existenz vollbrachte das Wunder, an das niemand mehr geglaubt hatte. Bellas Lächeln war zwar schief, fast so, als wenn sich die Muskeln in ihrem Gesicht nicht mehr daran erinnerten, was sie zu tun hatten. Und es verschwand sofort, sowie jemand anderes das Zimmer betrat. Aber es war da. Bella lächelte wieder. Sie lächelte zum ersten Mal, seitdem sie Sigi das letzte Mal gesehen hatte. Seitdem er ihr zum letzten Mal einen seiner Scherze ins Ohr geflüstert hatte, im Oktober '44 vor der Hannoverschen Kaserne. Ein Scherz und ein flüchtiger Kuss, ihr abrupter Abschied in Theresienstadt, bevor Sigi nach Auschwitz deportiert wurde und sie ihn nie wiedersah.

Und während Yechezkel und Yogev lieber Jaffas Vater, Saba Gavriel, den Geschichtenerzähler, besuchten, weil ihnen die stille, immer elegante, immer eisige Bella mit ihrem Fenster unheimlich war, wurde Eitan Bellas engster Vertrauter.

Nun hatte Bella natürlich nicht vor, ihr Leben hinter dem Fenster aufzugeben, aber sie hatte wohl beschlossen, dass sie und Eitan genauso gut gemeinsam auf Sigi warten konnten.

Und wenn Bellas Augen zufielen, was mit jedem Jahr öfter geschah, war es Eitan, der seinen Blick ans Fenster heftete, um Sigis Ankunft ja nicht zu verpassen. Später, Eitan war jetzt in der dritten Klasse und kam immer noch fast jeden Nachmittag zu Oma Bella, die für ihn Kekse buk und Hühnersuppe kochte, begann Bella ganz plötzlich von Sigi zu erzählen. Fast 50 Jahre lang hatte Bella jeden Tag auf Sigi gewartet und doch nie über ihn gesprochen. Und auf einmal sprudelte es aus ihr heraus. Flossen Worte wie Wasser, wenn der Damm gebrochen war. So viele Worte, so viel Wasser, dass Eitan das alles gar nicht auffangen konnte.

»Mein Sigi mit den schönen blauen Augen.« So begann jede dieser Geschichten, die Bella im Präsens formulierte. Weil das Vermissen nie Vergangenheit wurde.

»Mein Sigi liest am liebsten Heine, auch Goethe oder Schiller. Er isst für sein Leben gerne Königsberger Klopse und zitiert dabei Heine, Goethe oder Schiller. Erzählt Witze, bringt mich zum Lachen, sodass mir Essensstückchen aus dem Mund fliegen und wir einen bösen Blick von unserer *etepetete* Mutter kassieren. Nach dem Abendbrot geht er ans Klavier und ich setze mich daneben. Sigi spielt Schubert, das kann er wie kein anderer.«
Und wenn es ein guter Tag war, dann sang Bella für Eitan das Ständchen mit ihrer Sopranstimme, die immer noch fast so schön war wie damals, als sie ihr in Theresienstadt das Leben gerettet hatte:

Leise flehen meine Lieder
Durch die Nacht zu dir;
In den stillen Hain hernieder,
Liebchen, komm zu mir!

Sang weiter *Die Gedanken sind frei,* wie sie es damals in der jüdischen Mädchenschule getan hatten, als die draußen schon marschierten. Und obwohl Eitan kein Wort verstand, fühlte er alles.

»Weißt du«, sagte Bella meist danach zu Eitan und wechselte wieder in ihr »Jecken-Hebräisch«, von dem Maja später denken würde, dass es sich ganz und gar deutsch anhörte, obwohl es natürlich nicht Deutsch war, »Sigi ist viel gescheiter als ich. Der ist helle. Der muss überlebt haben! Wenn ich das geschafft habe, dann Sigi allemal.« Und dann tippte sie, wie um ihre Worte zu bekräftigen, auf das eingerahmte Bild, das auf einem kleinen Tischchen neben dem Fenster stand und einen etwa 16-jährigen Sigi, blond, hohe Wangenknochen (arisches Gesicht, hätte man wohl damals gesagt), zeigte: »Schau ihn dir an, so ein schicker Kerl. So edel, das Gesicht wie gemalt. Alle Mädels zwischen Lothringerstraße und Wörther Platz wollen nur mit Sigi ausgehen. Und die Lehrer sprechen mit ihm, als wenn er einer von ihnen ist. Das war natürlich, bevor die alle anfingen, morgens die Arme hochzureißen wie dressierte Affen. Aber selbst unter Hitler ist Sigi der Einzige, den sie bis zum Schluss nicht wie einen Juden behandeln. Bis zum Schluss. Und im Ghetto erst! Es gibt niemanden, der meinen schlauen Bruder nicht kennt. Sigi der Kluge, so nennt man ihn auch später im Lager. So nennt man ihn bestimmt auch heute noch. Wo auch immer er ist.«

So gingen die Geschichten, die plötzlich aus Bella herausliefen. Geschichten, die in einer Stadt spielten mit Kaffeehäusern und blühenden Linden, die Eitan sich nicht wirklich vorstellen konnte. Denn vor ihrem Fenster lag ein Land aus Wüste und Staub. Eitan, der anfangs noch nicht so recht verstand, wo Sigi eigentlich war und warum es so lange dauerte, bis er wiederkam, liebte seinen Platz vor Bellas Fenster. Im Hintergrund die immer gleich knisternde Schallplatte von Schuberts Sinfonien, in seinem Bauch die warme Hühnersuppe. Und die Geschichten von irgendwelchen Ghettos und Lagern (Lager, in die Menschen gepfercht wurden? Das war ihm lange unbegreiflich) gruselten ihn nur ein bisschen.

Anders als seine Mutter Jaffa war Bella Eitan nicht böse, als er zu Maja nach Deutschland zog. Im Gegenteil, wenn er aus Deutschland zu Besuch kam, musste er stundenlang bei Oma Bella sitzen und ihr alle Fotos zeigen, die er in Berlin gemacht hatte. Später schickte sie ihn dann auch gezielt an die Orte ihrer Kindheit. Die Schönhauser Allee, den Wörther Platz, der inzwischen Kollwitzplatz hieß, und natürlich das Scheunenviertel, in dem der einzige Mann gelebt hatte, den Bella je geliebt hatte (ihr Yakow war zwar Galizier, weswegen Bellas Vater ihn nie akzeptiert hätte, aber als er ihre Hand gehalten hatte, damals mit 13 hinter dem jüdischen Friedhof, hatte ihr Herz geklopft, wie es danach nie wieder klopfen würde).

Und Eitan fotografierte alles. Jede Linde. Jedes Haus und jedes Fenster. Jeden Stolperstein. Und einmal sogar den Mond, weil Bella ihn darum explizit gebeten hatte und auch dann daran festhielt, als Eitan ihr erklärte, dass der Mond doch überall gleich aussehe.

Insgeheim bewunderte Bella ihren Enkel für seinen Mut, für die Liebe in ein anderes Land zu gehen. Insgeheim bewunderte sie ihn für seinen Mut, überhaupt so sehr zu lieben. Insgeheim beneidete sie ihn ein bisschen. Beneidete ihn dafür, in ihre Heimat zurückkehren zu können, ohne dass die Bilder, die sich in ihrem Kopf festgesetzt hatten, mitkamen. Bilder von dem, was damals war und was in ihr nie aufhörte. Nein, sie war Eitan nicht böse, dass er nach Deutschland ging. Wie hätte sie böse sein können, wo sich dieses Land trotz allem immer noch wie eine Heimat anfühlte. Wo sie auf Deutsch dachte, sang und träumte. Aber vor jedem Abschied gab sie ihm eine Warnung mit, Worte, die sie wie ein Mantra wiederholte und auch dann noch vor sich hin murmelte, wenn Eitan ihr den Abschiedskuss bereits auf die eingefallene Wange gedrückt und die Tür längst hinter sich geschlossen hatte:

»Schau dir die Leute ganz genau an«, sagte Bella und hob den Zeigefinger, der mit jedem Jahr krummer wurde, »und sei immer auf der Hut. Sie alle können sich in wenigen Sekunden in Antisemiten verwandeln. Auch diejenigen, die kultiviert aussehen. Besonders die.«

HIER IST NICHT IRAK

Saïdas Kubbeh war die beste in ganz Mosul. Sie lag auf der Zunge wie Samt. Wenn Saïda sie kochte und der Duft aus den Töpfen durch die kleinen Steinfenster bis auf den Hof zog, hörten Kinder auf zu schreien, Männer wurden munter und Frauen gaben die eigenen, nun lächerlich gewordenen Versuche, Essen zuzubereiten, auf.

Schon als sie neun Jahre alt war, hatte Saïdas Tante ihr beigebracht, Kubbeh zu kochen. Die weiße mit viel Kurkuma und Zwiebeln. Die rote mit Roter Bete und Sellerie. Schnell hatte Saïda den Dreh raus, wusste, wie man den Grieß gemeinsam mit dem Bulgur anrühren musste, damit er nicht zu hart wurde. Wie man das Fleisch am besten in die Grießbällchen füllte, damit sie schön rund, nicht zu groß und nicht zu klein wurden. Und wie man die Suppe würzte, in der man das Ganze kochte. Kurzum: wie man die beste Kubbeh Mosuls machte. Anders als ihre große Schwester hatte Saïda nicht zur Schule gedurft.

Ihre Mutter, eine verwöhnte Frau, die vom Kochen so wenig verstand wie vom Wäschewaschen, konnte eine Haushaltshilfe gut gebrauchen, und weil Saïda sich von Anfang an viel mehr durch ihr Interesse an der Haushaltsführung als an Büchern oder Zahlen hervorgetan hatte, überredete sie den Vater, Saïda zu Hause zu behalten. Saïda Nargola, die später erst Jaffas Mutter und dann Eitans Großmutter werden würde, hatte nie das Gefühl gehabt, etwas verpasst zu haben. Denn: Fast alle Frauen konnten in ihrem Innenhof Kubbeh kochen, aber wo sie am besten schmeckte, das war die einzige Frage, die zählte.

Als Saïda siebzehn war, ein schönes, schlankes Mädchen mit dichten schwarzen Haaren, die ihr über ihren Rücken fielen wie ein seidener Vorhang, sah Gavriel Laniado sie bei Freunden seiner Familie über den Hof laufen.

»Wer ist das?«, flüsterte Gavriel seinem Cousin zu, und seine rehbraunen Augen glitzerten im Licht, das durch Saïdas bloße Anwesenheit den Hof erleuchtete.

»Was sagst du?«, fragte der Cousin zurück.

»Ich sage, dass ich noch nie ein so schönes Mädchen gesehen habe. Kommt sie aus einer guten Familie?«

»Baruch Ha Schem, das tut sie, die Nargolas sind anständige Leute. Und wenn du erst einmal die Kubbeh probiert hast, die dieses Mädchen kocht, willst du nie wieder etwas anderes essen.«

Einige Tage später schickte Gavriel seine Tante los, deren Mann entfernt mit den Nargolas verwandt war. Sie bat, wie man es damals nannte, um die junge Frau. Redete ihr gut zu, dass sie mit ihrer Wahl zufrieden sein würde, dass dieser junge und gut aussehende Mann, der um ihre Hand anhielt, aus einer anständigen Familie stammte und gut zu ihr passen würde. Saïda willigte ein und Gavriel Laniado wurde ein glücklicher Mann. Die beste Kubbeh Mosuls aß man nun in seinem Haus.

In Mosul besaßen die Laniados mehrere Häuser, Häuser, in deren Mitte sich ein wunderschöner Innenhof befand, der in Saïdas Erinnerung nur immer noch schöner wurde. Und alle, die um den Innenhof herum lebten, waren irgendwie mit ihnen verwandt. Reis und Mehl gab es in riesigen Säcken und Wassermelonen zu Hunderten Kilo. Saïda und ihre Schwägerinnen gingen zum Waschen an das grüne Ufer des Tigris und kochten jeden Tag, oft gemeinsam, etwas anderes. Alle wollten das Kochen von Saïda lernen. Es waren gute Jahre. Gavriel war ein guter Mann. Saïda eine gute Frau. Mordechai wurde geboren. Ihr erstes Kind. Ein Sohn! Ein guter Sohn. Sie waren glücklich. Sie waren stolz. Dort in diesem Innenhof fehlte es ihnen an nichts. Sie waren reich. Reich, nicht nur an Reis und Wassermelonen, sondern im Herzen. Ihnen gehörte ihre ganze kleine Welt.

Als die ersten Warnungen kamen und der Hass sich langsam in den Herzen der anderen festsetzte, fegte Saïda die Bedenken weg. Die Araber waren ihnen immer wohlgesonnen gewesen. Die etwa 6000 Juden, die in Mosul lebten, waren zu arm und machtlos (oder wie Eitans Großvater Gavriel es später ausdrückte: zu bescheiden und demütig), als dass sie den Neid der arabischen Nachbarn erregt hätten. Man arbeitete miteinander, trank Tee und sprach dieselbe Sprache. Feinde waren sie nicht. Feinde würden sie nicht werden, dachte Saïda. Die Gerüchte von Pogromen in Bagdad hielt sie für Übertreibungen und Wichtigtuereien. Die Juden in Bagdad hatten sich schon immer für etwas Besseres gehalten, mit ihrem Gold, den einflussreichen Rabbinern und den angesehenen Hochschulen. Sicherlich reagierten sie übertrieben empfindlich. Saïda konnte sich einfach nicht vorstellen, dass es wirklich so schlimm war. Wie den meisten Menschen fiel es ihr schwer, sich ein Elend auszumalen, das sie selbst nie mit eigenen Augen gesehen oder gar erlebt hatte. Wie die meisten Menschen ging sie fest davon aus, dass sie Dinge wie Krieg oder Verfolgung nicht treffen konnten. Dass Unglücke wie diese nur anderen passierten.

Dass ihr Volk im Irak Stück für Stück an Rechten verlor, dass die Verfolgung langsam, aber stetig zunahm, so wie der Wind langsam an Geschwindigkeit gewinnt, bevor ein Hurrikan kommt, blieb ein abstrakter Fakt für sie. Ein Fakt, den sie zwar, je öfter ihr Mann Gavriel davon erzählte, nicht mehr komplett ignorieren konnte, aber der doch nie ihre eigene Geschichte wurde. Gavriel sah das freilich anders. Er, der jeden Tag zur Arbeit durch die Stadt ging, im Gegenteil zu Saïda, deren Leben sich auf das Haus, den Innenhof und die Wege zum Fluss und zum Markt beschränkte, spürte die Veränderungen wie ein Seismograf. Erst waren es kleinere Erschütterungen, Nachrichten davon, dass die Juden nicht mehr im Parlament sitzen durften, oder die Aufforderung, jüdische Geschäfte zu boykottieren. Dann folgten stärkere Beben: Juden wurden festgenommen, weil sie Uhren trugen und man ihnen vorwarf, durch diese Armbanduhren Informationen an die Zionisten in Palästina zu senden. Bestimmte Tätigkeiten wurden ihnen gänzlich verboten. Dann kamen die Bomben, und Synagogen flogen in die Luft. Die Zahl der Juden in Bagdad war seit dem Krieg bereits von 100 000 auf 70 000 gesunken. Die dort ausgebrochene Angst vor Pogromen und der Drang zur Flucht bahnten sich schließlich auch ihren Weg ins 400 Kilometer entfernte Mosul. Läuteten auch dort das Ende des 2800 Jahre andauernden jüdischen Lebens im Irak ein. Als das passierte, begann man die Veränderungen auch in Mosul ganz deutlich zu spüren. Da wurden die Nachrichten ihre eigene Geschichte. Gavriel, der von Haus zu Haus zog, um Singer-Nähmaschinen zu reparieren – man nannte ihn nicht umsonst selten Gavriel Laniado, sondern meistens nur Gavriel Singer –, spürte die Veränderungen am stärksten in der Art, wie die Araber ihn empfingen. Hatten sie früher noch zum Tee zusammengesessen, manchmal länger, als die eigentliche Reparatur gedauert hatte, so entließen ihn seine Auftraggeber jetzt immer öfter mit einem flüchtigen Händedruck. Und in ihren Blick hatten sich Sprenkel von Misstrauen eingeschlichen, die alles betrübten. Manchmal senkten sie die Augen sogar ganz und gar. Für Gavriel fühlte es sich an, als sei zwischen ihm, dem Juden, und den Arabern über Nacht eine Mauer emporgewachsen. Gavriel sah und spürte diese Mauer, für Saïda blieb sie unsichtbar. So wie zuvor in Deutschland gab es im Irak diejenigen, die die Entwicklungen für temporär hielten, und solche, die die Zeichen der Zeit richtig interpretierten. Gavriel, ein religiöser Mann, der jeden Morgen den Tefillin anlegte und in Richtung Jerusalem betete, sah die Mauer, die sie plötzlich von ihren Mitmenschen trennte, und begriff, dass der Hass, wenn er einmal in der Seele und in den Häusern der Menschen angekommen war, nie wieder weggehen würde. Er begann von der Aliya, dem »Aufstieg« ins Gelobte Land, zu träumen. Der jüdische Staat, immer präsent, aber früher unerreichbar, das Land der Verheißung, ein honigfarbener Traum, eine Idee, süß wie Dattelsirup, war mit der Gründung des Staates Israel plötzlich zum Greifen nah. Und so wie schon Moshe sie damals aus Ägypten ins Heilige Land geführt hatte, würden sie nun, davon war Gavriel »Singer« Laniado fest überzeugt, ins Heilige Land zurückkehren. Anfangs hatte die irakische Regierung die jüdische Auswanderung nach Israel noch verboten, aber seitdem man »die Zionisten« nur noch loswerden wollte und die Quote derer, die das Land verlassen mussten, täglich erhöhte, waren bereits Hunderte Juden von Bagdad nach Israel ausgeflogen worden. Gavriel begann, alle, die es wissen konnten, über die Operation Ali Baba auszufragen, und erzählte allen, die es wissen wollten, dass auch er bald nach Israel gehen würde. Dann wartete er. Bis jedoch die von den Amerikanern finanzierten Agenten endlich 1951 mit den Listen auch vor seiner Tür standen, sollte es noch eine ganze Weile dauern. Eine Zeit, die sich hinzog wie das Sirup, das Saïda aus Wasser, Zucker, Honig und Zitronensaft für ihr ebenfalls berühmtes Baklava kochte. Als die Agenten endlich auftauchten und fragten, ob auch sie, Gavriel, Saïda und Mordechai Laniado, ins nächste Flugzeug nach Israel wollten, sagte Gavriel sofort zu. Die meisten irakischen Juden gingen, weil die anderen gingen. Weil es plötzlich die einzige Option zu sein schien – so wie Saïda. Gavriel hingegen ging, weil er gehen wollte. Natürlich hatte auch er nicht ahnen können, wie widrig die Umstände wirklich sein würden. Natürlich hatte auch er nicht geahnt, dass sie noch einmal ganz von vorne beginnen müssten.

Am Ende nahmen ihnen die Araber fast alles. Lediglich 140 Dollar und knapp 30 Kilo Gepäck durften sie mitnehmen. Das war alles, was ihnen von ihrer Heimat bleiben sollte. Gavriel, der klug war, aber nicht schlau, war bereit, alles zurückzulassen, wenn man ihn, seine Frau und seinen Sohn nur in Ruhe ziehen ließe. Selbst das Geld, das sie für den Verkauf ihres Hauses bekommen hatten, lieferte er ohne Widerstand bei den Behörden ab. Ganz anders Saïda: Sie wusste im Gegensatz zu ihrem Mann nicht, wie man las oder schrieb, sie wusste noch nicht einmal genau, in welchem Jahr sie geboren war, aber sie war auf eine Art und Weise gewieft, die man in keinem Unterricht lernen konnte. Als eine Nachbarin Saïda erzählte, dass der einzige Schmuck, den Juden mitnehmen durften, die Eheringe an ihren Händen waren, ließ sie ihr gesamtes Gold einschmelzen und in Eheringe umwandeln. Nicht ohne jeden von ihnen mit einer kleinen Gravur zu versehen: SL, Saïda Laniado. Diese Eheringe verteilte sie dann an ihre Cousinen und Nachbarinnen.

In Israel angekommen, machte sie sich sofort daran, die Eheringe wieder einzusammeln. Denn sie begriff schnell, dass Israel alles andere als eine Verbesserung ihrer wirtschaftlichen Verhältnisse bedeutete. Als ihr dabei einmal eine entfernte Verwandte dumm kam und dreist fragte: »Woher willst du denn wissen, dass es deiner ist und nicht meiner?«, zog Saïda ihr ohne auch nur ein Wort zu sagen den Ring vom Finger und zeigte auf die Gravur: »SL, Saïda Laniado. Es ist mein Ring.«

Saïda sammelte alle Ringe ein und verkaufte einen nach dem anderen. Für Reis. Für ein Stück Fleisch und Wassermelonen. Zwei Ringe jedoch behielt sie und ließ aus ihnen einen wunderschönen neuen Ring für Gavriel anfertigen, der als Mann, so wie es im Judentum üblich war, keinen Ehering trug. Sie wies den Juwelier an, die zwei Ringe ineinander zu flechten wie einen Kranz. Zwei Ringe zu einem verschlungen, so wie sie und er einst zwei waren und sich dann für immer ineinander verschlungen hatten. Später würde Saïda Eitan den Ring schenken, dem Jungen, der Mordechais Namen trug. Noch später würde Maja den Ring an Eitans Hand berühren und ihn fragen, was er bedeutete.

Das Gold war die Existenzgrundlage für ihre ersten Jahre in Israel. Das Gold konnte sie aber auch nicht über die Enttäuschung, die bald eintrat, hinwegtrösten. Ihre Träume verflogen so schnell, dass Saïda ihnen nicht einmal nachsehen konnte. Das Heilige Land machte keinen besonders guten Eindruck, aber schwerer wog: Es fühlte sich nicht wie Heimat an. Schon die Begrüßung! Als sie aus dem völlig überfüllten Flieger stiegen – um Platz zu sparen, hatte man die Sitze herausgerissen, und sie mussten dicht aneinandergedrängt auf dem Fußboden sitzen –, empfing man sie mit großen schwarzen Spritzpistolen voller Pestiziden. Dabei hatte man ihnen im Irak doch gesagt, der Weg nach Israel, das sei in Wahrheit eine Rückkehr. Sie kämen nun endlich in ihre wahre Heimat. Aber was war das für eine Heimat, in der man sie ohne Vorwarnung mit Chemikalien besprühte, als seien sie Schädlinge. So wie ihnen die stinkende Flüssigkeit in ihre Haare und Nacken lief, den Geruch würden sie nie wieder aus ihren eleganten Kleidern herausbekommen, überrollte sie auch das Gefühl der Unterlegenheit. Dieses Gefühl, das einige Jahre später in dem ewigen Konflikt zwischen Aschkenasen und Sepharden und Mizrachim, zwischen europäischen und orientalischen Juden, zutage treten sollte. Im Auffanglager hörte Saïda auch zum ersten Mal die Geschichten von Menschen, denen im sogenannten »Shaar Aliya«, dem »Tor des Aufstiegs«, wo sie die Personalausweisnummern erhielten, die Namen geändert wurden. Aus Salach machte man Moshe. Aus Elias, Eliyahu. Victoria wurde Yehudit. Den jemenitischen Juden schnitt man angeblich sogar ihre Schläfenlocken ab. Aber Gavriel und Saïda, so wie auch ihre gesamte Familie, ließ man, bis auf die Pestizide, so, wie sie waren. Aber auch ohne Namensänderung fühlten sie sich wie Bäume, die man aus der Erde gerissen hatte.

Der Verteilung der Personalausweisnummern folgte eine medizinische Untersuchung, und dann wurde entschieden, wo sie wohnen würden. Die Starken und Jungen kamen meist in den Kibbuz. Aber ihnen, die mit landwirtschaftlicher Arbeit nichts am Hut hatten, sagte man: »Le Beit Ohelim.« Zu den Zelten. Sie hätten auch nicht in den Kibbuz gewollt. Dafür waren sie zu gläubig. Der Kibbuz und Gott aber – diese beiden waren Katz und Maus. Die Kibbuzniks hatten Gott abgeschafft und mit harter Arbeit ersetzt. Sie nannten ihre Dörfer »Kloster ohne Gott« und glaubten einzig und allein an die Gemeinschaft. Dieser Atheismus war nichts für die Laniados. Nun waren sie schon im Heiligen Land, da würden sie sich nicht an so einen gottlosen Ort begeben. Sie hatten keine Ahnung, was »Zelte« bedeutete. Wussten nicht, wie lange sie dort bleiben würden. Nach der Zuweisung lud man sie wie Vieh auf die Ladefläche eines LKWs, auch das eigentlich eine Unverschämtheit, und fuhr sie in ein Camp in der Nähe von Atlit, das nun ihr Zuhause sein sollte.

Dieses Camp, das sich fast bis zum Meer erstreckte, geradezu ein eigenes kleines Land, war eine Siedlung aus riesigen Zelten, Tausenden von Zelten, wie die britische Armee sie besessen hatte. Dunkle, spitz zulaufende Zirkuszelte, zwischen denen saubere Wäsche hing und schmutzige Kinder spielten. Hier sollten sie nun leben. Vorerst, wie die Offiziellen, gekleidet in Anzüge, die viel schäbiger aussahen als die Anzüge, die ihre Männer trugen, ihnen versicherten. Aber die Menschen, die Saïda dort in diesem Camp vor Zelten sitzen sah, sahen nicht so aus, als seien sie ebenfalls gerade erst angekommen, sondern eher so, als warteten sie hier schon seit Jahren auf das versprochene Haus aus Stein. Als warteten sie schon seit Jahren auf die Liebe des jüdischen Staates, der Heimstätte, unter deren Vorbehalt man sie aus ihren Heimatländern gelockt hatte. Aber Saïda versuchte, nicht über diese Dinge nachzudenken. Sie stand morgens auf, bereitete ein Frühstück mit den wenigen Sachen zu, die sie hatten, und dankte Gott dafür, dass er sie ins Gelobte Land gebracht hatte. Immerhin, wenn sie sich streckten, vorsichtig, damit sie nicht über die vielen Heringe stolperten, die überall die Zelte in der Erde festhielten, konnten sie das glitzernde Blau des Mittelmeeres sehen.

Saïda war zu Demut erzogen worden, dazu, das Beste aus allem zu machen. Und so beschwerte sie sich nicht. Unterdrückte die Wut, die in ihr auf kleiner Flamme köchelte, um später, viel später, erst dann, als ihr Sohn Mordechai für dieses Land sein Leben gab, wie Lava und Asche aus ihr herauszubrechen.

*

Der Alltag sah immer gleich aus in den Maabarot. Morgen für Morgen standen sie in der Schlange zu den Waschbecken, dann in der Schlange zu den Toiletten, dann in der Schlange zu der Ausgabe von Essenscoupons. Eigentlich waren diese ersten

Monate ein einziges In-der-Schlange-Stehen. Nicht immer einfach für Saïda, in deren Bauch das Mädchen wuchs, das später Eitans Mutter werden sollte. Auch nicht einfach für die anderen Frauen, die mit Babys in den Bäuchen oder in den Armen vor und hinter ihr in der Schlange standen. Aber alle um sie herum waren trotzdem glücklich, nur selten brachen Streitigkeiten oder gar Prügeleien aus.

»Israel«, flüsterten sie ehrfürchtig, wenn sich jemand doch einmal zu beschweren wagte.

Israel, die Antwort auf alle Klagen.

Israel, murmelte auch Saïda, wenn sie auf Knien ihr Zelt vom Wüstensand zu befreien versuchte. *Israel*, murmelte sie, wenn man ihr das suppenähnliche Gericht, in dem Würmer aus langen, öligen Nudeln schwammen, servierte. *Israel*, wenn man ihnen wieder einbläute, dass es unter allen Umständen verboten war, das Auffanglager zu verlassen, dabei sehnte sich Saïda nach einem Spaziergang zum Wasser oder gar in eine Stadt. *Israel*, wenn nachts die Schakale heulten und der kleine Mordechai vor Angst zitterte.

Und Israel erhörte sie und gab ihnen statt der Zelte eine Wellblechhütte in einer kleinen Stadt nahe Haifa. Doch Israel schickte den Rest ihrer Familie, die Schwägerinnen, mit denen sie früher gemeinsam gekocht und am Tigris gewaschen hatte, ins weit entfernte Naharijah. Saïda, die kein Hebräisch konnte, weinte auf Arabisch. Und Gavriel klopfte ihr zärtlich auf den Rücken, denn etwas anderes gab es nicht zu tun.

*

Das waren die Tage, in denen David Ben Gurion sagte: »In unser Land kommen Menschen aus über 100 Nationen. Sie alle sind das jüdische Volk, und wir nehmen sie so, wie sie sind. Aber sie sind natürlich sehr unterschiedlich. In ihren Gewohnheiten, in ihrer Bildung. Manche von ihnen kommen aus dem 15. Jahrhundert zu uns, manche sogar aus einer noch früheren Zeit. Für uns ist es ein Test. Ihnen eine gemeinsame Sprache zu geben, das Hebräische, und sie auf die gleiche kulturelle Ebene mit den besten unserer Leute zu bringen, die entweder in Israel geboren wurden oder aus Europa oder Amerika kamen.« Die besten Leute, das waren die Sabras, die in Israel geborenen, die Europäer und die amerikanischen Juden. Zumindest für den Mann, der am 14. Mai 1948 mit der Verkündung der israelischen Unabhängigkeitserklärung den modernen jüdischen Staat ausgerufen hatte. Als eben dieser David Ben Gurion einige Monate nach der Geburt von Saïdas zweitem Kind, Eitans Mutter, ihr Lager besuchte, machte er an ihrer Hütte halt und wechselte ein paar Worte mit Gavriel. Begeistert von diesem jungen Iraker, der in so kurzer Zeit schon ein so wunderbares Hebräisch gelernt hatte, verweilte er länger als geplant. Saïda hätte ihm gerne eine Kostprobe ihrer Kubbeh angeboten, aber es waren die Tage, in denen sie kaum Fleisch hatten. Stattdessen präsentierte sie ihm das noch namenlose Baby in ihrem Arm. Ben Gurion nickte, so wie Männer seines Ranges das taten, wenn sie Babys sahen, und tätschelte die Wangen des Mädchens, das später Eitans Mutter werden würde.

»Nennt sie Jaffa«, rief er Gavriel und Saïda zu, bevor er noch einmal winkte und seinen Rundgang fortsetzte. Und das war eine Geschichte, die Eitans Großeltern bis an ihr Lebensende voller Stolz erzählen würden. *Von Ben Gurion persönlich wurdest du benannt. David Ben Gurion persönlich.*

Wenn Saïda später die Berichte der Jemeniten, der Marokkaner und auch anderer Iraker hörte, die erzählten, wie ihnen die Kinder weggenommen oder in Krankenhäuser gebracht und nie wieder zurückgegeben wurden, verfluchte sie ihre Namen. Sicher, ein Zuckerschlecken ist das nicht gewesen, in diesen ersten Jahren. Aber dass die Menschen später immer so übertreiben mussten! Saïda beschwerte sich nie wieder. Auch dann nicht, als das wenige Hebräisch, das sie gelernt hatte, vom Arabisch, der einzigen Sprache, die Saïda je richtig gesprochen hatte, verdrängt wurde und verschwand. Nur nachts kamen Saïdas wahre Gefühle aus ihrer Brust herausgekrochen, und sie wälzte sich unruhig auf der Strohmatratze hin und her. Immer wieder kam dann ihre Heimat, der Irak, im Traum zu ihr. Sie hörte die Stimmen, die Lieder, die sie gesungen hatten auf dem Weg zum Tigris, und es fühlte sich an, als hätte man ihrem Körper einen Lungenflügel entnommen.

Jaffa, die sich später an die Zelte gar nicht mehr erinnern würde, sondern nur noch an die Wellblechhütten, in denen sie immerhin einige Jahre wohnten, sprach ebenfalls niemals schlecht von dieser Zeit. Anders als die anderen Mizrachim und Sepharden, die irgendwann begannen, sich über den miesen Empfang im jüdischen Staat zu beschweren, fand Jaffa nie, dass sie einen Grund zum Klagen gehabt hatten. Natürlich war aller Anfang schwer. Aber so war es doch allen ergangen. Was war zum Beispiel mit denen, die direkt aus den Konzentrationslagern in den Unabhängigkeitskrieg kamen? Oder mit denen, die Anfang des 20. Jahrhunderts in den sumpfigen Gebieten Galiläas

Kibbuze aufgebaut hatten, dem Typhus, der Cholera und den Beduinen zum Trotz? Lieber erinnerte Jaffa sich an die schönen Momente in ihrer Blechhütten-Siedlung. Daran, dass sie – schon allein aus Platzgründen – immer zusammen gewesen waren. Daran, wie sie und Mordechai, später auch noch ihre anderen zwei Schwestern und weiteren zwei Brüder, abends zu ihrem Vater ins Bett krochen, um seine Geschichten zu hören. Am liebsten mochte Jaffa *Ali Baba*. Jedes Mal, wenn Gavriel die Geschichte des Holzfällers erzählte, der mit der Hilfe der klugen Sklavin Mardschana die 40 Räuber austrickste und besiegte, veränderte er eine Kleinigkeit, und Jaffa konnte kaum abwarten, was es dieses Mal sein würde. Sie konnte es nicht abwarten, in welchen Farben ihr Vater, der seine Geschichten wie einen Regenbogen aufspannte, dieses Mal erzählen würde. Manchmal brauchte Gavriel eine ganze Woche, um die Fabel von Ali Baba von Anfang bis Ende auszumalen. Und jeden Abend warteten die Kinder ungeduldig auf das erste Wort aus Gavriels Mund. Die Zauberformel *iftah ya simsim* murmelte Jaffa manchmal noch vor dem Einschlafen.

Wenn Jaffa dann von der Geschichte noch zu aufgeregt war, um einzuschlafen, setzte sich ihre Mutter Saïda an ihr Bett und sang ihr leise auf Arabisch vor:

Dort, wo ein Fluss zu zweien wird,
liegt eine Stadt,
Habibti, das ist unsere Erde,
bis der Wind an unsere Türen klopft.
Schlaf, Habibti, schlaf,
Wir müssen gehen.

Land der Dattelpalmen,
Land der Gerste,
und die Wassermelonen leuchten rot und grün,
Habibti, das ist unsere Erde,
Wenn die Rosen blühen,
und wir müssen gehen.

Ein Zelt, gebaut auf Wüstensand,
das ist jetzt unsere Erde.
Hier werden wir hoffen, hier werden wir glauben,
mit ein wenig Zeit werden wir uns zu Hause fühlen.
Und Erinnerungen, Habibti, singen uns in den Schlaf.

Das grüne Ufer des Tigris,
der Duft der Rosen,
und hier das Meer, so tief, so dunkel,
Kaktusfrucht, außen stachlig, innen süß,
Schlaf, Habibti, schlaf, hier ist nicht Irak und
wir müssen nicht mehr gehen.

Diese Worte wiegten sie Abend für Abend in den Schlaf. Die schwermütige Stimme ihrer Mutter war Abend für Abend das Letzte, was sie hörte, bevor sie ihre Augen schloss. Und so wurde Jaffa, die ihrer Mutter von allen sechs Kindern immer am ähnlichsten war, genauso wie Saïda. Sah sie auch aus wie ihr Vater, glich Jaffas Kern doch ganz und gar dem ihrer Mutter. Beide Frauen beklagten sich nie. Aber beiden wohnte eine Melancholie inne, die schwer und düster sein konnte. Frauen, die nie klagten, waren nie glücklich. Der einzige Unterschied zwischen ihnen war, dass Jaffa zeit ihres Lebens keine Kubbeh aß und erst später, und nur, weil der kleine Eitan sie so mochte, lernte, sie zu kochen.

*

Als Eitan fünf Jahre alt war, zog ihn sein Großvater Gavriel auf seinen Schoß. Eitan schmiegte sich an die schmale Brust seines Sabas, der damals knapp 60 war, was Eitan schrecklich alt, aber auch weise vorkam, und sah seinen Großvater mit großen Augen an. Gavriel hatte ein kantiges, einprägsames Gesicht mit kleinen rehbraunen Augen, einer hohen glatten Stirn und der Nase eines Adlers, die auch Eitans Mutter Jaffa und Eitan selbst geerbt hatten. Eitans Blick wanderte zwischen seinem Großvater und den Malereien an der Wand hin und her. Wenn Eitans Großvater nicht Singer-Nähmaschinen reparierte, malte er. An jedem Tag seines Lebens hatte er zumindest eine kleine Skizze aufs Papier geworfen, manchmal in seiner Mittagspause, manchmal kurz vor dem Einschlafen, manchmal morgens beim Aufstehen, wenn ein Traum noch in ihm nachhallte. Er hatte das Haus gemalt, in dem sie im Irak gelebt hatten. Hatte Mosuls Straßen gemalt, durch die sie einst gegangen waren. Am Ufer des Tigris, der in seinen Bildern aussah wie ein Ozean. Am liebsten aber malte Gavriel Olivenbäume. Ihren ersten gemeinsamen Ausflug hatten Gavriel und Saïda nach Baschiqa gemacht, einem Ort in der Ninive-Ebene, um den sich ringsherum ein Hain von Olivenbäumen erstreckte. Und unter einem dieser Bäume hatte Gavriel das erste Mal Saïdas Hand gehalten. Eine kleine, zarte Hand, die er von diesem Moment an nie mehr loslassen wollte. Als sie später in Israel endlich, lange elf Jahre nach ihrer Ankunft, ein Haus angeboten bekamen, ein echtes Haus aus Stein und mit Fenstern, war Gavriel unsicher, ob sie es kaufen sollten. Sie hatten so lange in Zelten und Wellblechhütten gelebt, dass er gar nicht mehr zu wissen glaubte, wie man sich um so ein Haus kümmerte. Und dann mussten sie auch noch all ihr hart Erspartes in dieses eine Haus stecken, und Gavriel sorgte sich, wie er die Ausbildung für seine sechs Kinder finanzieren würde. Doch bei der Besichtigung entdeckte Eitans Großvater im Garten hinter dem Haus einen Olivenbaum, und dank dieses guten Omens ging er das Wagnis ein. Der Olivenbaum im Garten hinter dem Haus wurde der Lieblingsplatz von Mordechai, ihrem ältesten Sohn. Kaum ein Nachmittag verging, an dem der Junge nicht im Schatten des Baumes gesessen hätte. Ein Buch in der Hand oder die Augen geschlossen, von seiner glanzhaften Zukunft träumend. Dort lernte er für sein Abitur und später für die Aufnahmeprüfung am Technion. Und selbst als Mordechai nicht mehr zu Hause wohnte, inspizierte er bei jedem Besuch als Erstes seinen Baum. Legte die Hände auf den knorrigen Stamm und untersuchte die Blätter und Zweige, an denen oft kleine, harte Oliven hingen, die sie nie ernteten. Gavriel war außer sich gewesen, als er eines Tages, da war Mordechai bereits seit fast einem Jahr tot, von der Arbeit nach Hause kam und entdeckte, dass Saïda den Baum hatte fällen lassen. Zuerst war er furchtbar wütend gewesen auf seine Frau, »wie konntest du das tun? Wie konntest du ihn fällen lassen? Willst du unsere ganze Erinnerung an ihn auslöschen?«, hatte er mit leiser, aber eisiger Stimme gefragt, denn Gavriel war niemand, der brüllte, im Gegenteil: Je wütender er war, desto leiser wurde er. Aber später dann hatte er es verstanden. Saïda hatte jeden Tag in der Küche gestanden und immer nur diesen Baum gesehen. Und das hatte ihr immer wieder so sehr wehgetan, als hätte sie erst in diesem Moment erfahren, dass ihr ältester Sohn gefallen war. Gavriel akzeptierte, dass der Baum weg war, so wie er irgendwann akzeptierte, dass sein Sohn nicht mehr bei ihnen war, aber er begann, den Baum zu malen. Jahrelang nur diesen einen Baum zu malen. Bleistiftzeichnungen, Aquarelle, Ölbilder – alles für den Olivenbaum, der einst in ihrem Garten stand. Alles für Mordechai, der einst unter dem Baum saß und von seiner Zukunft träumte. Und irgendwann erlaubte Saïda ihm, immerhin eines dieser Bilder, den Olivenbaum in Öl, aufzuhängen. Neben dem Foto von Mordechais Hochzeit, auf dem der junge Mann so schönes welliges Haar hatte, dass man ihn fast für die Braut halten konnte. Als Eitan eines Tages ganz lange, ganz aufmerksam vor dem prächtigen Ölbild stand, zog Gavriel ihn auf seinen Schoß. Wie alle Enkel liebte es Eitan, wenn Saba Gavriel mit ihm sprach, seine Stimme war warm und klang, als würde er singen. Sein Hebräisch war von kehligen Lauten durchzogen, die darauf hinwiesen, dass seine Muttersprache Arabisch war. »Weißt du«, fragte Gavriel Eitan also in seiner ganz besonderen, kehligen Sprachmelodie, »weißt du, mein Kind, warum der Olivenbaum immer so jung und grün aussieht? Warum er nie die Blätter verliert und selbst im trockensten Boden noch Früchte trägt?«

Und Eitan hatte seinen Großvater mit großen bernsteinfarbenen Augen angesehen und den Kopf geschüttelt.

»Weil der Olivenbaum die stärksten Wurzeln hat. Ist der Boden locker, können die Wurzeln bis zu sieben Meter senkrecht in die Erde reichen. Ist der Boden fest und felsig, verzweigen sich die Wurzeln wie ein riesiges Geflecht und bilden ein Netzwerk, das mindestens genauso groß ist wie die Baumkrone.«

Er hatte einen tiefen Seufzer ausgestoßen und dann weitergesprochen: »Auch unsere Wurzeln, mein Sohn, sind wie die eines Olivenbaums. Sie sind tief, sie sind verzweigt. Sie sind das, was uns grün und jung hält. Deswegen dürfen wir sie nie vergessen.«

Die Frage, wer Eitan Mordechai Rosenthal ist, lässt sich, wie bei den meisten Menschen, nicht einfach beantworten. Auf die Frage, wo seine Wurzeln liegen, gibt es eine klare Antwort, die jedoch die Frage, wer er ist, verkompliziert: Als er in Israel geboren wurde, hatte Eitan vier Großeltern: Kalman aus Rumänien, Bella aus Deutschland und Gavriel und Saïda aus dem Irak. In gewisser Weise würden, neben seiner Heimat Israel, diese drei Herkunftsländer immer eine wesentliche Rolle in Eitans Leben spielen. Sie beeinflussten, wie er die Welt sah, woher er kam und wovon er träumte. Vielleicht waren sie das, was man als Herkunft bezeichnete. Die zufälligen Steine im eigenen Mosaik. Später, nachdem er Maja getroffen hatte, verschob sich das, und plötzlich ging es für Eitan nur noch um zwei Länder: Israel und Deutschland. Und auch für Maja ging es nur noch um Deutschland und Israel. Und die Wurzeln des einen entwurzelten den anderen jeweils zur Hälfte. Aber das konnte man, als Eitan klein war, noch nicht vorhersehen. Und es hätte auch ohne Weiteres passieren können, dass der Irak eine noch wichtigere Rolle in seiner Identität einnehmen würde. Hätte Eitan sich in eine Israelin irakischer Herkunft verliebt, wäre alles anders gekommen. Denn die Geschichte, die Eitans Familie mit dem Irak verband, war nicht nur seine Verwurzelung, es war wie alle Geschichten, die ewig im Herzen nachhallten, eine Geschichte von Liebe und Verlust. Natürlich war Eitans

Geschichte von Deutschland und Maja mit noch mehr Liebe und Verlust durchzogen, denn mit ihr verlor er sein Geflecht im tiefen Boden. Wurde ein Olivenbaum, den der Wind oder die Liebe der Erde entrissen hatten.

»Ich begreife jetzt erst, dass Identitäten nicht mit der Geburt entschieden werden, sondern mit dem Leben«, sagte Maja viele Jahre später zu Eitan. Und Eitan fragte sich: War es für Maja nun einfacher, mit ihm zwischen den Welten zu leben, weil sie nur eine Sache war, nämlich Deutsche, und das ganz und gar, oder machte es das für sie schwerer? Anders als Maja kannte Eitan kein Leben ohne eine komplexe Identität. Anders als Maja hatte Eitan auch eine Ahnung, was passierte, wenn einem die eigene Identität unter den Füßen weggezogen wurde wie ein Teppich. Auch Majas Großeltern hatten flüchten müssen, aber diese Flucht bewegte sich von einem in ein anderes Deutschland. Auch sie hatten eine Heimat verloren, aber immerhin keine Kultur, keine Sprache, keine Identität. Eitans Großeltern hatten alles zurücklassen müssen. Gavriel und Saïda spürten diesen Verlust am schmerzhaftesten, denn sie waren die Einzigen, die jeglichen Kontakt mit der Heimat abbrechen mussten. Die nie wieder zurückkonnten, nicht einmal für einen kurzen Besuch. Erschwerend kam hinzu, dass ihre Kultur und Traditionen in ihrer neuen Heimat jahrzehntelang geradezu verpönt waren. Man schaute auf die Orientalen herab, verachtete ihre Bräuche in einem Land, in dem alle davon träumten, neue Juden zu sein. Ihre ursprüngliche Identität lebte nur noch in Erinnerungen weiter. In ihren Gedanken und ihren Herzen. Und in ihrer Küche. Jeden Freitag, wenn Eitan bei seinen irakischen Großeltern zum Schabbatessen zu Besuch war, sah er zwei Menschen, die nicht mehr dort und noch nicht hier waren. Da, wo der Tisch immer reichhaltig mit Essen gedeckt war, dessen Rezepte aus einer anderen Welt stammten. Da, wo ein Bild ihres ehemaligen Hauses in Mosul an der Wand hing, so lange er sich erinnern konnte – als könne man ein Stück vom einstigen Haus mit in das neue tragen. Da, wo mehr Arabisch als Hebräisch gesprochen wurde (und trotzdem lernten er und seine Brüder die Sprache nie), wo Orte, Gerüche und Gesänge durch die Luft flimmerten, die alle irgendwie in ihn eingewebt waren, die alle irgendwie in seinen Wurzeln steckten. Da spürte Eitan immer auch, dass etwas fehlte. Da verstand Eitan von klein auf, dass er viele Dinge war und dass man in einem Leben wie seinem viele Dinge verlieren und gewinnen konnte. Wenn Saïda ihre Kubbeh auf tiefen Tellern verteilte und Gavriel Geschichten aus der alten Heimat erzählte, war Eitan Iraker. Und ihre Erinnerungen wurden seine.

Eitan, wie die meisten Kinder seiner Generation, lernte die Muttersprachen seiner Eltern nicht. In der Schule und bei der Armee schnappte er ein wenig Arabisch auf, Rumänisch hingegen sprach er gar nicht. Deutsch lernte er erst durch Maja. Wenn man wie Eitan in einem Traum von einem Land aufwächst, in einem Projekt, einer Vision – 2000 Jahre Diaspora und dann der jüdische Staat –, dann ist die Wahrheit nämlich die: Eitan war von Haus aus viele Dinge, vor allem aber war er Israeli. Israeli sein war der Teil seiner Identität, der alles andere dominierte. Alles andere in den Schatten stellte. Schon als Kind sang er die Tikwa so hingebungsvoll wie kein anderer, und dabei schwoll das Herz in seiner Brust an. Als Jugendlicher schwor er sich, Israel niemals zu verlassen. Wie ein Olivenbaum würde er tiefe, verzweigte Wurzeln schlagen. Als junger Soldat kam er fast um vor Stolz, als man ihn nach dem Grundwehrdienst vereidigte und er die Offizierslaufbahn einschlug. Und später reiste er um die ganze Welt, vielleicht aus Neugierde, aber vor allem reiste er, um immer wieder nach Israel zurückkehren zu können. Das Gefühl, aus dem Flieger zu steigen und endlich wieder die blau-weißen Fahnen mit dem Davidstern im Wind wehen zu sehen, empfand er als einmalig.

Ja, trotz aller verschiedener Einflüsse, oder genau deswegen, besann sich Eitan, wenn er darüber nachdachte, wer er eigentlich war und in welcher Erde seine Wurzeln steckten, immer nur auf zwei Dinge: Er war Jude, und seine ewige, einzige Heimat war Israel.

WELTFESTSPIELE

Lob des Kommunismus
Er ist vernünftig, jeder versteht ihn. Er ist leicht.
Du bist doch kein Ausbeuter, du kannst ihn begreifen.
Er ist gut für dich, erkundige dich nach ihm.
Die Dummköpfe nennen ihn dumm,
und die Schmutzigen nennen ihn schmutzig.
Er ist gegen den Schmutz und gegen die Dummheit.
Die Ausbeuter nennen ihn ein Verbrechen.
Wir aber wissen:
Er ist das Ende der Verbrechen.
Er ist keine Tollheit, sondern
das Ende der Tollheit.
Er ist nicht das Rätsel,
sondern die Lösung.
Er ist das Einfache,
das schwer zu machen ist.

Bertolt Brecht

Lange bevor an Majas Geburt überhaupt zu denken war, begegneten sich die zwei Menschen, die später ihre Eltern werden
würden, zum ersten Mal. Sie begegneten einander in einem

anderen Land. Einem Land, das es vorher nicht gegeben hatte und das nach ihrer flüchtigen Begegnung, an die sich weder Astrid noch Wolf jemals erinnern würden, schnell wieder verschwand. Sie begegneten einander am Abend des 5. August 1973, dreiviertel acht, Marx-Engels-Platz, Ostberlin. Zur Zeit der X. Weltfestspiele, als kurz die ganz große Freiheit über die Deutsche Demokratische Republik wehte.

An diesem Sommerabend im August 1973 standen die beiden nebeneinander, während Angela Davis auf der großen Bühne am Marx-Engels-Platz den Abschlussappell für die Weltfestspiele verlas. Es war das Grande Finale von neun aufregenden Tagen, in einer Stadt, die sich wie neu geboren anfühlte. In dieser Parallelwelt trafen Wolf und Astrid aufeinander, ohne es wirklich zu bemerken. Denn an diesem Sommerabend im August gab es für sie nur Angela Davis. Für sie alle, die sie vor der riesigen Bühne standen, gab es nur Angela Davis. Wolf, Astrid und tausend Menschen lauschten, wie ihre Heldin sich gegen Faschismus und Rassismus und für die antiimperialistische Solidarität mit Vietnam, Laos, Kambodscha und dem palästinensischen Volk aussprach. Astrid dachte daran, wie sie in der Schule Postkarten für die inhaftierte Freiheitskämpferin gemalt hatte, rote Rosen für Angela Davis, die nach Amerika geschickt wurden. Und sie war fest davon überzeugt, dass auch ihre Postkarte einen Beitrag dazu geleistet hatte, dass Angela Davis nun hier auf dieser Bühne vor ihnen stand. Sie beobachtete die Amerikanerin, bewunderte ihre Selbstsicherheit. Bewunderte, dass sie den Kampf für Gerechtigkeit nach allem, was man ihr angetan hatte, nicht aufgegeben, sondern eher noch intensiviert hatte. Neben ihr folgte Wolf gespannt der Rede, dem etwas behäbigen, aber doch fast akzentfreien Deutsch, in dem Davis ihren Appell verlas. Auch ihn faszinierte das Bild, das vor ihnen lag. Diese Massen. Unzählige Menschen in blauen FDJ-Hemden, in Jeans und T-Shirt, dunkel, hell, jung und alt – ihrer aller Blick in ein und dieselbe Richtung gehend: zur Bühne mit der Revolutionärin aus Amerika. Und Angela Davis im Scheinwerferlicht, ihr roter Overall leuchtend wie ein Königsmantel. Ihr Afro, der im Abendlicht wie eine Krone schimmerte. In Gedanken malte er bereits das Bild dazu.

So standen Astrid und Wolf nebeneinander, und ein Hauch von weiter Welt umwehte sie in diesem Moment. Für Wolf und Astrid war Angela Davis ein Superstar. Astrid wollte so frei sein wie sie. Und Wolf träumte davon, auch an irgendetwas so sehr zu glauben wie Angela Davis an den Sozialismus.

*

Astrid hatte Glück gehabt, überhaupt in Berlin zu sein. Eigentlich wollte das Ekel sie während der Weltfestspiele nach Brandenburg in ein Ferienlager verfrachten. Die Bewohner Ostberlins waren nämlich dazu aufgefordert worden, den Gästen aus dem Ausland Unterschlupf zu gewähren (natürlich kostenfrei), und Astrids und Susis Kinderzimmer eignete sich hervorragend für eine Herberge. Aber bei der Überprüfung durch die Offiziellen war ihre Wohnung durchgefallen – als Astrid vor der Inspektion die Armada von leeren Schnapsflaschen, die in der Küche standen, wegräumen wollte, brüllte ihr Vater »Schnauze!« aus dem Wohnzimmer, und so blieben die vielen stummen Zeugen seiner Abhängigkeit auf der Arbeitsfläche stehen. Die Kubaner zogen woanders ein. Astrid und Susi durften bleiben. Das Ekel hatte ihnen natürlich trotzdem verboten, auf die Weltfestspiele zu gehen. *Dit is' nix für euch Jören!*

Doch in der großen Pause rissen die Gerüchte nicht ab, was man auf den Weltfestspielen alles sehen, hören und erleben konnte: unzensierte Rockmusik, wilde Diskussionen mit Jugendlichen aus dem Westen, wilde Knutschereien mit Jugendlichen aus dem Westen. Und Susi, sowieso frühreif – schon mit zwölf hatte sie zum ersten Mal einen Jungen geküsst, jetzt war sie 16 und anders als Astrid schon lange keine Jungfrau mehr –, redete tagelang auf ihre Schwester ein: »Los, komm schon, lass uns zum Alex fahren. Nur eenmal. Dit können wir uns nich entjehen lassen. Dit kommt nie wieder!« Aber erst, als sie Astrid darauf brachte, dass ein Besuch der Weltfestspiele das perfekte Thema für den Pionier-Bericht wäre, den sie als Klassenvorsitzende schreiben musste, willigte Astrid ein. Astrid wusste selber nicht, warum sie sich so gegen den Besuch sträubte. Angst vor dem Ekel hatte sie jedenfalls nicht. Ihr Vater war in diesen bewegten Tagen kaum zu Hause. Unter dem Decknamen »Aktion Banner« waren fast 30 000 Mitarbeiter der Volkspolizei, NVA und Staatssicherheit damit beschäftigt, »Pläne, Absichten und Maßnahmen feindlicher und negativer Kräfte zur Störung oder Diffamierung der X. Weltfestspiele rechtzeitig und umfassend aufzuklären und zu verhindern«. Das Ekel war dabei offiziell als Ordner, inoffiziell als *Gesellschaftlicher Mitarbeiter der Sicherheit* abgerufen worden. Er sollte verhindern, dass sich die Gespräche zwischen den Jugendlichen allzu weit weg vom Erlaubten bewegten. Und wenn sie das doch taten, dafür sorgen, dass ihre Namen nicht vergessen wurden. Das Ekel stand kurz vor einer Beförderung und wusste, dass man seine Berichte besonders kritisch lesen würde. Deshalb fuhr er voller Tatendrang zu den Festspielen, notierte aufmerksam, machte sich Gedanken und versuchte, Gespräche unauffällig in andere Richtungen zu lenken. Das war am ersten Tag. Am zweiten schickten ihn seine Vorgesetzten allerdings zu einer Veranstaltung, auf der alle Esperanto sprachen, weswegen er – zur Tatenlosigkeit verdammt – relativ schnell relativ viel trank (»Da dieses Treffen in der Sprache der Esperantisten durchgeführt wurde, konnte der GMS nicht viel ausrichten.«). Und an diesem Zustand änderte sich in den folgenden sieben Tagen nicht viel. Es gab bei ihm kein »ein Bier und dann Schluss«. Es gab nur Exzess oder Askese. Völlige Nüchternheit oder tagelangen Rausch. So torkelte er durch die Weltfestspiele, und als ihm in einem kurzen nüchternen Moment seine Beförderung wieder einfiel, flehte er Astrid an, seine IM-Berichte für ihn zu verfassen. Sie berichtete vor allem über das Wetter und die Verpflegung. Im Ministerium schien man damit vollkommen zufrieden zu sein, denn nur wenige Wochen nach den Weltfestspielen wurde das Ekel befördert.

An ihrem Vater lag es also nicht, dass Astrid keine gesteigerte Lust auf eine Fahrt zum Alex hatte. Er würde davon gar nichts mitbekommen. Vielleicht lag es an ihrem Grauen vor Massenansammlungen oder an ihrem antrainierten Misstrauen gegenüber der Begeisterung der Massen (das Ekel bläute ihr schon früh ein, besonders kritisch zu sein, wenn sich alle einig waren. So erzog er sie zu dem ewigen Advocatus Diaboli, eine Rolle, die sie nie wieder loswurde, egal wie viel Ärger und schlaflose Nächte es ihr, die eigentlich nur gemocht werden wollte, einbrachte, immer dagegen zu sein). So oder so: Susi hatte ihr das einzige überzeugende Argument geliefert. Denn Astrid hatte bisher kein passendes Thema für ihren Sommerbericht als FDJ-Gruppenratsvorsitzende gefunden. Der Besuch bei den Festspielen würde das hoffentlich ändern.

Als Astrid und Susi aus der Straßenbahn stiegen, lief Astrid fast in eine Gruppe Asiaten mit riesigen Kegelhüten aus Stroh hinein. Sie griff nach Susis Hand, und überwältigt von den vielen Menschen schauten sich die Schwestern erst einmal eine ganze Weile lang um, ohne die Haltestelle zu verlassen. Susi begann relativ schnell, ungeduldig herumzuzappeln, sie war nicht gekommen, um nur zu gucken. »Nu' komm schon, lass uns jehen. Rinn ins Jetümmel«, drängte sie, während sie von einem Bein auf das andere wippte, aber Astrid drückte ihre Hand so fest, dass Susi es nicht wagte, sich von ihr loszureißen. Astrid konnte sich nicht sattsehen an den vielen Leuten. Darunter so viele Ausländer, unterschiedlichste Menschen, eine wahre Farbenpracht, die Vielfalt der Hautfarben. Schwarze, Braune, Dunkelbraune, Hellbraune. Menschen mit dunklen Haaren, hellen Haaren, roten Haaren, weißen Haaren. Menschen in allen Schattierungen und Farben. Bunte Menschen. Manche der fremden Besucher liefen in Uniformen herum, andere hatten sich traditionelle Kleider mit auffälligen Mustern angezogen. Ein paar arabische Frauen trugen eine Tracht, bei der ihre Haare durch einen langen schwarzen Schleier bedeckt waren. Und dazwischen leuchteten die vielen blauen FDJ-Blusen der DDR-Bürger. Es kam Astrid wie eine Welt vor, in der es das Bekannte noch gab, aber so viel Neues dazugekommen war. Ihre Heimat wurde an diesem Tag größer. So als wäre das Leben, ihr Land, die Menschen, all das, was sie bis dahin eher als schwarz-weiß wahrgenommen hatte, mit Buntstiften angemalt worden.

»Ist das nicht toll, Susi? All diese Leute sind hier zu uns gekommen. In unser kleines Land«, flüsterte Astrid ihrer Schwester fasziniert zu. Und selbst Susi, der sonst immer alles zu langweilig war, nickte. In ihren Augen schimmerte Begeisterung.

Fasziniert liefen sie schließlich langsam in die Menschenmenge hinein. Blieben hier und da stehen, um Diskussionen oder spontanen Musikauftritten zu lauschen. Es waren so viele Leute, so viele Sprachen um sie herum – die beiden Mädchen wussten gar nicht, wohin sie zuerst schauen sollten. Vor dem Brunnen der Völkerfreundschaft entdeckte Astrid einen Jungen mit lockigen Haaren, sicherlich kaum älter als sie selbst, der Unterschriften auf einem bunten Stück Stoff sammelte. Astrid beobachtete ihn fasziniert. Der Junge trug eine runde Brille, hinter der wache Augen hin und her huschten. Er wirkte in sich gekehrt, aber hatte gleichzeitig keine Angst davor, die vielen fremden Menschen anzusprechen. Er schien allein gekommen zu sein, und irgendwie tat ihr das leid.

»Willst du auch so ein Tuch?«, fragte Susi, die den Blick ihrer Schwester bemerkte. Astrid nickte, weil sie nie zugegeben hätte, dass sie den Jungen deutlich interessanter fand als das Tuch.

»Warte hier«, rief Susi und lief weg. Kurze Zeit später kam sie zurück und wedelte enthusiastisch mit dem bunten Dederon-Tuch vor Astrids Nase herum (weiß der Teufel, wo sie das wieder so schnell aufgetrieben hatte). Astrid betrachtete das Weltfestspiele-Tuch, auf dem in Regenbogenfarben, Orange, Gelb, Blau, Pink, Türkis und Grün, Blumenkreise sowie die Blume, das offizielle Symbol des Festivals, abgebildet waren. In der oberen Mitte des Tuches befand sich ein Globus in feinen

Linien, um den folgende Worte kreisten: »DDR X. Weltfestspiele der Jugend und Studenten Berlin Hauptstadt der DDR«. Mit dem Tuch in der Hand näherte sich Astrid dem Jungen und begann nun ebenfalls, Leute um ihre Unterschriften auf dem Tuch zu bitten. Dabei vermied sie es tunlichst, den Jungen neben ihr auch nur anzusehen, und hoffte sehnlichst, dass er sie trotzdem bemerken würde. Mit Händen und Füßen, auf Russisch und mit dem wenigen Englisch, das sie sprach – Hello, I am Astrid –, »unterhielt« sie sich mit den Besuchern. Sie ging gezielt auf diejenigen zu, die am exotischsten aussahen. Die Schwarzen, die Braunen, die mit den mandelförmigen Augen und die mit den wallenden Locken und dunklen Vollbärten. »Cộng hòa Xã hội chủ nghĩa Việt Nam«, »Somos cinco mil, viva Chile!«, »República de Angola«, »Bejo, Mocambique«, »IRiphabliki yaseMzantsi Afrika« – in kürzester Zeit füllte sich ihr Halstuch mit Grüßen aus Ländern, von denen sie oftmals nicht einmal genau wusste, wo sie lagen. Und dann sprach der Junge sie endlich an. Sie verglichen ihre gesammelten *Friedrich Wilhelms*, wie sie die Unterschriften in feinster Berliner Manier nannten, und schließlich unterschrieben sie auch füreinander. »Alexander«, stand nun zwischen den vielen fremden Grüßen auf Astrids Tuch. Und »Astrid« auf seinem.

So hatten sie gemeinsam mit Alexander, der siebzehn war wie Astrid und an der Greifswalder Straße wohnte, den Nachmittag verbracht und waren sich ganz erwachsen vorgekommen. Astrid beobachtete verstohlen Paare, wie sie Händchen hielten und auf dem Rasen hinter dem Neptunbrunnen knutschten. Wie sie zusammen tanzten. Mal wild, mal langsam. Susi zeigte immer wieder auf sich bewegende Büsche und die vielen schönen, fremden Menschen, und dabei kicherte die Dreiergruppe peinlich berührt. Dann schaute Astrid verstohlen zu Alexander hinüber, der zu ihrer Enttäuschung nur Augen für Susi hatte.

Als die beiden auch noch begannen, Händchen zu halten, und Susi ihr Lachen lachte, bei dem sie all ihre Zähne zeigte wie ein Weißer Hai im Angriff, wollte Astrid nur noch nach Hause. Doch dann hörte sie zufällig, wie zwei Jugendliche neben ihr über den angekündigten Auftritt von Angela Davis redeten. Sie zog ihre Schwester und den an ihr hängenden Alexander aufgeregt am Arm. »Da müssen wir hin!«

*

Auch Wolf hatte keine besondere Lust auf die Weltfestspiele gehabt. Aber er war Kandidat für den Zentralrat der FDJ, und damit war seine Teilnahme Pflicht. Als er hörte, dass er dazu auch eine Vorbereitungswoche in der Pionierrepublik Wilhelm Pieck absolvieren musste, wollte er sich am liebsten sofort krankschreiben lassen. Schon als Kind hatte Elfriede ihm manchmal erlaubt, der Schule fernzubleiben, wenn er an Kopfschmerzen, Übelkeit oder Weltschmerz litt. Und auch jetzt hätte er diesen leichten Weg des Widerstands vorgezogen. Der Werbellinsee in Brandenburg, wo die Vorbereitung stattfinden sollte, schien ihm viel zu weit entfernt von der Elbe. Zu seiner Überraschung war es seine Mutter, die ihm einen Strich durch die Rechnung machte. Als er ihr von seinem Vorhaben, sich aus der Verantwortung zu stehlen, berichtete, drängte sie ihn, zu fahren. Mitzumachen. »Das kann nur gut sein für deine Karriere«, bestimmte sie in feinstem Hochdeutsch, während sie ein Kissen bestickte. Elfriede sprach immer dann

Hochdeutsch, wenn sie Wolf erziehen wollte. Je älter er wurde, desto mehr entglitten ihr jedoch die polierten Worte, und am Ende berlinerte sie fast nur noch. So als hätte sie ihren »Erziehungsauftrag« abgeschlossen. Oder so, als kehre sie – so wie alle Menschen vielleicht – am Ende wieder zu ihren Anfängen zurück. Wolf betrachtete seine Mutter, ihren klaren Blick, der, wie meist, ganz konzentriert auf irgendetwas gerichtet war, das sie gerade tat. Betrachtete ihre kleinen, kräftigen Hände mit den dicken, kurzen Fingern. Diese Hände, die er mit geschlossenen Augen besser hätte beschreiben können als ihr Gesicht. Er sah sie an und machte sich seine Gedanken. Seine Mutter kam ihm plötzlich vor wie eine Pflanze, von der man ewig geglaubt hatte, dass das Gießen keinen Sinn mehr machte, weil die Blätter längst braun geworden waren, und die dann doch eines Morgens zur Überraschung aller einen neuen Trieb ausschlug. So kannte er sie nicht. Eigentlich kannte er sie immer nur mit einem verschlossenen Gesicht. Diesem Gesicht, in dem damals, als die Russen gekommen waren, alle Türen zugefallen waren. Türen, die sich für immer versperrt hatten, als Elfriede, die bis in die 50er-Jahre nach ihrem verschleppten Vater gesucht hatte, irgendwann endgültig begriff, dass sie ihn nie wiedersehen würde.

Jetzt aber hatte sich ein Spalt geöffnet. Wolf glaubte Elfriede nicht, dass es ihr um seine Karriere ging. Sie wollte ihn aus dem Haus haben. Vielleicht hatte sie einen Liebhaber. So absurd das klang, immerhin hatte seine Mutter gerade ihren 50. Geburtstag gefeiert. Mit 50 begann man keine Affären mehr. Oder doch? Insgeheim hatte Wolf seit einigen Jahren die Vermutung, dass der starke Hermann gar nicht sein Vater war. Aber insgeheim musste auch Wolf zugeben, dass dieser Wunsch vor allem aus dem Bedürfnis geboren war, nicht genetisch von diesem ihm so verhassten Mann abzustammen, und vielleicht auch aus dem Bedürfnis, einen Grund für die ewige Ablehnung seines Vaters ihm gegenüber zu kennen. In jedem Fall traute er es seiner Mutter zu, dass sie fremdging. Denn trotz der verschlossenen Türen in ihrer Seele, oder gerade deswegen?, Elfriede strahlte schon immer so einen Hunger aus, eine Gier geradezu, eine Gier auf das Leben und darauf, es bis zum letzten Atemzug auszuschöpfen. Als er gerade einmal 13 Jahre alt war, hatte sie ihn plötzlich eines Abends – der starke Hermann war bei der Nachtschicht gewesen – gefragt, ob sie in den Westen gehen sollten. Wolf, ein Kind noch, hatte unsicher mit den Schultern gezuckt. Er hatte sich tausend Fragen gestellt, die erste davon: *Was wird dann aus meinem Vater?*, und es hatte ihn erstaunt, dass Elfriede sich diese Frage nicht zu stellen schien. In ihren Augen hatte ein seltsames Funkeln gelegen, ein Schimmer, den er damals als Verantwortungslosigkeit empfunden hatte und von dem er heute verstand, dass es das Bedürfnis nach Freiheit und einem anderen Leben gewesen war. Ein paar Monate später stand die Mauer. Sie blieben, und seine Mutter ging mit jedem Tag ein bisschen mehr ein in der Enge ihres Lebens. Doch jetzt, zwölf Jahre später, sah er dieses Funkeln wieder. Und die einzige Erklärung, die er dafür hatte, war ein Liebhaber. Wenn er genau darüber nachdachte, hatte sie ihn in letzter Zeit doch ständig ermahnt, mehr auszugehen: »Wölfchen, es ist Wochenende. Mach das, was die anderen jungen Leute tun«, und sagte es so, als wäre sie eigentlich diejenige, die rauswollte. Die Wahrheit war, dass Wolf keine Ahnung hatte, was andere junge Leute am Freitagabend taten. Wenn er doch mal ausging, saß er in der Kneipe und trank Wein, bis er auf dem Stuhl einschlief. War es das, was die jungen Leute, von denen seine Mutter sprach, an einem Freitagabend machten? Mit Mädchen hatte er damals jedenfalls noch nicht viel am Hut. Nicht dass er es nicht anders gewollt hätte – aber er kam so blass und unscheinbar daher, dass ihn keine Frau auch nur zweimal ansah. Und wenn sich doch mal eine seiner annahm, verschreckte er sie mit seinen stotternd vorgetragenen und noch dazu überaus düsteren Gedanken. Einen richtigen besten Freund hatte er auch nicht. Alles in allem war Wolf ein ziemlich trübsinniger Mittzwanziger. Ein Außenseiter. Ein einsamer Wolf.

Weil Elfriede ihm mit ihrem feinsten Hochdeutsch keine rechte Wahl ließ, gab Wolf sich geschlagen und fuhr nach Brandenburg. Zu seiner eigenen Überraschung gefiel es ihm in der Pionierrepublik auf Anhieb. Er erlebte dort, während sie auf politische Diskussionen vorbereitet wurden, Anerkennung und ein Gemeinschaftsgefühl, wie er es noch nie zuvor empfunden hatte. Er erfand sich neu. Hier in der Pionierrepublik fielen ihm plötzlich die richtigen Worte ein. Er war geistreich und interessant. Aufgeschlossen und offen. Ein Akademiker, ein Genosse, aber einer mit künstlerischem Talent (abends zeigte er den anderen ein paar seiner Zeichnungen, die er über den Tag verteilt in sein Notizheft gekritzelt hatte, und ihm schlugen begeisterte »Ahs« und »Ohs« entgegen und kitzelten sein Herz). Wenn er nicht zeichnete, lauschte er gespannt den vielen Vorträgen. Den eloquenten, klugen Horst Sindermann – später Präsident der Volkskammer –, der immer so lächelte, als wüsste er mehr, als er preisgab, sprach Wolf nach seinem Vortrag sogar an und unterhielt sich mit ihm über Gott und die Welt.

Das Wichtigste aber war: Wolf lernte Trotzki kennen. Also richtig kennen. Denn der Justiziar, der damals noch in der Zellwolle arbeitete und erst später zu ihm ins Nähmaschinenwerk wechselte, war ebenfalls als Kandidat für den FDJ-Zentralrat mit von der Partie. Und während man sich früher nur mit einem flüchtigen Gruß bedacht hatte, verbrachte Wolf nun viel Zeit mit dem Mann, der so anders war als er und den er genau deswegen bewunderte. Obwohl Trotzki immer anderer Meinung war als die anderen, kannte Wolf niemanden, der ihn nicht mochte oder zumindest respektierte. Trotzki wirkte auf die Menschen wie ein Magnet. Niemand konnte sich seiner Anziehungskraft entziehen. Er kannte Hinz und Kunz und konnte sich mit jedem gleich unterhalten, egal ob es sich um einen Fabrikarbeiter oder einen Bonzen handelte. Ein bisschen von dieser Weltläufigkeit färbte auch auf Wolf ab. Das Strahlen seines Freundes ließ ihn nicht im Schatten zurück, sondern zog ihn mit in die Sonne. Neben Trotzki schien er heller als je zuvor. Ausgestattet mit diesem neu gewonnenen Selbstbewusstsein fuhr er nach Hause. Entschlossen, sich dieses Gefühl einmal nicht vom starken Hermann ruinieren zu lassen.

Als Trotzki und er sich eine Woche später im Stadion der Weltjugend mit großem Hallo wiedertrafen, fühlte es sich schon an wie eine dicke Freundschaft. Trotzki hatte die Zeit in Berlin verbracht, wo er Familie hatte, und sie hatten sich seit der Vorbereitungswoche nicht mehr gesehen. Doch das spielte gar keine Rolle. Sie steckten sofort wieder die Köpfe zusammen, wie nur echte Freunde es taten, und beobachteten gemeinsam den Einzug der vielen verschiedenen Delegationen. Trotzki machte seine Witze, was seine grünen Augen zum

Blitzen und alle um sie herum zum Lachen brachte. Als eine russische Frauengruppe mit bunten Polyesteranzügen in Himmelblau, Rot und Orange an ihnen vorbeimarschierte, flüsterte er »Klassnije Tjolki« in Wolfs Ohr und grinste anzüglich dabei. Wolf, der nur ahnen konnte, was Trotzki damit meinte, sein Russisch war nicht besonders gut, lächelte ebenfalls. Und dachte: Warum nicht?, während er – halb der neue Wolf, halb immer noch der alte – in den blauen Himmel sah.

Eine Gruppe afrikanischer Frauen lenkte seine Aufmerksamkeit zurück auf den Einmarsch der Nationen. Mehr tanzend als marschierend, mit Trommeln auf ihren Köpfen und Leopardenfellen um ihre Körper, betraten sie die Arena. Danach folgten die arabischen Delegationen. Erst in blauen Hemden, dann in Orange, die Palästinensertücher locker um den Hals gebunden. In ihren Händen Plakate: »Vietnam-Palestine« und »Es lebe der gemeinsame Kampf der Völker gegen Imperialismus und Zionismus«. Um sie herum Chöre, »Hoch, hoch Palästina«. Auch direkt neben ihnen rief jemand »Hoch, hoch Palästina«, und Wolf stimmte begeistert ein. Da drehte sich Trotzki plötzlich zu ihm um, und seine grünen Augen sahen ihn stechend an. Trotzkis Gesicht, sonst immer fröhlich, hatte sich schlagartig verdüstert und ließ Wolf verstummen.

»Schau ihn dir an«, raunte Trotzki und nickte in Richtung Jassir Arafats, der Palästinenserführer war ebenfalls im Stadion anwesend und ließ sich neben der sozialistischen Elite von der Jugend feiern, »und dann schau dir die anderen an«, sprach Trotzki weiter und zeigte auf Arafats Sitznachbarn, »als wüssten sie nicht, welches Blut an seinen Händen klebt. Das Blut meiner Leute.«

Und bevor Wolf nachfragen konnte, was Trotzki damit

meinte, brüllte es aus den Lautsprechern, so laut, dass man sein eigenes Wort nicht mehr verstehen konnte:

»Zukunftshungriges Volk, revolutionäres Volk der Welt, du müde der Kämpfe hinträumendes, höre das Tomtom, hör es dich rufen von fern her, höre das Tomtom, es ruft alle, die unterdrückt sind. Sei wach, kampfgewaltiges Volk dieser Erde, und höre das ferne Tomtom, das tönt, höre die deutliche dröhnende Sprache des Tomtoms, sie schwingt, sie dringt in die Täler, die Wälder, sie überfliegt Ozeane, sie ruft uns zusammen, wappne dich, unterdrücktes Volk dieser Erde, zum Widerstand, höre den Aufruf, das Tomtom fordert: Seid kühn und selbstlos, hört den Aufruf der Freiheit an alle Enterbten. Ausgebeutetes, unterentwickeltes Volk dieser Erde, wir sind berufen, die Herrschaft der Imperialisten zu brechen, ihre Brückenköpfe, ihre Versorgungsbasen, in unseren geknechteten Ländern, aus denen sie Reichtum und Rohstoffe ziehen, wir haben sie zu zerstören, das Tomtom tönt, wir, wir, wir … Kommt zusammen.«

Als Wolf und Trotzki kurze Zeit später vor der kleinen Bühne standen, auf der Isabel Parra mit ihrer Ukulele Freiheitslieder sang, *Viva Chile, Viva Allende*, zog Wolf seinen Freund zur Seite. »Was hast du vorhin damit gemeint? Mit dem Blut an Arafats Händen? Und deinen Leuten?«

Doch seitdem Trotzki die Worte ausgesprochen hatte, die Wolf nicht mehr aus dem Kopf gingen, hatte sein Freund schon einige Bier getrunken. Und so winkte er nur ab. »Ist schon jut«, sagte er und legte Wolf seinen starken, haarigen Arm auf die schmalen Schultern, »verjiss es.«

Und für einen kurzen Moment hingen sie beide ihren Gedanken nach. Trotzki dachte an seine beiden Schwestern,

Ruthchen und Gitti, die er nie kennengelernt hatte und trotzdem nicht vergessen würde. Weil sie geboren und gestorben waren, bevor er auf die Welt kam. Ruthchen und Gitti, von den Nachbarn verraten, in Auschwitz vergast. Ruthchen und Gitti, deren Erinnerung über ihm schwebte wie Wolken, mal weiß und flauschig, doch meist düster und schwer. Ruthchen und Gitti, deren Namen seine Mutter im Schlaf schrie, weil sie sich nie verziehen hatte, die Mädchen auf einen Bauernhof nach Brandenburg gebracht zu haben, anstatt bei ihnen zu bleiben. Ruthchen und Gitti, die allein gestorben waren, ohne Mutter, ohne Vater. Und die damit, ohne es zu wissen, für Trotzki die Messlatte fürs Leben ganz hoch gehängt hatten. Denn nicht nur musste Trotzki seiner Mutter ein Kind für drei sein, er musste auch ein Leben für drei leben. »Das Schwert haben wir dir in die Wiege gelegt«, sagte sein Vater ihm wieder und wieder. Und Trotzki dachte auch an sein Leben in seiner Heimat, dachte an die Deutsche Demokratische Republik, die sich für das bessere Deutschland, das antifaschistische Deutschland, hielt und sich trotzdem vor den Arabern damit rühmte, keine diplomatischen Beziehungen zum jüdischen Staat zu unterhalten. Und sei es auch aus taktischen Gründen.

Und Wolf sah Trotzki an und dachte an die Juden. Dachte an Israel und die vielen Zeitungsartikel, die er vor einigen Jahren während des Sechstagekriegs gelesen hatte, in denen Israel als »Aggressorstaat« bezeichnet wurde, in denen gar von »Völkermord« und »Blitzkrieg« die Rede gewesen war. Doch weiter dachte er nicht, denn Israel und die Juden, das alles spielte für ihn, in seinem Leben, keine große Rolle. Warum sollte es auch?

Nach dem Konzert liefen Wolf und Trotzki weiter. Bis zu dem Rasenstück hinterm Alex, wo sie sich in die Sonne legten. Daneben spielte eine Trommelgruppe ein spontanes Konzert. Trotzki, der nie lange stillsitzen konnte, sprang auf, wedelte mit den Armen zur Musik, lief näher an die Band heran, verschwand aus Wolfs Blickfeld und kam kurze Zeit später mit ein paar jungen Mädchen zurück, die er irgendwo aufgegabelt hatte und die gerade erst aus einer Kleinstadt in Thüringen angereist waren. Wolf blieb im Gras liegen und schaute einfach nur in den Himmel. Er hatte kein Interesse an den Mädchen, mit denen Trotzki neben ihm herumschäkerte. Er dachte an die Eröffnungsveranstaltung. Dachte an die Revolution. Höre das Tomtom, ging ihm durch den Kopf, wir kommen zusammen. Und dann dachte er noch einmal an Trotzkis Worte von Arafat und dem Blut an seinen Händen und tat kurze Zeit später, was sein Freund ihm befohlen hatte: Er vergaß sie.

Die Stimmung als ausgelassen zu beschreiben, wäre eine Untertreibung gewesen. Sie alle schienen nur in diesem Moment zu leben. Das Wetter war gut, das Bier schmeckte, sie waren jung und schön. Trotzkis Augen leuchteten in der Sonne, Wolfs Schnurrbart bäumte sich auf wie die Mähne eines Löwen, und der Sozialismus eroberte die Welt.

Trotzki hatte sein blaues Hemd bis weit unter die Brust aufgeknöpft, und Wolf machte es ihm nach. Die Mädels aus Thüringen hatten Eisblöcke besorgt und strichen einander damit nun über das Dekolleté. Trotzki versuchte sein Glück bei der einen und raunte ihm zu, es bei der anderen zu probieren, aber Wolf, der etwas suchte, von dem er erst wissen würde, was es war, wenn er es fand, ging weg. Er lief zum Neptunbrunnen, suchte eine Lücke, um ans Wasser zu gelangen, und kühlte seine Füße. Neben ihm diskutierten ein paar Leute mit zwei jungen Typen aus Westdeutschland darüber, ob es den Begriff »Klasse« geben sollte oder nicht.

»Sie können doch nicht etwas unter den Tisch fallen lassen, was tatsächlich vorhanden ist«, ereiferte sich ein Mädel mit Piepsstimme und blondierten Haaren.

»Der eine besitzt Produktionsmittel, der andere nicht«, sagte ein Typ im blauen Hemd und verzog keine Miene.

Der Wessi mit Goldrandbrille und Fliege verdrehte die Augen.

»Können Reformen ein System überwinden, das ist die Frage!«, rief ein Kleiner mit Hornbrille. Wolf hätte jetzt gerne auch noch seinen Kopf in das Wasser des Brunnens getaucht.

»Aber über die DDR kannst du dir angeblich kein Urteil bilden«, schimpfte der Kleine mit der Hornbrille weiter.

»Na, von einmal Rumgucken kann ich das nicht«, antwortete der mit der Goldrandbrille. »Das wäre doch Wahnsinn, wenn ich mich jetzt abschließend über die DDR äußern würde.«

»Aber du äußerst dich doch«, rief die Piepsstimme, und Wolf musste unwillkürlich nicken. Gegen seinen Willen hatte er der Diskussion weiter gelauscht. Auch wenn er schon vorher wusste, dass dieses Gespräch zu keinem Ergebnis führen würde. Da entdeckte er plötzlich ein Mädchen. Sie stand ein paar Meter von ihm entfernt und lächelte in seine Richtung. Ihre Haut war dunkelbraun, ihre Zähne glänzten weiß, und Wolf wurde bei ihrem Anblick noch heißer als sowieso schon. Sie kam langsam auf ihn zu, ihre wohlgeformten Gazellenbeine sahen endlos aus in der dunkelblauen Schlaghose. Und alles andere, Klassenkampf, systemüberwindende Reformen und Wessis, die alles besser wussten, wurde unwichtig.

*

Wolf verbrachte das ganze Festival mit Hilda und Trotzki. Hilda kam aus Südafrika, und weil Trotzkis und Wolfs Englisch gar nicht mal so schlecht war, konnten sie sich ganz gut miteinander unterhalten. Sie tanzten zu Pata Pata und Manne Krug. Diskutierten mit Margot Honecker im Nationalen Club über Erziehung und Ausbildung. Trainierten mit dem kubanischen Schwergewichtsboxer Téofilo Stevenson und liefen mit geballter Faust zum Treffen der afrikanischen Jugend. Als am Haus des Reisens die Nachricht, dass Ulbricht gestorben war, über das Band lief, küsste Hilda ihn, während die Leute neben ihnen weinten. Dann küsste sie Trotzki, und das machte alles noch aufregender. Nachts schlichen sie zu dritt, leise kichernd, durch die Hallen, in denen sie und die ausländischen Gäste untergebracht waren. Und Wolf kam es vor, als taumelten sie gemeinsam durch die Tage wie durch einen Traum. Diskutierten, tanzten und machten Liebe. Hildas Haut war dunkle Seide. Trotzkis Augen blitzten grün. Und für Wolf war es sein erster richtiger Sommer als Mann.

Und dann am letzten Abend, Hilda war bereits abgereist und Wolf vermisste sie schmerzlich, stand Wolf vor der großen Bühne. Neben ihm Astrid. Ohne sie zu kennen. Ohne zu wissen, dass auch ihr das Herz schmerzte. Astrid hatte dabei zusehen müssen, wie Susi Alexander einen Kuss auf den Mund gegeben hatte, aber sie war zu stolz gewesen, um einzuschreiten.

Am meisten ärgerte sie sich natürlich über sich selbst. Vielleicht hätte Susi sogar verzichtet, wenn sie gewusst hätte, dass Astrid Alexander mochte? Sie hatte keine Zeit, weiter darüber zu grübeln, denn da betrat Angela Davis die Bühne. Und aller Augen richteten sich auf sie. Angela Davis zog ihre Aufmerksamkeit an wie Licht Insekten in der Nacht. Nach dem Auftritt war Astrid geradezu euphorisch. Und Wolf ging es genauso.

*

3961,6 Kilometer entfernt saß Itzchak Rosenthal, der noch nicht Eitans Vater war, aber es vier Jahre später werden sollte, auf seinem Sessel und schaute wie jeden Abend mit geschlossenen Augen Fernsehen. Hinter ihm flickte Jaffa an ihrer Singer-Nähmaschine einen Strampler für Eitans Bruder Yogev, der gerade einmal ein halbes Jahr alt war. In den Nachrichten berichtete der Sprecher des einzigen israelischen Kanals von den Weltfestspielen in Ostberlin. Bilder vom bejubelten Arafat flimmerten über die Mattscheibe im Wohnzimmer der Rosenthals. Menschen mit Plakaten, auf denen »gegen Imperialismus und Zionismus« stand, liefen durch das Bild, und Itzchak Rosenthal öffnete die Augen und schnaufte geräuschvoll. »Nu' guck dir diese Nazis an«, knurrte er, während er sich eine Zigarette anzündete. »Wissen die eigentlich, was Zionismus bedeutet? Wissen die eigentlich, dass unsere Golda durch und durch Sozialistin ist? Wissen die eigentlich, was die uns schuldig sind?«

Und Jaffa, die eigentlich immer was zu sagen hatte, die so meinungsfroh war wie keine andere Frau, die Itzchak kannte – was er zu gegebenen Zeiten vergötterte, aber meistens verfluchte –, schüttelte stumm den Kopf, denn Mutter von zwei kleinen Kindern zu sein war viel ermüdender, als sie es sich vorgestellt hatte.

*

Zwischen diesen beiden Ländern, den Ländern Majas und Eitans, zwischen Deutschland und Israel klaffte von Anfang an ein Riss. Der Riss zwischen der Bundesrepublik und Israel war vielleicht weniger sichtbar, weil Adenauer und Ben Gurion sich im Mai '65 so feierlich die Hände gereicht hatten, wie man einander nur die Hände reichen konnte. Weil Westdeutschland sich anders als Ostdeutschland zu Reparationszahlungen und Rüstungskooperationen verpflichtet hatte. Aber der Riss war trotzdem da, und er war tief. Tiefseegrabentief. 11 000 Meter Unüberwindbarkeit der Geschichte und ihrer Konsequenzen. Politiker versuchten wahlweise, den Riss mit Reden oder großen Gesten zu überdecken, aber der Riss blieb immer da. Und wie hätte da auch kein Riss sein können? Wie hätte kein Riss zwischen Nationen sein können, die das größte Verbrechen der Menschheitsgeschichte verband. Und bei dem die einen Täter und die anderen Opfer gewesen waren.

In diesem Sommer 1973 begriffen die wenigsten Menschen das ganze Ausmaß der deutsch-israelischen Beziehungen. Die wenigsten Menschen begriffen, was es für die Juden bedeutete, wieder einen Staat zu haben. Nach 2000 Jahren Diaspora. Und dass die Israelis aus dem Holocaust vor allem eine Konsequenz gezogen hatten: nie wieder Opfer zu sein. Die wenigsten Menschen begriffen, welche Rolle die Palästinenser, die ihre nationale Identität ja so richtig erst mit der Existenz des jüdischen Staates entdeckt hatten (oder anders gesagt: ohne Israelis keine Palästinenser), und Jassir Arafat in diesem Gefüge spielten. Und ja, es war erstaunlich, dass ein Mensch wie Majas Vater, dieser gebildete Wolf mit seinem ausgeprägten Interesse an der Weltpolitik, diese Zusammenhänge nicht in ihrer ganzen Komplexität erfasste. Vielleicht ist es rückblickend immer erstaunlich, wie wenig die Menschen im Moment der Geschehnisse begreifen. Wie wenig Menschen überhaupt begreifen. Oder wie sehr das, was man begreift, davon abhängt, auf welcher Position man sich im Schachspiel der Gegenwart befindet. Trotzki wusste um die Zusammenhänge, denn er war Jude, und Israel bedeutete für ihn, dass es eine Heimat gab, in die er flüchten konnte. Das wiederum erfuhr Wolf erst später. Er ahnte es in diesem Moment im Stadion der Weltjugend, aber er dachte nicht weiter, nicht genug, darüber nach, um es Gewissheit werden zu lassen. Denn ob man Jude war oder nicht, spielte in diesem Deutschland keine Rolle. Dass Wolf nicht annähernd begriff, was Trotzki in diesem Moment empfand, als alle um sie herum »Hoch, hoch Palästina« riefen und sich sein Blick verdüsterte, dass es Wolf an der Fähigkeit zur Reflexion fehlte, war nicht die Ausnahme, sondern eher die Regel für die damaligen deutsch-israelischen, die deutsch-jüdischen Beziehungen.

Selbst Maja würde später erst durch Eitan wirklich begreifen, was es bedeutete, deutsch zu sein. Was es bedeutete, deutsch zu sein, und warum das immer auch irgendwie mit Israel zu tun hatte. Und sie würde erst viel später begreifen, was sie mit dieser Erkenntnis auch aufgab.

»Wegen dir mag ich meine Heimat nicht mehr«, würde sie

viele Jahre nach ihrem Kennenlernen in einer Nacht zu Eitan sagen, weil mal wieder ein Deutscher etwas Blödes über Israel gesagt hatte. Weil mal wieder jemand seinen eigenen Antisemitismus entblößt hatte, wie er eben nur entblößt wurde, wenn es einen Anlass – in diesem Fall Eitan – gab. »Wegen dir mag ich meine Heimat nicht mehr«, würde Maja sagen und sich zum ersten Mal entwurzelt fühlen.

Aber davon war man in diesem Sommer 1973 weit entfernt. In diesem besonderen Sommer in der DDR. Und wahrscheinlich begriffen auch nur die wenigsten Menschen in diesem Sommer überhaupt, wie es mit der DDR weitergehen würde. Und das Gleiche galt für die Menschen in Israel, die auch nicht ahnten, was ihnen blühte. Was das Schicksal noch alles mit ihnen vorhatte, welche Katastrophen noch vor ihnen lagen. In diesem Sommer spielte das noch keine Rolle.

*

Zwei Monate später wurde Israel im Jom-Kippur-Krieg fast vernichtet. Und auch das Land, in dem die Freiheit im August 1973 Einzug gehalten hatte, das Land, in dem sich Majas Eltern zum ersten Mal begegnet waren, ohne es zu wissen, verschwand fast ganz und gar. Bands, die noch auf den Weltfestspielen spielen durften, wurden verboten. Künstler wurden bespitzelt und ausgewiesen. Honecker entpuppte sich als viel schlimmer, als Ulbricht es jemals gewesen war.

Dem kurzen Sommer folgte ein langer Winter.

AM RANDE DES ABGRUNDS

Eitans Onkel Mordechai war wie ein Schatten, der ihm immer vorauslief, sich aber nie einholen ließ. Sein Tod hatte die ganze Familie verändert. In Eitans Kindheit war die Trauer ein ständiger Gast. Sie schlich zwischen ihnen umher wie ein stummer Geist.

Sein Großvater schien sich irgendwann mit dem Verlust arrangiert zu haben, nur manchmal, und mit jedem Jahr seltener, glitt sein Blick ins Leere und er schien kurz in dem großen Unglück, das sie ereilt hatte, zu ertrinken. Doch er schwamm sich immer wieder frei, sein Kopf tauchte immer wieder aus dem Meer auf. Gavriel Laniado war keiner, der ertrank. Dafür war das Leben ihm zu kostbar. Saïda hingegen ertrank jeden Tag aufs Neue. In ihrem Gesicht hatte sich die Trauer festgesetzt. Sie ging nie mehr weg, die Trauer klebte an Saïda, und Saïda klebte an der Trauer. Über Eitans gesamte Kindheit hinweg nahm seine Großmutter nie an Familienfesten teil, er hörte sie nie lachen. Und wenn Eitan, seine Geschwister und seine

Eltern am Freitagabend zum Schabbat zu Saïda und Gavriel kamen, stand Saïda mit versteinertem Gesicht an ihren Töpfen. Lief von der Küche ins Wohnzimmer und zurück, deckte den Tisch, brachte Schüsseln mit Essen, servierte und füllte auf. War da und war es doch nicht, denn niemals saß sie zwischen ihnen, niemals nahm sie an den Gesprächen teil. Sie blieb immer nur am Rand, die Trauer im Gesicht wie ein drittes Auge. Und ihr Essen schmeckte, seit Mordechai gefallen war, bitter. Egal wie viel sie würzte, ob sie Zucker hinzugab oder Honig, die Bitterkeit ging nie wieder weg.

So vergingen die Jahre, in denen Eitan aufwuchs. Der Onkel war immer da. Eitan wusste von Onkel Mordechai, bevor er von manch lebendem Verwandten erfuhr. Und man kann die Geschichte von Eitan nicht erzählen, ohne über die Geschichte von Mordechai zu sprechen. Man kann auch nicht die Geschichte Israels erzählen, ohne das, was mit Mordechai und 2500 anderen jungen Männern geschah, zu erwähnen. Nicht nur Saïda war sprachlos nach dem Krieg, in dem Mordechai fiel – das ganze Land war es. Dieser Krieg wurde zum Trauma ganzer Generationen. Nie zuvor war Israel so überrumpelt worden. Seit dem Unabhängigkeitskrieg hatte man nicht mehr solch schwere Verluste hinnehmen müssen. Zwei lange Wochen und fünf endlose Tage hatten genügt, um den Israelis die tiefe Existenzangst der Anfangsjahre ins Gedächtnis zu rufen, die man nach den Erfolgen des Sechs-Tage-Krieges für ein Relikt der Vergangenheit gehalten hatte.

*

In der Nacht vom 5. auf den 6. Oktober 1973 schlief Golda Meir ausgesprochen schlecht. Golda, wie alle sie nannten, ihr Nachname lediglich eine Formalie, war vier Jahre zuvor Regierungschefin geworden. Man hatte sie als Nachfolgerin des plötzlich verstorbenen Levi Eschkol aus dem Ruhestand geholt. Manchmal dachte Golda, wenn sie in der Knesset saß, dass ihr Job als Chefin einer Hühnerfarm im Kibbuz sie im Prinzip hervorragend auf diese Aufgabe vorbereitet hatte. Und wäre sie jemand gewesen, der lächelte, hätte sie es im Moment dieses Gedankens vielleicht getan. Aber Golda lächelte nicht. Sie war die eiserne Lady Israels. Als einzige Frau auf dieser Hühnerfarm namens Knesset konnte sie sich ein Lächeln nicht leisten. Dass Golda alles im Griff hatte, glaubten mittlerweile sogar die Männer. Und Golda glaubte es auch. Sie, die in ihrer frühsten Kindheit in Kiew Pogrome erlebt und seitdem von einem jüdischen Staat geträumt hatte, hatte alles im Griff. Sie, die man 1948 als Araberin verkleidet nach Amman geschickt hatte, um dort mit König Abdalla zu verhandeln, hatte alles im Griff. Golda war die einzige Frau gewesen, die die israelische Unabhängigkeitserklärung mit unterschrieben hatte. Golda war der Inbegriff israelischer Stärke und des neuen starken Juden. Bis zum 6. Oktober 1973.

Einige Wochen zuvor hatte der jordanische König Hussein sie vor einem Angriff der Ägypter und Syrer gewarnt. »Sind die denn verrückt?«, hatte Golda danach ihre Berater gefragt, ihr Hebräisch aus ihren Jahren in Milwaukee immer noch mit einem leichten amerikanischen Akzent versehen, »wissen die nicht, welche Konsequenzen das für sie hat?« Aber ihr »Küchenkabinett«, zu dem unter anderem Moshe Dayan gehörte, hatte unbesorgt abgewunken: »Mach dir keine Sorgen, Golda, wenn die Araber wirklich einen Angriff planen, erfahren wir früh genug davon.« Immerhin hatte man einen Informanten in den höchsten Rängen, der ihnen versicherte, Israel mindestens 48 Stunden vor einem Angriff warnen zu können. Golda fragte König Hussein nicht einmal nach einem konkreten Datum für den Angriff. Sowieso nahm man den ägyptischen Präsidenten Anwar el-Sadat in Israel nicht wirklich ernst. Man glaubte, er sei nur eine vorübergehende Erscheinung, die bald von einem mächtigeren Mann abgelöst werden würde. El-Sadat, so die gängige Meinung, sei kein Mann von Format. Israel hätte vor ihm nichts zu befürchten. Schon gar nicht, nachdem er ein Jahr zuvor das Bündnis mit den Sowjets aufgekündigt hatte, was einen Krieg im Nahen Osten zu einem geradezu unmöglichen Ereignis werden ließ. Ein Friedensangebot, das die UNO wenige Jahre zuvor vermittelt hatte und das vorgesehen hätte, den Sinai im Austausch für Frieden mit den Ägyptern zurückzugeben, hatte Golda auch deshalb abgelehnt. Die Vermittlungsversuche Kissingers waren ebenfalls im Sande verlaufen. Für Israels Sicherheit war der Status quo die beste Situation, da war sich das »Küchenkabinett« einig. Und vor den nächsten Wahlen, die Ende Oktober anstanden, würde Golda sowieso nichts anderes entscheiden. In vertraulichen Gesprächen mit Kissinger hatte sie vereinbart, dass ein Präventivkrieg nicht mehr nötig sei für Israel. Und selbst wenn es einen Angriff geben würde, könne die israelische Armee das verkraften, hatte Golda Kissinger versichert. Denn mal ganz ehrlich, was hatten sie schon zu befürchten? Die Zahal, wie die israelische Armee genannt wurde, war allen arabischen Armeen haushoch überlegen. Vor allem die israelische Luftwaffe. Und selbst wenn

Golda daran gezweifelt hätte, so führte sie doch ein Land, in dem das ansonsten jeder glaubte. Sie konnte sich eine andere Meinung also gar nicht erlauben. Die Erfolge des Sechs-Tage-Kriegs waren ihnen allen zu Kopf gestiegen. Ihr Ego größer als jede Vernunft. Und wenn es nicht die Überzeugung von ihrer Vormachtstellung in der Region war, die sie blind werden ließ für die Gefahr, die immer noch von den Ägyptern und Syrern ausging, dann war es die Tatsache, dass Israel in diesen Tagen vermehrt mit anderen Herausforderungen zu kämpfen hatte. Ein Jahr zuvor hatte ein Kommando der PLO bei der Olympiade in München, ausgerechnet!, elf israelische Sportler ermordet. Die Palästinenser und ihr Terror waren Israels größtes Problem, davon war Golda überzeugt. Das war der Krieg, auf dem ihr ganzer Fokus lag.

*

Am 27. September traf Mordechai Laniado, israelischer Unteroffizier in Reserve, mit seiner Einheit am Suezkanal ein. Die Soldaten bezogen Stellung an der Bar-Lev-Linie, die zu diesem Zeitpunkt als unüberwindbar galt. Kaum angekommen beobachteten Mordechai und seine Kameraden, wie sich das ägyptische Militär am anderen Ufer versammelte. LKWs, Kanonen und Raketenwerfer trafen nach und nach unter Mordechais ungläubigen Blicken ein. Er berichtete sofort an das Hauptquartier.

»Macht euch nicht ins Hemd«, bekam er von dort als Antwort, »wir wissen Bescheid.«

Mordechai fühlte sich nicht ernst genommen. Seine Kameraden zuckten mit den Schultern. *Das werden die üblichen*

Herbstmanöver der Ägypter sein, beruhigte er sich schließlich. Dann dachte er an seine Frau. An die Kinder, die sie, Baruch Ha Schem, bald bekämen, und die dann mit Jaffas Söhnen spielen würden. Er dachte auch an seine Mutter Saïda, die für seine Kinder, so wie schon für ihn, die beste Kubbeh Israels kochen würde.

*

In Kairos Dämmerung, die Sonne war gerade untergegangen, ging Anwar El-Sadat am 5. Oktober in die große Moschee, um das Abendgebet zu sprechen. Sie befanden sich mitten im Ramadan, erst als die Mondsichel am Himmel zu sehen war, durften El-Sadat und seine Männer endlich das Fasten brechen. El-Sadat aß mit großem Hunger. »Ich erwartete den kommenden Tag, an dem der Krieg über die Welt kommen würde, wie ich nie einen Tag in meinem Leben erwartet habe«, wird er später in einem Buch über sein Leben schreiben.

In derselben Nacht, um 3:40 Uhr, weckte ein Anruf Golda Meir aus ihrem sowieso schon unruhigen Schlaf: »Mein Informant sagt, heute Abend um 18 Uhr wird Krieg herrschen«, die Stimme des Mossad-Chefs klang gedämpft, so als wollte er irgendjemanden im Zimmer nicht aufwecken. Golda legte auf und atmete tief ein. Sie wusste, dass die Syrer im Norden und die Ägypter im Süden bereits aufmarschiert waren. Sie schluckte. Ihr Mund war trocken und ihre Zunge fühlte sich schwer und pelzig an. Am vorherigen Abend hatte Jom Kippur begonnen, der heiligste Feiertag im jüdischen Jahr. 25 Stunden lang durften Juden nichts essen, nichts trinken und auch sonst keinerlei Arbeiten verrichten. Es war der einzige Tag im Jahr, in dem mindestens die Hälfte des Volkes in der Synagoge saß und betete. Es war der einzige Tag im Jahr, in dem die meisten Fernseher und Radiogeräte ausgeschaltet blieben und niemand mit dem Auto fuhr.

Golda ging in die Küche und füllte sich ein Glas Wasser ein. Und während das israelische Volk langsam erwachte, traf Golda um acht Uhr fünf mit dem Kabinett zusammen, das jetzt ein Kriegskabinett geworden war.

»Wenn der Krieg in zehn Stunden beginnt, muss ich die Reservisten einberufen. Ich brauche 200 000, um uns zu verteidigen und dann zum Gegenschlag anzusetzen«, ergriff der Generalstabschef das Wort.

»Ich bin nicht einverstanden«, erwiderte Moshe Dayan. »Wenn wir in einem solchen Umfang mobilisieren, wird es heißen, wir seien die Aggressoren. 70 000 sollten reichen.«

Der Generalstabschef drängte weiter. »Wir können bereits heute Mittag die syrische Luftwaffe angreifen.«

»Ja, das ist verführerisch«, antwortete Golda ihm nachdenklich und zog an ihrer Zigarette – Jom Kippur hin oder her –, »aber es geht nicht. Niemand wird uns glauben, dass wir uns verteidigen mussten.«

Mit solchen Sätzen beginnen Katastrophen.

*

Das Telefon von Mordechai Laniado, der für Jom Kippur, wie die meisten Reservisten, nach Hause geschickt worden war, klingelte fast so früh wie Goldas.

»Du musst sofort zurückkommen«, rief sein Kommandant, »der Bus fährt in einer Stunde in Haifa los.«

Mordechai packte seinen Rucksack und verabschiedete sich hastig von seiner verschlafenen Frau. Sie weinte nicht und sah ihn nur mit müden, leeren Augen an. Er hätte ihr gerne versichert, dass er bald wiederkäme, aber er wusste nicht, ob »bald« der Wahrheit entsprochen hätte. Denn wenn man ihn an diesem heiligen Tag zur Armee rief, stimmte etwas nicht. »Gib bitte meiner Mutter und Jaffa Bescheid, ich war eigentlich heute mit ihnen verabredet«, sagte er dann noch und bereute später, dass es nichts von mehr Tiefe und Bestand gewesen war.

Im Bus angekommen wurden er und die anderen Soldaten hin und her gefahren. Zur Kaserne, zu einem anderen Stützpunkt und wieder zurück.

Irgendetwas läuft hier schief, dachte Mordechai, *irgendetwas läuft hier gewaltig schief.*

Kurz vor eins kam er endlich an seinem Stützpunkt an. Eine Stunde später explodierten weiter im Süden Granaten. Die ägyptische Armee hatte nicht nur das Überraschungsmoment auf ihrer Seite, auch die Kombination aus Luft- und Artillerieschlägen verdutzte die Israelis. Innerhalb kürzester Zeit hatten die Ägypter mit Schlauchbooten den Suezkanal überquert und machten sich nun daran, die angeblich unüberwindbare Bar-Lev-Linie, deren Bau immerhin 500 Millionen Dollar gekostet hatte, zu überwinden. Mit starken Wasserpumpen, deren Gasturbinenantrieb aus deutscher Herstellung stammte, gelang es ihnen in kürzester Zeit, die massiven Erdwälle mit Wasser aus dem Suezkanal zu beschädigen und hinter sich zu lassen. Sie stürmten jetzt auf den Sinai. Ein ägyptischer Soldat namens Mahmud rannte über den steinigen Sandboden auf der israelischen Seite des Kanals. Er überquerte eine Steinmauer, kletterte geschwind einen Hügel hoch, und dort oben, mitten auf dem Hügel, zwischen Granaten und Explosionen, rammte er die ägyptische Fahne in den Boden. Dann ließ er sich auf den Sand fallen und flüsterte: »Walla, du warst in meinen Träumen. Seit sechs Jahren habe ich diesen Moment herbeigesehnt.« Er nahm eine Handvoll Sand und kostete von ihr. »So süß wie Zucker.«

*

Als Henry Kissinger in Washington von dem Überraschungs-angriff auf Israel erfuhr, schüttelte er ratlos den Kopf: »Was hat El-Sadat nur dazu bewegt?«, sagte er zu seinen Beratern, »dieser Wahnsinnige! Begreift er denn nicht, dass die Israelis ihn zu Kleinholz verarbeiten werden? Wenn die Israelis einmal losmarschieren, sind sie in 24 Stunden in Kairo.«

Aber 24 Stunden später hatten die syrischen Truppen im Nor-den die israelischen überrannt. Und an der Grenze zu Ägypten waren sämtliche israelischen Bunker an der Bar-Lev-Linie zer-stört oder abgeschnitten. Hunderttausende ägyptische Solda-ten hatten den Kanal überquert.

Mordechai Laniado und seine Kameraden warteten wäh-renddessen auf die Ankunft ihres Divisionschefs, der für den Krieg aus dem militärischen Ruhestand geholt wurde. Ariel Sharon, den alle nur Arik nannten, war eine Legende in ihren Kreisen. Schon mit 13 war er der Hagana beigetreten und hatte danach in allen Kriegen seit der Staatsgründung an wichtigs-ter Stelle gekämpft. Arik Sharon war nicht nur ein sehr eigen-williger General, er war einer mit Erfahrung. Und deswegen erkannte er sofort, als er nach seiner Ankunft in die Augen seiner Soldaten schaute, dass ihnen eine Niederlage drohte. Er wusste auch, dass die Ägypter, die nach der schweren Niederlage '67 auf Rache sannen, keine Chance unversucht lassen würden, um seine Männer zu vernichten. Sie hatten Blut geleckt. Vielleicht wollten sie sogar ganz Israel erobern. Ein Gefühl der Panik ergriff ihn. Er fühlte sich an den ersten Krieg erinnert, den er 1948 in Israel erlebt hatte und in dem sie ums nackte Überleben gekämpft hatten. Sie standen, da war Arik Sharon sich sicher, wieder einmal am Rande des Abgrunds.

*

Am achten Oktober, zwei Tage nach Ausbruch des Krieges, erreichte Golda eine ganz und gar niederschmetternde Nachricht: Der israelische Gegenangriff auf dem Sinai war gescheitert. 400 Panzer waren verloren gegangen. Die menschlichen Verluste enorm. Der Anruf bei Kissinger und die Bitte um militärische Unterstützung brachte ihnen eine Abfuhr ein. Die Amerikaner wollten es sich nicht mit den Russen verscherzen. Davon abgesehen glaubte niemand ihnen, dass die Situation wirklich so schlimm war. Dass die als unbesiegbar geltende Zahal auf einmal schwächelte. Golda wusste, dass das Ende ihrer Karriere nahte. Sie ahnte, dass sie – egal wie der Krieg weitergehen würde, und noch hoffte sie, dass die Zahal das Ruder zu ihren Gunsten herumreißen konnte – schon bald nicht mehr Ministerpräsidentin des jüdischen Staates sein würde. Sie ahnte, dass ihnen dieser Krieg noch viele Jahre tief in den Knochen stecken würde. Sie ahnte, dass die rechten Parteien in ihrer Heimat vom Krieg profitieren würden. Und wer wusste schon, was noch alles auf sie zukam? Bald würde ihnen nur noch der Einsatz der Jericho-Raketen bleiben. Und nur Gott wusste, was dann passierte. Aber bevor es so weit war, wollte Golda sich noch einmal erinnern. Sie zündete sich eine Zigarette an und dachte an die schwierigen Momente und an die schönen. Erinnerte sich daran, wie man sie, da war sie schon Premierministerin, in ihrer ehemaligen Schule in Milwaukee empfangen hatte. Dachte daran, wie dort eine Schulklasse dunkelhäutiger Kinder die Tikwa sang. Zu den Klängen der israelischen Hymne war sie, die ein Leben lang davon geträumt hatte, einen jüdischen Staat mit aufzubauen, den Gang entlanggeschritten und hatte gedacht: Das Leben steckt voller Wunder.

Kurze Zeit später rangen sich die Amerikaner schließlich doch noch dazu durch, eine Luftbrücke einzurichten, um ihrem Bündnispartner Israel zur Seite zu stehen. Viel wichtiger aber war: Nun waren es die Ägypter, denen der Erfolg zu Kopf gestiegen war. El-Sadat, der davon träumte, die Ehre seines Volkes wiederherzustellen, entschied gegen die Meinung seines Generalstabschefs, dass sie weiter auf den Sinai marschieren würden. Der ägyptische Generalstabschef wusste, dass diese Offensive sie aus ihrer Luftverteidigungszone heraustrieb und die Israelis sie damit in der Hand haben würden. Aber sosehr er sich bemühte, sosehr er schrie und wütete – im Krieg war gerade eine politische Entscheidung getroffen worden. El-Sadat wollte sich gemütliche Jahre als Präsident sichern, und dafür war ein Erfolg von solcher Vehemenz nötig.

Im Morgengrauen des 14. Oktober vernichtete die israelische Luftwaffe innerhalb weniger Stunden 250 ägyptische Panzer.

Die wenigen ägyptischen Soldaten, die überlebten, rannten barfuß durch die Wüste, bevor sie gefangen genommen und erschossen wurden. Auch auf dem Golan gelang es den Israelis, die syrischen Truppen zu vertreiben. Man war nun auf dem Weg nach Damaskus. Bei Golda klingelte wieder das Telefon: »Golda«, sagte ihr Sinai-Befehlshaber mit seiner ruhigen, tiefen Stimme zu ihr, »die Zahal ist wieder die Zahal. Und unsere Nachbarn sind wieder, was sie waren.« Der Krieg, dachte Golda erleichtert, war so gut wie vorbei.

Aber einem toten Soldaten ist es egal, wer den Krieg gewinnt und wer ihn verliert.

Als die ägyptische Armee schwere Rückschläge einstecken musste, sahen die Feldherren um Arik Sharon die Chance gekommen, zum endgültig entscheidenden Angriff überzugehen. Danach, so waren sich die Militärs einig, danach wäre der Krieg vorbei. Es galt, die Vorherrschaft über den Suezkanal zurückzuerobern. Ja, ihn gar zu überqueren und sich auf den Weg nach Kairo zu machen. Den Ägyptern musste ein für alle Mal klargemacht werden, wer der Stärkere war.

»Araber«, sagte Itzchak Rosenthal gerne, wenn er zu Hause vor dem Fernseher saß, »Araber verstehen nur eine Sprache: Stärke!« Manchmal sagte er auch: »Nur ein toter Araber ist ein guter Araber«, aber das verbot ihm Jaffa schließlich. Solche Sachen wollte sie in ihrem Haus nicht hören. Sie würden besser sein als ihre Feinde, ihre Kinder keinen Hass lehren. Wie im Hause Rosenthal teilte sich das ganze Land in zwei Lager auf: in diejenigen, die glaubten, dass nur Frieden für Sicherheit sorgte, und diejenigen, die davon überzeugt waren, dass nur Stärke den Fortbestand ihres Landes gewährleisten würde.

Wenn eine Armee eine andere angreift, sollte das Kräfteverhältnis eigentlich bei 3:1 stehen. Drei Panzer auf einen. Drei Soldaten auf einen. Und so weiter. Als die Zahal die Ägypter angriff, um die Pfade zum Suezkanal zu öffnen, stand das Verhältnis 1:3. Und eigentlich hätte allen Beteiligten von vornherein klar sein müssen, dass das Überraschungsmoment nicht ausreichen würde, um zu siegen. Nein, für den Sieg würden sie schwere Verluste in Kauf nehmen müssen. Sie wollten die Ägypter kleinkriegen, erschöpfen. Dafür brauchte es eine Menge Kanonenfutter. Das muss Arik Sharon gewusst haben. Vielleicht unterschätzte er aber auch nur die Übermacht der Ägypter, die sich überall vor dem Zugang zur Kreuzung Lexikon / Tirtur verstreut hatten. Am Ende sind auch die besten Kommandanten, die besten Generäle, ja die besten Soldaten nur Menschen. Fehlbar. Und im Krieg wurden falsche Entscheidungen getroffen. Entscheidungen, die politisch richtig, aber militärisch falsch waren. Und Entscheidungen, die militärisch richtig, aber für das Leben falsch waren.

Am Morgen des 15. Oktober wurde Mordechais Bataillon zu einer anderen Brigade gesteckt. Er gehörte jedoch immer noch zur 143. Panzerdivision, angeführt von Arik Sharon. Aber wäre er an diesem Morgen nicht zu der anderen Brigade geschickt worden, wäre alles anders gekommen. Er wäre nicht unter den Ersten gewesen, die in die Schlacht zogen und unter Beschuss gerieten. Er wäre nicht unter denen gewesen, die im Sperrfeuer verschwanden. So wenig lag manchmal zwischen Leben und Tod. Eine kleine Entscheidung, das Drehen an einer winzigen

Schraube, konnte das ganze System umwälzen. Später würde Jaffa oft Antworten suchen – aber welche Antworten gab es schon auf die Wahllosigkeit des Schicksals?

Gegen Abend setzten sich sechs gepanzerte Kampffahrzeuge und acht Panzer in Bewegung, um die Kreuzung Lexikon / Tirtur frei zu kämpfen und damit den Zugang zum Suezkanal zu öffnen. Den zweiten Panzer steuerte Mordechai Laniado. Er war ein guter Fahrer. Einer, der ruhig blieb. Einer, der das schwere Fahrzeug geschickt lenkte, sodass sie nicht stecken blieben oder zu lange auf der Stelle standen.

Kurz nach Beginn der Offensive, gegen halb zehn, wurde Mordechai und seinen Männern, sie waren zu viert, jedoch klar, dass sie keine Chance hatten, die Kreuzung zu erreichen. Die Ägypter waren überall. Ihre Panzer vergraben, sodass nur der Turm und die Kanonen aus dem Sand herausragten, schossen sie auf alles, was sich bewegte. Gefährlicher aber waren die Sagger-Panzerabwehrraketen, hinter denen sich überall an den Seiten ägyptische Soldaten positioniert hatten. Sie kamen wie aus dem Nichts. Es war dunkel, überall um sie herum brannte und loderte es. Sie hatten keine Ahnung, wo der Pfad, den sie freimachen sollten, überhaupt genau lag. Als sie schließlich den Kontakt zum Kommandanten und seinem Stellvertreter verloren, wusste Mordechai, dass auch ihre Stunden gezählt waren. Sie krochen durch die Wüste wie Raupen auf dem Präsentierteller. Leichte Beute. Schließlich versperrte ihnen auch noch ein brennender Panzer den Weg und sie kamen endgültig zum Erliegen.

Einer seiner Kameraden hatte ein kleines Radio dabei, das er nun, da es nichts mehr zu verlieren gab, anstellte. Auf Radio Montecarlo lief Schuberts Serenade. »Das ist die Einspielung von Franck Pourcel«, sagte sein Kamerad und summte dann leise mit, in einer Sprache, die Mordechai nicht sprach, aber die seinem noch ungeborenen Neffen Eitan viele Jahre später nur allzu vertraut sein würde:

Leise flehen meine Lieder,
Durch die Nacht zu dir;
In den stillen Hain hernieder,
Liebchen, komm zu mir!

In etwa zweihundert Metern Entfernung positionierte sich Mahmud, der ägyptische Soldat, hinter seiner Sagger. Seine schmalen Hände lagen auf dem Joystick, mit dem er die Panzerabwehrrakete starten würde. Es waren die Hände eines Mannes, der noch nie eine Frau berührt hatte. Die Hände eines Mannes, der bereits genau wusste, wen er heiraten würde. Seine Zukünftige Noha wartete im Nildelta auf ihn. Im Dorf Mīt Abu 'l-Kūm, aus dem auch ihr großer Führer Anwar El-Sadat stammte, würden sie ihr gemeinsames Leben beginnen.

Sobald dieser Krieg vorbei war.

Mahmud schaute durch das Periskop, seine schmalen Hände glitten über den Joystick, und er drückte ab.

*

Kurz bevor er seinen letzten Atemzug tat, den Suezkanal im Dunkeln vor sich liegend wie ein rechteckiges Meer, schrieb Mordechai Laniado in Gedanken Abschiedsbriefe. Schrieb seiner Frau, wie sehr er sie liebte und dass er nicht wollte, dass sie allein blieb. Sagte seinen Geschwistern, dass er sie vermissen würde, dass es ihn aber umso mehr schmerzte, wie sehr sie ihn vermissen würden. Am längsten dachte er an seine Schwester Jaffa. Daran, wie gerne er sie früher beobachtet hatte, wenn sie in der Küche stand, das Geschirr abwusch, *Umm Kulthum* hörte und dazu sang. An ihr dichtes schwarzes Haar, das dabei um ihr Kinn wippte, ihre wachen, warmen Augen, die noch jeden Menschen zum Reden brachten. Sie war die Einzige, die so abwusch, wie ihre Mutter Saïda es gerne hatte. Jaffa war überhaupt das einzige der sechs Kinder, das Saïdas strenge Regeln in der Küche zu ihrer absoluten Zufriedenheit befolgte. Mordechai hatte es trotzdem immer unnötig gefunden, dass ihre Mutter für Jaffa extra kochte, weil sie keine Kubbeh mochte, sondern immer nur Schnitzel wollte. Sie war ein verwöhntes Mädchen gewesen, hatte ihre kleinen Neurosen immer schon zu sehr gepflegt für seinen Geschmack, aber sie war auch die beste Schwester, die er sich vorstellen konnte. Als er zwölf war und ihn ein deutlich stärkerer Klassenkamerad auf dem Schulhof verprügeln wollte, war es Jaffa, die sich auf den Rücken des Jungen warf und ihn so lange biss und kratzte, bis er von ihm abließ. Er, Mordechai, war schon immer zu gutmütig gewesen. Jaffa verteidigte ihn. Sie passte auf ihn auf und kümmerte sich um ihn, als wäre sie die Ältere und nicht er. Acht Stunden war seine kleine Schwester Bus gefahren, damals, als er gerade seinen Armeedienst begonnen hatte. Vier Stunden hin und vier zurück, nur um ihm seine geliebte Kubbeh von der Mutter zu bringen. Gesegnet war er, sie in seinem Leben zu haben. Gesegnet waren alle, die sie kannten und deren Leben sie berührte. Er kannte niemanden, der sich so für Menschen aufopferte wie Jaffa, und er hoffte inständig, dass das Leben es ihr danken würde. Dann formulierte er in Gedanken sein wichtigstes Anliegen: Sie, Jaffa, solle sich um ihre Mutter kümmern, wenn er nicht mehr da wäre. Beim Gedanken an seine Eltern wurden Mordechais Augen feucht. Was hätte er in diesem Moment dafür gegeben, sie noch einmal umarmen zu können. Den schmalen drahtigen Körper seines Vaters und den mit jeder Schwangerschaft runder gewordenen seiner Mutter. Noch einmal das Leben umarmen, noch einmal das Leben ganz und gar spüren, von den Zehenspitzen bis in die Haarwurzeln.

Die Sagger zischte mit schlingernden Bewegungen durch die Nacht und Mordechai begann zu beten. »Schma' Israel, adonai eloheinu, adonai echad.«

Kupfer und Sprengstoff trafen den Panzer. Das Kupfer schmolz, brannte ein kleines Loch in die Außenwand, und die Sagger begann innerhalb des Panzers wie ein Ballon, aus dem alle Luft entwich, zu kreisen. Mordechai Laniado hörte noch das Zischen, aber bevor er spüren konnte, wie heiß es auf einmal um ihn herum wurde, wurde es schon schwarz vor seinen Augen. Die Explosion zerfetzte seinen Körper. Das heiße Kupfer traf auch die Munition des Panzers, und wie aus einem speienden Vulkan flogen die Funken aus dem Fahrzeug. Es explodierte, eine unheimliche Kraft an Feuer und Sprengstoff und Tod entlud sich, ließ den am Himmel leuchtenden Mond ganz blass aussehen, sodass er für einen kurzen Moment vom Himmel verschwand. Ja, selbst der Mond versteckte sich in dieser Nacht auf dem Sinai, die die einsamste der Welt war. Und von Mordechai Laniado würde man später nur zwei Knochen finden: einen aus der Wange und einen aus der Hüfte.

*

Der 18. Oktober 1973 begann für Jaffa wie jeder andere Tag. Sie stand frühmorgens um sechs Uhr auf. Kochte für sich und Itzchak einen Tee mit Kräutern, die sie auf dem Berg neben ihrer Wohnsiedlung geschnitten hatte, und hörte Radio. Der Krieg dauerte bereits seit fast zwei Wochen an. Noch nie hatten sie so um die Existenz ihres Landes gefürchtet. Nicht wenige, mit denen Jaffa sprach, rechneten schon mit dem Ende Israels. Die Angst hatte sich selbst bei den Optimisten eingeschlichen, hatte sich zu Hause auf ihre Sofas gesetzt und wollte nicht mehr gehen. Viele Männer aus ihrer Nachbarschaft waren eingezogen worden. Viele, viele Männer. Vor allem aber Mordechai. Und das war für Jaffa das Schlimmste. Wenn die Panik, die Angst um ihren Bruder in ihr hochstieg, versuchte Jaffa, sich zu beruhigen. Mordechai würde nichts passieren, immerhin war er klug und geschickt, viel klüger, viel geschickter als irgendjemand sonst, den sie kannte. Aber tief drinnen wusste sie doch, dass der Krieg vor klug und geschickt nicht haltmachte. Wenn die Waffen gewetzt wurden und Menschen sich erst in Feinde und dann in Ziele verwandelten, konnte nur noch der Glaube an Gott helfen. Jaffa glaubte an Gott. Immer schon. An Gott zu glauben stand in ihrer Familie nie zur Debatte. Sie glaubte an Gott, so wie sie daran glaubte, atmen zu müssen. Glaubte an Gott, so wie sie an die Sonne, den Mond und das Meer glaubte. So wie sie an die Dinge glaubte, die sie jeden Tag sah. Es gab ihn einfach. Sie befolgte seine Regeln und bat ihn dafür in Situationen wie dieser um Beistand.

Als man sie an diesem Morgen zu ihren Eltern rief, versuchte sie deshalb zu glauben, dass es keine schlechten Nachrichten sein konnten. Sie betete dafür, dass Gott ihren Bruder schützen würde. Anders als Saïda war Jaffa jedoch nicht fest davon überzeugt, dass solche Dinge wie Krieg oder Verfolgung sie nicht treffen könnten. Dass Unglücke wie diese nur anderen passierten. Jaffa wusste, dass sie allen passieren konnten. Es gab für nichts eine Garantie. Sie glaubte an Gott, ja, aber sie glaubte auch, dass in seiner Welt Licht und Schatten, Gut und Böse zusammen existierten. Es gab keine Ausnahmen für Auserwählte, auf die das Leben in seinem Lauf Rücksicht nahm. Niemand konnte sich vor der Wahllosigkeit des Schicksals schützen.

Sie brachte die Kinder zu einer Nachbarin und ging die Straßen ihrer kleinen Stadt, am Fuße des Karmelgebirges, nur einen ausgedehnten Spaziergang vom Meer entfernt, mit zügigen Schritten entlang. Drehte sich nicht um, als ihr ein Mann hinterherschaute, obwohl sie seinen Blick ganz deutlich in ihrem Rücken spürte. Jaffa wusste, dass sie schön war. Zum Glück, denn wie lächerlich wäre ihr Name, der »Schönheit« bedeutete, sonst gewesen. Sie winkte auch nicht zurück, als ein Kollege ihres Mannes von der anderen Seite der Kreuzung grüßte. Sie lief, sie marschierte, war jetzt selbst ein Soldat. Sie zog in ihre letzte Schlacht. Schon bevor sie in die kleine Gasse, die zu dem Haus ihrer Eltern führte, einbog, hörte sie die Stimme ihrer Mutter. Hörte das Schreien. Hörte die Klagelaute, die geradezu unmenschlich klangen. Jaffa wich zurück. Einen Moment lang blieb sie wie angewurzelt stehen und blickte in den Himmel. Sie hörte ihre Mutter schreien: »Hast du mich verlassen, Adonai? Hast du uns vergessen, Elohim?«

Jaffa musste sich zwingen, weiterzugehen. Jeder Schritt fiel ihr nun schwer. Es war, als wenn ihre Füße ihr nicht mehr gehorchen wollten. Statt Blut lief Blei durch ihre Venen. Ihre Füße waren zu Steinen geworden. Jaffa wusste, wenn sie im

Haus ihrer Eltern angekommen war, würde die Welt nie wieder so sein wie zuvor.

Das Unglück, das Saïda nie für möglich gehalten hatte, hatte sie gefunden.

AUFGEHENDE SONNE

Es gab nicht viel in der DDR. Alkohol gab es immer.

Aber daran lag es nicht, dass Majas Mutter so gerne trank. Es lag daran, dass Astrid nie eine andere Chance gehabt hatte. Der Schnaps gehörte dazu. Zu ihrer Familie. Zu ihrer Kindheit. Zu ihrer Jugend. Zu ihr. Jahre später würde er dann auch zu Majas Leben gehören, aber anders, als es bei Astrid der Fall war.

Ihren ersten Schnaps probierte Astrid nicht freiwillig. Sie hatte noch nicht einmal die FDJ-Bluse mit der aufgehenden Sonne überreicht bekommen, als ihr Vater mit der Flasche vor ihr stand. Bei ihrer Jugendweihe goss er ihr einen Blauen Würger ein und hielt ihn barsch vor ihr dezent geschminktes, noch von Babyspeck durchsetztes Gesicht: »Los, trink«, sagte er in diesem Ton, der sie hilflos machte. Wenn er in diesem Ton mit ihr sprach, fühlte sie sich so allein wie der letzte Mensch auf der Erde. Wobei ihr allein zu sein lieber gewesen wäre als in Gesellschaft des Mannes, den Astrid und Susi am liebsten von hinten sahen. Ihr Vater hatte wie so oft schon beim Frühstück einen gekippt, und jetzt forderte er von ihr, die gegen alle Wahrscheinlichkeiten noch nie in ihrem Leben Alkohol getrunken hatte, mitzumachen. Das Ekel hasste es, allein besoffen zu sein. Die Zeremonie war gerade erst vorbei (»Seid ihr bereit, für den Frieden, Sozialismus und Völkerfreundschaft einzustehen? – Ja, das geloben wir. – Seid ihr bereit, in der sozialistischen Gesellschaft nach Bildung und Kultur zu streben? – Ja, das geloben wir. – Seid ihr bereit, die Freundschaft zur Sowjetunion zu festigen? – Ja, das geloben wir. Mit Herz und Verstand für die hohe und edle Sache des Sozialismus!«), und Astrid stand verloren vor der großen Bühne. Hielt sich mit vor Aufregung schwitzenden Händen an dem Blumenstrauß und der Mappe, die man ihr überreicht hatte, fest. Sie fühlte sich unwohl in dem babyblauen, bodenlangen Kleid, das Susi ausgewählt hatte. Astrid hätte lieber den schicken schwarzen Samtanzug mit der kurzen Kastenjacke und der Schlaghose getragen, den sie seit Wochen im Schaufenster vom Centrum Warenhaus am Alex bewunderte, er hätte auch viel besser zu ihrer Figur gepasst. Aber weil Susi wusste, dass für ihre Jugendweihe nächstes Jahr keine neue Ausstattung gekauft werden würde, hatte sie Astrid überredet, das Kleid zu nehmen. Nun trug Astrids Freundin Angelika den Anzug, und Astrid konnte sie die ganze Veranstaltung über nicht angucken, so wütend war sie. Als sie sich nach der Zeremonie auf der Bühne für die Fotos aufstellten, hätte sie sich am liebsten hinter Susi und dem Ekel unsichtbar gemacht. Aber ihr Vater schwankte schon so bedrohlich, dass sie ihn einhaken musste und nun ganz vorne stand. Mitten im Bild. Beim Gedanken daran hätte

sie am liebsten geheult. So würde man sich später an sie erinnern: Astrid Klatt, Bohnenstange, lächerliches, babyblaues
Kleid.

Als ihr Vater ihr kurz danach das volle Schnapsglas ins Gesicht hielt, spürte sie, wie ihr innerer Widerstand brach. Es
war nicht das erste Mal, dass er ihr Alkohol anbot. Sie hatte
immer Nein gesagt. Astrid schaute zu ihrer Schwester, aber Susi
kicherte nur albern. Susi war eine Schulklasse unter ihr, aber
anders als Astrid musste man sie zu Dummheiten nicht zwingen. Dummheiten fanden Susi, und Susi sagte nie Nein. Und
auch wenn Astrid sonst immer gut auf ihre kleine Schwester
aufpasste, heute war es ihr nicht gelungen. Das Ekel musste
ihr schon einen Blauen Würger eingefüllt haben, während
Astrid auf der Bühne noch für die *edle Sache des Sozialismus*
einstand.

»Nu' trink schon, du Streberin«, rief Susi ihr zu, weil Astrid
immer schon die Schlaue war und Susi die Wilde. Und weil
sie sich ohne Susi als Verbündete noch einsamer fühlte und
weil sie sich in dem lächerlichen Kleid auf dieser lächerlichen
Veranstaltung so erbärmlich vorkam, gab sie nach und kippte
sich den Wodka in die Kehle. Erst brannte der Alkohol in ihrem Hals wie Feuer und sie bereute es. Doch dann wurden
ihre Knie angenehm weich. In ihrem Bauch breitete sich eine
wohlige Wärme aus. Und das fühlte sich fast an wie Verliebtsein. Zumindest stellte sie sich das so vor, denn sie war noch
nie verliebt gewesen. Aber sie hatte ein paarmal fasziniert gelauscht, wie Susi mit glitzernden Augen darüber gesprochen
hatte. Über Schmetterlinge im Bauch. Und weiche Knie. Und
daraus hatte Astrid geschlossen, dass für Verliebte alles möglich
war. Dass sich das, was sie erlebten, in einer fremden, bunten

Welt abspielte, die nichts mit dem grauen Alltag zu tun hatte, der ihre Wirklichkeit war. Schmetterlinge und weiche Knie. Was für eine Vorstellung! Astrid wusste nur, wie es sich anfühlte, wenn Frank aus der Parallelklasse ihr unbeholfen an die Brüste grabschte und am nächsten Tag mit einer anderen knutschte. Da erschien der Wodka plötzlich wie ein goldenes Ticket, ein goldenes Ticket zu Gefühlen, die sie sonst vielleicht nie erleben würde.

Natürlich wusste sie in diesem Moment noch nicht, dass auch der Schnaps am nächsten Tag verschwinden, sie aber immer noch in der gleichen Haut stecken würde. Natürlich ahnte sie in diesem Moment nicht, wie viele Male der Schnaps sie auf den Boden zwingen würde, mit tränenden Augen und Schüttelfrost. Hätte sie nicht getrunken, wenn sie das gewusst hätte? Wahrscheinlich wäre es ihr egal gewesen. Der Rausch war Astrids erster Ausflug in die Liebe. In ihre eigene Menschlichkeit. Sie, die immer funktionierte. Einsen schrieb und nebenbei den Haushalt schmiss. Sie, die Gruppenratsvorsitzende, die sich nie anmerken ließ, wenn irgendetwas sie verletzte. Egal ob es sich um eine Ohrfeige ihres Vaters handelte oder ob ihre Klassenkameraden ihr »Kein Arsch, kein Tittchen, sieht aus wie Schneewittchen« hinterherbrüllten. Sie ersäufte das, was die anderen als Stärke missverstanden und von dem sie ahnte, dass es in Wahrheit ihre größte Schwäche war. Ersäufte ihre Kontrolle, und in ihrem Bauch verwandelte sich Wodka in Geborgenheit. Wurde aus Ängsten ein samtiger Nebel, in dessen Umarmung sie sich selbst ertragen konnte.

Sie nahm das Glas und schaute nie zurück.

Dass sie von diesem Moment an immer weitertrinken

musste, lag vielleicht auch daran, dass sie ihren ersten Rausch – anders als andere Jugendliche, die mit Pfeffi oder Ki-wi experimentierten – mit hartem Alkohol erlebte. Hartem, purem, hochprozentigem Alkohol. Das war die Art von Einstieg, die keinen Blick zurück erlaubte und deren Radikalität dann doch wieder irgendwie typisch für sie war. Aber darüber dachte Astrid nicht nach. Auch nicht darüber, dass sie nie wie ihr Trinker-Vater werden wollte. Überhaupt war Alkohol das Einzige, über das sie, die sich sonst über alles den Kopf zerbrach, nicht nachdachte. Von diesem ersten Schluck Blauer Würger an wurde Schnaps ihr stetiger Begleiter. Bei der FDJ und später im Studium. Als Gruppenleiterin im *Pionierlager Kim Il Sung* in Prerow und beim Kartoffeleinsatz an der Sortiermaschine. Wenn sie verliebt war oder nicht. Wenn sie sich fallen lassen wollte, aber nicht konnte. Wenn sie eine Pause von sich selbst oder der Welt brauchte. Oder wenn all das zusammenkam. Schnaps und Bier waren immer da, wenn sie allein war. Ihre Orte der Zuflucht, wenn sie sich verloren fühlte. Ihre Routine. Ihre Freizeitbeschäftigung und ihr Ausgleich. Das Volk hatte die Arbeitersportbewegung, Majas Mutter hatte den Schnaps. Wenn sie einen sitzen hatte, setzte kurz ein Gefühl ein, das andere wohl als Zufriedenheit bezeichnet hätten. So wie Menschen sich vielleicht fühlten, nachdem sie einen Langstreckenlauf absolviert hatten. Oder wenn sie ein besonders schweres Gewicht über sich in die Luft stemmten. Dieser kurze Moment, in dem man sich selbst ertragen konnte. Wenn man erschöpft war und gleichzeitig erleichtert und stolz. Eine ganz besondere Art von Glück. Dann stoppte das Kettenkarussell in ihrem Kopf und Majas Mutter ließ die Beine in der Luft baumeln. Die Zeit blieb stehen, sie fühlte sich leicht und unbeschwert.

Sie war Kind und Erwachsene zugleich, und alles war gut, so wie es war. Auch sie. Bis sie wieder nüchtern wurde.

Zum Glück war Astrid trotzdem niemand, der die Kontrolle verlor. Und zum Glück konnte man damals eigentlich immer trinken, ohne aufzufallen. Vor der Arbeit, nach der Arbeit und dazwischen. Astrid war auch sehr gut in der Lage, mal monatelang keinen Tropfen anzurühren (das war ihr wichtig, denn sie war ja keine Säuferin, sie war nicht wie ihr Vater). Am leichtesten fiel ihr das, wenn Susi bei ihr war. Mit Susi an ihrer Seite fühlte sie sich immer ein wenig stärker als sonst. Ein bisschen weniger allein.

Susi und Astrid hielten zusammen. Zwei verlorene Kinder in einem eisigen Haus. Astrid fing die Ohrfeigen ab, wenn das Ekel im Suff mal wieder Streit suchte. Und Susi sorgte dafür, dass das Ekel ihnen so wenig wie möglich begegnete: Jeden Morgen stellte sie sicher, dass sich genügend Geld in seiner Hosentasche befand, damit er nachmittags nach der Arbeit direkt zur Pongo-Bar gehen und bis zum Abend durchsaufen konnte. Manchmal setzte sie auch die eine oder andere einsame Witwe oder Geschiedene auf ihn an, damit er für ein paar Tage gar nicht nach Hause kam. Susi war gut in solchen Dingen. Sie konnte Menschen manipulieren. Überall gab es noch jemanden, der ihr einen Gefallen schuldete. In ihren Taschen klapperte immer etwas Westgeld. Und egal, wie aussichtslos alles schien, Susi fand einen Weg. Auch dass die Schwestern vergleichsweise früh von zu Hause auszogen, war so eine typische Susi-Geschichte: Im zweiten Jahr ihrer Schneiderlehre bei VEB Treffmodelle, Astrid war im dritten, lernte Susi einen mosambikanischen Vertragsarbeiter kennen (er in der Abteilung Bügelei, sie in der schweren Damenoberbekleidung) und verknallte sich Hals über Kopf. Vielleicht hatte sie auch nur endlich den Menschen gefunden, der ihr am wenigsten ähnlich sah und dem Ekel am meisten Angst machen würde. Als ihr Vater von der jüngsten Liebelei seiner Tochter Wind bekam (»Ein Schwatter???«), schmiss er Susi in hohem Bogen raus. Nun könnte man einwenden, dass es in der antifaschistischen Deutschen Demokratischen Republik so etwas wie Ausländerhass nicht gab, aber das hätte auch nichts am Verlauf der Geschichte geändert. Von einem Tag auf den anderen stand Susi mit nichts als einer Reisetasche auf der Straße. Im Schlepptau Astrid, denn ohne Susi würde diese es ganz sicher nicht mit dem Ekel aufnehmen können, so »obrigkeitshörig«, wie sie war (Susis Worte).

Die beiden übernachteten ein paar Tage bei einer Kollegin (Susi auf dem Sofa, Astrid auf dem Boden davor), bis Susi eines Morgens auf die glorreiche Idee kam, eine der vielen ungenutzten Altbauwohnungen zu besetzen. »Wat die Oppositionsspinner können, können wir schon lange, Schwesterchen«, rief sie, als ginge es darum, den Staat zu stürzen, und verschüttete dabei fast ihren Mokka. Das war natürlich eine typische Susi-Übertreibung. Susi wollte immer etwas Besonderes sein. Wenn Astrid einen Moment nennen müsste, der Susi am besten beschrieb, dann der: wenn sie mit ihren auftoupierten, blondierten Haaren und viel zu viel hellblauem Lidschatten in den Betrieb stolzierte, als sei sie *Blondie* persönlich, und ihr alle Männer hinterhersahen, weil sie trotz ihrer riesigen Brüste nie einen BH trug. Astrid bewunderte ihre Schwester und war gleichzeitig oft entsetzt über sie. Susi ging immer in die Vollen,

Astrid war vorsichtig. Susi wusste, was sie wollte, Astrid wägte ewig ab. Susi nahm sich, was sie wollte, Astrid verpasste ihre Chancen. Astrid wusste, dass sie intelligenter war als ihre kleine Schwester, aber überlebensfähiger war Susi. Mehr Spaß hatte sie auch. Sie machte aus ihrem Leben ein Abenteuer, und dafür liebte Astrid sie.

Und so besetzte Susi nicht einfach eine Wohnung wie Hunderte andere, denen die Wohnungskommission der DDR Knüppel zwischen die Beine warf, sondern verkündete es mit Jeanne-d'Arc-hafter Revolutionslust. Astrid hingegen wusste zwar ganz genau, dass nicht nur Bürgerrechtler oder Punks die maroden Altbauwohnungen, in denen es weder Bäder noch Heizungen gab, besetzten (als Single oder unverheiratetes Paar hatte man ohne Beziehungen nämlich nicht den Hauch einer Chance, eine der modernen Neubauwohnungen zu ergattern), aber sie war eben daran gewöhnt, die Vernünftige von ihnen beiden zu sein. Und so war ihr augenblicklich unwohl bei dem Gedanken, einfach eine Wohnung zu *besetzen*. Doch Susi hörte ihr schon gar nicht mehr zu, als sie ihre Einwände vortrug, und überlegte bereits, welche Straßen infrage kämen. Ihr Entschluss stand, und was Susi wollte, das bekam sie. Das war die Routine der beiden Schwestern. Die eine hatte Ideen, die andere zweifelte, und am Ende entschied immer Susi. Und nach tagelanger, akribischer Suche (bei der sich Astrid, die immerhin neben der Lehre auch noch ihr Abitur machte – aber das war typisch, dass am Ende die ganze Arbeit an ihr hängen blieb –, quer durch den Friedrichshain und Prenzlauer Berg fragte) fand sie schließlich ein geeignetes Objekt: zwei große Zimmer und eine schmale Küche im Hinterhaus der Dunckerstraße 20. Dritter Stock, Außentoilette auf halber Treppe und Besitzer, die mit

ihren Erben im Westen lebten. Gemeinsam mit José, dem Mo-
sambikaner, den Susi der Einfachheit halber »Horst« nannte,
denn mit solchen »jottverdammten Zungenbrechern« hielt
sie sich nicht auf, öffneten sie an einem Dienstag nach seiner
Schicht vorsichtig die alte, schwere Holztür. Sie tauschten das
Schloss aus, stellten ihre Reisetaschen ab und gingen noch am
selben Tag zur Polizei, um sich anzumelden. Dann begannen
sie, Miete zu zahlen. Laut Mund-zu-Mund-Propaganda musste
man die Miete drei Monate lang zahlen, dann war man praktisch unkündbar.

Von da an wohnten sie in ihren eigenen vier Wänden, feuchte
Wände, aber Wände, die weit genug von dem Ekel entfernt
waren, um zu glauben, dass nun endlich ein neues Leben begann. Das Leben, das sie eigentlich leben sollten. Das Leben,
für das es sich lohnte zu leben. Das Leben, von dem sie immer
geträumt hatten.

Das ging ein paar Jahre gut.

Susi und Astrid machten es sich hübsch, strichen und tapezier-
ten. Im ersten Jahr in der Duncker hatten sie gemeinsam mit
einem Elektriker, den Susi immer dann küsste, wenn sie etwas
brauchte, sogar die gesamte Elektrizität erneuert. Auch den
Kohleofen hatten sie dank des jungen Mannes, der Peter hieß
oder Klaus, wieder in Schuss gebracht. Seitdem Susi begonnen
hatte, Sachen, die für das NSW gedacht waren, für die Quelle-
und Otto-Kataloge, aus dem VEB zu schmuggeln, und sie und
Astrid diese am Wochenende an der Ostsee vertickten, kauften
sie nur noch auf der Leipziger Straße ein. Dort, wo man die
DDR besonders schön gemacht hatte, weil die aus dem Westen

rüberschauen konnten. Sie tranken nur noch Mokka fix, aßen ungarische Salami und Mandarinen aus der Dose. Es waren Jahre, in denen Majas Mutter und ihre Schwester wie Königinnen lebten. Ein paar gute Königsjahre, in denen sie gekonnt ihre jeweiligen Stärken kombinierten. Doch als Susi Ende der 70er den fünften Kerl in zwei Monaten (und den wahrscheinlich hundertsten in den drei, vier Jahren) anschleppte – nicht der erste, der Astrid nicht in der Wohnung haben wollte, aber der erste, auf den Susi zu hören schien, und der dem Ekel erschreckend ähnlich war, weil auch er Ohrfeigen wie Bonbons verteilte –, überlegte Astrid sich, dass sie vielleicht doch eine eigene Bleibe brauchte. Oder vielleicht sogar ein eigenes Leben. Ein Leben, in dem sie nicht immer nur von Susis Entscheidungen abhängig war, von Susis schlechtem Männergeschmack. Denn sie war nicht zu Hause ausgezogen, damit nun ein anderes Ekel bestimmte, was sie zu tun und zu lassen hatte.

Deswegen war Astrid auch nicht unglücklich, als 1979 das Angebot kam, ins Nähmaschinenwerk in der Prignitz zu wechseln. Als Näherin sollte sie dort in der Abteilung für Forschung und Entwicklung arbeiten, Maschinen testen und Neuentwicklungen im Bereich Nähen betreuen. 640 Mark würde sie verdienen, ein kleines Vermögen. Außerdem hatte man ihr ein Hochschulfernstudium als Maschinenbauingenieurin in Aussicht gestellt, und Astrid hatte schon immer davon geträumt zu studieren. Niemand in ihrer Familie hatte je studiert. Aber sie, das hatte sie sich schon früh vorgenommen, sie würde etwas aus ihrem Kopf, der doch das Einzige war, was sie hatte, machen. Trotzdem fiel ihr der Abschied von Susi viel schwerer, als sie gedacht hatte. Ein Jahr nach ihrem Weggang aus Berlin dachte sie immer noch täglich darüber nach, ob es nicht ein Fehler gewesen war, in die Provinz zu kommen. Ob es nicht ein Fehler gewesen war, in diese Kleinstadt zu ziehen, die immer ekelhaft süßlich nach Chemikalien stank, weil es neben dem Nähmaschinenwerk noch eine Ölmühle und eine Zellwollfabrik gab, die gnadenlos und ohne Pause Luft und Körper der Bewohner vergifteten. Doch dann lernte sie an einem Samstagabend endlich Wolf kennen, und das war das Ende aller Zweifel.

Dass Astrid Wolf an diesem schicksalhaften Abend in der Hafenbar in dieser Kleinstadt in Brandenburg kennenlernte, war natürlich kein Zufall. In Astrids Leben gab es nämlich keine Zufälle. Sie hatte die Zufälle ausgemerzt. Zufälle verunsicherten sie. Sie hasste die Vorstellung, Dinge dem Zufall zu überlassen. Und deswegen hasste sie auch ihre Heimat. Da war nämlich alles immer Zufall. Reines Glück, ob man eine Lederjacke oder eine Jeanshose bekam. Glück und Tauschgeschick. Und von beidem hatte Astrid zu wenig. Also versuchte sie, wenigstens in den Bereichen ihres Lebens, in denen sie den Zufall nicht brauchte, die Kontrolle zu behalten. Und deswegen wusste Astrid, dass Wolf an diesem Abend in der Hafenbar am Tresen sitzen würde. Sie wusste, dass er wie immer einen Rotwein trinken würde (was sonst eigentlich niemand tat, weil der Rotwein eine Katastrophe war). Sie wusste, wo er zuvor gewesen war und wo er danach hingehen würde. Denn Astrid hatte sich lange auf den Abend vorbereitet. Eigentlich seitdem sie eines Tages, einige Monate nach ihrer Versetzung ins Nähmaschinenwerk, an einem Büro vorbeigelaufen war, in dem ein riesiges Bild an der Wand hing. Es gab auch manch andere

Mitarbeiter, die irgendwie versuchten, ihren Arbeitsplatz zu verschönern, in ihrem Büro zum Beispiel hing dekorativ der alte Singer-Schriftzug, aber so eine Malerei – ein echtes Kunstwerk, bestimmt zwei mal zwei Meter groß – gab es nirgendwo. Und weil die Tür offen stand und die Sekretärin gerade nicht da war, schlich sie sich in das Büro und bewunderte das Bild, auf dem es Farbe geregnet hatte und ein weit ausholender Schwung mit kurzen zackigen Pinselstrichen Fangen spielte, und an dessen Rand unten rechts der Name »Wolf Pagel« stand. Der gleiche Name, der auch auf dem kleinen Schild neben der Tür stand, nur dass da noch der Titel »Abteilungsleiter Technologie« hinzugefügt worden war. Und je länger Astrid das Bild anschaute, desto mehr hatte sie das Gefühl, sich selbst darin wiederzuerkennen. Und sie begann zu träumen.

*

Von da an lief Astrid fast täglich an Wolfs Büro vorbei, aber er bemerkte sie nie.

Als sie die Hoffnung fast aufgegeben hatte, an irgendeinem Abend, an dem sie eigentlich schon zu betrunken war und längst zu Hause hätte sein sollen, lernte sie Trotzki kennen. Trotzki wollte Astrid ins Bett kriegen, doch erst als er von seinem »juten Kumpel Wolf« erzählte, der immerhin Abteilungsleiter Technologie im Nähmaschinenwerk war und bei dem er, Trotzki, »sicher een jutes Wort für dich einlegen« konnte, wurde Majas Mutter schlagartig nüchtern. Es war ihre erste richtige Spur. Sie knutschte sogar ein bisschen an der kühlen Hauswand mit Trotzki herum, um ihn sich warmzuhalten und mehr über Wolf herauszufinden – das waren eigentlich eher Susi-Methoden, aber Astrid hatte inzwischen akzeptiert, dass sie sich hier und da doch etwas von ihrer Schwester abgucken musste, wenn sie in dieser Welt über die Runden kommen wollte. Vor allem aber hatte sie, nun in ausreichender Entfernung zu ihrer Schwester lebend, endlich angefangen, der Mensch zu werden, der sie wirklich sein wollte. Sie traf ihre eigenen Entscheidungen, bestimmte selbst über ihr Leben und ging dabei auch mal Wagnisse ein, die sie früher – vernünftig, wie sie immer gewesen war – nicht eingegangen wäre. Und so knutschte sie mit Trotzki, um ihrem Ziel, Wolf endlich kennenzulernen, ein bisschen näher zu kommen. Dieser Körpereinsatz war eine Überwindung für Astrid, denn Trotzki mit der hohen kahlen Stirn und den stechend grünen Augen war gar nicht ihr Typ. Aber wenigstens war er angenehm und unterhaltsam, und sie dachte sich, dass es schlimmer hätte kommen können. Er war keiner, der drängte oder ein »Nein« nicht akzeptieren konnte, gehörte also nicht zu der Art von Männern, die Astrid in ihrem Leben bisher viel zu oft begegnet waren. Sie war zum Glück nie von Interesse für Weiberhelden gewesen, sie zog eher merkwürdige Typen an. Ihre Nase war zu lang und schief (was sie immer nur auf Fotos entdeckte, aber nie, wenn sie in den Spiegel sah), und über ihren großen braunen Augen lagen Schlupflider. Ihre übervollen Lippen sahen aus, als wenn sie jemand zu fest aufgepustet hätte. Und ihr Gesicht endete überall abrupt mit Kanten, spitze Ohren hatte sie auch. Dazu kam eine bubenhafte Figur, die niemanden mit Forderungen erdrückte. Am wahrscheinlichsten aber lag es an ihren raspelkurzen Haaren. Neben Frauen, die all ihre Energie in den Sitz ihrer Frisur investierten, wirkte sie automatisch wie eine

Außenseiterin. Und deswegen zog sie diejenigen an, die sich ebenfalls wie Außenseiter fühlten. Der geschorene Kopf war ihr Markenzeichen, seitdem sie 16 war. Er war der erste und einzige Sieg über ihren Vater, den sie je errungen hatte. Astrid hatte von einem Stufenschnitt à la Anni-Frid von ABBA geträumt, und das Ekel (»Globst du Jöre, ick habe Jeld dafür, dass du dir im Salon frisieren lässt?«) hatte ihr damals die Haare geschnitten. Weil er dabei völlig betrunken war, hatte sie danach riesige Löcher in ihrer »Frisur«. Und ihr Pony sah aus, als hätte eine Maus daran geknabbert. Zuerst hatte Astrid voller Panik versucht, die viel zu kurz geratenen Stellen irgendwie in ein stimmiges Gesamtbild zu bringen, aber als Susi ihr schließlich zugrölte: »Am besten du rasierst dir gleich den janzen Schädel«, und das Ekel das mit den Worten kommentierte: »Als wenn die Mimose sich so was trauen würde«, griff sie kurzerhand zur Haarschneidemaschine und raspelte alles ab. Den Blick vom Ekel, eine Mischung aus Fassungslosigkeit und Anerkennung, würde sie nie vergessen. Er bestätigte sie darin, endlich mal etwas richtig gemacht zu haben.

Anfangs schämte sie sich für den Igel und trug immer eine Mütze, wenn sie die Wohnung verließ, aber dann kam der Sommer, und Hüte standen ihr nicht. Sie stellte fest, dass ihr Haarschnitt praktisch und funktional war und damit perfekt zu dem Leben passte, das sie sich vorstellte. Der Igelschnitt wurde ihr Markenzeichen. »Die Astrid mit dem Igel«, so nannte man sie jetzt. Und das war um Längen besser als »Schneewittchen, kein Arsch, kein Tittchen.«

Vielleicht also waren all diese Merkmale genau das, was diese Art von Männern ansprach: Sie war nicht zu schön. Man brauchte keine Angst vor ihr haben. Wenn sie Nein sagte, brach einem nicht das Herz. Sie war die, bei der man es einfach mal versuchen konnte, ohne große Fallhöhe. Und so griff sie diejenigen ab, die die anderen Mädchen gar nicht erst bemerkten. Männer, deren Nase immer in einem Buch steckte, deren Finger immer an einem Instrument hingen, die Denker, die Poeten, die Maler. Warum, wusste sie eigentlich selbst nicht genau. Sie las zwar viele Bücher, war früher manchmal in die Volksbühne gegangen, aber als künstlerisch hätte sie sich selbst nicht bezeichnet. Deswegen hatte es ihr auch nichts ausgemacht, als sie ihr den Job in der Provinz anboten. Während Susi die Hände über dem Kopf zusammenschlug, »wat willste denn in dit Kaff?«, war Astrid froh über den Neuanfang. Vor allem weil Susi trotzdem nur eine Zugstunde entfernt sein würde. Mehr aber noch, weil Susi endlich eine ganze Zugstunde entfernt sein würde. Aber selbst hier in dieser Kleinstadt aus Chemiegeruch und Schornsteinrauch fand sie den einen, der Bilder malte wie ein echter Künstler.

Majas Mutter freundete sich in besagter Nacht also mit Trotzki an und fragte ihn bei jedem Treffen, das dann folgte, unauffällig über Wolf aus. Akribisch und geduldig wie ein Wissenschaftler, der Informationen über seinen Forschungsgegenstand sammelte. Ihr entging keine noch so beiläufig gemachte Bemerkung. Trotzki war zum Glück keiner, der besonders misstrauisch war (oder war er vor allem einer, der sich selbst gerne reden hörte?), und so plauderte er ein paar Abende nach ihrem Kennenlernen aus, dass Wolf keine Freundin oder Frau, sondern »nur« wechselnde Frauengeschichten hatte, und erzählte später noch, dass Wolf Pagel in der Sandstraße 9 wohnte.

Als Astrid endlich Wolfs Adresse kannte, hörte sie schlagartig auf, sich mit Trotzki zu treffen. Sie sah ihn erst sehr viel später wieder, als sie bereits mit Wolf zusammen war.

*

Das erste Mal stand sie an einem besonders heißen Sonntag im Mai vor Wolfs Haus. Sie hatte extra darauf gewartet, dass die Temperaturen über 20 Grad stiegen, damit sie ihre roten Hotpants anziehen konnte, die ihr Susi unter der Hand besorgt hatte und die Astrid im Nähmaschinenwerk, wo ihre Arbeitskleidung aus einem weißen Kittel bestand, nie tragen würde. In der Hose sahen ihre Beine endlos aus, was hervorragend von ihren zu klein geratenen Brüsten ablenkte. Dazu trug sie einen weißen kurzen Strickpulli und ihre Jesuslatschen. Sie wartete im Schatten der Linden, und als Wolf endlich, Stunden später, aus dem Haus trat, musste sie sich zusammenreißen, um nicht direkt auf ihn zuzustürmen. Wolf sah in seiner Freizeitkleidung noch viel besser aus als hinter seinem Schreibtisch. Aber er war ganz in sich versunken, so sehr, dass er die Frau vor seinem Haus gar nicht bemerkte. Das brachte Astrids Plan durcheinander. Denn sie hatte fest damit gerechnet, dass Wolf mit dem Blick an ihr hängen blieb, wenn er sie entdeckte, und sich dann schon alles Weitere ergeben würde. Sie beschloss kurzerhand, ihm zu folgen. So machten Majas Mutter und ihr Vater ihren ersten gemeinsamen Spaziergang. Wolf immer ein paar Meter vorweg, Astrid in geduckter Körperhaltung hinterher.

Das ging fast zwei Wochen lang so, bis Astrid alles über Wolf wusste. Dass Wolf Pagel ein Faible für Routine hatte, gefiel ihr am besten. Er trat nie auf die Ritzen zwischen den Gehwegplatten und überquerte die Bahnstraße immer an derselben Ecke. Es beruhigte sie, wie berechenbar er dadurch wirkte. Überhaupt gefiel ihr dieser lange Mann mit den schmalen Schultern und dem versunkenen Blick, und sie war sich sicher, dass er eigentlich nichts sagen oder machen konnte, was sie von ihrem Plan, mit diesem Unbekannten zusammenzukommen, noch abbringen würde. Er war zwar einige Jahre älter als sie (in der Personalliste war sein Geburtsjahr mit 1946 angegeben, sie selbst war 1956 geboren), aber das schreckte sie nicht ab. Er sah jünger aus, vor allem samstags, wenn er mit seinen Schlaghosen und dem weißen T-Shirt aus dem Haus spazierte. Seine Haare waren voll, sein Schnurrbart gepflegt, und dass er so riesig war, gefiel ihr auch. An kühleren Tagen trug er eine Lederjacke, was sie umso mehr beeindruckte, denn wer hatte in diesen Zeiten schon eine Lederjacke.

Am Samstagabend kehrte er immer Punkt 18 Uhr in der Hafenbar ein. Astrid hatte ihn schon zweimal dabei beobachtet, bevor sie ihm beim dritten Mal in die Kneipe folgte. Aber gerade, als sie ihn endlich ansprechen wollte, kam eine Frau mit wehenden, rotbraunen Locken ins Lokal gelaufen und setzte sich auf Wolfs Schoß. Astrid war so überrumpelt, dass sie ohne zu bezahlen mit dem Bierglas in der Hand nach Hause lief. Zum Glück spazierte Wolf in der kommenden Woche wieder allein in die Kneipe, und sie nutzte sofort ihre Chance. Als er noch nicht einmal den ersten Schluck Rotwein zu sich genommen hatte, marschierte sie auf ihn zu. Sie setzte sich auf den Barhocker neben ihn und fragte unverblümt: »Kann ich mal von deinem Rotwein probieren?« Dabei klopfte ihr Herz in ihrem Latzrock aus Kord so laut, dass sie sich sicher war, dass Wolf es hören konnte.

Er schaute sie erstaunt an und nickte dann, während er ihr das Glas hinhielt. Sie trank (der Wein schmeckte wie erwartet scheußlich) und gab ihm das Glas wieder, nicht ohne seine Hand beiläufig mit ihren Fingerkuppen zu berühren.

»Ich bin die Astrid«, sagte sie betont lässig und fuhr sich über den Igel. Wolfs Blick veränderte sich, und er sah nun ganz und gar nicht mehr zurückhaltend aus. Als er sie so ansah, begriff Astrid, dass Wolfs Schnaps Frauen waren. Und dass dieses Verhalten zu seiner Routine gehörte. Er hatte einen ganz und gar eindringlichen Blick, einen geübten Blick, der keinen Zweifel daran ließ, dass Astrid ihm sehr gefiel.

Sie tranken aus dem gleichen Glas. Im Radio lief *Am Fenster* von City, und Toni Krahl sang »einmal wissen, dies bleibt für immer«, und schließlich, nachdem sie einander immer öfter wie zufällig berührt hatten, fragte Wolf Astrid höflich, ob sie noch mit zu ihm kommen wollte:

»Für einen Absacker, ein Küsschen oder für immer.«

WARUM?

RICHTUNGEN

Ich sagte, du gehörst mir doch nicht. Ich sagte,
die Autos fahren in eine Richtung
Und die Winde wehen in eine zweite.
Du gehst in eine dritte Richtung
Und ich gehe in eine vierte.
Doch es gibt eine fünfte Richtung, eine sechste
und eine siebente.
Und es gibt Richtungen, die wir bis zu unserem
Tod nicht kennen werden.

Jehuda Amichai

Astrid und Wolf liebten einander für zwei, vielleicht drei Jahre.
Dann zog der Alltag über ihr Leben und lähmte ihre Herzen.
Irgendwann begannen sie einander zu hassen, für die Enttäu-
schung, für die Ungerechtigkeit, dass ihnen das ganz große
Glück verwehrt blieb. Für die Belanglosigkeit ihrer Gefühle.
Vor allem aber für die Ausweglosigkeit dieser Situation.

Am Ende wurden sie sich gleichgültig.

So begann und endete die Liebe. Je größer die Liebe am Anfang, desto größer war der Hass danach, desto länger dauerte
es, bis die befreiende Gleichgültigkeit einen Mantel der Stille
über alles legte. Das war der Lauf der Zeit, das war der Lauf
der Liebe. Und Wolf und Astrid bildeten da keine Ausnahme.
Bevor es jedoch so weit war, bevor Astrid und Wolf einander
endlich gleichgültig wurden, bevor die Liebe zur Ruhe kam,
vergingen einige Jahrzehnte. Erst als Maja erwachsen war,
kehrte die lang ersehnte Stille zwischen Astrid und Wolf ein.
Ging der Schmerz, kam die Ruhe. Und das war schön und
furchtbar zugleich.

Schon bevor Maja geboren wurde, waren sich Wolf und Astrid
ihrer Liebe nicht mehr sicher. Astrid, die sich doch so nach
einem warmherzigen, aufopferungsvollen Mann gesehnt hatte
– also nach allem, was das Ekel nicht war –, fühlte sich dann
genau durch diese Art von Liebe eingeengt, fühlte sich wie von
einer unsichtbaren Hand unter Wasser gedrückt. Und Wolf,
den an Astrid gereizt hatte, dass sie so anders war, dass sie keine
Frau war, die ihn anschmachtete und für seine Erfolge bewunderte, dass sie keine Frau war, die seine Meinung mehr wert-
schätzte als ihre eigene, fehlte später genau das. Kurz gesagt:
Für Astrid war es zu viel Wärme, für Wolf zu wenig. Dafür gab
es keine Lösung außer einem Kind. Maja hielt die beiden erst
einmal zusammen. Nicht dass man sich mit Kind nicht scheiden ließ, aber dafür hätten Astrid und Wolf erst einmal verheiratet sein müssen. Beide empfanden jedoch ein unbestimmtes
Grauen vor der Institution Ehe, das bei genauerem Hinsehen
die Angst vor »Kontrollverlust« (Astrid) und dem »Scheitern«
(Wolf) war. Trotzdem: Als Astrid ihm von der Schwangerschaft

erzählte, hatte Wolf seine ein Meter zweiundneunzig wie eine Ziehharmonika zusammengefaltet und war vor ihr auf die Knie gegangen. Und das war eine ehrliche Geste gewesen, die geradewegs aus seinem Herzen kam. Aber Astrid hatte nur gelacht. Und es war ein Lachen gewesen, das seiner Haut Stiche versetzte und ihn schnell wieder aufspringen ließ. Astrid lachte, weil Wolfs Liebe sie verunsicherte. Weil die ganze Situation sie verunsicherte. Aber das konnte er ja nicht wissen.

Nach Majas Geburt sprach Astrid das Thema aus einem Gefühl des Pflichtbewusstseins noch einmal an, und sie versicherten einander, dass sie das nicht brauchten – diesen Ring am Finger, das Mittagessen mit der Familie nach der Trauung (und wirklich, wen hätte Astrid auch einladen sollen? Susi meldete sich, seitdem sie rübergemacht hatte, höchst sporadisch, ihre Mutter war mal wieder in irgendeiner Anstalt verschwunden, und vom Ekel wollte sie nichts wissen), den gemeinsamen Familiennamen, das Dokument, das nichts bedeutete, denn jeder Dritte ließ sich in ihrem Land scheiden, das alles brauchten sie nicht. Die Wahrheit war natürlich: Wolf hätte sie schon geheiratet. Wolf wollte sie heiraten. Für Wolf bedeutete das gemeinsame Kind, dass sie nun ewig miteinander verbunden sein würden, ein Gefühl, das er herbeigesehnt hatte. Ein Gefühl, von dem er schon als junger Mann, gezeichnet von dem lieblosen Haus, in dem er aufgewachsen war, geträumt hatte. Er hatte nicht vor, Astrid jemals wieder zu verlassen, denn er hatte nicht vor, sein Kind jemals wieder herzugeben. So wie er damals Stephan hatte hergeben müssen. Nein, das würde ihm nicht noch einmal passieren. Wolf Pagel krallte sich an Astrid und Maja fest wie ein Ertrinkender an einem Schwimmring. Und wahrscheinlich war es genau das, was ihn und Astrid so perfekt füreinander machte – trotz allem. Auch Astrid hielt an Dingen fest, wahrlich nicht aus Sentimentalität, sondern aus schierer Abneigung gegen das Aufgeben. Astrid verbot sich das Aufgeben. Da, wo sie herkam, gaben alle alles ständig auf, und wozu das führte, sah man ja am besten an Susi, die nun verschwunden, aber ganz bestimmt nicht glücklicher war (sonst würde sie sich öfter melden, um anzugeben). Astrid hielt also ebenfalls an Wolf fest, auch wenn das für sie bedeutete, dass jetzt nicht nur ein weiterer Mensch, sondern zwei an ihr hingen. Zwei weitere Menschen, mit denen ihr Leben, ihre Handlungen, ihre Entscheidungen für immer eng verknüpft waren. Zwei Menschen, die ihr die Freiheit nahmen. Der Gedanke machte ihr Angst. Und Astrid redete sich ein, dass sie sich, indem sie Wolf nicht heiratete, wenigstens einen letzten Rest Unabhängigkeit und Selbstständigkeit erhalten würde.

Doch dann fuhr Astrid nach Bulgarien, und das änderte alles.

Es war das Jahr 1988. Generalsekretär Michail Sergejewitsch Gorbatschow hatte gerade angeordnet, dass jeder sozialistische Staat sein gesellschaftliches System frei wählen könne. Kurz darauf entstand in Moskau als erste nicht kommunistische politische Vereinigung der Sowjetunion die Partei Demokratische Union. Die irakische Luftwaffe flog in Halabdscha Angriffe mit Giftgas aus deutscher Entwicklung, wobei etwa 5000 Kurden und Assyrer starben. Der erste Golfkrieg zwischen dem Iran und Irak endete etwa fünf Monate später. In Algier verkündete der Palästinensische Nationalrat eine Unabhängigkeitserklärung, in der Jerusalem als Hauptstadt eines bisher nicht bestehenden Staates Palästina festgelegt wurde. Israel startete mit der Shavit-Rakete den Satelliten Ofeq 1, und die Terrororganisation Hamas veröffentlichte ihre Charta mit den Worten: »Israel existiert und wird weiter existieren, bis der Islam es auslöscht, so wie der Islam zuvor andere ausgelöscht hat.« Über Lockerbie in Schottland stürzte der Pan-Am-Flug 103 aufgrund einer Bombenexplosion ab. Der Terroranschlag des libyschen Geheimdienstes war mit 189 toten US-Amerikanern lange der verlustreichste Anschlag gegen Zivilisten aus den Vereinigten Staaten. Bis zum 11. September.

In Ostberlin lauschten Jugendliche einem Michael-Jackson-Konzert, das im Westen stattfand. Und in Kanada tanzte Kati Witt eine Carmen auf das Eis, die sie nicht nur zur Olympiasiegerin machte, sondern zum »schönsten Gesicht des Sozialismus«.

1988 war Maja bereits mehr Kind als Kleinkind, sie redete viel und fantasievoll, musste immer alles, was sie mit ihren großen Augen beobachtete, ausschweifend kommentieren. Und nur wenn Wolf ihr vorlas, nur dann, konnte sie kurz still sitzen, ihr kleines Köpfchen an seiner schmalen Schulter. Maja war ein herausforderndes Kind. Sie war voller Ideen, oder wie Astrid es nannte, »anstrengend«. Und wenn sie nicht laut und schnell redete, dann sang sie. Und wenn sie nicht rannte, dann hüpfte sie. Und wenn sie nicht die Arme in die Luft warf, dann tanzte sie. Und wenn sie nicht lachte, dann weinte sie. Und dann drehte sie sich um und hatte alles ein paar Sekunden später schon wieder vergessen. Das machte Astrid fertig. Astrid kam es vor, als sei Maja das Gegenteil von ihr und Wolf. Sie fragte sich, wie dieses Kind mit diesem Charakter aus ihnen entstanden sein konnte, mal mehr, mal weniger vorwurfsvoll. Astrid begriff nicht, dass sie selbst, in einem anderen Leben, genauso wie ihre Tochter geworden wäre. In einem Leben ohne eine Mutter, die immer weg war, und mit einem Vater, der gar nicht genug weg sein konnte. Und die Wahrheit war, sosehr Astrid auch damit haderte, dass Maja so anders als sie zu sein schien, insgeheim bewunderte sie ihre Tochter dafür. Förderte das Besondere in ihr, weil sie, ihre Maja, da war sich Astrid sicher, geboren war, um ein Leben zu führen, das zu noch Größerem bestimmt war als ihr eigenes (dabei bildete sie sich schon ziemlich viel auf ihre Erfolge ein, sie würde auch in hohem Alter nicht müde werden, Maja vorzuhalten, wie erfolgreich sie selbst immer gewesen war).

1988 erhielt Astrid das Angebot, an einem Wissenschaftsaustausch mit der Handelsschule in Warna teilzunehmen. Sie war mittlerweile Oberassistentin am Lehrstuhl für Wirtschaftswissenschaften. Ursprünglich war für sie vorgesehen gewesen, neben der Arbeit im Nähmaschinenwerk Maschinenbau zu studieren, aber durch die Arbeit in dem großen Betrieb und auf Wolfs Ermutigung hin hatte Astrid schnell festgestellt, dass sie sich viel mehr für wirtschaftswissenschaftliche Fragen interessierte. Und so war sie in diesem Fach gelandet. Sie waren nach Rostock gezogen, die Boomstadt der DDR. Wolf war an die Universität gegangen, in eine Anstellung, die ihm erlaubte, mehr Zeit mit Maja zu verbringen. Und Astrid war vom Fernstudium an die sozialistische betriebswissenschaftliche Fakultät gewechselt, in das Gebäude, das alle nur »das grüne Ungeheuer« nannten. Beendete dort ihr Studium, sehr erfolgreich, fast ein bisschen überraschend, denn am Anfang war ihr das Studieren nicht gerade leichtgefallen und Wolf hatte sie durch die eine oder andere Prüfung geradezu durchprügeln müssen. Aber schließlich war ein Knoten geplatzt, und heute war es Astrid, die die intelligentesten Anmerkungen hatte, wenn Wolf Lehre und Forschung mit ihr diskutierte. Das war auch an der Sektion in Rostock einigen Professoren aufgefallen, und so wurde sie oft für die Teilnahme an Forschungsreisen ausgewählt. Man versprach sich von ihr »Impulse, die andere so nicht geben konnten«. Majas Mutter hatte schon in der Vergangenheit an ähnlichen Austauschprogrammen teilgenommen, anders als Wolf, der sich nie überwinden konnte, so lange von Maja getrennt zu sein. Die längste Zeit, die Maja und ihr Vater nicht zusammen verbracht hatten, waren zwei Nächte und fast drei Tage gewesen. Astrid und Wolf waren ursprünglich für eine Woche nach Prag gefahren, eine Pärchenreise, von der Astrid sich erhoffte, dass sie wieder ein wenig mehr Astrid und Wolf und nicht immer nur Mutti und Vati sein würden. Aber schon nach zwei Nächten hielt Wolf es vor Sehnsucht nach seiner Tochter nicht mehr aus und drängte zur Rückfahrt. Astrid redete auf Wolf ein, dass Maja immerhin bei seiner Mutter und damit in guten Händen sei, doch das schien Wolf nur noch mehr zu beunruhigen. Schließlich gab Astrid auf, deckte sich mit tschechischem Bier ein und fuhr mit Wolf heim. Seitdem hatte er alle Angebote auf Forschungsaufenthalte im sozialistischen Ausland abgelehnt, während Astrid in etwa jedes zweite annahm. Ihre Karriere entwickelte sich prächtig, sie hatte mittlerweile promoviert und man stellte ihr in Aussicht, dass sie auch bald habilitieren könne und eine Dozentenstelle bekäme. Wolf wurschtelte währenddessen weiterhin als wissenschaftlicher Mitarbeiter herum, aber das störte ihn, den ehemaligen Karrieristen, gar nicht. Genauso wenig störte es ihn, dass er keine Frauengeschichten mehr hatte. Er hatte das alles hinter sich gelassen. Er hatte jetzt Maja. Und sie war seine ganze Welt. Er weckte sie morgens auf, machte ihr Frühstück (ein Brot mit Naschi, eins mit Leberwurst), flocht ihr zwei gleichmäßige Zöpfe, lief mit ihr über den Hof in den Kindergarten, gab ihr ein Küsschen und sah ihr nach, wie sie zu den anderen Kindern lief. Majas Kindergärtnerin Frau Krische war eine runde, warme Frau mit dem Gesicht einer Matroschka. Maja liebte es, sich morgens, nachdem Wolf ihr einen Abschiedskuss gegeben hatte, in Frau Krisches Arme fallen zu lassen und ihren warmen, runden Körper an ihrem kleinen, pochenden Herzen zu spüren. Wenn Frau Krische nicht da war, ging es hingegen anders zu. Dann kamen Ersatzkindergärtnerinnen und klebten Maja ein Pflaster auf den Mund, wenn sie zu viel und zu laut redete. Und Maja redete immer zu viel und zu laut, und der Erste, der das an ihr liebte, wirklich liebte und nicht nur ignorierte oder gar vortäuschte, zu lieben, war Eitan. Ja, bis Maja Eitan traf, dachte sie, dass Menschen sie liebten, obwohl sie so war, wie sie war. Und nicht, weil sie so war, wie sie war. Doch davon wusste Wolf nichts und würde es auch nie wissen. Sosehr er sie liebte, so gut er sich um sie kümmerte, er wusste nicht, wie man einem so kleinen, noch formbaren Menschen das Gefühl gab, gut zu sein, so wie er war. Woher sollte er das auch wissen? Er hatte das selbst nie gelernt. Für ihn war es schon ein riesiger Fortschritt, dass er Maja mit Respekt und Liebe begegnete. Und dass er für sie da war, sich immer voll und ganz um sie kümmerte. Kümmmern war jedoch nicht sehen. Und lieben war nicht akzeptieren. Wenn Majas Mutter mal wieder betonte, wie anstrengend Maja doch sei, schwieg Wolf. Er verteidigte sie nicht, er erklärte auch nicht, dass Maja gar nicht anstrengend war, sondern einfach sie selbst. Er tat all das nicht, weil er es nicht sah. Alles, was er für Maja tat, tat er am Ende vor allem für sich selbst. Er versteckte sich hinter ihr, denn solange er sich um Maja kümmerte, musste er sich nicht fragen, was er selbst eigentlich vom Leben wollte. Wolf definierte sich so sehr darüber, Majas Vater zu sein, dass selbst die Arbeit an der Uni für ihn völlig unwichtig wurde. Wenn er sie morgens im Kindergarten abgegeben hatte, begann er bereits in dem Moment, in dem er in den Bus zur Sektion stieg, auf das Wiedersehen mit seiner Tochter zu warten. Dann holte er sie nachmittags ab, immer so früh, dass Maja nie die Letzte in ihrer Gruppe war, die abgeholt wurde, und sie fuhren in den Zoo oder an den Strand. Meistens an den Strand, denn Wolf liebte das Meer. Und was Maja liebte, fragte ihr Vater sie von allen Menschen um sie herum vielleicht am seltensten. Am Strand setzte Wolf sie in den Sand, und Maja baute stundenlang Burgen und Tunnel. Später lief sie laut juchzend in die kalte Ostsee, Wolf mit ausgebreiteten Armen – ein Seemonster – hinterher. Im April waren sie schon so braun gebrannt, dass man, als sie Oma Elfriede in der Prignitz besuchten, glaubte, sie seien direkt aus Kuba gekommen. Astrid begleitete sie am Wochenende und manchmal auch an den zwei Nachmittagen in der Woche, an denen sie von zu Hause arbeiten durfte. Dann gingen sie zusammen an den Strand, sahen Maja zusammen beim Burgenbauen zu und liefen zusammen in die kalte Ostsee. Ein Kind, ein Seemonster und eine Frau, die so tat, als wäre sie ein Seemonster. Es war nicht so, dass Astrid dieses Zusammensein nicht wichtig war, sie genoss es, mit Maja und Wolf Zeit zu verbringen, ein Zuhause zu haben, willkommen zu sein. Und vor allem war ihr wichtig, dass Maja diese Art von Zuhause hatte. Aber abends trieb Astrid dann oft doch eine Lust auf etwas anderes, etwas, das sie nicht beschreiben konnte, aus dem Haus. Es war nicht nur die Lust auf ein Bier und einen Schnaps, es war eine Sehnsucht nach mehr. Nach Jugend, nach Egoismus und Lebendigkeit. Dieser Hunger war das Antidot zu ihrer lieblosen Kindheit und Jugend. Und während sie anfangs gehofft hatte, dass ein eigenes Kind den Hunger stillen würde, kam er doch nach kurzer Zeit zurück. Nun umso größer. So spürte Astrid nach Zeiten des intensiven Zusammenseins auch immer, wie sie fast daran erstickte. Dann sehnte sie sich nach einer Pause, die über eine Nacht in einer Kneipe hinausging. Diese Pausen lieferten ihre Forschungsaufenthalte. Dort saß sie dann in fremden Bibliotheken und analysierte Wirtschaftssysteme fremder Länder. Vor allem aber genoss sie ihre Freiheit. Die Freiheit, allein zu sein. Die Freiheit, machen zu können, was sie wollte. Wann sie wollte. Die Freiheit, ihren Geist ohne Muttermüdigkeit und Alltagssorgen herauszufordern und in Bewegung zu halten. Aber sie genoss auch die räumliche und politische Freiheit, die in den anderen Ländern des Ostblocks oftmals schon deutlich fortgeschrittener war als in der DDR. In dem Jahr vor ihrem Aufenthalt in Bulgarien war Astrid in Ungarn gewesen, das dabei war, sich auf den Weg zu einer freieren sozialistischen Marktwirtschaft zu machen, und hatte dort erstaunt die Auswirkungen der Reformen beobachtet. Sie hatte kleine Werkstätten besucht, in denen T-Shirts produziert wurden, hatte erste Versuche, die Privatwirtschaft zu fördern, analysiert. Hatte gesehen, dass auch in der Landwirtschaft nicht mehr alles reglementiert wurde. Aber sie hatte auch gesehen, dass es anderen in der Sowjetunion noch viel schlechter ging als ihnen. In

Riga war sie Anfang der 80er-Jahre Zeuge geworden, wie ein Laster eine Ladung Fleisch einfach auf den Marktplatz kippte. Drum herum eine Menschentraube, aus der daraufhin Hände schnellten und nach allem grabschten, was sie erwischen konnten. In Leningrad hatten ihre Kollegen Ende der 80er-Jahre noch mit vier, fünf Mitbewohnern in den Wohnungen der Gründerzeitbauten hausen müssen und von einem Leben, wie sie es in der DDR führten, nur träumen können. In Bulgarien hingegen ging es den Leuten 1988, das stellte sie schnell fest, ganz gut. Hier diskutierte man ähnlich wie in Ungarn schon offener über Probleme, zum Beispiel die Frage, ob die türkischstämmigen Bulgaren ihre Namen ändern und bulgarischer machen sollten. Anfang des Jahres war in der Volksrepublik sogar die Unabhängige Gesellschaft zum Schutz der Menschenrechte gegründet worden, die erste legal agierende Menschenrechtsorganisation im Land. Vor allem aber gab es in Bulgarien noch eine ganz andere Freiheit: Schallplatten. Die waren in der DDR nämlich Mangelware, und allein deshalb, fand Astrid, lohnte sich die Reise ans Schwarze Meer. Denn Musik war neben dem Reden und Büchern Majas dritte große Leidenschaft, und es war vielleicht die einzige Leidenschaft, so kam es Majas Mutter zumindest manchmal vor, die sie und ihre Tochter wirklich teilten. Sie hörten gemeinsam Musik und sangen und tanzten, und das waren die schönsten Momente, die Astrid mit Maja erlebte. Die erste Platte, die Astrid 1988 in Warna erstand, war Rachmaninows Klavierkonzert Nr. 2 in C-Moll. Sie kostete vier Leva. Und Astrid dachte in ihrer analytischen, aber durchaus pädagogischen Art, dass es sicher eine sehr gute Idee war, Maja auch mit klassischer Musik vertraut zu machen, schließlich baute darauf alles andere auf.

Astrids Reisen bedeuteten natürlich auch die Freiheit zu trinken. Ohne das schlechte Gewissen Maja gegenüber und den
aufmerksamen Blick Wolfs, der schon lange wusste, was Astrid
bis zum Ende ihrer Tage nicht wahrhaben wollte: dass sie
eigentlich ein Problem mit dem Trinken hatte. Meist begann
sie damit schon im Flieger. Einen Grund dafür fand Astrid
immer. Auf dem Hinflug nach Warna mit der Tupolew war ihr
flau geworden, und sie hatte deswegen mehrere Magenbitter
von der Stewardess erbeten. Wie sie in gierigen Schlucken die
Schnäpse herunterkippte, verriet natürlich ihre wahre Moti-
vation, aber je weiter sich Astrid von ihrer Heimat entfernte,
desto mehr war ihr egal, welchen Eindruck sie machte. Und
einmal in Bulgarien angekommen, trank sie jeden Tag so viel
wie sonst in Rostock in einer Woche.

*

Warna im Juni war herrlich. Der Strand leuchtete golden, das
Schwarze Meer war dunkelblau, und jeden Morgen, wenn
Astrid aufstand, um in ihrem kleinen Zimmer im Studentenwohnheim zu frühstücken, ein Glas guten Rotwein dazu, war
die Sonne schon da. Strahlte durch die Fenster (aus der die Bewohner abends ihren Müll warfen, der dann morgens von einer
Kolonne älterer Frauen aufgesammelt wurde) und tauchte die
altmodische Wandtapete in ein warmes Licht. Tagsüber saß
Astrid in der Bibliothek, las wissenschaftliche Abhandlungen
über den demokratischen Sozialismus und dazwischen die Zeitung der Kommunistischen Partei Österreichs (in der man viel
mehr über die Welt erfuhr als in jeder heimischen Zeitung).
Dann ging sie zum Essen in die Mensa und von dort direkt

zum Strand. Das wurde ihre Routine, und sie verbrachte jeden Tag gleich. Als ihr Partnerdozent, der wohl mit seiner Familie im Urlaub gewesen war, zehn Tage nach ihrer Ankunft eintraf, war Astrid fast traurig darüber, dass ihre gepflegte Einsamkeit nun dem Ende zuging. Die Traurigkeit verflog jedoch rasch, als Dr. Dimitri Pavlovki vor ihr stand. Ein Bild von einem Mann, von einer Art Schönheit, wie Astrid sie selten gesehen hatte. Nicht so viel größer als sie, vielleicht knappe eins achtzig. Aber mit dichten schwarzen Haaren und einem kantigen, aber fein gezeichneten Gesicht, in dem genau in der Mitte eine perfekte Nase stand und in dem ausdrucksstarke braune Augen lagen, die wirklich aussahen, als seien sie ein Fenster zur Seele, obwohl Astrid an solchen Kitsch nicht glaubte. Braune Augen, die so eindringlich dreinschauten und so liebevoll, dass man in ihnen die ganze Welt vermutete. Dimitri Pavlovki war ein Mann mit vollen, geschwungenen Lippen und großen Klavierspielerhänden. Seine langen schmalen Finger schienen auf unsichtbaren Tasten zu spielen, als Astrid und er sich zum ersten Mal in seinem Büro an seinem Schreibtisch unterhielten. Dimitri und Astrid verstanden sich sofort. Und wurden schnell unzertrennlich. Morgens studierten sie gemeinsam, besprachen Ideen und Statistiken, diskutierten Wirtschaftsreformen und fragten sich, inwieweit Betriebe selbst über ihre Produktion entscheiden und mit welchen Ressourcen sie arbeiten könnten. Entwarfen Pläne für soziale Marktwirtschaft und analysierten das richtige Verhältnis zwischen zentraler staatlicher Planung und eigenverantwortlicher Arbeit in den Betrieben. Sie diskutierten über den Sozialismus und in welcher Form er zukunftsfähig wäre. Dimitri zitierte in diesen Gesprächen gerne seinen guten Freund Schelju Schelew, der in den Neunzigerjahren Staatspräsident des Landes werden sollte, aber zu der Zeit noch als Dissident galt: »Es gibt zwei Arten von Sozialismus: den wissenschaftlichen und den real existierenden. Der wissenschaftliche ist nicht real existierend, und der real existierende ist unwissenschaftlich. Der Sozialismus in Bulgarien hat somit zwei Etappen: die Wachstumsfehler und das Fehlerwachstum.« Und Astrid hing an seinen Lippen, nicht nur, weil es die schönsten, geradezu poetisch geschwungenen Lippen waren, die sie je gesehen hatte, sondern auch und vor allem, weil Dimitri klug war und Dinge sagte, die sie noch nie gehört hatte. Zum Mittagessen gingen sie jeden Tag gemeinsam in die Mensa, diskutierten weiter und begannen bald, auch über Privates und nicht nur den Sozialismus zu reden. Darüber, welche Musik sie mochten, welche Literatur und wovon sie träumten. An ihrem vierten gemeinsamen Tag waren sie in eine Blase eingetaucht, in die nichts und niemand mehr von außen eindringen konnte. Anfangs trennten sie sich zumindest nachmittags, wenn Dimitri zum Training ins Gewichtheber- und Geräteturnzentrum ging, bis Astrid ihm schließlich auch dahin folgte. Dort saß Astrid dann am Rand, bewunderte Dimitris breite, behaarte Brust, seinen kräftigen Körper, der so anders war als Wolfs, und wenn sie Dimitris Anblick vor Verlangen nicht mehr aushielt, wanderten ihre Augen zu den jungen Mädchen, die nebenan am Reck unfassbare Verdrehungen veranstalteten und ihr unheimlich leidtaten, wenn sie mal wieder abstürzten und dafür dann auch noch von ihren Trainern angeschrien wurden.

Dimitri besorgte ihr einen kleinen Schallplattenspieler, und sie saßen auch abends immer öfter zusammen, tranken Wein und hörten Rachmaninow in ihrem kleinen Studentenzimmer.

Besuch war im Studentenwohnheim eigentlich verboten, aber natürlich kannte Dimitri den Wärter am Eingang, und der drückte ein Auge zu, wenn sie abends kichernd auf ihr Zimmer liefen. Astrid genoss es, jemandem von sich zu erzählen, der noch nicht alles über sie wusste. Sie genoss es, jemandem zuzuhören, von dem sie noch nicht alles wusste. Dimitri und sie diskutierten und redeten und lachten. Und schließlich liebten sie sich auch, in dem engen Einzelbett, in dem Dimitri sich ganz nah an sie schmiegen musste, damit sie nicht hinausfielen. Dort spielten Dimitris große Klavierspielerhände nun auf ihrem Körper, wanderten ihn von oben nach unten ab und berührten sie auf eine Art, wie sie noch nie berührt worden war. Dort vollbrachten seine feingliedrigen, langen Finger eine Magie, die der Virtuosität eines Rachmaninow in nichts nachstand. Bearbeiteten sie mit übertriebenen Rubatos (und sie derweil im Tempo *con discrezione*), in unebenen Noten, verweilend oder voranpreschend. Dort spielte Dimitri sie fast in die Bewusstlosigkeit, bis Astrid ihren Körper verließ und schließlich wieder in ihn zurückkehrte, um sich in explosionshafter Lust über ihn zu ergießen. Dann glaubte Astrid, alle Noten und alle Melodien, die jemals in dieser Welt geschrieben worden waren, zu hören. Dann dachte Astrid, niemand spielt so, niemand spielt mich so wie du, Dimitri Rachmaninow. Dann lagen sie in ihren Säften, bevor Dimitri sich von ihrem erschöpften, aber zufriedenen Körper aufrappelte und sie einander zum Abschied küssten. Bevor er in die Dämmerung verschwand, um zu seiner Frau zurückzukehren.

So teilten sie Nächte wie Tage.

Die Nächte lang und voller Melodien. Rachmaninow-Nächte.

Die Tage folgendermaßen:

Einmal fuhren sie mit dem Raketenboot nach Nessebar und beobachteten Delfine.

Einmal gingen sie ins Interhotel und beobachteten Urlauber aus dem Westen, die sich ihre Freudenmädchen ins Hotel bestellt hatten.

Einmal gingen sie zum Fußball, wo alle bulgarischen Männer um sie herum Sonnenblumenkerne aßen, deren Schale sie geschickt im Mund vom Kern lösten und dann vor sich ausspuckten. Wann immer Astrid es ebenfalls versuchte, verschluckte sie entweder Kern und Schale oder spuckte aus Versehen beides aus. Was wiederum Dimitri zum Lachen brachte, weswegen sie immer weitermachte, denn Dimitris Lachen war so schön wie das Meer und die Sonne und der Goldstrand, der ein paar Kilometer von Warna entfernt lag und den Astrid während ihres ganzen Aufenthalts nicht einmal sah.

In ihrer letzten Woche in Warna schlug Dimitri vor, einen Tagesausflug nach Rumänien zu machen. Als DDR-Bürgerin, die lediglich ein Visum für Bulgarien hatte, durfte sie das eigentlich nicht, aber Dimitri versicherte ihr, dass die Grenzbeamten nur auf die Listen des Reisebüros schauten und sie nicht einmal ihren Pass zeigen müsse. Und weil Astrid wusste, dass sie als Wissenschaftlerin im Austauschprogramm, vor allem aber als Mutter, nicht auf der Liste der DDR-Bürger unter Fluchtverdacht stand, die am Goldstrand von Stasi-Offizieren beobachtet wurden, willigte sie ein. Sie fuhren nach Konstanza, wo sie sich eine Moschee ansahen und in ein Kaufhaus gingen, in dem es nichts außer einer roten Kristallschale gab, die Astrid für Elfriede kaufte. Kurz bevor ihr Bus spätabends wieder zurück nach Warna fuhr, saßen Astrid und Dimitri am Strand, seine große Hand bedeckte ihre vollständig, und Dimitri sagte, während er auf das Schwarze Meer blickte: »Ich wünschte, du könntest hierbleiben. Auf so eine Frau wie dich habe ich immer gewartet.«

Und Astrid sagte, den vom Tag noch immer warmen, feinkörnigen Sand unter den Füßen: »Aber Dimitri, du bist doch schon verheiratet. Was soll dann aus deiner Ehe werden?«

»Ich werde mich von meiner Frau trennen. Oder noch besser, lass uns nie zurückgehen. Wir nehmen von hier einen Bus nach Ungarn und gehen in den Westen. Nur du und ich. Und schauen nie zurück.«

Astrid hatte Dimitri nichts von Maja und Wolf erzählt, und sie hatte ihn nicht gefragt, ob er Kinder hatte, weil sie die Dinge nicht verkomplizieren wollte. Außerdem hatte sie es genossen, für eine begrenzte Zeit so tun zu können, als sei sie völlig unabhängig. Als sei sie keine Mutter. Als hätte es diesen Einschnitt, den sie immer, wirklich immer, sah, wenn sie sich im Spiegel betrachtete und auf den Körper einer Mutter schaute und nie mehr auf den einer Frau, nicht gegeben. Aber natürlich würde sie Maja nie zurücklassen. Viel wichtiger war jedoch: In diesem Moment, als Dimitri ihr dort am Schwarzen Meer in Konstanza seine Liebe gestand, begriff sie, dass sie die Wärme anzog. Auch Dimitri liebte sie warm und innig. Sie hatte sich von Wolf erdrückt gefühlt, sie hatte gedacht, es läge an ihm, dass sie nicht glücklich war, aber sie verstand auf einmal, dass das nicht stimmte. Vielleicht war es sogar völlig egal, mit wem sie zusammen war. Denn so oder so gab es nur zwei Wege, in denen ihr Leben verlaufen könnte, oder besser gesagt, zwei Arten von Männern, mit denen sie dieses Leben verbringen konnte: Es gab Männer wie Wolf und Männer wie ihren Vater. Dabei musste der zweite nicht unbedingt ein Trinker und Schläger wie das Ekel sein. Nein, es gab die Männer, die einen glücklich machen wollten, und die, die sich nicht um einen scherten. Die einen machen dich wenigstens für eine begrenzte Zeit glücklich, dachte Astrid, die anderen werden dich immer nur einsamer machen. In diese Kategorien, das begriff sie auf einmal in diesem Moment am Schwarzen Meer, in diesem rumänischen Abendlicht, als die Sonne rot hinter ihren Rücken versank und ihre Hand unter der großen Hand Dimitris verschwand, ließen sich alle Männer dieser Welt einordnen. Und sie würde sich – und sei es auch nur aus Vernunft – immer für den Mann, der sie glücklich machen wollte, entscheiden (und das würde sie auch Maja beibringen!). Auch wenn die Wärme sie dann nicht für immer glücklich machte. Auch wenn die Wärme sie am Ende langweilte. Auch wenn die Wärme sie langsam erstickte. Astrid begriff, dass es eigentlich egal war, von wem die Wärme kam, die Geschichte, ihre Geschichte, würde immer gleich ausgehen. Es lag nicht an dem Mann, mit dem sie zusammen war, wenn sie sich in einer Beziehung eingeengt oder kontrolliert fühlte. Die Natur der Beziehung war es, die die Dinge verkomplizierte. Manchmal hörte sie ihre Kollegen an der Uni darüber sprechen, wie toll ihr Ausflug mit »den Kumpels« war. Wie stressig dagegen der Urlaub mit »der Frau« gewesen sei, und Astrid ahnte: Es lag nicht an der Frau oder dem Mann, sondern an der Art der Beziehung, die du mit ihnen hattest. Wäre dir dein Kumpel so nah, würdest du mit ihm so viel Leben teilen, dass du nicht mehr wüsstest, wo deins aufhörte und seins anfing, dann wäre diese Beziehung auch von Spannungen versetzt. Und deswegen war es völlig egal, mit wem man sein Leben verbrachte. Nur zwischen warm und kalt konnte man sich entscheiden. Zwischen »will dich glücklich machen« und »schert sich nicht um dich«. Alles andere würde immer gleich beginnen, gleich verlaufen und gleich enden.

All das sah sie auf einmal glasklar, dort an dem Strand in Rumänien, Dimitris magische Hände auf ihren. Dimitri war ein toller Mann, schön, klug und mit dem tiefen Bedürfnis, sie glücklich zu machen. Aber wenn Dimitri dachte, dass sein Leben mit Astrid besser sein würde als das mit seiner Frau, irrte er sich. Vielleicht wären sie ein, zwei Jahre glücklicher, aber schließlich würden sie an dem gleichen Punkt ankommen, an dem sie jetzt in ihren Beziehungen standen. Und wenn das so war, überlegte Astrid, konnte sie auch für immer bei Wolf bleiben. Dann lohnte es sich nicht, draußen nach einer anderen Liebe zu suchen. Dann lohnte es sich vielleicht, ab und zu nach Jugend und Zerstreuung zu suchen, nach Freiheit und Lebendigkeit, nach einer anderen Version ihrer selbst – aber nicht nach Liebe. Dann lohnte es sich nicht, dafür ihren Traum von einer intakten Familie aufzugeben. Dann lohnte es sich nicht, etwas aufzugeben, wo sie es doch so hasste, aufzugeben. Und so küsste Astrid Dimitris volle Lippen ein letztes Mal, vergaß unter seinen magischen Händen ein letztes Mal, wer sie war, ergoss all ihre Leidenschaft ein letztes Mal über seine breite, behaarte Brust und beschloss, wenn sie nach Hause kam und aus Dimitri wieder ein Fremder geworden war, endlich Wolf zu heiraten.

*

Ein paar Meter von Astrid und Dimitri entfernt spazierten an diesem Abend zwei, die schon lange verheiratet waren und die niemals daran zweifelten, dass dies der einzige, der einzig richtige Weg war zu leben. Denn so gern Itzchak fremden Frauen hinterherschaute, betrogen hätte er Jaffa nie. Dafür war er viel zu faul. Und Jaffa, die so sehr mit den Kindern und dem Haushalt, ihrer in Depressionen versunkenen Mutter und ihrem ums Weiterleben kämpfenden Vater sowie der gesamten irakischen Großfamilie eingespannt war, wäre im Traum nicht darauf gekommen, auch noch ein Verhältnis zu beginnen. Dafür war sie viel zu selbstlos. Diese beiden, Itzchak und Jaffa Rosenthal, spazierten also an diesem Abend, der Astrids vorletzter war, an der Strandpromenade in Konstanza entlang. Später würde sich Jaffa immer sehr gerne an diesen Abend erinnern. Er war das Highlight ihrer ersten gemeinsamen Rumänien-Reise. Seitdem Kalman in den Siebzigerjahren eine entfernte Tante wiedergefunden hatte, und seitdem Itzchak begonnen hatte, mit ihrer Hilfe in Rumänien Jeans aus Israel für gutes Geld auf dem Schwarzmarkt zu verkaufen, war er jedes Jahr gemeinsam mit Kalman in dessen Heimatland gefahren. Doch in diesem Jahr war sein Vater plötzlich gestorben. Plötzlich und doch nicht überraschend. Denn eigentlich waren alle eher erstaunt, wie lange Kalman Rosenthal am Ende gelebt hatte. Bei all der harten Arbeit und all dem harten Alkohol. Ein paar Jahre zuvor noch hatte Itzchak ständig mit der Nachricht über das Ableben seines Vaters gerechnet. Aber der Mann, der einst so viele Muskeln hatte und am Ende aussah wie ein Ballon, stand jeden Tag wieder aufs Neue auf. Aber schließlich erinnerte sich der Tod doch an ihn, und Kalman, immer noch kein Mann der Liebe, immer noch ein Mann der Einsamkeit, war am Abend des

8. Februar 1988 auf dem Weg von seinem Kiosk nach Hause mitten auf der Straße stehen geblieben. Er hatte sich in einer letzten, für ihn ganz untypischen, dramatischen Geste an sein Herz gefasst, an dieses Herz, das seit Jahrzehnten auf Eis lag, und dann war er umgefallen. Als Eitans Großmutter Bella von Kalmans Tod erfuhr, weinte sie. Nicht aus Traurigkeit, wie ihr Sohn Itzchak, der gekommen war, um ihr die Nachricht schonend zu übermitteln, vermutete, sondern aus Erleichterung. Kalman war tot, und Bella beschloss, dass sie nun endlich nach Deutschland fahren und nach Sigi suchen konnte. Doch es sollte noch viele Jahre dauern, bis Bella tatsächlich nach Deutschland kam. Denn Kalman hatte ihr nur Schulden hinterlassen, und bis Bella sich endlich dazu durchrang, ihrem Sohn Itzchak von ihrem Traum zu erzählen, ihn um Geld zu bitten, und bis es endlich eine Gelegenheit gab, in die ehemalige Heimat zu reisen, vergingen weitere fünfzehn Jahre.

Jaffa tat es leid, dass Itzchak jetzt nur noch seine Mutter hatte, und aus diesem Mitleid heraus ließ sie, die immer ungern ohne die Kinder verreiste, sich endlich überzeugen, Itzchak zu begleiten und nach Rumänien mitzukommen. Jaffa, von der Armut in Rumänien geschockt, hatte die ganze Reise über das Gefühl gehabt, ein schweres Gewicht läge auf ihrem Herzen. Sie hatte das Gefühl, Kalman Rosenthal, den sie zeit seines Lebens nicht besonders mochte, ja hinter Itzchaks Rücken sogar als *Gauner* bezeichnet hatte, folgte ihr mit dunklem Blick. Schon am Flughafen hatte sie sich erschrocken, als sie aus dem Flieger ausstiegen und dort eine ganze Kompanie rumänischer Soldaten stand. »Was ist das?«, hatte sie gefragt, und Itzchak hatte ihr nur zugezischt, sie solle den Mund halten und einfach weiterlaufen. An der Grenze hatte Itzchak dem Beamten einen Zehn-Dollar-Schein in den Pass gesteckt, damit er ihnen schnell das Visum erteilte. Jaffa stand staunend daneben, ihr kam dieses Land wie ein Ort vor, an dem für sie andere Gesetze galten als für die anderen. Ein düsterer Ort, in dem sich die Stimmung jederzeit ändern und der Wind sich gegen sie drehen konnte. Es tat ihr in der Seele weh, die armen Kinder zu sehen, die sogar nachts für einen Liter Milch anstanden. Wo es möglich war, verteilte sie deshalb Kaugummis und andere Süßigkeiten, die sie aus Israel mitgebracht hatten. Aber das linderte kaum den Schmerz in ihrem Mutterherz. Nie vergaß sie die Gesichter der Kinder, ihre zerrissenen T-Shirts und kaputten Schuhe. Die Verzweiflung, die ihnen anhaftete wie Schwefel und die kein schiefes Lächeln verdecken konnte. Nur an diesem einen Abend, als der Wind vom Schwarzen Meer die schweren Gedanken ein wenig zerstreute, konnte Jaffa kurz das Land genießen, aus dem Itzchaks Vater Kalman einst so überstürzt geflüchtet war und in das Itzchak nun, nachdem Kalman für immer gegangen war, umso dringender reisen wollte.

Und hätte Jaffa sich an diesem Abend an der Strandpromenade vor dem imposanten, erst kürzlich renovierten alten Casino kurz gestreckt, hätte sie gesehen, wie Astrid Hand in Hand mit Dimitri zur Bushaltestelle lief. Sie hätte die Frau gesehen, die das Kind auf die Welt gebracht hatte, in das sich Jaffas Sohn später so unsterblich verlieben würde. Und für das er sein ganzes Leben über den Haufen werfen würde. Aber warum hätte sie sich strecken sollen? Weder Jaffa noch Astrid ahnten, dass ihre Leben aufgrund ihrer Kinder irgendwann aufeinandertreffen würden. Weder Astrid noch Jaffa ahnten, dass auch ihre Leben eines Tages miteinander verknüpft sein würden wie

Tauwerk. Sie dachten nicht einmal über das Land der anderen nach. Astrid aus der DDR verschwendete keinen Gedanken an Israel, und Jaffa aus Israel keinen an die DDR.

Wie viele Leben, wie viele Geschichten da draußen in einer Welt verborgen lagen, die nicht unsere Welt war, darüber machten sich die wenigsten Menschen Gedanken.

ALS DAS LAND VERSCHWAND

»Die Mauer wird in 50 und auch in 100 Jahren
noch bestehen bleiben.«

Erich Honecker, 19. Januar 1989.

Am Abend des 9. November 1989 gingen alle Mitglieder der
Familie Pagel früh ins Bett.

Um kurz vor sechs war es bereits dunkel in Rostock-Evershagen. Das Fischerdorf mit dem kleinen Bach und der großen
Spielwiese lag wie ausgestorben da, umhüllt von Nacht und
Nebel und dunklen Wolken, wie es sie nur in Novembernäch-
ten gab. Nicht einmal der Mond war zu sehen, so schwarz
war die Nacht. Ein paar Enten watschelten langsam über die
kleine Brücke und kamen dann am sumpfigen Ufer gemeinsam zur Ruhe. Bald würden sich die Hasen herauswagen und
über die leer gefegten Grünflächen hoppeln, die sich im Winter in Todesrodelbahnen verwandelten. Kurz danach gesellten
sich ein paar Füchse und Rehe dazu. Dann, wenn das ganze
zweite Leben des großen Parks begann. Ein paar Meter weiter,
neben dem Fischerdorf, begann die Plattenbausiedlung. Später würde Maja mit Eitan hierher zurückkommen, um ihm

zu zeigen, wo sie aufgewachsen war. »Da war die Todesbahn, die ich einmal allein mit dem Schlitten hinuntergefahren bin. Mein Vater oben bekam fast 'nen Herzinfarkt.« Und sie würde das Bedürfnis verspüren, ihm zu erklären, dass das damals das Paradies war.

»Für uns war es das Paradies«, würde sie sagen, weil er das vielleicht nicht von allein sah. Weil man sich das später, als die »vernünftigen Leute«, wie ihre Mutter sie nannte, weggezogen waren, kaum noch vorstellen konnte.

Die meisten Häuser in der Siedlung, die sie einst Paradies nannten, hatten fünf Stockwerke und sahen exakt gleich aus. Sie reihten sich nebeneinander, formierten sich wie Menschengrüppchen, die sich gegenseitig an den Schultern hielten. Meist gingen vier Häuser ineinander über, manchmal, wenn die Formation über die Straßenecke hinweglief, auch noch mehr. Im Schulterschluss stand so Haus an Haus, mittig lag eine Reihe kleinerer Fenster, dort wo sich die Treppenhäuser, eins für die rechte Seite, eins für die linke, befanden. Die Treppenhäuser mit den Geländern aus Metall, über das schwarzer Kunststoff gezogen war, mit den Linoleumböden, die alle zwei Wochen von den Hausbewohnern gebohnert werden mussten. Auf den Knien.

Dort, dritter Block neben dem Park, durch das gepflegte Treppenhaus in den vierten Stock hinauf, wohnte Maja mit ihren Eltern. Dass Maja und ihre Eltern zu dritt in einer Vierraumwohnung wohnten, war eigentlich ein Ding der Unmöglichkeit und – wie die meisten Dinge der Unmöglichkeit in der DDR – nur großem Glück und Zufall geschuldet. Denn eines Tages hatte eine ältere Dame Maja und Wolf im Fahrstuhl angesprochen. Sie wohnten damals noch in der Zweiraumwohnung im elften Stock in Groß Klein, und die Unbekannte fragte sie, ob sie nicht an einem Wohnungstausch interessiert wären. Ihre Kinder seien schon groß, die Großmutter mittlerweile verstorben, und jetzt lebten sie und ihr Mann in einer Vierraumwohnung in Evershagen: »Stellen Sie sich vor, nur fünf Minuten zum schönen Fischerdorf.« Aber: vierter Stock ohne Aufzug. Und weil ihr Mann gehbehindert sei und ihre Tochter mit den Kindern auch in Groß Klein wohne, würden sie viel lieber in einer kleineren Wohnung in diesem Hochhaus leben, »es wäre für uns ein großer Gewinn, wenn Sie verstehen, was ich meine«.

Es kostete Majas Eltern einige Anstrengung, diesen Tausch vor dem Wohnungskomitee durchzubekommen, aber als es ihnen schließlich gelang, zogen sie, Maja, Wolf und Astrid, wie eine kleine Königsfamilie zu dritt in eine Vierraumwohnung. Mit dem Gefühl, das System wieder einmal besiegt zu haben, und das war eine Errungenschaft, die sich mit nichts aufwiegen ließ. Ein Glücksfall auch deshalb, weil Astrid nun sogar ihr eigenes Arbeitszimmer hatte.

Hier in dieser königlichen Vierraumwohnung saßen nun also um kurz vor sechs am 9. November 1989 Wolf und Maja am Küchentisch und aßen Abendbrot. Astrid war noch in der Hochschule. Auf ihrem Stuhl hockte stattdessen Elfriede. Ihre Oma hatte Maja »die jute Leberwurst« auf eine kleine Scheibe Weißbrot geschmiert und diese in neun gleich große Rechtecke geschnitten. Auf Majas Kinderteller lagen außerdem etwas Gurke und Paprika. Zum Nachtisch gab es Apfelmus. Maja aß an diesem Abend mit besonders viel Appetit. Elfriede nippte an einem Tee. Wolf knabberte an einem Zwieback. Während des Essens plapperte Maja munter vor sich hin, erzählte vom Kindergarten und der Straßenbahn, mit der sie heute gefahren waren, tut, tut, ding, dong. Wolf und Elfriede schauten sie aus müden, kleinen Augen an. Beiden ging es nicht besonders gut, Wolf hatte mal wieder Durchfall und Elfriede hatte Erinnerungen. In letzter Zeit quälten sie jede Nacht Albträume, in denen ihr Vater wieder und wieder verschwand.

Aber sie täuschten gute Laune vor. Und als Maja sich nach dem Essen viel zu flüchtig die Hände wusch, rief Elfriede ins Bad: »Das kann ja nur eenmal hochjespuckt und unter durch jelaufen sein«, und Maja krümmte sich vor Lachen.

*

Etwa 230 Kilometer Luftlinie von ihnen entfernt betrat in diesem Moment Günter Schabowski den Saal des Pressezentrums in der Mohrenstraße in Ostberlin, der bis auf den letzten Platz gefüllt war. Der SED-Sekretär für Informationswesen schaute in die gespannten Gesichter der anwesenden Journalisten – einige von ihnen hatten das Gerücht aufgeschnappt, dass an diesem Abend eine wichtige Entscheidung verkündet werden sollte – und begann mit seiner Ansprache. Schabowski trug ein graues Sakko und saß vor einem schweren, beigegrünlichen Vorhang auf einem der knallroten Stühle. Die Stühle waren vielleicht der letzte Versuch der DDR, nicht so grau zu wirken, wie man sie immer wahrgenommen hatte. Aber angesichts der sensationellen Neuigkeiten, die an diesem Abend verkündet wurden, fielen die knallroten Stühle später niemandem mehr auf. Schabowskis Ansprache begann mit den üblichen Floskeln.

Im Publikum wurde gelangweilt gegähnt, ein paar Reporter tuschelten, man fragte sich, ob Schabowski noch etwas zu der neuen Reiseregelung sagen würde, von der sie unter der Hand gehört hatten.

*

In Rostock Evershagen badete Wolf Maja um kurz vor sieben. In der Wanne gab es am inneren Rand eine Unebenheit, die wie ein kleiner Knopf aussah. Wenn Maja dort »draufdrückte«, sang Wolf ihr Kinderlieder vor. Aber nicht einfach die normalen Melodien, sondern die Lieder in Rock-'n'-Roll-, Jazz-, Opern- oder Blues-Versionen. Maja gab ihm das Stichwort, welches Lied sie hören wollte, und Wolf parierte. Aus dem fröhlichen *Der Kuckuck und der Esel* wurden so zwei deprimierte, miteinander streitende Tiere, die an grenzenloser Selbstüberschätzung litten. Die fünfjährige Maja juchzte der Schwere zum Trotz und sang den Esels-Blues lautstark mit. Wolf imitierte eine Gitarre in 12er-Blueskadenz. Dann drückte Maja den Badewannenknopf, und nun wechselte ihr Vater in die Operetten-Version. Wolf breitete hochdramatisch die Arme aus.

Es waren diese Momente, die ihm die schwersten waren als Vater: das Kind zu unterhalten, wenn es ihm selbst nicht gut ging. Das fühlte sich an, als würde er versuchen, ein viel zu schweres Gewicht über dem Kopf in die Höhe zu stemmen. Seit einigen Monaten schon ging es ihm nicht gut, und er spürte, dass seine Kraftlosigkeit ihn mehr und mehr lähmte. An diesem Abend gelang es ihm aber zumindest in Majas Gegenwart erstaunlich gut, sich zusammenzureißen. Vielleicht lag es daran, dass seine eigene Mutter zu Besuch war. Ihre

Gegenwart erinnerte ihn immer daran, was für ein Vater er sein wollte. Was für ein Zuhause er seiner Tochter bieten wollte.

Draußen im Wohnzimmer überlegte Elfriede kurz, ob sie das Radio oder den Fernseher einschalten sollte, aber weil ihr die Töne, das Juchzen und Singen, das aus dem Badezimmer zu ihr herüberflog, so gefielen, entschied sie sich dagegen. Sie ging in die Küche, um aufzuräumen, und kurz flimmerte ein Ausdruck von Stolz über ihr Gesicht. Sie war stolz darauf, dass Wolf so anders als der starke Hermann war. Stolz darauf, dass sie den starken Hermann überlebt hatten. Und ein bisschen freute sie sich auch, dass Hermann, der sich immer eine Enkeltochter gewünscht hatte, das alles hier nicht mehr erlebte. Sie glaubte, dass er damit seine gerechte Strafe erhalten, dass die Gerechtigkeit wiederhergestellt worden war. Sie begriff nicht, dass es in Fällen wie diesen keine Gerechtigkeit gab. Sie begriff nicht, wie tief die Angst wirklich in Wolfs Knochen saß, die Angst, die sein Vater ihm dort von klein auf eingepflanzt hatte. Die Angst, zu werden wie er. Und die Angst, nicht so zu werden wie er. Doch selbst wenn Elfriede das gewusst hätte, sie hätte es verdrängt. So wie sie alles verdrängte, auch all das, was sie selbst erlebt hatte, weil das in ihrer Generation, in ihrem Land, nun einmal so üblich war. Und das änderte sich nie. Während Bella in Israel irgendwann begann, von den Dingen zu erzählen, die ihr widerfahren waren, schwieg Elfriede bis zum Schluss. Auch wenn Maja später einige Male den Vorstoß wagte, mehr über die Vergangenheit ihrer Großeltern zu erfahren, über Elfriede, die alles verloren hatte, über Hermann, der im Krieg Dinge gesehen hatte, die ihn nie wieder losließen, ja selbst über das Ekel, das so ein glühender Verehrer Hitlers war, dass er ihn immer nur *Adolf* oder *unseren Führer* und nie *Hitler* nannte – sie prallte überall auf Mauern des Schweigens. Es war vielleicht die deutsche Art, zu vergessen, und die israelische, zu erinnern. Aber die tieferliegenden Gründe dafür – die grundlegenden Unterschiede zwischen Täter- und Opfervolk – würden Maja und Eitan erst sehr viel später gemeinsam begreifen.

*

Im Badezimmer in der königlichen Vierraumwohnung derweil: Abtrocknen, Zähne putzen, Haare kämen, Schlafanzug anziehen. Maja konnte das eigentlich schon alles allein, aber Wolf fiel es schwer, es sie auch allein machen zu lassen. Immer öfter ermahnte ihn Astrid, er solle das Kind endlich zu ein wenig mehr Selbstständigkeit erziehen. Aber Astrid war nicht hier, und so konnte Wolf ganz in der Vaterrolle aufgehen, die er am liebsten spielte und in der er Maja bevaterte wie eine Glucke ihr frisch geschlüpftes Küken.

Um viertel nach sieben brachten Elfriede und Wolf Maja gemeinsam in ihr Bett. Wolf las ihr noch ein Märchen vor, und dann sang Elfriede, die Einzige in der ganzen Familie, die getauft war, *Weißt du, wie viel Sternlein stehen*, und als sie zur Textzeile »Gott der Herr hat sie gezählet, dass ihm auch nicht eines fehlet, an der ganzen großen Zahl, an der ganzen großen Zahl ...« gelangte, war Maja bereits eingeschlafen.

*

Währenddessen kam im Pressezentrum in der Ostberliner Mohrenstraße ein italienischer Journalist namens Riccardo

Ehrman an die Reihe, dem Funktionär Schabowski eine Frage zu stellen. Er erkundigte sich nach dem neuen Reisegesetz, das die SED-Spitze angeblich entworfen hatte. Schabowski schien zuerst keine genaue Antwort geben zu wollen, er schwadronierte herum, bis er kurze Zeit später doch konkret wurde: »Und deshalb haben wir uns dazu entschlossen, heute eine Regelung zu treffen, die es jedem Bürger der DDR möglich macht, über Grenzübergangspunkte der DDR ... eh ... auszureisen.«

Ein Raunen ging durch den Saal. Mehrere Journalisten redeten durcheinander. Schabowski versuchte, ihre Fragen zu verstehen.

»Ab sofort?«, rief einer.

Der Sekretär für Informationswesen schaute unsicher. »Also Genossen, ... ick ... mir is' dit hier«, verfiel er ins Berlinern, »mitjeteilt worden ...«, Schabowski setzte seine Brille auf. Er las jetzt von einem Papier ab, um auf keinen Fall einen Fehler zu machen.

*

In der *Ingenieurhochschule für Seefahrt Warnemünde* beendeten Astrid und ihre Kollegen in diesem Moment die Konferenz zur Lehre und Ausbildung im neuen Studienjahr. Sie hatten das Planspiel besprochen, in dem die Studenten lernen sollten, die Schifffahrt aus ökonomischen Aspekten zu betrachten und möglichst effizient zu planen und zu realisieren. Astrid war erst vor Kurzem von ihrer Uni-Stelle als Oberassistentin an die Hochschule für Seefahrt gewechselt, weil man ihr dort eine außerordentliche Dozentur angeboten hatte. Was nicht nur deutlich mehr Geld bedeutete, sondern einen deutlich besseren Status. »Frau Pagel, das machen Sie fünf, sechs Jahre, und dann geben wir Ihnen eine Professur«, hatte der Rektor ihr bei der Einstellung versichert, und Astrid hatte sich ausgemalt, wie sie ihre jährlichen Weihnachtskarten mit dem Titel »Prof. Dr. Astrid Pagel« unterschreiben würde. Das Ekel würde sich wundern. Alle würden sich wundern, dachte Astrid und begriff nicht, dass niemand sich wundern würde. Jeder, der sie kannte, hatte schon immer gewusst, dass sie sich nicht mit Mittelmaß zufriedengeben würde. Jeder, der Astrid kannte, spürte ihren Ehrgeiz und ihre unheimliche Durchsetzungskraft, die in diesem Ausmaß selbst im Sozialismus vor allem Männern vorbehalten und deshalb so besonders und unvergesslich war.

An der Hochschule gab es nicht besonders viele Frauen, die meisten unterrichteten im Bereich für Marxismus und Leninismus. An ihrer Sektion war Astrid die einzige GenossIN, was ihr aber nicht schlecht gefiel, denn Astrid arbeitete gut und gerne mit Männern zusammen. Diese Zusammenarbeit empfand sie als ehrlicher und direkter, während sie bei weiblichen Kolleginnen immer das Gefühl hatte, ihre Worte mehr abwägen zu müssen, um keine Gefühle zu verletzen. Vielleicht war sie auch nicht die einfühlsamste Person, aber Männern fiel das eben nicht auf.

»Politische Veranstaltungen«, rief der Leiter der Parteigruppe ihrer Sektion in die allgemeine Aufbruchstimmung nach dem Ende der Konferenz hinein, »besprechen wir aktuell nicht, wer weiß, wie das hier überhaupt alles weitergeht«, und Astrid wunderte sich wieder einmal darüber, wie besonders die Leute, die ihr bisher als die linientreusten vorgekommen waren, plötzlich dem Ende des politischen Systems geradezu entgegenzufiebern schienen. Schon zum Tag der Republik, der einen Monat zuvor am 7. Oktober gefeiert worden war, wollte auf einmal niemand mehr nach Berlin, um dort an dem offiziellen Fackelumzug teilzunehmen. Die Ausreden derjenigen, die noch ein Jahr zuvor mit wehenden Fahnen an den Paraden teilgenommen hatten und die sich dem Spektakel plötzlich verweigerten, hatten Astrid überrascht. Natürlich war auch Majas Mutter nicht blind, natürlich sah auch sie, dass etwas im Gange war, aber die Geschwindigkeit, in der das alles am Ende passierte, schockierte sie doch. Astrid ahnte schon seit Wochen, dass die DDR, so wie man sie kannte, am Ende war. Seit Trotzki, der mittlerweile in Berlin lebte, sie und Wolf in Rostock besucht und von den Mahnwachen in der Gethsemanekirche berichtet hatte: »Selbst die Unpolitischen sind jetze politisch, wir erfahren Solidarität von allen Seiten, U-Bahn-Fahrer hupen, während sie an der Kirche vorbeirattern, die umliegenden Kneipen und Läden versorjen die Demonstranten, und ick saje euch: Die Tage der Bonzen sind jezählt«, hatte er voller Enthusiasmus verkündet, und während Astrid gebannt seinen Worten lauschte, hatte Wolf gespürt, wie ihm ein wenig Magensäure hochkam und sich in seinem Mund verteilte. Allein darüber nachzudenken, dass all das, was sie kannten, das Leben, wie es war, bald zu Ende sein würde, löste bei Majas Vater Angstzustände aus. Er ahnte, dass er diesen Veränderungen nicht gewachsen sein würde. Er ahnte, dass die Veränderungen viel tiefgreifender sein würden, als sie jetzt alle ahnten. Dass die schöne neue Welt nicht nur Gewinne mitbringen, sondern der Weg dorthin mit großen Verlusten gepflastert sein würde. Trotzki bemerkte das versteinerte Gesicht seines Freundes nicht und berichtete eifrig weiter, dass er längst mit anderen

Oppositionellen an dem Aufbau einer neuen Partei arbeitete. Und dann diskutierten er und Astrid bis tief in die Nacht hinein darüber, was freie Marktwirtschaft bedeutete und welche Veränderungen auf sie zukommen würden. Trotzki wusste als Jurist bestens darüber Bescheid, wie man all die volkseigenen Betriebe in GmbHs umwandeln würde, und Astrid, die sich mehr und mehr mit den Kennzahlen westdeutscher Konzerne beschäftigte, um von ihnen zu lernen, um für die Zukunft zu lernen, hörte ihm aufmerksam zu. Sie hatte lange überlegt, mit wem sie sich im Falle großer Veränderungen zusammentun könnte, um etwas Neues aufzubauen. Sie bewunderte Trotzki und vertraute seinem Geist, aber das Leben in Berlin hatte sie ein für alle Mal hinter sich gelassen. Es musste also jemand aus Rostock sein. Am besten jemand, den sie lang genug kannte, um seine Stärken und Schwächen abschätzen zu können. Ihr ehemals engster Kollege Kösling kam nicht mehr infrage. Anfangs hatten sie gemeinsam zu den Kritikern am Institut gehört, Astrid wie auch Kösling wollten damals wirklich etwas ändern. Nicht immer nur den Dogmatismen folgen. Aber schließlich hatte Kösling seinen Kopf so tief in den Arsch des Institutsleiters hineingesteckt, dass man nur noch seinen Wendehals sah. Weil er, wie er es nannte, »weiterkommen« wollte, und das hatte Astrid erst wütend gemacht und dann mit bitterer Enttäuschung zurückgelassen. Dass sich eben dieser Kösling später, als die Mauer längst gefallen war, als Revolutionär aufspielen würde, war dann auch keine große Überraschung. Er sei ja nie in die Partei eingetreten, tönte er herum, als Astrid ihn noch einmal auf einer Uni-Veranstaltung sah, das war, kurz bevor sie schließlich den Sprung in die Selbstständigkeit wagte und all ihre Uni-Kollegen von Wessis ersetzt wurden. Dabei war

Kösling nur Blockpartei-Revolutionär, man hatte ihn schlichtweg aufgrund der Arbeiter-Intelligenz-Quote nicht in die SED gelassen. Sie erinnerte sich noch an sein Gemecker darüber und hatte schon damals gespürt, dass Kösling einer geworden war, der sein Fähnchen in den Wind hängte. Und das hatte ihr dermaßen widerstrebt, dass sie ihn ausschloss aus der Liste möglicher Geschäftspartner. So ging sie alle ihre Kollegen durch und fand an jedem etwas auszusetzen. Sie ahnte, wen die neue Zeit zu weich oder unerträglich hart machen würde. Schließlich hatte Astrid aber doch mit jemandem Szenarien besprochen, wie man von einem Zusammenbruch der DDR profitieren könnte. Mit Wagner. Joachim Wagner war ihr Förderer der ersten Stunde gewesen, und sie hatte das nie vergessen. Er war der Professor, der vor dem Institut Petersilie aus seinem Garten verkaufte und der, vom Institutsleiter darauf angesprochen, ob ihm sein Professorengehalt nicht ausreiche, verdattert fragte, ob er die ganze schöne Petersilie etwa wegwerfen solle. Gemeinsam mit einem wie Wagner, mit seiner Erfahrung und mit ihrem Mut zur Erneuerung, würde sie etwas aufbauen können, selbst wenn es auf den Trümmern ihrer Gesellschaft war. Sie steckte voller Tatendrang. Astrid hatte nicht vor, in diesen Zeiten der Umwälzungen unter die Räder zu kommen.

Die Wahrheit war, dass Astrid die Veränderungen genauso fürchtete wie Wolf. Aber anders als ihr Mann verfiel sie in dieser Furcht nicht in Schockstarre, sondern eher in Aktivismus. Sie bereitete sich vor, jeden Tag ein bisschen mehr, machte sich startklar für die schöne neue Welt. Und so war sie in diesen Tagen im November fokussierter denn je. Als endgültig das letzte Wort der Konferenz gesprochen war, sammelte sie zügig ihre Notizen und den Kugelschreiber zusammen und packte alles in die braune Umhängetasche aus Leder. Ein paar Kollegen fragten sie, ob sie noch mitkäme auf ein Bier, aber ausnahmsweise lehnte Astrid ab. Sie war müde und wollte nach Hause. Sie versuchte im Moment so viel wie möglich zu schlafen, so als bereite sie sich auf schlaflose Nächte vor, die ihr sicher bald bevorstehen würden, wenn die Revolution erst einmal richtig begonnen hatte und sie durcharbeiten musste. Dass die Weichen für die große Veränderung gestellt waren, davon war Astrid überzeugt, alles war jetzt nur noch eine Frage der Zeit. Ihr Blick fiel beim Rausgehen auf die Ruhla-Uhr (»Ruhla-Uhren – die gehen nach wie vor«), die über der Eingangstür hing, und blieb dort einen Moment hängen. Tick, tack, bewegten sich die Zeiger über das Zifferblatt, jeden Tag, dachte Astrid und spürte ein leichtes Kribbeln im Nacken, jede Minute konnte es jetzt so weit sein. Tick. Tack.

Astrid warf sich ihren Anorak über und band den roten Schal im Gehen vor ihrem Gesicht zusammen. Vom Meer her wehte ein eisiger Wind durch Warnemünde. Mit geducktem schnellen Schritt rannte sie fast zur S-Bahn. Von der anderen Straßenseite rief jemand ihren Namen, aber Astrid lief einfach weiter. Sie wollte nach Hause. Endlich schlafen. Endlich den nächsten Tag beginnen. Und dann den danach. Fast hätte man den Eindruck gewinnen können, Majas Mutter flüchtete an diesem Abend und lief der Zeit voraus, weil sie es nicht erwarten konnte, dass die schöne neue Welt endlich anbrach.

*

Viele tausend Kilometer entfernt, in einem anderen Land, in einer anderen Stadt, am Fuße des Berges, von dem man das Mittelmeer sehen konnte, saß Bella Cohn Rosenthal am Fenster. Neben ihr hockte der zwölfjährige Eitan mit angewinkelten Beinen. Eitan war, nachdem er seine Hausaufgaben gemacht hatte, zum Abendessen gekommen und noch ein wenig geblieben. Er hatte das Gefühl gehabt, dass es seiner Oma Bella heute gar nicht gut ging. Sie war immer in Gedanken versunken, immer mit einem Auge am Fenster, und wenn sie etwas sagte, dann ging es meist um Sigi. Aber an diesem Abend schien ihm seine gerade 60 gewordene Großmutter besonders weit weg. Was Eitan nicht wusste, war, dass Bella am Morgen beim Blick auf den Kalender ganz furchtbar zusammengezuckt war. Die Erinnerungen an den 9. November vor 51 Jahren begleiteten sie über den ganzen Tag hinweg, doch jetzt, wo es draußen dunkel geworden war, so wie es damals dunkel geworden war, drohten sie, sie zu übermannen. Die Erinnerungen an diesen regnerischen Tag, als die Jahre des Unglücks endgültig begannen. Als Sigi, gerade einmal 16 Jahre alt, abends mit einem blauen Auge und gebrochener Nase nach Hause kam. Als er ihr und ihren Eltern atemlos, wütend und aufgebracht von brennenden Synagogen und eingeschlagenen Ladenfenstern berichtete: »Die SA zieht in Scharen durch die Stadt, sie plündern und prügeln. Auf den Straßen liegen Kleider, Schmuck, zerschlagenes Geschirr, Kartoffeln und Fleisch. Die Leute sind wie von Sinnen. Alles brennt, sogar die Gebetbücher.« Diese Nacht war die erste furchtbare Nacht von vielen furchtbaren Nächten, die folgten. Man hatte förmlich gespürt, wie das Ende der Welt eingeläutet worden war. Es war die erste Nacht in purer Angst. Und alle hatten es gesehen. Bella dachte später oft über ihre Berliner

Nachbarn nach, über die nichtjüdischen Deutschen und ihr Verhalten während des Krieges. Von Auschwitz hatten sie vielleicht wirklich lange nichts gewusst, aber die Kristallnacht, die hatten sie doch alle miterlebt. Es hatten doch alle gesehen, wie die Synagogen und Geschäfte brannten. Sigi, ihre Eltern und sie hatten diese Nacht im Flurschrank kauernd verbracht, der Lärm der draußen untergehenden Zivilisation war durch die Fenster, durch den Hausflur, bis in ihre Wohnung gedrungen, die sich bis dahin für Bella immer wie der sicherste Ort der Welt angefühlt hatte. Plötzlich, und erst in dieser Nacht, begriffen ihre Eltern, dass sie wegmussten. Und am nächsten Tag liefen sie an den geplünderten Geschäften und ausgebrannten Synagogen vorbei zur Schweizer Botschaft. Bellas Mutter war vor ihrer Heirat Schweizer Bürgerin gewesen und hoffte, dass das Land sie aufnehmen würde. Doch man wies sie mit den Worten »Juden wollen wir hier nicht« ab. Sie ahnten damals noch nicht, dass auch alle anderen Versuche, ihr Heimatland zu verlassen, scheitern würden. Sie ahnten noch nicht, dass von ihnen vieren nur Bella übrig bleiben würde. Das quälte Bella bis heute am meisten. Warum hatte sie es geschafft und ihre Eltern nicht? Und wann sah sie Sigi endlich wieder?

Sie sah aus dem Fenster, und die Welt da draußen, dieser jüdische Staat, in dem sie nun lebte, kam ihr unwirklich vor. Gab es überhaupt noch eine Wirklichkeit nach all dem, was sie erlebt hatte? Gehörte sie zu denen, die nicht tot waren, oder zu denen, die lebten?

Auch an diesem Tag, an diesem 9. November voller schmerzhafter Erinnerungen, lief um halb zwei das Radioprogramm, in dem Leute nach ihren Verwandten suchten. Aber Bella konnte nicht mehr zählen, wie oft sie dorthin geschrieben und nach

Sigi gesucht hatte. Ihre Hoffnung schwand dahin. Nur manchmal gelang es ihr noch, auf Sigis Heimkehr zu hoffen. Daran zu glauben, wirklich daran zu glauben. Manchmal nahm sie all ihren Mut zusammen, stand morgens auf und war sich sicher, dass heute der Tag sein würde, an dem Sigi vor ihrem Fenster auftauchte oder an dem der Briefträger einen Brief von ihrem Bruder, der sie endlich gefunden hatte, in ihren kleinen Briefkasten stecken würde. Aber Sigi kam nie. Der Brief kam nie. Es war immer wieder eine entsetzliche Enttäuschung. Jedes Mal aufs Neue. All das erzählte sie jetzt Eitan, der neben ihr am Fenster saß. Eitan beobachtete, wie seine Großmutter an diesem Abend des 9. November 1989 noch einmal einen sehnsuchtsvollen Blick aus dem Fenster warf, er spürte ihre Traurigkeit, ihre Verzweiflung und Hoffnungslosigkeit. Er spürte ihre Erinnerungen und er spürte ihren Schmerz.

»Safta«, sagte er und berührte sanft ihre Schulter, »vielleicht mache ich dir eine Milch warm, damit du besser schlafen kannst?« Und Bella sah ihren Enkel an, diesen einfühlsamen, liebevollen Jungen mit den bernsteinfarbenen Augen und dem Herz aus Gold, der so lachen konnte, dass das Leben den ganzen Raum erhellte, und sein Anblick gab ihr Hoffnung für den nächsten Tag des Wartens.

*

Wolf setzte sich währenddessen in Rostock in sein Bett und nahm einen Zeichenblock auf seinen Schoß. Seine Mutter war kurz nach Maja, *Träume süß von sauren Gurken*, auf dem Klappbett im Kinderzimmer eingeschlafen (Wolfs und Astrids Angebot, im Ehebett zu schlafen, hatte Elfriede mehrmals entschieden abgelehnt), und Wolf wollte noch ein wenig an seiner Bleistiftzeichnung, mit der er gestern begonnen hatte, feilen. Im Moment malte er nur »furchtbar düstere Bilder«, wie Astrid neulich beim Blick auf seine Skizzen nüchtern festgestellt hatte. Sein neuester Entwurf zeigte ihn selbst. Ein Selbstporträt in Grautönen, das einen Mann mit ausgehöhlten Augen und tiefen Furchen im Gesicht darstellte. Und das Schlimmste war vielleicht, dass er dieses Bild selbst gar nicht als düster wahrnahm. Zu sehr hatte er sich an diese Version von ihm, an seine Ängste und seine Dämonen, gewöhnt. Er hatte auf dem Bild sein Inneres nach außen gekehrt, aber es kam ihm nicht unheimlich vor. Wolf sah nicht, wie grau er geworden war. Er spürte zwar die eigene Angst, aber er merkte nicht, dass diese Angst, die Angst vor Veränderungen, vor dem Zusammenbruch des einzigen Systems, das Wolf je kannte, ihn altern lassen hatte. Erst auf dem Papier und dann im wahren Leben. Angst und Müdigkeit waren seine stetigen Begleiter geworden, so vertraut, er nahm sie gar nicht mehr wahr. Majas Vater war so müde, müde, müde, müde wie nie zuvor in seinem Leben, und so konnte er auch an diesem Abend nur kurz den Stift über das Bild gleiten lassen, bevor er über seiner Skizze einnickte. Nur wenige Minuten später rutschte ihm der Zeichenblock schließlich langsam vom Schoß, und das graue Gesicht mit den ausgehöhlten Augen fiel kopfüber auf den Boden.

Auch Astrid fielen schon in der S-Bahn fast die Augen zu. Dabei war es gerade einmal kurz vor halb acht. Wie immer stieg sie an der S-Bahn-Station Rostock-Evershagen aus und bemerkte erstaunt, dass der Bahnsteig und die sonst so belebte Kreuzung vor dem Bahnhof heute wie ausgestorben dalagen. Man könnte meinen, dachte sie verwundert, während sie allein durch die menschenleeren Straßen ging, unsere Fußballer spielten im Finale der Weltmeisterschaft. Astrid wusste nicht, dass in diesem Moment tatsächlich alle Leute außer den Pagels vor dem Fernseher hingen. Allerdings nicht, um ein Fußballspiel zu schauen, sondern um zu hören, wie in der »Heute«-Sendung der Fall der Mauer verkündet wurde. Um Zeugen der verschwurbelten Sätze Schabowskis zu werden, aus denen sie gar nicht schlau geworden wären, wenn der Nachrichtensprecher ihnen nicht erklärt hätte, dass diese Sätze die Freiheit bedeuteten.

Astrid beschleunigte ihren Schritt durch die einsame, kalte Rostocker Nacht. Sie war froh, als die Haustür hinter ihr schwer und endgültig zufiel. Zu Hause stellte sie mit Bedauern fest, dass die Tür zu Majas Kinderzimmer bereits fest verschlossen war. Sie suchte Wolf und fand ihn, leise schnarchend, ein Zimmer weiter hinter geöffneter Tür. Sie sammelte seinen Zeichenblock und die heruntergerutschten Stifte von der Auslegware, sah mit hochgezogener Augenbraue auf sein neuestes Werk und betrachtete dann ihren Mann mit einem Ausdruck, der sich nicht zwischen Mitleid und Verachtung entscheiden konnte. Sie überlegte kurz, ob sie ihn wecken sollte. Manchmal sprach sie gerne mit Wolf über ihren Tag, manchmal wollte sie noch seine Gedanken zu diesem oder jenem hören, aber schließlich schloss sie die Schlafzimmertür und spürte dabei ein wenig Erleichterung. Astrid fragte sich, ob sie noch ein Bier, oder zwei oder drei, vor dem Fernseher trinken sollte, entschied sich dann aber dagegen. Stattdessen ging sie auf direktem Wege ins Bad, zog sich aus, stieg unter die Dusche. Seifte sich ein, ließ das heiße Wasser über ihren Körper prasseln und griff dann nach dem Handtuch. Elfriede hatte mal wieder die

Heizung im Bad ausgestellt – »ihr denkt wohl och, lass doch 'ne Kuh kosten, wir haben ja keene« –, so wie sie es aus dem Haus, das sie sich seit jeher mit der geizigen Tante Minna geteilt hatte, gewohnt war. Astrid schauderte und beeilte sich, in ihren warmen Schlafanzug zu kommen. Beim Zähneputzen betrachtete sie sich im Spiegel. Sie war 33 Jahre alt, aber hätte auch schon 37 sein können. Unter ihren Augen hatte sich ein ganzer Schwarm Krähenfüße versammelt, und auf ihrer Stirn klaffte eine tiefe Zornesfalte. Ihr fielen plötzlich wieder die Worte des Parteigruppenleiters ein: »Wer weiß, wie das hier überhaupt alles weitergeht …«

Was, wenn dies nicht nur die Zeit für einen beruflichen Neuanfang war? Sie zupfte an ihrem Gesicht herum. Spitzte die vollen Lippen. Riss die Augen auf. Fuhr sich über den Igel. Sie hätte mehr aus sich machen können. Vielleicht könnte sie mal Lippenstift ausprobieren? Vielleicht könnte sie statt des Igels einen kurzen Bob tragen? Vielleicht könnte sie Wolf verlassen? Doch ihr spöttischer Blick strafte sie, noch während sie das dachte. *Du, Astrid Pagel, bleibst schön da, wo du bist*, schien er ihr zu sagen.

Trotzdem trug sie, wie um sich ihrer inneren Stimme zu widersetzen, erstmals ihre teure, neue Nachtcreme auf. Ihr Student Holger, mit dem sie seit ein paar Monaten eine Affäre hatte, war extra im Exquisit gewesen, um sie damit nach dem Unterricht zu überraschen, er musste ihr erklären, was er ihr da schenkte, denn Astrid hatte bis dato nicht gewusst, dass es so etwas wie eine Nachtcreme gab – ihre Florena war ihr immer genug gewesen. Jetzt strich sie die Creme behutsam auf ihren Finger und verteilte sie über ihr Gesicht. War das ein Neuanfang?

Sie sah danach genauso aus wie vorher. Seufzend verließ sie das kühle Bad, nicht ohne vorher die Heizung wieder anzustellen, und legte sich dann zu Wolf, der nur kurz brummte, als er Astrids Körper neben seinem spürte. Und um neun, als sich vor den Grenzübergängen in Berlin bereits lange Schlangen gebildet hatten, als in ihrem Wohnhaus die Türen klappten, weil man sich bei den Nachbarn versichern wollte, dass sie auch gehört hatten, was man selbst gehört hatte, schliefen Maja, Astrid, Wolf und Elfriede, aber auch Bella und Eitan in Israel, wo es immerhin eine Stunde später war, bereits tief und fest.

Am nächsten Morgen war die Welt eine andere.

ACHTERN BORN 84, HAMBURG

Am nächsten Morgen kam Elfriede um kurz vor sechs in ihr Schlafzimmer gestürmt und rief, dass die Mauer gefallen war. Wolf und Astrid sahen sich ungläubig an. Maja tauchte hinter Elfriede auf, an einem Stück Apfel herumkauend.

»Was heißt denn das?«, fragte Astrid, die als Erste ihre Sprache wiederfand. »Dass wir in den Westen können?«

Elfriede nickte. Wolf nickte auch, obwohl er genauso wie Astrid eben erst davon erfahren hatte.

Majas Mutter sprang aus dem Bett. »Ich fahre zu Susi!«, rief sie kurz entschlossen.

»Musst du nicht zur Arbeit?«, fragte Wolf, den die Nachricht endgültig erschöpft zu haben schien, mit matter Stimme.

»Als wenn heute irgendjemand kommt«, antwortete sie ihm schnippisch, aber ihr Pflichtbewusstsein hatte eingesetzt und ihre Stirn legte sich in tiefe Falten, während sie überlegte, wie sie sich entscheiden sollte.

Wolf beobachtete sie fragend.

»Ha!«, rief sie schließlich aus, »heute ist der 10. Am 10. habe ich, wie du weißt, immer Haushaltstag«, sie atmete erleichtert auf, erleichtert vor allem darüber, dass sie sich nicht ihrem Pflichtbewusstsein widersetzen musste, dann klatschte sie in die Hände: »Wir fahren nach dem Frühstück los.«

Wolf schüttelte den Kopf. »Ich muss in die Sektion, Maja in den Kindergarten, wir können doch nicht einfach …«

»Es ist Freitag, du hast heute keine Vorlesungen!«

»Aber ich … Ich werfe doch nicht einfach alles über den Haufen … Das geht doch nicht …«

»Die Grenzen sind offen!!!«

Wolf sah Astrid mit diesem Blick an, den sie von ihrem Mann mittlerweile gut kannte. Dieser Blick, der bedeutete, dass Wolf sich in einer kleineren Welt als sie bewegte. Und wahrscheinlich war seine Welt durch die Neuigkeiten noch kleiner, noch begrenzter geworden als zuvor. Maja kletterte auf das Bett, und Wolf nahm sie in den Arm. Er schaute unsicher aus dem Fenster. *Und wenn die Welt zusammenfällt, wir bleiben hier*, schien sein Blick zu sagen.

»Du spinnst doch!« Astrid lief aus dem Schlafzimmer und kam kurze Zeit später mit einer kleinen Reisetasche zurück. »Maja und ich fahren«, sagte sie zu Wolf, der nun auch aufgestanden war und schweigend hinter ihr hertigerte.

»Bist du dir sicher?«, fragte er und kratzte sich am Kopf.

»Da draußen passiert gerade Geschichte. Wir fahren zu Susi, ich kann nicht glauben, dass ich sie heute wiedersehen werde!«

»Wolf, fahr mit«, mischte sich Elfriede jetzt ein, »ich hüte die Wohnung. Vielleicht könnt ihr mir ein paar neue Strumpfhosen mitbringen?« Sie fasste Wolf ermutigend an die Schulter, und Majas Vater hatte das Gefühl, überstimmt worden zu sein.

Die Sache war beschlossen, und nach dem Frühstück, von dem Astrid vor lauter Aufregung kaum etwas runterbekam, machten sich die drei gemeinsam auf den Weg nach Westen. Zum Glück trafen sie auf diesem Weg noch im Treppenhaus Frau Masuch, die, schwer bepackt, zu ihrem Sohn nach Frankfurt am Main wollte und ihnen mitteilte, dass sie noch einen Stempel bei der Volkspolizei holen müssten, damit man sie am Grenzübergang passieren ließe. Sie trugen Frau Masuchs Gepäck zu ihrem Trabbi und umarmten einander innig, denn wer wusste schon, wann man sich wiedersah. Frau Masuch jedenfalls sah nicht aus, als hätte sie vor, wiederzukommen.

Als die drei aus Evershagen herausfuhren, erkannte Majas Mutter, dass die Fahrt beschwerlich werden würde – das ganze Land schien sich auf den Weg gemacht zu haben.

Wolf sah ungläubig auf die Autoschlange vor ihnen. »Wo wollen die denn alle hin? Es sind doch gar keine Ferien?«, murmelte er, und Astrid entfuhr als Antwort über Wolfs Naivität nur ein tiefer Seufzer. Noch in Rostock füllten sie den Tank ihres Saporoshez. Ein robustes Auto, für das sich Astrid entschieden hatte, weil man es schon nach fünf Jahren Wartezeit bekam und weil es durch jedes Wetter fuhr, selbst dann, wenn die Trabants und Wartburgs nur noch spotzten. Sicherheitshalber machte Astrid auch noch einen Kanister voll. Sie wollte nicht in die Not kommen, im Westen tanken zu müssen. Astrid hatte zwar ein wenig Westgeld, aber das wollte sie ungern für Benzin verschwenden, und sie hatte keine Ahnung, wie lange die Fahrt nach Hamburg dauern würde. Wie lange sie brauchten, um in die andere Welt zu kommen, die ihr bis gestern so entfernt erschienen war wie eine fremde Galaxie.

Wolf kontrollierte zum dritten Mal, ob der Kindersitz, auf dem Maja saß, auch wirklich richtig auf der Rückbank eingehängt war, und dann verließen sie die Tankstelle. Der Saposhez machte wie immer einen unheimlichen Lärm. Aber das war nicht das Schlimmste. »Stalins Rache«, wie manche das Auto scherzhaft nannten, hatte sie zwar noch nie im Stich gelassen, aber die Heizung war eine Qual. Die separate Benzinheizung konnte man nämlich lediglich an- oder ausschalten. Dazwischen gab es nichts. Und wenn man die Heizung einmal ausmachte, bekam man sie selten ein zweites Mal an. Sie fuhren also Stop-and-go bei saunaähnlichen Temperaturen über die Landstraße nach Hamburg, und Astrid schälte immer mehr Kleidungsstücke von ihrem Körper, bis sie schließlich im Unterhemd fuhr. Wolf öffnete und schloss währenddessen das Fenster. Schob seinen Kopf, der bei seiner Körpergröße fast die Decke berührte, heraus und zog ihn wieder hinein, zupfte an seinem Schnurrbart und wiederholte das Ganze zehn Minuten später. Wenn Astrid doch mal Gas geben konnte und auf mehr als die 100 km/h beschleunigte, die das sowjetische Auto ihnen erlaubte, mussten sie zusätzliche Pausen einlegen, weil der Sapo trotz der Holzstöckchen, die Astrid in die Lüfterklappen gesteckt hatte, um den Motor zu kühlen, zu heiß wurde. Wobei all diese Dinge, bis auf den dichten Verkehr, weder Astrid noch Wolf noch Maja wirklich auffielen. Maja war zum Rattern des Motors eingeschlafen, und Astrid und Wolf waren zu aufgeregt und nervös, um über irgendetwas anderes als das, was vor ihnen lag, nachzudenken.

*

Nach einigen Stunden kamen sie dem Grenzübergang immer näher. Schilder wiesen darauf hin, dass »DDR-Kfz« hier die Autobahn zu verlassen hätten. Astrid fuhr wie viele andere zum ersten Mal auf der Spur für »grenzüberschreitenden Verkehr« und »Transit Westberlin – BRD« weiter, das fühlte sich komisch an. Dort standen sie nun, Stoßstange an Stoßstange. Trabbi an Trabbi an Wartburg an Lada an Saporoshez, viele von ihnen den Aufkleber mit »DDR« in ihren Rückfenstern.

Die Kofferräume voller Erwartungen.
Die Köpfe voller Ängste.
Die Herzen voller Hoffnung.

Astrid tauschte einen Blick mit Wolf, und für eine kurze Zeit hielten Majas Eltern sich an den Händen. Beide fragten sich: *Was erwartet uns da drüben?* Und auch wenn beide völlig unterschiedliche Hoffnungen und Ängste hatten, so verband sie in diesem Moment die Unsicherheit, die sich auf einmal in ihrem Leben breitgemacht hatte, verband sie viel mehr als all die Vorhersehbarkeit der letzten Jahre. Ließ sie zusammenwachsen und brachte sie einander näher, als sie es sich in den letzten Jahren je gewesen waren. Auf der Rückbank war Maja aufgewacht und schaute mit großen Augen auf die Grenzanlagen. Die Kontrollbaracken der Grenzbeamten. Den Wachturm. Sie blickte auf die breite Straße mit den vielen Spuren und sah dann rechts und links daneben nur Felder. Felder, die unter einer feinen, eisigen Schicht Raureif lagen. So standen sie eine ganze Weile in der Schlange, zwischen bereiften Feldern, Wachtürmen und Hunderten Trabanten, bis sie endlich an der Reihe waren. Die Grenzbeamten kontrollierten die Polizeistempel in ihren

Personalausweisen und winkten dann, ohne weitere Verzögerung, den Sapo durch. Sie überquerten die Grenze. Astrid entfuhr ein jubelnder Schrei. Sie konnte nicht fassen, wie einfach das auf einmal war. Ein paar Stunden Autofahrt und sie waren im Westen. BRD. Kapitalistisches Ausland. Drüben. Ferne Galaxie. Anderes Universum.

Kurz vor Hamburg hielt Astrid an einer Raststätte, um einen Stadtplan für Hamburg zu kaufen. Wolf nahm Maja an die Hand, und sie betraten gemeinsam den Flachbau und bestaunten, was es dort alles zu kaufen gab. Astrid und Wolf entschieden sich schließlich für eine Coca-Cola, für Maja kauften sie ein Überraschungsei, das sie zusammen an einem Picknicktisch auspackten, den Inhalt baute Astrid zusammen. Auf dem Parkplatz standen eine ganze Menge anderer Wagen aus der DDR, und man nickte und winkte einander freundlich, ja ausgelassen zu. Jeder unterhielt sich mit jedem. »Woher kommt ihr?«, »Wohin fahrt ihr?« Es wurde berlinert oder mecklenburgerisch alles langgezogen. Die Familie am Nebentisch kam sogar aus Dresden. Fast alle waren auf dem Weg nach Hamburg, wollten die Reeperbahn, den Hafen und die Elbbrücken sehen. Die kalte Novemberluft vibrierte vor Vorfreude. Die Stimmung hätte nicht besser sein können. Astrid strahlte. Dass Wolfs Gesicht seit gestern noch um einige weitere Nuancen grauer geworden war, fiel Majas Mutter gar nicht auf. Sie war geradezu euphorisch. Ein ganz neues Leben lag vor ihnen. Ihre Heimat würde durch die neugewonnene Freiheit nur besser werden. Das glaubte sie ganz fest. Ja, wie die meisten Menschen hatte Astrid Pagel Angst vor Veränderungen, aber wenn diese Veränderungen dann kamen, war sie die Erste, die sie umarmte wie einen neuen Freund, den man in einer durchzechten Nacht schnell lieb gewonnen hatte. Und ja, Astrid ging in diesen Tagen, wie viele ihrer Mitbürger, noch davon aus, dass die offenen Grenzen nicht automatisch das Ende der DDR bedeuteten, sondern dass sie den Sozialismus nur ganz anders und neu gestalten würden. Wie viele ihrer Landsleute wollte Astrid die DDR nicht wirklich weghaben, sie wollte sie nur besser machen.

*

Sie fuhren weiter, es ging jetzt wieder etwas zügiger voran, Astrid und Maja sangen fröhlich über das Dröhnen ihres sowjetischen Autos hinweg. Der Sapo hatte kein Radio, weswegen sie immer ein Kofferradio mitschleppten, dessen ausgezogene Antenne sie möglichst nah an das geöffnete Fenster platzierten. Seitdem Wolf als junger Mann bei der Armee gewesen und sein Radio eingezogen worden war (er hatte den »Soldatensender« gehört, der aus einer Absurdität heraus, wie sie nur in der DDR möglich war, aus der DDR gesendet wurde, aber nur für Soldaten im Westen gedacht war), hatte Wolf immer ein Radio dabei. Auf diese Freiheit legte er großen Wert. Auch wenn er – anders als Astrid – am liebsten ihre eigenen Sender hörte und nicht wie seine Frau den Westsender Radio Luxemburg. Noch empfingen sie Radio aus dem Osten, es lief City, »Wenn du lachst, klingt es herüber wie aus einem andern Land«. Schließlich wechselte der Sender jedoch, David Hasselhoff schmetterte nun »I've been looking for freedom«, Madonna hauchte »Life is a mystery, everyone must stand alone, I hear you call my name and it feels like home«, und dann passierten sie das Ortseingangsschild von Hamburg, und Astrid bat Wolf, das

Radio auszuschalten. Je näher sie Susi kamen, desto aufgeregter wurde Astrid. Ihr ganzer Körper kribbelte, und sie hatte vor Nervosität Schwierigkeiten, sich auf Majas Geplapper und den Weg gleichzeitig zu konzentrieren. Wolf, der beim Anblick der westdeutschen Stadt endgültig erstarrte, war ihr keine große Hilfe. Sie hatten die Adresse, die auf Susis wenigen Briefen als Absender angegeben war, auf dem Stadtplan eingekringelt: Achtern Born 84. Astrid versuchte aufgeregt, den richtigen Straßen zu folgen. Die Fahrt durch Hamburg kam ihr vor, als wäre sie in einer Filmkulisse gelandet. Alles schien unwirklich. Die Häuser waren ordentlich, neu gemacht, die Fußwege gepflastert, die Straßen glatt und eben. Es war viel sauberer als bei ihnen. Als sie an einer Ampel hielten, fiel Majas Mutter auf, wie anders die Menschen auf der Straße angezogen waren, und auf einmal schämte sich Astrid, in ihren Ossi-Klamotten bei Susi aufzutauchen. In ihrem weißen Anorak sah man ihr sofort an, wo sie herkam. Sie wollte etwas hermachen, wenn sie ihre Schwester, die ja mittlerweile seit mehr als fünf Jahren hier im Westen lebte und sicherlich aussah wie alle anderen auf den Straßen da draußen, wiedertraf. Mehr als fünf Jahre hatte sie Susi nicht gesehen. Bevor sie rübermachte, war die längste Zeit, die sie jemals getrennt gewesen waren, zwei Wochen gewesen. Die Ampel schaltete auf Grün, und Astrid fuhr im Schritttempo, was sie gar nicht bemerkte – so gebannt starrte sie auf die Fußgänger –, über den Deichtorplatz. Wie ein Zeichen von Gott, an den sie bisher nicht geglaubt hatte und auch danach nicht glauben würde, leuchtete plötzlich vor ihr der Schriftzug von *Karstadt* auf. Kurzerhand setzte Astrid den Blinker und fuhr rechts rein.

»Was denn nun?«, fragte Wolf erstaunt.

»Ich kann so nicht zu Susi. Ich brauche neue Klamotten.«

Sie fanden zügig einen Parkplatz, jetzt mussten sie nur noch das Begrüßungsgeld besorgen, von dem sie auf der Fahrt im Radio gehört hatten. Vor dem Kaufhaus sprach Astrid eine elegante, ältere Dame an, um sie zu fragen, wo sich wohl eine Post oder eine Bank »befände« (sie drückte sich umständlich aus, als wollte sie auf keinen Fall, dass die Fremde hörte, woher sie kam – was natürlich ein hoffnungsloses Unterfangen war, denn man sah Astrid, Wolf und Maja ja von Weitem an, woher sie kamen).

»Sind Sie etwa aus dem Osten?«, fragte die ältere Dame und strahlte über das ganze Gesicht.

»Ähm, ja, wir kommen aus Rostock«, antwortete Astrid fast schüchtern, woraufhin die Dame auf sie zukam und sie umarmte. Astrid, etwas irritiert von dieser herzlichen Geste, betrachtete die Frau verstohlen. Ihre leicht gewellten, kurzen grauen Haare, den dunklen Pelzmantel, die vornehmen dunkelroten Lederhandschuhe. War sie reich? In diesen anderen Klamotten sahen alle Menschen im Westen für sie reich aus.

»Helmut, komm doch mal«, rief die Frau ihrem Mann zu, der sich gerade seinen dunkelblauen Wollmantel zuknöpfte und einen eleganten schwarzen Hut trug, »guck mal, dieses nette Paar und seine kleine Tochter kommen aus der Zone!« Dann wieder an Maja und ihre Eltern gerichtet: »Wie heißt du denn, meine Kleine? Was für ein entzückendes Kind.«

Ehe sie sichs versahen, hatten Helmut und seine Frau, die sich als Lore vorstellte, Astrid und Maja jeweils 20 Mark in die Hand gedrückt. Wolf stand am Rand, als würde er nicht dazugehören. Ihm war das ganze Zusammentreffen sichtbar unangenehm. Sie waren doch keine Bettler. Warum gaben ihnen diese fremden Menschen Geld? Astrid war hingegen begeistert über ihren ersten Westkontakt. Sie tauschte sogar mit Lore Adressen aus und ließ sich dann von ihr den Weg zur Post erklären, bevor sie sich überschwänglich von ihr verabschiedete und die beiden sich nochmals herzlich umarmten. Vor der Post hatte sich bereits eine Menschentraube gebildet, in die sich Astrid ohne zu murren einreihte. Ein paar Westdeutsche hatten sich um die Traube versammelt und verteilten Obst, Bananen und Orangen, an die Wartenden. Astrid bedankte sich für die Banane und begann, sie für Maja zu schälen.

»Das ist mir hier alles zuwider«, brummte Wolf neben ihr, »wir stehen hier wie Idioten. Wie arme Idioten, denen man eine Krume Brot zuwirft … nein, wie Affen, denen man im Gehege eine Banane zuwirft, um dann zu beobachten, was sie damit machen. Das ist alles so bizarr.«

Sie sah ihn an, ihren Mann. Ein Meter zweiundneunzig Zweifel und Unbehagen. »Weißt du was, Schatz«, sagte Astrid, die Wolf nie »Schatz« nannte, aber die entschlossen war, sich von Wolf nicht die gute Laune verderben zu lassen, »mach doch mit Maja einen kleinen Spaziergang zum Wasser. Wir treffen uns in einer Stunde am Karstadt wieder.«

Astrid holte die 300 Mark Begrüßungsgeld für sich, Wolf und Maja mit den Personalausweisen ab. Auf dem Weg zurück zu Karstadt entdeckte Astrid noch eine Schlange vor einem Bezirksamt, sie erkannte sofort, dass das ihre Leute waren, die da standen, und auf Nachfrage stellte sich heraus, dass man auch hier Begrüßungsgeld bekam. Sie stellte sich kurzerhand noch einmal an und marschierte schließlich mit ihren Reisepässen an den Schreibtisch der Hamburgerin, die das »st« und »sp« so vornehm trennte, dass es Astrid wie eine andere Sprache vorkam, und holte noch mal Begrüßungsgeld. »Für meine Tochter möchte ich auch Begrüßungsgeld abholen, bitte«, sagte sie betont freundlich zu der Angestellten, die ihr insgesamt nochmals 300 Mark gab und ihr viel »S-paß« damit wünschte. Mit 640 Mark in der Tasche, also reich, und dem Gefühl, das neue System nicht nur bereits verstanden, sondern überlistet zu haben, traf sie Wolf und Maja vor dem Kaufhaus wieder.

»Wir haben das Verlagsgebäude vom ›Spiegel‹ gesehen«, sagte Wolf.

»Ich habe uns mehr als 600 Westmark besorgt«, sagte Astrid.

Sie nahmen Maja in die Mitte und betraten den Karstadt durch große Glastüren, die ein südländisch aussehender Mann für sie öffnete. Himmel, was war das für ein Überfluss. Astrid traute ihren Augen nicht. Sie erinnerte sich, wie sie im Oktober in Rostock einen neuen Anorak für Maja gesucht hatte. Alle Geschäfte hatte sie abgeklappert und musste am Ende doch eine Jacke nehmen, die noch viel zu groß war und nur mit Müh und Not und vielen Umkrempelkünsten überhaupt benutzbar war. Und hier hingen die Winterjacken, eine an die andere gedrängt, zu Hunderten. Und die Jeans, echte Levi's und Wrangler, die Lederjacken, von allem gab es viel zu viel. Astrid ging staunend durch die Gänge, berührte die Kleidungsstücke, als wenn sie überprüfen wollte, dass es sich um echte Kleider und keine Attrappen handelte. Weiße Reebok-Turnschuhe, ein paar Levi's 501 und eine Flickenlederjacke mit Fell – dafür entschied sich Astrid sofort. Auch ein paar Strumpfhosen und ein warmes Nachthemd für Elfriede landeten in ihrem Korb. Für Maja suchte sie einen wunderschönen roten Anorak aus, der ihr nur ein wenig zu groß war – so, dass er noch den ganzen

Winter reichen würde. Wolf, der das Spektakel in einem Sessel sitzend kritisch beobachtete, konnte sie schließlich immerhin dazu überreden, ein paar Turnschuhe zu kaufen. Auch wenn er selbst sie mit Grabesmiene anprobierte. Erst als sie gemeinsam mit Maja in die Spielzeugabteilung liefen, taute Majas Vater ein wenig auf. Denn nun war es Maja, die staunend durch die Gänge wandelte. Wie viele Spielsachen es hier gab! Die Begeisterung stand ihr ins Gesicht geschrieben, und Wolf konnte nicht anders, als sich für sein Kind zu freuen. Sie so glücklich zu sehen, machte auch ihn glücklich. Maja flitzte aufgeregt von einem Regal zum anderen. Ein Teddy, nein, eine Puppe, nein, ein Auto, so viele Farben, so viel Auswahl. Wie sollte man sich da entscheiden? Bis Astrid schließlich etwas drängte, »wir wollen doch zu Tante Susi!«, und Maja kurzentschlossen nach einer Kinderkasse griff, in der ganz viel Geld steckte, das wie Westgeld aussah.

*

Als sie in den Osdorfer Born einfuhren, schauten Astrid und Wolf gleichermaßen überrascht über die Siedlung, in der Susi wohnen sollte.

»Das ist ja 'ne Platte!«, entfuhr es Astrid entsetzt. In ihrer Vorstellung hatte Susi die DDR verlassen, um an der Alster zu wohnen. Oder wenigstens in einem Einfamilienhaus mit Garten. War sie nach drüben gegangen, um hier in Blöcken zu leben, die genauso aussahen wie die, in denen sie in Rostock wohnten? Und bei genauerem Hinsehen noch schlimmer, denn die Fassaden wirkten viel verwahrloster, mit all den Schmiereien und Graffiti.

»Hier muss es sein«, sagte Wolf leise und zeigte auf ein Hochhaus, vor dem ein paar kahle Bäume standen. Astrid und Wolf stiegen aus und schauten sich um. Der Himmel war grau, das Hochhaus auch, der Bürgersteig, alles grau. Nur die Menschen, die aus den Blöcken ein- und ausgingen, waren deutlich bunter als alles, was sie aus Rostock kannten. Viele Frauen trugen Kopftücher, die Männer dunkle, dichte Schnauzbärte. Maja, nun an Wolfs Hand, betrachtete sie ebenso neugierig wie ihre Eltern. Wortfetzen in fremden Sprachen flogen zu ihnen herüber, unbekannte Gerüche, alles fühlte sich ganz anders an. Das war sie also, die große weite Welt.

Vor dem Eingang stank es nach Urin, und die Klingel zu der Tür, an der der Name »Klatt« stand, klebte. Astrid fragte sich auf einmal, ob Susi überhaupt da sein würde. Es war Freitagnachmittag, wahrscheinlich war ihre Schwester bei der Arbeit. Sie zögerte. Ihr Finger hing leicht an dem Knopf fest und sie zog ihn wie Kaugummi ab.

»Nun klingel schon«, rief Maja, und Astrid drückte auf den Knopf.

Als ihre Schwester kurze Zeit später die Wohnungstür öffnete, ging alles in riesigem Gejubel unter. »Astrid!«, schrie Susi schrill, »ich wusste, dass du kommst! Hab ich's dir nicht gesagt, Hendrik.« Ein kleiner Junge, etwa drei, vier Jahre alt, kam hinter Susi angelaufen, »das ist deine Tante. Das ist meine Astrid!«

Und das Erste, was Astrid auffiel, war, dass ihre Schwester nicht mehr berlinerte.

Sie standen alle eine ganze Weile im Türeingang herum, ihre Begrüßung echote laut durch den Hausflur, was hier niemanden zu stören schien.

»Jetzt kommt doch erst mal rein, ich freu mich so.« Susi griff Maja an die Hüfte. »Zeig dich mal, meine Kleine. Wie alt bist du jetzt?«

»Fünfeinhalb«, antwortete Maja stolz. Sie war aufgeregt. Sie hatte eine Tante, einen Cousin. Sie waren in Hamburg. Und im Auto lag ihre Kinderkasse, befüllt mit Geldscheinen und Münzen. Was für ein Tag!

»Mensch, Susi, Maja ist doch an dem Tag geboren, an dem du rübergemacht hast. Und wie konntest du mir nicht erzählen, dass du einen Sohn hast?«

Susi zuckte entschuldigend mit den Schultern. »Ich weiß, ich weiß … Ich wollt' dich nicht beunruhigen. Dass ich hier alleinerziehende Mutter bin und so …«

Wolf, der etwas zurückhaltend im Hintergrund gestanden hatte, sah sich interessiert in der Wohnung um. Es gab kaum Bücher, das fiel ihm sofort auf, etwas anderes hätte ihn bei Susi aber auch überrascht. Von dem Wohnzimmer mit der Anbauwand (so eine richtig westdeutsche Anbauwand mit beleuchteter Vitrine) ging ein breiter Balkon ab, von dem man noch viel mehr Plattenbauten sah. Wolf fand die Plattenbausiedlung hier viel hässlicher als ihre in Rostock, die er überhaupt nicht hässlich fand. Hier waren die Häuser viel höher und standen viel enger zusammen. Es gab kaum Bäume und alles sah verschmutzt und ungepflegt aus. Die Spielplätze befanden sich nicht auf Rasen, sondern auf Betonflächen. Durch die vielen Graffiti und Satellitenschüsseln überall wirkte die Nachbarschaft für ihn wie eine fremde Welt. Eine schlechtere Welt.

Das sollte nun der Westen sein, nach dem sie sich alle so lange gesehnt hatten?

»Habt ihr Hunger?«, fragte Susi in diesem Moment, und erst jetzt merkte Astrid, dass sie tatsächlich ein regelrechtes Loch im Magen hatte.

»Kommt, wir gehen zum Italiener, zur Feier des Tages!« Sie machten sich gemeinsam auf den Weg. Astrid und Susi Arm in Arm. Maja und Hendrik an ihren Händen. Und dahinter Wolf, gebückt wie ein alter Mann. Das Restaurant lag ein wenig entfernt von der Plattenbausiedlung, am Rande einer schöneren Nachbarschaft, die aus kleinen Einfamilienhäusern bestand. Rote Klinkerbauten. Schönes Westdeutschland. So, wie Astrid und Wolf es sich vorgestellt hatten. Sie gingen in ein Gebäude mit Flachdach, vor dem sich ein großer Parkplatz befand. Wolf blieb kurz zwischen den Autos stehen. Er fuhr mit der flachen Hand über ihre Motorhauben. Mercedes. Opel. BMW. Dazwischen Fiat und Renault. An einem weißen Audi 80 blieb er besonders lange stehen. »Zu verkaufen, BJ 88« stand auf einem Zettel in der Windschutzscheibe. Wolf fragte sich, was so ein Auto wohl kostete. Der Wagen gefiel ihm. Er nahm sich vor, den Kellner nach einem Zettel und Stift zu fragen, um die Telefonnummer später zu notieren. Als Astrid ihn rief, folgte er ihnen schnell in das warme Restaurant. Hier drinnen roch es fremd, aber gut. Man bekam sofort einen Tisch (die eigentliche Revolution!), und als sie sich hingesetzt hatten, legte ihnen jemand zügig in Leder gebundene Speisekarten auf den Tisch.

Knoblauch, Basilikum, Oregano, Auberginen, Parmesan und Parmaschinken – das war ihnen alles fremd. Sie hatten eine Weile mit fragenden Gesichtern in die Karte geguckt, in der Gerichte wie »all'arrabbiata« und »Carbonara« standen, Essen gemacht aus Fremdwörtern. Susi beobachtete ihre Familie belustigt, immer wieder drückten sie und Astrid einander die Hände. Sie bestellten auf Rat von Susi und dem netten Kellner, der ein singendes Deutsch mit starkem Akzent sprach, bei dem er an alle Worte ein »e« hängte, dreimal Spaghetti. Wolf und Maja Pomodoro und Astrid Carbonara.

Maja ließ sich die rote Tomatensauce der Spaghetti Pomodoro auf der Zunge zergehen. Das schmeckte ganz anders als alles, was sie bisher gegessen hatte in ihrem Leben. Später würde sie sich nicht mehr daran erinnern, aber in diesem Moment kam es ihr vor wie das leckerste Essen der Welt. Auch Astrid und Wolf konnten das Essen gar nicht genug loben, auch wenn Wolf, der, wie er nach der Wende feststellen sollte, Knoblauch nur schlecht vertrug, später davon Bauchschmerzen bekam. Als der Kellner hörte, dass sie aus dem Osten kamen, brachte er eine Flasche Limoncello an den Tisch, und die Erwachsenen stießen gemeinsam mit klirrenden Gläsern an.

»Auf unsere Wiedervereinigung«, rief Susi glücklich, »auf eine gemeinsame Deutschlande«, sagte der Kellner, »auf uns«, lachte Astrid, »auf die Zukunft«, murmelte Wolf.

*

»Nun sag doch mal«, wandte sich Astrid später an ihre Schwester, während Wolf und die beiden Kinder mit einem Stapel Pappuntersetzer spielten, »wie ist es dir ergangen?«

Susi zuckte mit den Schultern und nahm noch einen Schluck Rotwein. Sie hatten beide mittlerweile fast die ganze Flasche allein geleert. Astrid fiel auf, dass Susis Haare etwas ungepflegt aussahen, die Blondierung war oben ein ganzes Stück herausgewachsen, und die Spitzen sahen stumpf und splissig aus. Überhaupt hatte ihre Schwester ein wenig von dem Glanz verloren, der sie früher umgarnte wie die vielen Verehrer. Sie war immer noch schön, aber ihre Schönheit war verblasst. Sie sah auf einmal aus wie jemand, der wusste, was es hieß, zu arbeiten. Wirklich hart zu arbeiten und wenig zu schlafen. Das war eine ganz neue Facette an Susi, und auch wenn sich Astrid im ersten Augenblick ein wenig erschrocken hatte, wie sehr ihre Schwester gealtert war, eigentlich stand es ihr nicht schlecht. Sie sah nun reifer aus, so, als hätte sie etwas erlebt und könne davon berichten. Als hätte sie etwas zu erzählen, was von Bestand war. Und Astrid konnte es nicht erwarten, Susi erzählen zu hören.

»Ganz ehrlich? Am Anfang war das natürlich alles aufregend, aber nachdem Rico und ich uns getrennt haben, das war noch, als wir in dem Übersiedlerheim wohnten, wo sie uns Ossis reingesteckt hatten, hatte ich oft schon das Gefühl, dass ich mal lieber zu Hause geblieben wäre.«

Astrid sah ihre Schwester überrascht an.

»Na ja, nicht wirklich zu Hause. Ich meine, ich wollte ja weg. Ich wäre da drüben eingegangen. Das weißt du ja …«

Astrid nickte. Natürlich, den Hieb konnte sich Susi nicht verkneifen. Sie sah immer vor allem ihre eigene Geschichte, sah nur, wie schlecht es ihr in der DDR ging. Wie schlecht es Astrid nach ihrer Flucht ging, darüber dachte sie natürlich nicht nach.

»Aber klar habe ich mir das hier schon etwas leichter vorgestellt. Mit Arbeit und so. Wir haben ja irgendwie gedacht, hier liegt das Geld auf der Straße.« Sie lächelte müde.

»Hast du denn gerade Arbeit?«, fragte Astrid, und es klang anklagender, als sie beabsichtigt hatte.

Susi winkte ab. »Ich hab in so 'ner Boutique gearbeitet, am Jungfernstieg, aber Hendrik war so oft krank in letzter Zeit. Und weeßte«, jetzt verfiel sie doch ins Berlinern, und Astrid, die Susi kannte wie sonst niemanden, wusste, dass ihre kleine Schwester nun offiziell betrunken war, »dit kennen die hier nicht. 'ne Mutter, die och arbeitet. Denn och noch alleinerziehend. Ständig hatte ick Stress mit denen, na ja, da hab ick hinjeworfen. Jetzt krieg ick erst mal Stütze und die bezahlen die Wohnung.«

Den Begriff »Stütze« kannte Astrid nicht, aber sie konnte sich vorstellen, was er bedeutete.

»Wer ist Hendriks Vater?«

»Peter. Ein ehemaliger Kollege von mir, als ick noch im Kaufhaus jearbeitet habe, dit war bevor ick in die Boutique gewechselt bin. Na ja, am Anfang war der och janz bemüht. Hat jemacht und jetan, na ja. Bis er es eben nicht mehr war. Jetze zahlt er gerade mal so Unterhalt. Ständig muss ick ihn dran erinnern. Besuchen kommt er den Kleenen och kaum noch«, sie schaute zu Wolf rüber, der immer noch ganz konzentriert mit Maja und Hendrik spielte, »weeßte, am Ende hattste echt Glück mit Wolf. Dit is 'n juter Mann und Vatter. Und wat brauchste mehr? Das wissen wir beede doch am besten!«

Die beiden hingen einen Moment lang ihren Gedanken nach.

»Aber ick red die janze Zeit nur von mir. Wie jeht's dir denn, Schwesterchen? Wat für 'ne schicke Jacke!«

»Wir waren auf dem Weg hierher im Karstadt und haben einen Teil des Begrüßungsgelds auf den Kopf gehauen«, lächelte Astrid.

»Ach ja, wie viel Begrüßungsgeld kriegt man noch ma'?«

»100 pro Person, aber ich habe die ausgetrickst und für uns alle zweimal geholt …«

»So viel Geld«, Susi pfiff durch die Zähne, und einen Moment lang hatte Astrid das Gefühl, dass ihre Schwester sie mit einem Ausdruck von Neid ansah. Sie ließ sich den Gedanken kurz genüsslich durch den Kopf gehen: Susi neidisch auf Astrid. Wahrscheinlich das erste Mal in ihrem Leben.

»Aber weeßte, auch wenn hier nicht alles Gold ist, ick bereue es trotzdem nicht, herjekommen zu sein. Ick konnte einfach nicht mehr in dem System«, sagte Susi, als hätte sie Astrids Genugtuung gespürt.

Astrid nahm noch einen Schluck aus ihrem Weinglas. Der berühmte Schluck zu viel. Wenn es so etwas bei ihr überhaupt gab. Vielleicht war jeder Schluck zu viel. »Ich hätte das nie gekonnt, einfach weggehen. Alle und alles im Stich lassen.« Sie betonte jedes Wort, damit Susi auch ja keines verpasste.

»Wahrscheinlich kamst du mit der Unfreiheit einfach besser klar. Du warst schon immer besser darin, dich anzupassen.«

»Vielleicht habe ich einfach nur ein anderes Verständnis von Verantwortungsbewusstsein.«

»Ick hab dich nicht im Stich jelassen. Verstehst du denn nicht, dass ick so nicht mehr leben konnte? Diese janze Propajanda, dit janze Partei-Jeschwafel. Jenosse hier, Jenosse da. All dieser Mist. Ick weeß nich', wie du dit ausjehalten hast und sojar noch Karriere machen konntest. Ick besitze nicht deine Obrigkeitshörigkeit. Hab ick noch nie.«

Astrid schluckte. »Hör mir ganz genau zu«, sagte sie dann eisig. »Es gibt nichts, aber auch wirklich gar nichts, wofür ich mich entschuldigen müsste. Sicherlich bin ich dem System in manchen Fragen auf den Leim gegangen. Und vielleicht ist es eher unpopulär, wenn man sagt, ich will den Sozialismus UND ich will die Freiheit. Wenn man sagt, dass sich diese beiden Sachen nicht ausschließen müssen. Dass man dem Sozialismus anhängt, mit all seinen Stärken und Schwächen. Aber das ist mein Leben, mit allen Fehlern und falschen Einschätzungen und auch allen richtigen Entscheidungen. Das war mein Leben unter den jeweiligen Umständen. Und dafür entschuldige ich mich nicht!«

Die beiden Schwestern starrten sich an. Astrid wütend. Susi voller Hochmut. Astrids Blick fiel wieder auf Susis schlecht blondierte Haare, dann auf ihre eigene, neue schicke Jacke.

»Zieht zu uns nach Rostock!«, hörte Astrid sich selbst dann plötzlich sagen. Sie legte eine Hand auf die ihrer Schwester. »Wir finden eine Wohnung und eine Arbeit für dich. Ich habe eine außerordentliche Dozentur an der Hochschule für Seefahrt in Warnemünde, ich kenne eine ganze Menge Leute.«

Susi lachte. Sie hatte noch immer dieses Lachen, bei dem sich ihre vollen Lippen breit auseinanderzogen und eine ganze Menge großer Zähne zum Vorschein kam. Dieses Lachen, das Astrid vertrauter war als ihr eigenes, weil sie es so viel öfter gesehen hatte. Dieses Lachen, das einem Zähnefletschen glich.

Das Haifisch-Grinsen des ewig Stärkeren.

»Du meinst, ick soll jetzt, wo die janzen Ossis in den Westen wollen, zurückziehen? Dit wär mal oof jeden Fall originell.«

42 RAKETEN

Ich fiel ins Haus und verletzte mir die Knie,
die bluten seitdem.

Else Lasker-Schüler

In einer Nacht wie jeder anderen, in einer Nacht wie keiner anderen, wachte Eitan Rosenthal vom Heulen der Sirene auf. Als er zu Bett gegangen war, war die Welt noch ganz normal gewesen. Doch irgendwann im Laufe der Dunkelheit war das Böse aufgezogen und riss das Gute aus dem Schlaf. Der Raketenalarm, ein zitternder, ganz und gar unheimlicher Ton, heulte durch die Stille, prallte an den Berg, an dessen Fuße sie lebten, und flog eine Runde um das Haus. Schallte über das Mittelmeer, das dunkel und tief und schweigend dalag. Dort zerschmetterte das aufsteigende und abfallende Heulen der Sirene alle Hoffnungen auf ein normales Leben. Ein normales Leben, das sie nie haben würden. Ein Leben, in dem kein plötzliches Aufschreien des Raketenalarms Menschen aus dem Schlaf riss.

Eitan schreckte aus seinem Bett auf, er war 13 Jahre, für sein Alter schmächtig (sein Wachstumsschub sollte erst mit 16 eintreten, kurz darauf küsste er zum ersten Mal ein Mädchen – Shira aus der Parallelklasse), und schaute mit seinen großen, bernsteinfarbenen Augen in die laut gewordene Dunkelheit. »Yogev«, rief er in Richtung seines älteren Bruders, mit dem ihn eine Art Hass-Liebe verband. Liebe, weil Yogev, schon als Eitan klein war, die interessanteren Spielsachen hatte und ihn immer damit spielen ließ (meist, weil er sich für die Dinge nicht mehr interessierte, aber der Grund für seine Großzügigkeit war Eitan eigentlich egal). Liebe, weil er ihm zeigte, wie man aus tausend kleinen Legosteinen Roboter und Autos und Raumschiffe baute, was Eitan mit unendlicher Geduld und Hingabe tat. Liebe, weil der vier Jahre ältere Yogev die spannendsten Filme und Kassetten mit nach Hause brachte: Dank Yogev hatte Eitan »Zurück in die Zukunft«, »Good Fellas« und »RoboCop« geguckt, Depeche Mode, Duran Duran und Sting gehört. Dass er von diesen Dingen erzählen konnte, machte ihn, der sonst nicht gerade zu den Coolsten gehörte, wenigstens ein bisschen cooler. Er bewunderte Yogev, so wie jeder kleine Bruder seinen großen Bruder fast automatisch bewunderte. Er bewunderte auch Yechezkel, den ältesten in ihrem Bunde, aber durch den Altersabstand von sechs Jahren hatten Eitan und er zu verschiedene Interessen, als dass Eitan sich wirklich an ihm orientieren konnte. Sich mit ihm messen konnte. Identifizieren. Sein Fixstern war Yogev. Und wenn er ihn nicht liebte, dann hasste er ihn. Hasste ihn mit jeder Faser seines Körpers, vom großen Zeh bis in die Haarspitzen. Denn Yogev war meistens nicht besonders nett zu Eitan, er piesackte und verprügelte ihn, wann immer sich die Gelegenheit bot, und Eitan, eine Kopie seiner schmalen Mutter und seines zierlichen Großvaters Gavriel, hatte Yogev, einer Kopie des stämmigen Itzchaks und Kalmans mit den vielen Muskeln, nicht viel entgegenzusetzen. Außer Schnelligkeit. Er war klein und wendig, und wenn Yogev es mal wieder auf ihn abgesehen hatte, gelang es ihm manchmal, sich geschickt aus dem Schwitzkasten zu drehen und zur Überraschung seines gemeinen Bruders schnell wie der Wind davonzusprinten. Aber oh weh, wenn Yogev ihn erwischte. Dann drosch er auf Eitan ein, mit allem, was er in die Finger kriegen konnte, so wie auch ihr Vater nach seinem Pantoffel oder einer Zeitung griff, wenn er seine Söhne bestrafte. Meist versuchte Eitan deswegen, Yogev aus dem Weg zu gehen. Besonders an seinen missmutigen Tagen, und davon hatte Yogev viele. Yogev schien die Welt nicht besonders zu mögen, und die Welt machte mit regelmäßigen Enttäuschungen deutlich, dass dieses Gefühl auf Gegenseitigkeit beruhte. Aber in dieser Nacht im Januar suchte Eitan zum ersten Mal seit Langem Yogevs Nähe. Er tappte auf nackten Füßen zu seinem Bett am anderen Ende des Zimmers, wobei ihm fast die Zehen an den eiskalten Fliesen festfroren. Normalerweise brachte ihm seine Mutter morgens, wenn sie ihn aufweckte, immer Socken, aber Jaffa war gerade mit anderen Dingen beschäftigt. Als der Alarm losging, war sie aus dem Bett gesprungen und hatte sich die Kisten geschnappt, in denen die Gasmasken und Injektionen gegen Giftgas eingepackt waren. Sie hatte Itzchak geweckt und ihm die Kisten in die Arme gestapelt, sein brummendes »Soll ich die jetzt alle schleppen?« ignoriert und war dann losgelaufen, um die Nylonfolie zu holen, mit der sie noch die Tür versiegeln musste.

Im Kinderzimmer berührte Eitan Yogev am Arm. »Yogev«, sagte er, nicht zu leise und nicht zu laut, »Yogev, es geht los. Raketen. Krieg.«

Sein Bruder drehte sich im Bett. Er griff nach Eitans Hand und murmelte: »Keine Angst, kleiner Bruder, uns passiert schon nichts.«

In diesem Moment eilte auch schon Jaffa ins Zimmer. Sie hatten sich wochenlang auf den Angriff vorbereitet. So gut man sich eben vorbereiten konnte auf die angedrohte Vernichtung. Immerhin hatte Saddam Hussein, der Führer des Landes, das Eitans Großeltern einst Heimat nannten, angekündigt, »halb Israel zu verbrennen«, und das israelische Militär hatte zugeben müssen, gegen die russischen Scud-Raketen, mit denen man sie bedrohte, keine Verteidigungsmöglichkeit zu haben. Also tat Jaffa, was sie tun konnte. Seit Tagen erklärten Spezialisten in den Nachrichtensendungen im Detail, wie sie sich möglichst effektiv vor Giftgas schützen konnten. Die beiden kleinen Fenster im Zimmer hatten Eitan und seine Mutter schon vor zwei Tagen mit Folien verklebt. Dicke feste Nylonfolien aus Polyethylen, eine Schicht hing bereits, und nun fügte Jaffa eine weitere hinzu, die sie mit Paketband befestigte. Ganz akribisch, Millimeter für Millimeter, damit ja nichts von Saddams Giftgas in das Zimmer eindringen konnte. Kurz danach brachte sie feuchte Tücher und die Kits mit den Gasmasken, die sie Itzchak, weil er damit nur regungslos im Wohnzimmer herumstand, wieder abgenommen hatte. Eitan schaute seine Mutter ängstlich an. Es war nicht ihr erster Raketenalarm. Es war nicht das erste Mal, dass sie wegen einer Sirene aus dem Schlaf schreckten. Aber zum ersten Mal fürchteten sie etwas, das man nicht sehen konnte. Und das veränderte alles. Als Eitan zum ersten Mal gehört hatte, dass Saddam Hussein sie vielleicht mit Raketen angreifen würde, in denen sich Nervengas befand, musste er sofort an die Shoa denken. Und in ihm war eine schreckliche Angst emporgekrochen, die ihn schon Tage vor dem tatsächlichen ersten Angriff ständig begleitete. Sobald Eitan die Augen schloss, und sei es auch nur, um sich in der Stunde für Bibelkunde kurz auszuruhen, hatte er sich ausgemalt, wie das unsichtbare Gas unter der Türschwelle in die Räume kroch und sie alle lähmte und elendig krepieren ließ. Im Fernsehen hatten er und sein bester Freund Nimi gesehen, wie sich Menschen im Irak nach einem Giftgasangriff unter Krämpfen wanden. Es hatte ihn an die Berichte aus den KZs erinnert, von Menschen, die unter den Duschen in den deutschen Gaskammern gestanden hatten, dicht aneinandergedrängt, Babys auf den Armen, Kleinkinder an ihre Beine geklammert, und er hatte zum ersten Mal am eigenen Leib gespürt, was es hieß, Todesangst zu haben. Auch dieser Saddam mit seinem pechschwarzen Schnauzbart, der in den letzten Monaten Dauergast auf ihren Fernsehschirmen, in ihren Wohnzimmern, geworden war, hatte ihn an die Nazis erinnert. Je länger Eitan auf den Bildschirm starrte, desto mehr schien sich Hussein in Hitler zu verwandeln. Bis Eitan nicht mehr unterscheiden konnte, wer wer war und in welchem Jahr sie sich befanden. Und damals wussten sie noch nicht einmal, dass es deutsche Firmen gewesen waren, die den Irakern bei der Herstellung von Giftgaswaffen geholfen hatten. Das ging bei ihnen erst später durch die Nachrichten und löste im ganzen Land pures Entsetzen aus. Posttraumatische Erinnerungen geschichtet auf posttraumatische Erinnerungen.

Jetzt lief auf dem Fernseher, den Itzchak beim Ertönen des Alarms reflexartig eingeschaltet hatte, nur ein Standbild. »Azaka«, »Alarm«, stand dort vor hellblauem Hintergrund in fünf Sprachen, von denen die ersten beiden Hebräisch und Arabisch waren.

»Ich setz das Ding nicht auf, das kannst du vergessen«, meckerte sein Vater, der nun ebenfalls das Kinderzimmer betrat und von Jaffa mit der Gasmaske in der ausgestreckten Hand begrüßt wurde.

»Itzchak, nu!«

»Darunter ersticke ich. Pass auf, die meisten Leute werden in diesem Krieg nicht irgendwelchem Giftgas oder Raketen zum Opfer fallen, sondern unter diesen verdammten Masken ersticken.«

Er sollte recht behalten, die meisten der 13 israelischen Opfer starben, weil sie die Ausrüstung gegen Giftgas nicht richtig benutzten oder unter den Gasmasken schlichtweg erstickten. Allein bei den ersten paar Angriffen injizierten sich mehrere Hundert Menschen in Panik das Atropin. Unnötigerweise. Nur zwei wurden tatsächlich durch eine der 42 Scud-Raketen umgebracht, die in den nächsten vier Wochen auf sie niederregnen sollten.

Itzchak ließ sich stöhnend auf das Kinderbett fallen, das unter seinem Gewicht bedrohlich knarrte.

Jaffa legte die Maske in seinen Schoß und überprüfte noch einmal die versiegelten Fenster.

»Ich hoffe, es geht Yechezkel gut«, sagte sie leise zu ihrem Mann.

»Natürlich geht es dem Bengel gut. Der ist bei der Zahal, dort ist man dieser Tage am besten aufgehoben.«

Jaffa nickte zögerlich und griff nach ihrer Maske. »Wenigstens haben wir kein Baby im Haus.« Erst gestern hatte Jaffa in den Abendnachrichten gesehen, wie die besonderen Betten aussahen, in die Babys gesteckt werden mussten, weil es für sie noch keine geeigneten Gasmasken gab. Die Betten, Inkubatoren nicht unähnlich, waren mit Nylonfolien bezogen und einem Filter versehen. Das Kleinkind, das man für die Nachrichtensendung probehalber dort hineingelegt hatte, schrie wie am Spieß, bis seine Mutter es wieder herausnahm. Im Ernstfall, dachte Jaffa entsetzt, würde das Baby es deutlich länger in dem versiegelten Bett aushalten müssen. Und die arme Mutter würde nur machtlos danebenstehen können.

Eitan beobachtete, wie seine Mutter langsam die Gasmaske über das Gesicht zog. Sie sah nun aus wie ein gefährliches Insekt. Eine riesige Hornisse. Aus einem Horrorfilm. Draußen heulte die Sirene unaufhörlich weiter. Bäumte sich auf und fiel ab und gab der ganzen Szenerie einen gespenstischen Soundtrack. Jetzt kam seine Mutter, die schwarze Hornisse, auf ihn zu: »Setz die Maske auf, chaim sheli.« Sie reichte ihm den schwarzen großen Gegenstand, und er zog sich die Maske vorsichtig über das Gesicht. Jaffa kontrollierte, ob alles richtig saß, und huschte dann zur Tür, um sie mit feuchten Lappen zu versiegeln.

Eitan drehte seinen Kopf, der sich mit der Maske darauf schwer und starr anfühlte. Bewegungen in Zeitlupe. Sein Vater hatte recht gehabt. Unter der Maske fiel jeder Atemzug schwer. Es war, als hätte man seinen Mund mit Frischhaltefolie eingewickelt. Als wäre eine Wand zwischen Lunge und Luftröhre emporgestiegen und dem Sauerstoff gelänge es lediglich ab und zu, erfolgreich durch die Ritzen zu kriechen.

»Ima, Yogev ist noch auf dem Klo«, rief Eitan, und mit

jedem Wort, das aus seinem Mund kam, schien der Sauerstoff knapper zu werden. Seine Mutter hörte ihn nicht gleich, und so wiederholte er seine Worte mehrmals, bevor sie endlich zu ihr durchdrangen. Er ließ sich erschöpft auf Yogevs Bett fallen.

»Das kann doch nicht wahr sein«, rief Jaffa, die den komplizierten Vorgang, bei dem sie die Seiten der Tür und die Tür selbst mit den Nylonlaken abklebte und die Ritze unterhalb der Tür mit einem feuchten Lappen verdeckte, gerade abgeschlossen hatte. Die Tatsache, dass sie das Fehlen ihres Sohnes nicht bemerkt hatte, sprach dafür, dass auch sie, die Eitan immer vorkam wie ein Fels in der Brandung, völlig durch den Wind war.

»Yogev! Kommst du jetzt!«, schrie sie in Richtung Badezimmer, nachdem sie sich die Gasmaske wieder abgenommen hatte.

»Ima, ich muss kacken«, schrie Yogev zurück.

»Immer macht dieser Junge Probleme«, murmelte Jaffa und entfernte Lappen und Klebeband wieder von der Tür.

Die Sirene heulte unaufhörlich, doch Jaffa hörte sie schon gar nicht mehr. In ihrem Körper sorgten Angst und Adrenalin dafür, dass sie einfach nur funktionierte und gleichzeitig wie in Trance durch das Zimmer wandelte. Wie sonst ließ es sich erklären, dass sie die Abwesenheit Yogevs nicht bemerkt hatte.

»Alles in Ordnung, chaim sheli?«, fragte sie Eitan und tätschelte seine Schulter. Auch das in Trance, als erwarte sie nicht wirklich eine Antwort von ihm. Und was hätte er ihr auch antworten können? Was war schon in Ordnung? In diesem Moment, in dieser Nacht, in ihrer Stadt am Fuße des Berges, nur einen ausgedehnten Spaziergang vom Meer, aber eine ganze Galaxie vom normalen Leben entfernt?

Eitan nickte trotzdem langsam. Sein Kopf schwer unter der Maske. Alles in Zeitlupe. Er wollte seine Mutter ebenfalls fragen, wie es ihr ging, oder wenigstens einen kleinen Scherz machen, der sie zum Lachen bringen würde, hatte aber das Gefühl, dass es klüger wäre, wenn er sich seine Ressourcen einteilte. Er würde von nun an nur noch sprechen, wenn es wirklich nötig war, denn sollte es zur Katastrophe kommen, mussten sie alle in der Lage sein, sofort zu handeln. Dazu gehörte, dass sie die Spritze mit dem Atropin bedienen konnten, sollte das Nervengift Sarin tatsächlich in ihre Blutbahn geraten. Ihre Biologielehrerin Hila hatte ihnen im Detail erklärt, wie Sarin funktionierte und warum Atropin, eigentlich ebenfalls ein Gift, in der Lage war, als Gegengift zu dienen. Eitan hätte sich in diesem Moment gerne an die Erläuterung erinnert, vielleicht hätte es ihn beruhigt, aber er schaffte es lediglich, Fetzen aus ihrem Vortrag – Acetylcholin-Esterase, Rezeptoren, Botenstoff, Signalübertragung – in sein Gedächtnis zu rufen. Einzelne Worte, deren Beziehungen zueinander er nicht mehr zusammenbekam. Aber es war ja auch egal, Hauptsache, das Gegengift würde wirken, wenn sie es brauchten. Hauptsache, sie würden nicht sterben, dachte Eitan ängstlich.

Seit Tagen hatten sie in der Schule kein anderes Thema gekannt, hatten ihre Gasmasken-Kits mit Schlumpf-Aufklebern dekoriert und sich darauf vorbereitet, für ein paar Wochen nicht in die Schule zu gehen, wenn der Krieg begann. Selbst die neuen Schüler, seit Kurzem hatten sie mehrere Äthiopier und Russen in ihrer Klasse, die bisher immer ein wenig im Abseits gestanden hatten, brachten sich plötzlich mit ein. Die Angst vor dem großen Feind schweißte sie alle zusammen. Vor wenigen

Wochen wurden die Neueinwanderer noch als »schwarze Faulenzer« und »stinkende Russen« bezeichnet, und manche erzählten Witze wie: »Was ist der Unterschied zwischen einer Dose Mangosaft und einem russischen Mädchen? Drei Schekel!« Aber die Angst vor den Raketen hatte ihre Differenzen relativiert. Die Angst hatte sie aus ihrem Trott und den Schikanen des Alltags gerüttelt. In ihrer Schule wie im ganzen Land. Wenn sie auch sonst Übung darin hatten, Unerträgliches zu ignorieren, Ausstellungen und Theaterpremieren zu feiern, während ihre Soldaten nur wenige Kilometer entfernt mit Molotow-Cocktails, Handgranaten und in Schießereien um ihr Leben und ihr Land kämpften. Wenn sie auch sonst Übung darin hatten, immer weiterzumachen – das 1000. palästinensische Todesopfer der andauernden Intifada hatte es gerade einmal in einen Randartikel auf Seite 4 der Tageszeitung geschafft –, im Falle echter Not stoppte ihr Leben, das so schnell, so hundertprozentig war, wie es nur ein Volk im ständigen Krieg führen konnte, kurz. Und im Falle echter Not gaben sie ihre Abneigung füreinander zeitweise auf. Verwandelten sie sich auch sonst beim ersten Schritt aus ihrer Nachbarschaft oder ihrem Familienverbund heraus in ausgewachsene Egoisten, schien ihnen auch sonst die Idee, dass es noch eine Umwelt und andere Menschen gab, dass man zusammenarbeiten musste oder gar gesellschaftliche Verantwortung hatte, völlig fremd zu sein. Hielten sie auch sonst mitten auf der Straße an, wenn etwas im Kiosk geholt werden musste, nahmen sie auch sonst Vorfahrten und drängelten sich in Schlangen vor, weil jeder dachte, dass seine Zeit kostbarer als die des anderen war – im Krieg hörte das alles auf. Im Krieg, und nur dann, denn das Aggressive war Teil ihrer DNA. Der ständige Kampf- und Überlebensmodus gehörte zu ihrem Land wie Hummus und Olivenöl. Sie waren ein Volk, mit einem Schwert in der Hand auferstanden aus Leichen- und Aschebergen. Sie lebten auf einer Insel, umzingelt von Feinden, fest entschlossen, sich nie wieder zu Opfern machen zu lassen. Dort, wo Maja lebte, in Deutschland, dachte man gerne, dass gerade sie – die Juden, die Israelis, das Volk der Überlebenden – besonders sanftmütig und verständnisvoll sein müssten. Dass gerade sie keine Menschenrechte verletzen durften, ein Flaggschiff der Toleranz sein mussten. Es war sehr deutsch, so zu denken. Und vor allem war es großer Unsinn, weit entfernt vom Menschsein. So funktionierte das Survival of the Fittest nun einmal nicht. Natürlich hatte die kollektive Erfahrung des Holocausts bei den Israelis andere Spuren als bei den Deutschen hinterlassen. Die Deutschen wollten jetzt immer Menschenrechte achten. Sie mussten. Stichwort Verantwortung. Die Juden wollten vor allem überleben. Deswegen redete man in Israel anfangs nicht einmal über die Toten. Anfangs lagen die sechs Millionen wie schwarze, schweigende Erde unter ihnen, und sie bauten Haus um Haus, um all die Einwanderer, die in Scharen ins Land strömten, unterzubringen auf diesem Schweigen. Nur zu Hause, in der Sicherheit der eigenen vier Wände, kam hier und da etwas aus den Leuten heraus, zischten Erinnerungen aus den Lagern oder den Ghettos empor wie Dampf aus einem Schnellkochtopf. Zu Hause ließen sich Albträume und Paranoia nicht ständig unterdrücken. Aber offiziell erstickte man jedes Gespräch zur Shoa im Keim. Niemand wollte hören, was die Überlebenden zu erzählen hatten. Niemand wollte ihr Klagen hören. Niemand wollte daran erinnert werden, dass ihr Volk einst so wehrlos gewesen war. Die Geschichte von den Lämmern, die sich zur Schlachtbank führen ließen, wurde ausradiert, und wenn überhaupt, sprach man vom Widerstand. Vom Widerstand in den Ghettos und den Lagern. Man sprach davon, dass selbst in Auschwitz Bar Mizwas und Hochzeiten gefeiert wurden. Dass Schabbatkerzen angezündet wurden. Dass an der hinteren Mauer der Baracke in Birkenau ein jüdischer Kalender angepinselt wurde, damit man Pessach nicht verpasste. Man erzählte die Geschichte von einer Gruppe von KZ-Häftlingen, die sich eine ganze Woche lang eine einzige Matza geteilt hatte und von der Freiheit träumte.

Als die Angst vor dem Giftgas kam, hatte Eitan seine Mutter nach dem Holocaust gefragt, aber sie hatte nur mit den Schultern gezuckt, weil sie dachte, was weiß ich schon darüber, frag lieber deinen Vater. Aber dann erzählte sie Eitan doch etwas: »Wir hatten damals so einen neuen Lehrer«, sagte sie langsam, während sie in einem Topf Fleischbällchen und ihre eigenen Erinnerungen durchrührte, »da war ich so zehn oder elf. Der neue Lehrer war ein blasser Aschkenase, und der weinte plötzlich, als die Sirene zum Shoa-Gedenktag losging, schluchzte wie ein kleines Kind. Da haben wir ihn getröstet und gefragt, warum er so bitterlich weint. Wir waren in unserer Klasse vor allem Iraker und Marokkaner, da wusste niemand was von der Shoa. Wir wussten ja nicht einmal so richtig, wofür die Sirene stand. Aber dieser Lehrer, Herr Feigenbaum, hat es uns dann erklärt. Hat uns erzählt, dass er seine gesamte Familie durch die Hände der Deutschen verloren hatte, hat von Lagern und von Ghettos, von Massengräbern und Öfen, in denen man die Ermordeten wie am Fließband verbrannte, erzählt, und da begriff ich zum ersten Mal, dass es noch Schlimmeres gab als das, was meinen Eltern widerfahren war.«

Und Eitan, der zum ersten Mal von der Shoa gehört hatte, als er vier war, der durch Oma Bella ständig an dieses Verbrechen an seinem Volk, an seiner Familie, erinnert wurde, konnte kaum glauben, dass seine Mutter so lange nichts davon gewusst hatte. Und es wunderte ihn später umso mehr, ja, fast war er neidisch, als Maja ihm erzählte, dass sie – die Deutsche, ausgerechnet! – erst im Alter von zwölf Jahren vom Holocaust erfuhr, und das noch nicht einmal in der Schule, sondern weil sie sich persönlich dafür interessierte.

Aber in seinem normalen Leben dachte Eitan natürlich nicht ständig über diese Dinge nach. Die Shoa war die Shoa. Sein Volk war sein Volk. Hintergrundmusik. Eitans Probleme waren anderer Natur. Er war 13 und schmächtig. Jeden Abend betete er, dass er nicht so dunkel und haarig werden würde wie sein Vater und seine Brüder. Mit seinen besten Freunden Nimi und Eli gehörte er zu denen, die man als »Chnunim« bezeichnete. Das war kein gutes Wort. Die Coolen waren andere. Auch wenn seine Freunde gelegentlich, immerhin konnte Nimi breakdancen wie kein anderer und Eli war schon mit 13 so groß und kräftig wie andere mit 17, coole Momente hatten, in denen sich Eitan sonnen konnte. Eitan hatte keine besonderen Talente, zumindest glaubte er das. Aber er brachte seine Freunde zum Lachen und war ehrgeizig. Mittlerweile gehörte er zu den Klassenbesten. Was seinen Coolness-Faktor nicht gerade erhöhte. Früher hatte er noch Probleme mit Mathe und dem Lesen gehabt, und Lesen gehörte immer noch nicht zu seinen Stärken (wie auch, in seinem ganzen Haus gab es nicht ein Buch), aber in Mathe war er jetzt ein Ass. Dass ihn das nicht cooler machte, war ihm eigentlich egal. Er wollte gute Leistungen zeigen in der Schule, wollte, dass seine Mutter stolz auf ihn war, wollte, dass sein Vater ihn respektierte, wollte dem toten Onkel, nach dem man ihn benannt hatte, alle Ehre machen. Eitan wollte es immer allen recht machen, vielleicht war das sein größtes Talent und seine größte Schwäche: dass er auf andere Menschen achtete. Er war kein Einzelgänger, kein Egoist. Er brauchte drei Jahrzehnte, um auf sich selbst zu hören. Als er ein Kind war, zählte nur die Gruppe. In seiner großen Familie war man füreinander da, vor allem die Irakis hielten zusammen (väterlicherseits war ja da nicht viel an Familie). Seine Mutter und ihre Schwestern waren immer schon beste Freundinnen gewesen. Seine ganze Kindheit verbrachte er im wohligen Schoß dieser Großfamilie. Seine Cousins und Cousinen waren ihm wie weitere Geschwister. Manche auch wie beste Freunde. Da war Arik, den Eitans Mutter ebenfalls gestillt hatte, weil seine Tante nicht genug Milch gehabt hatte, und mit dem Eitan später auf Trancepartys fuhr, wo sie gemeinsam eine ganze Menge Drogen nahmen. Da war Eden, die er wie eine Schwester liebte und die ihm immer von ihren Träumen erzählte, in denen sie den toten Onkel sah und manchmal auch Eitans Zukunft. Und viele weitere Cousins und Cousinen. Sie trafen sich in der Schule, nach der Schule und machten gemeinsam Urlaub. Wenn sie an den Strand campen fuhren, packten Jaffa und ihre Schwestern ihre insgesamt elf Kinder ein, rollten aus Rindfleisch, Zwiebeln, Petersilie und einem Esslöffel Mineralwasser Kebab-Bällchen und raspelten Weiß- und Rotkohlsalate in rauen Mengen. Stapelten die Pitabrote übereinander wie die Kinder auf den Bussitzen. Sein Vater und seine Onkel kamen dann abends dazu und standen mit Bierflaschen und Palaver am Grill, stritten immer über irgendwas, Geld oder Politik, während seine Mutter und seine Tanten noch mehr Salate schnippelten, die goldene Ambasauce (irakisches Rezept!) und die Tahini anrührten, viel Zitrone, ein wenig Knoblauch. Und dazwischen tollten sie. Die Kinder. Niemals gelangweilt, niemals allein. Sie waren die Kinder, die keine Einsamkeit kannten. Eitans Familie war seine Heimat, sein Schoß, in dem er wuchs und gedieh. Ähnlich verhielt es sich mit ihren Nachbarn. In ihrer Nachbarschaft am Fuße des Berges, vorbei an den Ruinen des arabischen Dorfes, das hier einst stand, aber dem niemand nachweinte, waren sie alle gleich. Waren eine große Familie. Sie stritten und halfen einander wie Brüder und Schwestern. Wenn Jaffa aus heiterem Himmel irgendwohin musste, konnte sie ihre drei Jungs ohne Probleme bei der Nachbarin lassen, und Eitan und seine Brüder fühlten sich dort ebenso wohl wie die Nachbarskinder bei ihnen. Ihr Gemeinschaftsgefühl war intakt. Sie sahen sich oft und unter fröhlichen Umständen. Auch später, als Eitan sich langsam von einem Jungen in einen Jugendlichen verwandelte. Es waren die Jahre der Bar Mizwas und Hochzeiten und noch nicht die der Beerdigungen. Eitans Großeltern waren noch nicht alt, gerade erst in ihren 60ern. Da starb man noch nicht (bis auf Kalman natürlich, den aber – wenn man ganz ehrlich war – niemand so wirklich vermisste). Da sprach man ein Gebet für die Bar Mizwa des Enkels, da lauschte man dem Rabbiner, wie er ein junges Paar segnete, um ein neues Heim im Land Israel zu bauen.

Aber das war alles egal in dieser Nacht im Januar. Jetzt war Winter, das Meer dunkel und kalt, der Strand feucht und schlammig. Und sie saßen in diesem versiegelten Zimmer, und wieder schlug die Stunde null. Draußen heulte die unheimliche Sirene, und vielleicht zog das Giftgas bereits seine Runden. Schob sich unsichtbar durch die Nacht, tat, was Giftgas tat, Angriff auf Nervensysteme, Tod durch Atemlähmung. Und hier drinnen saß Eitan, ein schmächtiger Junge von 13 Jahren, der mittelmäßig im Lesen, aber sehr gut in Mathe war. Ein Junge mit braunen Haaren und bernsteinfarbenen Augen, der keine Einsamkeit kannte, aber viele Selbstzweifel, und dachte an den Holocaust. Fürchtete ein ähnliches Schicksal wie die sechs Millionen, die sie bereits verloren hatten. Dachte an Oma Bella und beschloss, dass sie ab morgen bei ihnen wohnen musste, damit sie beim nächsten Alarm nicht allein zu Hause war. Verdammt, warum hatte er sie nicht bei seinem letzten Besuch überredet, zu ihnen zu ziehen? Bella hatte in letzter Zeit wenig gesprochen, bei seinen seltenen Besuchen – Eitan hatte im Moment einfach zu viel zu tun, Freunde, Schule, Hausaufgaben, Projektarbeiten – hatte er gespürt, dass es ihr nicht gut ging. Und jetzt, hier, in diesem halb versiegelten Raum, in der Stunde der Wahrheit, konnte er plötzlich nur noch an sie denken. Eitans Vater Itzchak hatte Bella mehrmals aufgefordert, fürs Erste zu ihnen zu ziehen, damit sie bei einem Alarm nicht allein wäre, aber natürlich hatte sich Bella geweigert. »Das Fenster«, hatte sie schlicht gesagt und Sigi gemeint. Zwei Worte, von denen sie immer annahm, dass sie als Erklärung reichten. Eitan nahm sich vor, dass er sie überzeugen würde, zu ihnen zu kommen, und wenn sie sich nicht überzeugen ließ, zu ihr zu ziehen. Dieser Gedanke beruhigte ihn etwas.

Endlich kam auch Yogev von der Toilette, und Eitans Mutter konnte das Zimmer vollständig versiegeln. Dann warteten sie. Warteten, bis irgendwann die Sirene verstummte. Warteten, bis sie nur noch ihren eigenen schweren Atem hörten, das

Keuchen von Itzchak unter der Maske, und schalteten dann das Radio ein. In dem irgendwann, vielleicht eine zähe Stunde später, vielleicht zwei, die beruhigende Stimme von Nachman Shai erklang, Pressesprecher der Armee, und Entwarnung gab. Bei den Raketen hätte es sich um konventionelle Sprengsätze gehandelt. Nur Raketen, kein Giftgas. Und das kam ihnen vor wie die beste Nachricht überhaupt. Woraufhin sie ihre Masken abnahmen, Itzchak das Klebeband von der Tür riss und hinaus-stapfte, und Eitan und Yogev zurück in ihre Betten krochen. Ihr Atem immer noch flach und unregelmäßig. Und weil Eitan immer noch so unruhig war, breitete seine Mutter eine dünne Matratze auf dem Boden aus und blieb im Kinderzimmer. Sie hielt Eitans Hand in ihrer, die ganze restliche Nacht.

*

Nach dem Krieg kam die Euphorie. Sie hatten wieder einmal überlebt. Das ganze Land sang mit Meir Ariel seinen Song: »Aber wir haben Pharao überlebt, wir überleben auch das noch.« Das Überleben war ihr größter Hit geworden. Pharao, Haman, Hitler, Hussein. Und sie, die Juden, lebten trotzdem weiter. Dubidubidu.

Nach dem Krieg kam die Euphorie, bessere Zeiten begannen. Waren sie Mitte der 80er noch von einer hohen Inflation, der großen Bankenkrise – bei der die Menschen im Durchschnitt ein Drittel ihrer Ersparnisse verloren hatten – und daraus resul-tierenden erheblichen Geldproblemen geplagt gewesen, ging es nun langsam aufwärts. Mit den Russen kamen gut ausgebildete Mathematiker und Technologen ins Land, und das Friedensabkommen mit Jordanien tat sein Übriges. Der Boykott durch die arabischen Länder, der bereits vereinzelt in den 20er-Jahren begonnen hatte und 1945 offiziell gemacht wurde, in dem man schwarze Listen erstellte (die arabische Version des »Kauft nicht beim Juden«), und der im Zuge des Libanonkrieges 1983 seinen Höhepunkt erreicht hatte – damals boykottierten nicht nur muslimische Staaten Israel, sondern auch Länder wie Polen, Brasilien, Bulgarien, China und die DDR (!) –, schwand langsam. Viele große Firmen gaben in den 90ern ihre Israel-Boykotte auf, und neue Produkte strömten ins Land. Es gab jetzt Toyota, Nestlé und Colgate, aber viel wichtiger für Eitan: McDonald's kam nach Israel. McDonald's, das war für Eitan die große weite Welt. Und das blieb es immer. Egal wohin er reiste, ob Südamerika, Indien oder Deutschland, er ging immer als Erstes in einen McDonald's, dort fühlte er sich zu Hause. Auch wenn es anfangs nur einen einzigen McDonald's in ganz Israel gab und der weit weg in Ramat Gan und immer überfüllt war. Mit dem gelben großen »M« kamen die Freiheit und ein bescheidener Reichtum in ihr Land. Früher hatte Eitan sich manchmal geschämt für die einfachen Möbel in ihrem Kinderzimmer. Für das schäbige Auto. Dafür, dass sie so wenig hatten. Auch wenn das Unsinn war, denn zu diesen Zeiten hatte ja niemand was. Doch mit der neuen Dekade brach ein Zeitalter zaghaften Wohlstands an. Eitan erinnerte sich noch genau an den Moment, in dem sich das Bild für ihn veränderte. In dem er sich und seine Familie plötzlich nicht mehr für arm hielt, sondern für wohlhabend. Das war etwa ein halbes Jahr nach dem Krieg. Yechezkel war über das Wochenende vom Armeedienst nach Hause gekommen. Seine frisch gewaschenen Uniformen flatterten vor dem Küchenfenster im warmen, frühlingshaften

Wind. Sie saßen in der Küche an dem kleinen Holztisch. Eitan und seine Brüder. Jaffa an den Töpfen. Im Radio lief Galei Zahal. Yechezkel erzählte gerade von der letzten militärischen Operation (zwei tote Terroristen), als sie das Hupen hörten. Eitans Vater, der ein von der Gewerkschaft verhandeltes Gehalt bezog und nicht müde wurde, Geschäftsideen in Rumänien zu verfolgen – mal erfolgreich, mal verheerend –, kam an diesem Freitag im April mit lautem Getöse in ihre Straße gefahren. Sie hörten das Hupen, und Eitans Mutter rief Eitan und seinen beiden Brüdern zu: »Lauft mal runter, schaut, was euer Vater gekauft hat!« Und sie stolperten fast übereinander, so schnell rannten sie die Treppenstufen hinunter.

Unten auf dem Parkplatz stand er dann, ihr stämmiger Vater, behaart wie ein Wolf, mit einem nigelnagelneuen weiß glänzenden Audi 80, dem Traumauto schlechthin. Dem Auto, das in diesen Tagen jeder Israeli über 18 liebend gerne besessen hätte. 133 PS, Klimaanlage und Automatikschaltung. Der wahr gewordene israelische Traum. Eitan, Yogev und Yechezkel trauten ihren Augen nicht. Sie liefen um das Auto herum wie um den heiligen Gral. Itzchak öffnete stolz die Motorhaube und erklärte ihnen alles ganz genau. Und Eitan, der seinen Vater noch nie so lange hatte reden hören – jedenfalls nicht mit ihnen –, hörte aufmerksam zu und prägte sich jedes Wort ein. Jede Schraube, jedes Ventil, jeden Riemen. Dann waren sie, nachdem sich auch Jaffa zu ihnen gesellt hatte, eingestiegen und eine Runde gefahren. Sein Vater hatte zur Musik gesummt, seine Mutter hatte verträumt ihren Kopf an das Fenster gelehnt, und er und seine Brüder hatten sich auf der Rückbank nicht einmal gestritten. Sie waren bis zur Promenade am Hof HaCarmel gefahren, wo Jaffa ausnahmsweise zugestimmt hatte, in einem der Restaurants am Strand essen zu gehen, was sie sonst immer für Geldverschwendung hielt. Eitan und seine Brüder hatten Pommes und Schnitzel bestellt und waren immer wieder aufgesprungen, um zu kontrollieren, dass ihr neues Auto auch ja noch auf dem Parkplatz stand. Es war einer der schönsten Tage seines Lebens gewesen.

»Uns geht es gut«, hatte Eitan, dieser 13-jährige Junge mit den bernsteinfarbenen Augen, gerufen, und seine Eltern hatten gelacht.

DAS SONNENBLUMENHAUS

Als der Polizist am Morgen des 23. August 1992, einem Sonntag, um 7.30 Uhr aufstand, schien die Sonne hell in sein Schlafzimmer. Er kniff die Augen zusammen, strich sich über seine blonden Haare, die vorne kurz und im Nacken lang waren, und dachte, dass dieser Tag wohl einer der letzten richtigen Sommertage wäre. Er stand auf und lief in die Küche, wo seine Frau bereits Stullen schmierte, Proviant für einen Tag am Strand. Es roch nach Kaffee und Bierschinken.

»Ich wünschte, ich könnte mitkommen«, murmelte er in seine Kaffeetasse und verdammte seinen Vorgesetzten, der ihm die Wochenendschicht eingebrockt hatte.

Immerhin, bei dem Wetter würden seine Kollegen und er zum Mittag hinter der Dienststelle grillen können. Er öffnete den Kühlschrank und holte die Bratwürste heraus. Hoffte, dass sein Kollege Andreas die Grillkohle besorgt hatte. Dann packte der Polizist seine Tasche und ging ins Bad, bevor er sich kurz danach von seiner Frau verabschiedete und ihr einen tollen Tag wünschte. Seine beiden Kinder schliefen noch, und der Polizist wusste noch nicht, dass er sie erst viele Tage später wiedersehen würde. Er wusste noch nicht, dass er auf dem Weg zur längsten Schicht seiner Karriere war. Auf dem Weg zum längsten und schwierigsten Einsatz, den er je erlebt hatte. Er wusste noch nicht, dass er auf dem Weg war, dem Tod sehr nahe zu kommen.

*

Einige Stunden später rollte sich Sven Holt aus seinem Sofabett. Er tappte auf nackten Füßen zum Klo, pinkelte im Stehen und ging dann in die Küche, um zu schauen, ob ihm sein Vater etwas Kaffee übrig gelassen hatte. Hatte er. Und während Sven den kalten Kaffee in sich hineinschüttete, fasste ihn eine Hand von hinten an die Schulter.

»Na, Sven, war gestern wieder etwas spät, oder? Wir hatten doch abgemacht, dass du bis zwei Uhr zu Hause bist.«

Sven stöhnte und drehte langsam seinen Kopf in Richtung seines Vaters, von dem die ermahnenden Worte gekommen waren. »Ja, Vattern, ich weiß. Tut mir leid. Wir sind bei Matze vorm Computer versackt.«

»Und wohl auch ein bisschen viel Bier getrunken?«

»Jup.«

Sein Vater holte aus und schlug ihm plötzlich mit der Hand auf die rechte Schulter. Sven zuckte erschrocken zusammen. Man wusste bei dem Alten nie, ob er das noch kumpelhaft meinte oder ob er kurz davor war, auszurasten.

»Junge«, sagte sein Vater betont sanft, und Sven atmete kaum hörbar erleichtert auf. »Von mir aus kannst du das ja alles machen, du bist immerhin schon 16, aber du weißt, dass du sonntags zu deiner Mutter musst. Und wenn die mitbekommt, dass du eine Fahne hast, rennt die sofort ins nächste Familiengericht und versucht doch noch durchzusetzen, dass du bei ihr wohnst. Willst du das?«

Sven schüttelte den Kopf.

»Na also. Dann reiß dich gefälligst zusammen. Und dusch dich einmal eiskalt ab, bevor du zu ihr fährst.«

Sven tat, wie ihm sein Vater befohlen hatte. Er stellte sich in die Wanne und nahm extra viel von dem Axe-Duschbad, das so männlich roch, wie er gerne gewesen wäre. Aber obwohl Sven recht groß und kräftig war, anfangen konnte er damit nichts. Er war nicht Respekt einflößend wie sein Vater. Er huschte so durch die Welt, und hätte er nicht diese grünen Augen gehabt, die in seinem Gesicht schimmerten wie der kasachische See, an dem seine Mutter einst aufgewachsen war – man hätte ihn übersehen können.

Sven ging in sein Zimmer, ein schönes, großes Zimmer, Südseite, in einer schönen großen Wohnung in der Gartenstadt, die sein Vater, weiß der Teufel wie, in diesen Zeiten der Wohnungsknappheit ergattert hatte, und zog sich dann seine schwarzen Jeans und ein weißes T-Shirt an. Seine Basketballjacke, die ihm sein Vater bei einer Geschäftsreise in die USA vor ein paar Monaten gekauft hatte, stopfte er in den Rucksack. Seine Füße schlüpften in die Turnschuhe. Er ging noch einmal in die Wohnstube und durchsuchte die Videokassetten, die dort in dem Schrank unter dem Fernseher standen. Bei seiner Mutter war ihm immer langweilig. Sein Vater hatte ihm vor Kurzem einen Amiga 500 gekauft, und jetzt verdaddelte Sven seine Freizeit mit Red Storm Rising oder Streetfighter, wenn er sich nicht gerade mit seinen Freunden traf, um zu testen, wer mehr Bier vertrug (sie vertrugen alle nichts). Aber bei seiner Mutter gab es keinen Computer, und seine Freunde, von denen die meisten in der Südstadt wohnten, wo Sven auch zur Schule ging, waren weit weg. Außerdem fing seine Mutter irgendwann im Laufe des Tages immer an rumzuheulen, weil der Vater sie erst mit der Sekretärin betrogen, dann verlassen und nun auch noch durchgesetzt hatte, dass Sven bei ihm wohnte. Währenddessen stopfte sie Pralinen in sich rein, wurde noch fetter, als sie eh schon war, und Sven schielte meist an die Decke, bis sie ihn fragte, ob er einen Film gucken wollte.

Er ging die Videokassetten im Wohnzimmer durch. Die meisten gehörten seinem Vater, überwiegend Dokumentationen über den zweiten Weltkrieg. Sein Vater hatte schon immer eine ausgeprägte Faszination für diese Zeit gehabt. Er las auf dem Klo Landser-Hefte und schaute abends mit einem Bierglas in der Hand Hitler bei der Machtergreifung zu. Dann erklärte er Sven, dass Deutschland ein anderes Land war, als »der Führer« noch regierte. Sven griff nach »Kevin allein zu Haus«, einem der wenigen Filme im Regal, die ihm gehörten, und packte die Kassette in seinen Rucksack. Er setzte sich die Kopfhörer auf, schaltete seinen Walkman ein. Dr. Alban rief: »It's my life«, Sven zog die Wohnungstür hinter sich zu und stieg um Punkt 11 in die S-Bahn nach Rostock-Lichtenhagen.

*

»Es gibt schon wieder Stress mit den Zigeunern«, begrüßte ihn sein Kollege in der Dienststelle, »kann sein, dass wir die Kollegen in Lichtenhagen heute unterstützen müssen.« Der Polizist rollte mit den Augen. Wann würde die Stadt endlich etwas unternehmen? Seit Wochen redete die Polizei auf den Bürgermeister ein: »Ihr müsst etwas tun in Lichtenhagen, so geht es nicht mehr weiter. Die Anwohner leiden unter den Zuständen, genauso wie die Zigeuner. Das geht so nicht!«

Täglich gab es neue Artikel in der Zeitung, selbst im Fernsehen war schon darüber berichtet worden.

Aber die Rindviecher im Rathaus, die nichts außer ihren Schreibtischen, den Akten und Lochern und Tackern kannten, verwiesen immer darauf, dass das »Ländersache« sei: »Dafür ist Schwerin verantwortlich. Damit haben wir nichts zu tun.«

Dass die Situation um die Kaufhalle und die zentrale Aufnahmestelle für Asylbewerber, kurz ZASt, immer weiter eskalierte, dass mittlerweile Hunderte Menschen um die Blöcke herum kampierten, dass Busladungen immer noch mehr Balkan-Flüchtlinge brachten, dass die Bewohner immer wütender wurden und die Leute insgesamt so unzufrieden waren, dass sie sich schon lange von der Polizei nichts mehr sagen ließen – das stieß bei den Offiziellen auf taube Ohren.

»Und nun?«, fragte der Polizist seinen Kollegen, der ihm gerade die Illusionen von einer gemütlichen Schicht genommen hatte. Ihre Dienststelle lag im Rostocker Zentrum, mit Lichtenhagen hatten sie eigentlich nichts zu tun. Aber der Polizist wusste natürlich, dass es schon am Sonnabend Proteste und Ausschreitungen gegeben hatte. Und es war möglich, dass das Ganze noch weiter eskalierte.

»Nu' warten wir erst mal. Es soll wohl anonyme Warnungen für eine weitere ›heiße Nacht für die ZASt‹ geben, die sind bei der Ostsee-Zeitung eingegangen. Von ›Roma aufklatschten‹ und so ist da die Rede. Na ja, Feierabend ist heute wohl später. Die Kollegen haben Verstärkung aus ganz Meck-Pomm angefordert, aber bisher kam keine Rückmeldung. Der Herr Polizeipräsident ist auf Heimatbesuch im Westen.«

»Wie oft haben wir die Idioten von der Stadt schon um eine Räumung des Geländes gebeten?«

»Tja, mir musst du das nicht sagen. Aber wird schon. Bis zum späten Nachmittag haben wir unsere Ruhe, denke ich mal.«

Der Polizist schnaufte. Schon seit einigen Monaten fühlte er sich nicht mehr wohl bei der Arbeit. Und so ging es vielen seiner Kollegen. Seitdem die Polizei mithilfe von »Westbeamten« auf »Westniveau« gebracht werden sollte und man ihnen einen arroganten Fatzke aus Düsseldorf vorgesetzt hatte, war die Unzufriedenheit ins Unermessliche gestiegen. Seine Kollegen waren größtenteils noch dieselben, aber die Vorgesetzten, auch die meisten Einsatzleiter, waren jetzt Wessis und schwebten zwei Meter über ihnen. Wie viele seiner Kollegen war der Polizist verunsichert. Neue Gesetze, neue Methoden und vor allem das daraus resultierende Chaos hatten all diejenigen, die die Ordnung und Sicherheit der DDR gewohnt waren, geradezu gelähmt. Dazu kam ihre hoffnungslos veraltete Ausrüstung und die Tatsache, dass die Anerkennung ihres Berufs in der Bevölkerung so schnell schwand wie die Hoffnung auf einen zügigen »Aufbau Ost«. Aber der Polizist wusste auch nicht recht, was er sonst hätte tun können. Manchmal dachte er darüber nach, wie es wäre, kein Polizist mehr zu sein. Die Uniform einfach abzulegen. All das abzustreifen. Manchmal dachte er darüber nach, irgendwas in seinem Viertel zu eröffnen. Einen Treffpunkt für die Abgehängten, der ihnen wieder etwas Hoffnung für die Zukunft geben würde. Seine Frau ging gerne ins Theater und er eigentlich auch. Vielleicht ließ sich daraus etwas machen? Im Theater vergaßen die Leute all ihre Sorgen.

Im Theater waren sie alle kurz etwas anderes, Zuschauer oder Beteiligte einer anderen Welt, entflohen der Realität. Und die Realität war: In Rostock herrschte seit der Wende eine hohe Arbeitslosigkeit. Seitdem die Werft, das Fischkombinat und viele weitere Betriebe zusammengebrochen waren. Mehr als 50 000 Bürger hatten die ehemalige Boomstadt der DDR schon verlassen. Die Leute bekamen vor lauter Zukunftssorgen nicht einmal mehr Kinder. Ja, der Polizist hätte gerne etwas getan, um seinen Mit-Rostockern zu zeigen, dass es sich lohnte, an die Zukunft zu glauben. Schon eine Weile lang, und schon bevor die Situation mit den Asylanten so eskalierte, hatte er beobachtet, dass die Zahl der Diebstähle und Sachbeschädigungen in bestimmten Wohnvierteln erheblich anstieg. Der Polizist verfolgte besorgt, was in ihrem Land passierte. Die Leute wurden immer unzufriedener und die Unzufriedenheit suchte ein Ventil. Fast täglich wurde im vergangenen Jahr irgendwo in Mecklenburg-Vorpommern ein Ausländerwohnheim überfallen, wurden Vietnamesen, Rumänen und Polen angegriffen, geschlagen und bedroht. Der Polizist glaubte nicht, dass es bei ihnen in Rostock so weit kommen würde, aber er spürte auch, wie labil die Menschen waren. Wie enttäuscht. Und wie machtlos sie, die Polizei, dem gegenüberstand. Manchmal fragte er sich, warum die Politik das alles zuließ. Und dann keimte in ihm der Verdacht auf, dass es der Politik ganz recht war. Dass die sowieso ihre ganz eigenen Ziele verfolgte. Im Falle der ZASt in Lichtenhagen tat man vielleicht auch nichts, um die Änderung des Asylrechts voranzutreiben. Denn dafür kam ihnen eine Eskalation in Rostock gerade recht.

*

»Wir haben nichts gegen die Fidschis, gegen die vietnamesischen Vertragsarbeiter, meine ich«, Roland Holt lächelte bei diesen Worten, und sein Blick in die Runde bestätigte ihm, dass seine kleine Unverschämtheit angekommen war. »Aber die Zustände, so wie sie im Moment herrschen, vor allem in Lichtenhagen, die können wir nicht mehr länger hinnehmen. Da müssen wir eingreifen. Und seien wir doch mal ehrlich, die meisten Flüchtlinge, vor allem die sogenannten ›Roma‹, sind doch nicht Schutzsuchende, sondern viel eher Schatzsuchende.« Das laute Gelächter stachelte Holt erst richtig an. »Meine Exfrau, Gott hab sie selig, wohnt in Lichtenhagen, schräg gegenüber von der ZASt. Ich sehe die Zustände dort regelmäßig, wenn ich meinen Sohn am Wochenende abhole. Die Anwohner wissen nicht mehr ein noch aus. Da stinkt es bis in den achten Stock. Die Zigeuner klauen, spucken, kacken und pissen überallhin, wo es ihnen passt. Das kann doch nicht wahr sein!« Aus dem Publikum echoten zustimmende Rufe, »ja genau«, rief einer, und Holt nickte heftig, seine buschigen Haare wippten hin und her. »Aber das Problem, meine Damen und Herren, das Problem geht natürlich noch viel tiefer. Unser Land, meine Damen und Herren, unser Land verändert sich gegen unseren Willen. Wenn ich höre, wie ein Herr Schäuble davon redet, dass wir Ossis ›anfangen müssen zu lernen, mit anderen Menschen zu leben‹, dann kann ich nur lachen. Wir haben in der DDR nie ein Problem mit Ausländern gehabt. Die sind bei uns immer willkommen gewesen. Haben hier gelernt, gearbeitet und sich an die Regeln gehalten. Bevor sie dann nach ein paar Jahren wieder in ihre Heimat zurückgeflogen sind. Nur so geht es doch, meine Damen und Herren. Ich sage gerne, jeder Flüchtling hat doch auch das Recht auf die

Rückkehr in seine Heimat. Niemand in Europa nimmt so viele Asylanten auf wie wir. Und jetzt soll jeder fünfte Asylbewerber zu uns in den Osten kommen. Drüben haben einige schon längst kapiert, dass das Boot voll ist, aber wir sollen jetzt die Suppe auslöffeln. Das geht so nicht, das sage ich klar und deutlich, niemand hat uns gefragt, ob wir damit einverstanden sind. Die in Bonn krempeln unser Volk völlig um und pfropfen uns eine Unzahl fremder Menschen auf, die kulturell – und das sieht man ja am besten in Lichtenhagen – nichts mit unseren Werten zu tun haben! Und der Rostocker Senat? Der reagiert mit Schulterzucken. Die Sesselfurzer im Rathaus reagieren mit Ratlosigkeit und verweisen nach Schwerin. Was, und ich spreche jetzt Klartext mit Ihnen, meine Damen und Herren, was für ein unfassbarer Irrsinn! Dagegen müssen wir uns stellen, dagegen müssen wir mit allen Mitteln und Wegen kämpfen. Und dieser Kampf kann nicht bis zur nächsten Bundestagswahl in zwei Jahren warten. Dieser Kampf beginnt heute, jetzt und hier. Wir von der DVU verlassen uns nicht länger auf die anderen. Jetzt nehmen wir die Sache in die Hand, mit unserer ›Bürgerinitiative Lichtenhagen‹!«

Ein paar Leute aus dem Publikum erhoben sich begeistert. Roland Holt sonnte sich in dem frenetischen Applaus.

*

Sein Sohn Sven stieg währenddessen an der Haltestelle Rostock-Lichtenhagen aus. Seine Mutter wartete schon neben der Kaufhalle, deren Tür heute fest verschlossen war. Sie zischte den bettelnden dunkelhäutigen Roma Worte auf Russisch zu, die nicht besonders freundlich klangen.

»Sven«, rief sie, als sie ihren Sohn entdeckte, auch wenn sie wusste, dass er sie unter den Kopfhörern nicht hörte. Sie lief auf ihn zu und umarmte ihn fest. Sven drückte hinter ihrem Rücken den Walkman aus und spürte den warmen runden Körper seiner Mutter. In diesen Momenten vermisste er sie, obwohl er bei ihr war. In diesen Momenten dachte er kurz, dass sie sich doch eigentlich nichts zuschulden kommen lassen hatte. In diesen Momenten wusste er nicht mehr, warum er sie manchmal so verachtete. Seine Mutter hielt ihm eine Kinderüberraschung vors Gesicht. »Hab ich dir mitgebracht.«

»Mama, ich bin doch kein Kind mehr«, seufzte Sven und freute sich heimlich.

»Für mich wirst du immer mein Kind sein.«

Sven nahm die Kinderüberraschung und ließ sie in seinem Rucksack verschwinden. »Du, Mama«, sagte er auf einmal, »wollen wir heute vielleicht an den Strand? Ist doch so schönes Wetter.« Er blinzelte in die Sonne.

Das Gesicht seiner Mutter verdunkelte sich. »An den Strand? Wie kommst du denn darauf?«

»Mann, Mama, du wohnst doch nur einen Katzensprung entfernt. Man kann das Meer schon riechen!« Er wusste, dass seine Mutter sich nie in einen Badeanzug oder gar an den FKK-Strand begeben hätte. Seitdem sein Vater sie betrogen und dann verlassen hatte, hatte seine Mutter sich aufgegeben. In einem knappen Jahr hatte sie fast 30 Kilo zugenommen. Sie verließ kaum ihr Stadtviertel, und Freunde hatte sie auch wenige. Und nachdem Sven dem Drängen seines Vaters nachgegeben und sich dafür entschieden hatte, bei ihm zu wohnen, war ihre Situation noch hoffnungsloser geworden.

»Komm«, sagte sie und zog Sven am Arm, »jetzt gehen wir

erst einmal nach Hause. Ich habe Pelmeni gemacht. Du hast doch sicher Hunger.«

Einige Stunden später, seine Mutter war auf dem Sofa im Wohnzimmer eingenickt und Kevin wieder mit seiner Familie in New York vereint, stand Sven auf dem Balkon und beobachtete, wie sich vor dem Haus gegenüber immer mehr Leute versammelten. Seine Mutter hatte ihm schon von den Ausschreitungen am Tag zuvor erzählt und ihn gewarnt, »wehe, du gehst da hin«. Auf der Wiese vor dem Haus, das alle hier »das Sonnenblumenhaus« nannten, weil an der äußeren Hauswand drei riesige Sonnenblumen aufgemalt worden waren, dort, wo die Leute hausten, die sie alle nur Zigeuner nannten, standen auch jetzt wieder mehrere Hundert Menschen, und minütlich kamen mehr dazu. Direkt daneben schauten Vietnamesen aus dem Fenster. Svens Blick wanderte von ihnen nach unten zu der Menschenansammlung und weiter zu den kampierenden Flüchtlingen am äußeren Ende des Häuserblocks. Er beschloss kurzerhand runterzugehen, schrieb seiner Mutter einen Zettel »Bin 'ne Runde um den Block« und zog den Wohnungsschlüssel vom Brett. So wie Sven strömten auch andere Anwohner aus ihren Plattenbauhäusern auf die Wiese vor der ZASt. Sie kamen aus allen Richtungen, manche sogar mit dem Auto aus anderen Stadtteilen, vielleicht sogar aus anderen Städten. Sven lief aus dem Haus, blieb mit etwas Abstand von der Menschentraube stehen und wurde kurz darauf von einem jungen Mann, vielleicht drei, vier Jahre älter als er selbst, angesprochen: »Wohnst du auch hier in der Gegend?«

»Na ja, meine Mutter wohnt da oben …«, antwortete Sven zögerlich und begutachtete den stämmigen Typen mit dem akkuraten Seitenscheitel und der Bomberjacke. Er senkte seine Augen, das tat er immer. Konnte er sich nicht helfen, war wie ein Reflex. »Guck mich an«, brüllte sein Vater dann, aber Sven schaffte es einfach nicht, das abzustellen. Wenn er sich mit jemandem unterhielt, besonders wenn es sich dabei um einen Fremden handelte, segelte sein Blick nach unten wie ein schlecht gebauter Papierflieger. So auch jetzt. Ihm fiel die Gürtelschnalle des Fremden auf, ein Adler mit ausgebreiteten Flügeln. Sven wich einen halben Schritt zurück. Er zwang sich, seinem Gegenüber in die Augen zu sehen. Der Typ sah einschüchternd aus, sein Gesicht grobschlächtig, entschlossen. Er sah aus wie jemand, dem niemand etwas anhaben konnte. Sven wunderte sich, dass er ausgerechnet ihn angesprochen hatte.

»Ein paar meiner Kumpels wohnen in der Nähe«, sagte der akkurate Seitenscheitel und zog an seiner Zigarette. Er zeigte mit dem Kopf zu einem kleinen Grüppchen, das sich ein paar Meter von ihnen entfernt vor einem Lada versammelt hatte. Die meisten trugen Jeans und Turnschuhe wie Sven. New Balance. Ein paar hatten Glatzen. Zwischen ihnen stand ein Mädchen. Svens Blick blieb an ihr hängen. Er starrte. Sie trug einen kurzen Jeansrock und ein bauchfreies weißes Top. Sie hatte hellblonde, schulterlange Haare und volle rote Lippen. Der Typ mit dem akkuraten Seitenscheitel bemerkte Svens Blick und grinste wissend. Jaja. Kannte er, den Gesichtsausdruck.

»Willst 'n Bier?«, sagte er zu Sven, »ich bin übrigens David. Und die Blondine da heißt Nicole.«

Sven schaute unsicher über seine Schulter zum Haus, in dem seine Mutter wohnte. Ihr Balkon war verwaist. Wahrscheinlich würde sie noch ewig pennen, würde gar nicht mitbekommen, dass er weg war. Ein Bier, das dauerte nicht ewig. Und dann war da noch das Mädel. Nicole.

»Klar, warum nicht«, antwortete er schließlich, »ich bin Sven.«

*

Roland Holt war mit seinem Vortrag fertig und zufrieden. Das war er meist. Holt war keiner, der sich mit Selbstzweifeln aufhielt. Hatte er sich ausgetrieben. Schon damals, als er bei der NVA-Grenztruppe diente. Scharfe Grenze, keine Zweifel. Ein älterer Herr mit Halbglatze kam auf ihn zu. Er streckte die Hand aus, wollte ihm wohl gratulieren. Holt schlug ein.

»Wir haben einige junge Leute mobilisiert«, sagte der Alte.

Holts Augenbrauen gingen hoch. Er zog sich seine Krawatte straff, richtete die Krawattennadel.

»Was soll das heißen?«

»Heute Abend brennt das ZASt. Das gestern war nur der Anfang. Die kommen von überallher, aus dem ganzen Land. Die Jugendlichen haben doch alle nichts mehr zu tun, keine Lehre, keine Aussicht auf einen Ausbildungsplatz, dafür ’ne Menge Wut im Bauch. Dazu ein paar Führer, die das Ganze orchestrieren. Aus Hamburg, Bremen und Niedersachsen. Gute Leute, die wissen, wie man’s macht. In einer Situation wie dieser braucht es nur einen Funkenschlag. Feuer und Benzin, verstehen Sie.«

Holt schien einen Moment lang zu überlegen. Das war gut, Randale war gut. Das würde die Polizei in die Ecke drängen. Überfordern. Und es würde das Problem mit den Zigeunern lösen, denn wenn erst einmal alles eskalierte, musste man die Schmarotzer wegbringen. Vielleicht konnten sie im gleichen

Abwasch auch noch das mit den Vietnamesen erledigen (wenn man schon einmal dabei war). Aber die Wut der Rechten allein reichte nicht. Wenn sie die Bewohner nicht auf ihrer Seite hatten, war das alles nichts wert. Aber auch die wurden immer unzufriedener, da war sich Holt sicher. Man hatte ja gesehen, wie viele Menschen gestern Abend vor dem Sonnenblumenhaus zusammengekommen waren. Das waren nicht nur Rechte. Das waren all diejenigen, die sich allein gelassen fühlten. SPD und CDU waren viel zu sehr in ihre Grabenkämpfe verstrickt, handlungsunfähig oder -willig. Die regierende SPD in Rostock hätte die ZASt auf eigene Faust räumen können. Dass sie das nicht tat, da war Holt sich sicher, lag einzig und allein daran, dass sie der CDU keine Munition liefern wollte. Im Bundestag versuchte die CDU doch schon seit Wochen, die SPD unter Druck zu setzen, um ihre Zustimmung zur Änderung des Asylrechts zu bekommen. Niemand hatte vor, etwas gegen die Zustände zu tun. Aber wie hieß es so schön: wenn zwei sich streiten …

»Wir machen ein paar Flugblätter«, rief Holt plötzlich der jungen Frau zu, die ihm auf Schritt und Tritt folgte (Sekretärin und Geliebte zugleich): »Bürgerinitiative Lichtenhagen. Öffentliche Kundgebung vor der ZASt, etc. pp. Montagvormittag. Mach das mal ratzfatz fertig und sorg dafür, dass das schnellstmöglich in die Briefkästen in Lichtenhagen kommt.« Holt nickte zufrieden. Dann dachte er an seinen Sohn. Besser, er holte ihn heute Abend mit dem Auto in Lichtenhagen ab und brachte ihn nach Hause in Sicherheit.

*

»Heute Abend machen wir richtig Rabatz.« David strich sich über seinen akkuraten Seitenscheitel und die anderen Jungs nickten. Nicole zog an ihrer Zigarette und schaute gelangweilt dem Rauch hinterher, den sie in kleinen Kreisen ausblies.

»Ey, guck dir doch das Gesindel an«, rief David und tippte Sven an die Schulter. »Die kampieren da, scheißen und pissen um unseren Block herum. Klauen in der Kaufhalle. Niemand traut sich da vorbei, die Dreckschweine spucken alte Leute an, pöbeln rum. Keine Polizei kommt, nichts. Die Politiker, alle weg. Und die Scheißvietnamesen nebenan erledigen wir gleich mit. Die haben uns lange genug die Arbeit geklaut. Jetzt nehmen wir das in die Hand.« David legte seine Hände auf die Gürtelschnalle. Kurze, grobe Finger, direkt über dem Adler, der immer flog und doch nie wegkam. Er streckte den Rücken durch und lief in Richtung der Menschentraube. Sie hatten neben dem Busch bereits Steine und selbst gebaute Molotowcocktails gebunkert. Aber jetzt noch mal gucken, was da vorne abging. Wie war die Stimmung? Stimmung! Langsam setzten sich die anderen in Bewegung und folgten ihm. Nicole und Sven zum Schluss. Sie sah ihn, den Neuen, von der Seite an.

»Was geht mit dir?«, fragte sie und hielt ihm die Kippenschachtel hin.

Sven schüttelte den Kopf.

Nicole grinste. »Oh, bist wohl ein Musterknabe.«

Er schaute verlegen auf seine Füße.

»Bist du überhaupt rechts?«, fragte sie weiter.

»Ich weiß nicht … Was heißt denn das überhaupt?«

»Na, biste rechts oder links? Das musste dir schon überlegen. Es gibt nichts Schlimmeres als Leute, die gar keene Meinung haben.«

»Eher rechts, denke ich«, sagte Sven zögerlich.

Sie nickte zufrieden. »Gehste aufs Gymnasium?«

»Ja.«

»Hab ich mir gedacht.«

»Warum?«

»Siehst schlau aus.« Sie zog an ihrer Zigarette.

»Und du?«

»Ich hatte schon 'n Ausbildungsplatz, aber dann hat der Betrieb dichtgemacht. Na ja. Blöd gelaufen. Jetzt muss ich mal gucken. Vielleicht werd ich Kindergärtnerin.«

»Magst du Kinder?« Sven schaute sie kurz an. Immer nur kurz. Wenige Sekunden. Dann wanderte sein Blick wieder auf den Boden. Ein paar Sekunden Nicole. Ein paar Sekunden seine Turnschuhe. Dann wieder kurz Nicole. Mehr traute er sich nicht. Aber jedes Mal entdeckte er etwas Neues an ihr, was ihm gefiel.

»Ich glaub schon. Meine Schwester hat schon zwei. Die muss auch sonnabends arbeiten, da nehm ich die Racker. Deswegen war ich gestern auch nicht hier, als das alles losging.«

Sven nickte.

»Aber Friseuse wäre auch cool«, sagte sie, »und du? Willste studieren, wenn du Abi hast?«

»Vielleicht. Mein Vater will, dass ich Jura oder BWL studiere.«

»Und was willst du?«

Er schaute sie an. Jetzt länger als ein paar Sekunden. Die Kippe zwischen ihren Lippen. So rote volle Lippen. Ein kleiner Leberfleck darüber. Waren ihre Augen grau oder blau? Sein Blick segelte wieder zu den Turnschuhen. »Ich weiß nicht.« Sven zuckte mit den Schultern. »Interessiert mich eigentlich beides nicht. Aber ich will auf jeden Fall was studieren, womit man Geld verdienen kann.«

»Ja, ist wichtig«, pflichtete sie ihm bei, »ohne Moos nix los.« Sie lachten leise und wechselten noch einen Blick, bevor sie wieder bei den anderen ankamen.

Sie standen nun mitten in der Menschentraube. Um sie herum Gemeckere über »die Zustände« und »das Versagen der Politiker«. Sven hörte eine Stimme, die sagte: »Unter Adolf hätte es das nicht gegeben«, aber er konnte sie nicht zuordnen. Dafür sah er viel zu viele Menschen auf einmal, hörte viel zu viele Stimmen. Das waren nicht nur junge Leute wie sie. Auch Rentner und welche im Alter seiner Eltern. Eigentlich alle, die hier irgendwo wohnten. Aber er hörte auch Dialekte. Neben ihm berlinerte einer. Ein paar Meter entfernt hatte sich eine kleine Traube um einen Reporter und seinen Kameramann versammelt. Es war kurz vor fünf, die Sonne strahlte auf ihre Rücken. Es war immer noch Sommer. Ein schöner Sonntag im August. Ein Mann, etwa Mitte vierzig, vernünftig, spießig, sprach in das Mikrofon, das ihm der Reporter vor den Mund hielt. David ging ein paar Schritte dichter ran, hinter den Reporter, und hörte zu. Auch Sven und die anderen kamen näher. Der Anwohner echauffierte sich, der Reporter nickte zufrieden: »Ich trau mich doch morgens kaum noch zur Arbeit. Da muss man über die Beine der Asylanten, der Rumänen steigen. Und dann noch aufpassen, dass man keine mit dem Knüppel drübergebraten kriegt.« Eine Frau mit Dauerwelle, etwas jünger, mischte sich jetzt ein: »Ich sach ma so: Wenn mein Sohn da jetzt Steine wirft und nicht die Polizei, sondern so einen Asylanten erwischt. Dann sag ich ›super‹, da mach ich auch noch mit.«

David, hinter dem Reporter, hob seinen Arm zum Hitlergruß.
Die ganze Gruppe um Sven herum lachte.

»Sieg heil«, flüsterte Nicole in sein Ohr.

Und irgendwie war das der Startschuss. Auf einmal kam Bewegung in die Menschenmenge. Man wusste gar nicht, was das auf einmal verursacht hatte, vielleicht waren neue Streifenwagen angekommen. Auch David und die Gruppe, inklusive Sven, liefen zurück und holten ihre Munition. Sven lief irgendwie mit, auch wenn er gar nicht Steine werfen wollte. Und dann warf er doch einen. Auch wenn ihm die Roma eigentlich egal waren. Auch wenn er noch nie etwas gegen die Vietnamesen gehabt hatte. Auch wenn dort oben, nur einige Häuser weiter, seine Mutter lag, die selbst nicht in Deutschland geboren war. David drückte ihm einen Pflasterstein in die Hand und Sven schmiss. Er erwischte einen Streifenwagen. Der Stein schlug die Windschutzscheibe ein. Und das Zerbersten der Scheibe fühlte sich großartig an. Die Menge johlte sich in einen Rausch. Sprechchöre. *Wir sind das Volk.* Da warf Sven gleich noch einen Stein. Sieg heil, hatte Nicole in sein Ohr geflüstert. Und dann noch einen.

*

Man traute ihnen nicht zu, ein leeres Haus zu schützen. Deshalb wurde die ZASt nicht geräumt. Der Polizist sagte das ganz deutlich, aber sein Kollege Andreas, mit dem er sich den Streifenwagen schon seit Jahren teilte, verzog sein Gesicht zweifelnd. Menschen als Faustpfand? Das war ja nun Quatsch. Herrschte doch noch Recht und Ordnung hier, das hier war Rostock, nicht Westafrika.

Sie kamen von der Schleswiger Straße. Die Mecklenburger Allee war gar nicht mehr befahrbar. Schätzungsweise 2000 Menschen hatten sich angeblich schon versammelt, so der Funkspruch der Kollegen, auch die Presse war da. Am Rande der Wiese standen Imbisswagen. Die Leute mampften Bratwurst und schmissen dann ein paar Steine. Auf die Zigeuner, auf die Vietnamesen, auf die Bullen. Frei nach dem Motto, wen man auch traf, es erwischte schon die Richtigen. Dazu wurde gejohlt und angestoßen. Wenn die Bierflaschen leer waren, flogen auch sie durch die Luft. Die Stimmung lag irgendwo zwischen Volksfest und Volksaufstand. Am Straßenrand pissten die Leute in die Büsche. Hinter und vor ihnen fuhren weitere Streifenwagen. Normale Streifenwagen ohne Vergitterung. Sie, die Polizisten, trugen ihre normalen Uniformen. Später kam ihm das alles absurd vor. Sie waren auf Streife gefahren wie an einem normalen Abend. Sie wussten nicht, dass ihnen der Krieg bevorstand. Dabei waren doch schon am Vorabend mehrere Kollegen krankenhausreif geschlagen worden. Warum hatte man sie so losgeschickt? Ohne Schutzanzug ins Feuer? Ein paar seiner Kollegen kauften sich später von ihrem eigenen Geld Ellbogen- und Knieschoner. Aber noch war Sonntag, da hatte alles zu. Heute mussten sie mit dem los, was sie hatten.

Sein Kollege Andreas steckte sich eine Zigarette an, was der Polizist missmutig registrierte. Sie waren im Dienst, da sollte er eigentlich nicht rauchen. Aber er würde nichts sagen, zu oft war er schon bei den Kollegen angeeckt wegen seiner Korrektheit. Oder Korinthenkackerei, wie die das nannten.

»Tja, alle Chefs im Westen und wir im Auge des Taifuns«, sagte der Kollege und zog an seiner Kippe. Sie kamen nur langsam voran. »Alles Wessis, alle weg. Zu Hause bei ihren Familien. Und das an so einem Wochenende.«

»Immerhin ist der Einsatzleiter heute Morgen gekommen«, sagte der Polizist. »Hundertschaften aus Hamburg wurden angefordert. Das wird schon!«

»Weißte, früher wäre das nicht passiert. Früher gab's hier keine Zigeuner und auch keine Nazis. Früher hätten wir die Assis eingebuchtet, bevor die überhaupt dazu gekommen wären, den ersten Stein aufzuheben.«

»Und was willste mit den 1500 Leuten machen, die keine Steine werfen? Die nur johlen und applaudieren? Uns mit Absicht bei der Arbeit behindern? Was machste mit denen?«

In dem Moment zischte eine Leuchtrakete durch die Luft, und sein Kollege warf die Kippe schnell aus dem Fenster.

Als sie den Wagen kurze Zeit später anhielten und ausstiegen, gezwungen waren, auszusteigen, weil die Menschenmenge zu dicht geworden war, stürzte sich sofort eine Gruppe von Vermummten auf sie. Sein Kollege Andreas konnte den Angreifern irgendwie entwischen, aber der Polizist stolperte. Und einmal am Boden, schaffte er es nicht mehr, sich aufzuraffen. Sie schlugen und traten von allen Seiten auf ihn ein. Hinter ihren Bandana-Tüchern brüllten sie Dinge, die das allgemeine Getöse sofort wieder verschluckte. Manchmal sah er ihre Augen. Junge wütende Augen. Junge aufgeregte Augen. Junge verzweifelte Augen. Junge leere Augen. Manche braun, manche blau, und ein Paar Augen, an das würde er sich noch lange erinnern, schimmerte grün wie ein tiefer, stiller See.

Der Polizist wand sich auf dem Boden, krümmte sich zusammen, um sich vor den Tritten und Faustschlägen zu schützen. Steine, Molotowcocktails, Leuchtraketen und Signalmunition flogen durch die Luft. Ein Spektakel aus Hass und Lichtern. Im Augenwinkel sah er, dass das Sonnenblumenhaus bereits in Flammen stand. Er hörte, wie jemand »Sieg heil« schrie und andere klatschten. Dann verlor er das Bewusstsein. Schwebte in eine andere Welt. Eine Welt, in der nicht der Sieg heil war, sondern die Welt. Und der Tag einfach ein schöner Sonntag im August.

OH, OH, OH, ARSCHLOCH

Vier Jahre, nachdem das Sonnenblumenhaus in Flammen gestanden hatte, wachte Maja auf und hatte plötzlich Brüste. Mit den Brüsten kam, wie über Nacht, Majas Interesse am anderen Geschlecht.

Ein paar Tage später saß sie mit ihrem Cousin Hendrik bei dessen Stiefbruder Sven auf dem Sofa. Sven, Hendrik und Maja waren Familie geworden (Patchwork nannte das damals noch niemand), seitdem Tante Susi mit Roland Holt zusammengekommen war. Sven war schon fast 20. Er studierte und hatte seine eigene Wohnung. Das fand Maja verdammt aufregend. Maja wusste auch, dass er schlau war, Tante Susi hatte es ja oft genug erwähnt. Dass er an der Uni einen Debattierclub leitete und zu einer Bruderschaft gehörte, hatte Maja auch gehört. Klang alles irgendwie wichtig. Und dabei hatte sie noch nicht mal erwähnt, dass er aussah wie Dylan aus »Beverly Hills«. Und sie liebte Dylan aus »Beverly Hills«. Als Hendrik vorgeschlagen hatte, Sven nach der Schule zu besuchen, hatte sie deshalb sofort zugestimmt.

Für Maja war es schwer in diesen Tagen, ach was, in diesen Jahren, zu Hause zu sein. Denn zu Hause lief jeden Tag die gleiche Tragödie. Ein Stummfilm namens Wolf. Ihr Vater hatte gleich '91 seine Dozentenstelle in der Uni verloren, weil das gesamte Personal durch Professoren und Dozenten aus dem Westen ersetzt wurde. Seitdem hangelte er sich von einer Weiterbildungsmaßnahme zur nächsten. Einmal im Vierteljahr raffte er sich auf, motivierte sich selbst vor seinem Termin im Arbeitsamt, nur um dort von deutlich jüngeren Frauen und Männern Sätze zu hören wie: »In Ihrem Alter wird das nicht einfach, Herr Pagel, Sie müssen sich jetzt mal bewegen, rein mental.« Dabei war er gerade einmal 49! An diesen Tagen kam Maja besonders ungern nach Hause, denn ihr Vater schien ihr jedes Mal, wenn er beim Arbeitsamt gewesen war, geschrumpft. Außen eins zweiundneuzig, innen ein Zwerg. Und das alles, während Astrid immer weiterwuchs. Ihre Mutter war in all dem wahrlich keine Hilfe. Im Gegenteil, meist hatte Maja das Gefühl, sie machte alles noch schlimmer. Die Tatsache, dass ihre Mutter die Wende so mühelos wegsteckte, dass ihr Immobiliengeschäft florierte, sie ein Mietshaus nach dem anderen kaufte und sanierte – und ihr armer Vater hatte keine Chance. Wolf verschwand in ihrem Schatten. Das merkte Astrid natürlich auch. Am meisten jedoch merkte es Wolf. Astrid wurde immer größer, er löste sich auf. Eine Zeit lang hatten sie versucht, zusammenzuarbeiten, aber das war komplett schiefgegangen. Und dabei lag es nicht einmal daran, dass er der Mann im Haus sein wollte oder so ein Quatsch – nein, Wolf hatte kein Problem damit, dass seine Frau erfolgreich war. Es beruhigte ihn in gewisser Weise sogar, denn so war wenigstens für Maja gesorgt. Nein, es machte ihn wahnsinnig, dass es nichts mehr zu geben schien, in dem er gut war. Dass er jegliches Vertrauen in seine eigenen Fähigkeiten, in die Errungenschaften des vierzigjährigen Lebens, das der Wende voranging, mit einem Mal verloren hatte – das machte ihn verrückt. Es machte ihn verrückt, dass um ihn herum alles zu zerfallen schien. Dass die Treuhand den Osten ausweidete und verscherbelte und zerschlug, es machte ihn verrückt, dass ihre eigenen Leute daran Mitschuld hatten, weil sie plötzlich ihre eigenen Produkte nicht mehr kaufen wollten. Weil plötzlich alle, wie im Rausch, alles, was aus dem Westen kam, heiligsprachen. Egal ob es Gewürzgurken oder Professoren waren. Es machte ihn verrückt, dass die Leute der Einführung der Deutschmark zujubelten, wo doch klar war, dass die Währungsunion ihrer Wirtschaft den endgültigen Todesstoß versetzen würde. Wolf kam sich vor, als wäre er von Schafen umringt, die sich widerstandslos zur Schlachtbank führen ließen. Und das Schlimmste war, niemand außer ihm schien das zu begreifen. Niemand begriff, dass sie in der DDR die Einzigen waren, die den Preis für das Niederreißen der Mauern bezahlten. Astrid hielt ihn für einen schlechten Verlierer. Nannte ihn einen »Ewiggestrigen«. Sie wollte, dass er schnellstmöglich wieder funktionierte. Alle wollten das. Seine Mutter fragte ihn, warum er sich so von allem und jedem isolierte. Und sie hatte recht, Freunde hatte er im Prinzip keine mehr. Da war natürlich Trotzki, immerhin sein ältester Kumpel, aber seitdem der ausgerechnet mit der Treuhand zusammenarbeitete, war er für Wolf zum Staatsfeind geworden, auch wenn er ihm das nicht ins Gesicht sagte, denn für solche Konfrontationen hatte Wolf Pagel längst keine Kraft mehr.

Am Anfang hatte er sich voll auf Maja gestürzt, doch dann war sie älter geworden. Und selbstständiger.

»Vati, ich möchte lieber allein zur Schule gehen«, hatte sie eines Morgens leise gesagt, und Wolf musste sich schnell wegdrehen, damit sie die Tränen in seinen Augen nicht sah. Maja hatte sie natürlich trotzdem gesehen und sich sofort schuldig gefühlt. Wenn sie nachmittags Freunde nach Hause brachte, versuchte sie immer, ihren Vater einzubinden. Saß gemeinsam mit ihm und den Freunden im Wohnzimmer, was natürlich dazu führte, dass die Freunde nicht mehr kamen, weil sie sich bei Maja wie unter Bewachung fühlten. Was dann dazu führte, dass Maja zu den Freunden nach Hause ging, wo sie machen konnten, was sie wollten. Wolf blieb zurück. Er war überflüssig geworden. Sein Kind brauchte ihn nicht mehr. Den Job hatte er verloren. Was blieb?

Er war wie ein Käfer auf den Rücken gefallen. Mittlerweile strampelte er nicht einmal mehr. Er gab auf. Fragte Maja nur noch selten, was sie nach der Schule gemacht hatte. Oder ob ihre Hausaufgaben erledigt seien. Er fragte eigentlich gar nichts mehr. Wolf Pagel hatte keine Fragen mehr.

In dieser Zeit war Maja überall – nur nicht zu Hause. Überall, nur nicht dort, wo der Vati keine Fragen mehr hatte und die Mutti nun fast immer erst spätabends, manchmal beschwipst, manchmal geradezu betrunken nach Hause kam. Nach der Schule ging Maja oft zu Hendrik. Und als Hendrik unbedingt zu Sven wollte, weil der ein neues Computerspiel gekauft hatte, fuhren sie eben gemeinsam nach Lichtenhagen. Denn Sven sah aus wie Dylan von »Beverly Hills 90210«.

Sven öffnete ihnen die Tür, und Maja stellte fest, dass Sven, wenn er die Haare zurückgegelt hatte, noch mehr aussah wie Dylan, und sie seinem Blick noch schneller ausweichen musste, um nicht rot zu werden.

Sie spazierten in die Neubauwohnung, die nur aus einem Raum, einem kleinen rechteckigen Balkon und einer kleinen Küche bestand, und das Erste, was Maja sah, weil es ihr geradezu wie ein Tier ins Gesicht sprang, war die Fahne an der Wand. Dort über dem Sofa hing sie. Brüllte den ganzen Raum zusammen. Schwarzweißrot. Stillgestanden. Maja setzte sich schnell mit dem Rücken zur Fahne aufs Sofa. Dabei stellte sie fest, dass gegenüber vom Sofa noch eine weitere riesige Fahne hing. Diese Fahne war weiß mit einem großen schwarzen Kreuz, in der Mitte ein Adler und im linken oberen Teil ein schwarzes Kreuz mit weißem Rahmen, das Ganze ebenfalls auf Schwarzweißrot. Leiser irgendwie als die andere Fahne, aber genauso unheimlich.

»Wollt ihr was trinken?«, fragte Sven in diesem Moment, »Cola?«

Maja nickte und schaute verstohlen zu Hendrik, der die Flaggen entweder schon kannte oder sich nichts daraus zu machen schien. Von Hendrik wanderte ihr Blick auf ihre Füße. So musste sie weder die Fahnen noch Sven anschauen. Die Schuhe hatten sie am Eingang ausgezogen, und in ihrer rechten Socke war oben ein Loch. Sie starrte so lange sie konnte auf die nackte runde Spitze ihres Zehs. Schwarzweißrot, was waren das für Fahnen? Hatte das was mit Hitler zu tun? Fand Sven den etwa gut? Klar, sie kannte das Gerede von Tante Susi und ihrem Mann, dass es zu viele Ausländer gab und so. Dass die Ausländer sich nicht anpassten und ihnen die Arbeit wegnahmen. Manchmal sagte selbst ihre Mutter etwas in der

Richtung. Und wenn die alle getrunken hatten, dann sowieso. Dann waren die Asiaten Fidschis, die Schwarzen Bimbos und die Türken Kanaken. Und Maja hatte natürlich gesehen, dass bei Tante Susi und Roland im Esszimmer mehrere Dolche hingen, auf denen Hakenkreuze prangten. Gleich das erste Mal, als sie bei Tante Susi und Roland zu Besuch waren, da hatten die beiden noch nicht einmal geheiratet, Tante Susi war gerade erst mit Hendrik von Hamburg nach Rostock gezogen, waren Maja diese Messer aufgefallen. Und nicht nur ihr. Später zu Hause hatte Wolf eine abfällige Bemerkung über die »Nazi-Memorabilia« gemacht, aber Astrid hatte nur abgewunken: »Das sind halt Erbstücke«, hatte sie gesagt, und: »Lass sie doch«, und damit war das Thema auch für Maja erledigt gewesen. Die Flaggen zu ignorieren fiel ihr deutlich schwerer. Denn jetzt ging es um Sven. Und die Flaggen waren so riesig in der kleinen Einraumwohnung, die Farben so grell, so unübersehbar. Solche Fahnen aufzuhängen, das war doch verboten, oder? Das taten doch nur »Glatzen«. Oh, Glatzen kannte sie. Jeder hier in Rostock kannte sie. Die mit den schwarzen Springerstiefeln und weißen Schnürsenkeln, die sah man überall, erkannte sie an ihren Bürstenschnitten und den glänzenden Bomberjacken. In der Fußgängerzone, bei den Hansa-Spielen, zu denen Maja manchmal mit Astrid und ihren Arbeitskollegen ging, und natürlich in der Haupt- und Realschule gegenüber ihrem Gymnasium. Nicht selten kam es vor, dass sie und ihre Klassenkameraden von Glatzen verjagt wurden, wenn sie es sich auf den Bänken neben dem Spielplatz gemütlich gemacht hatten. Ihre Eltern bezeichneten die Glatzen als »Abschaum« und »Gesocks«, und Maja hatte immer Angst vor ihnen, selbst wenn sie sie keines Blickes würdigten. So einer war doch Sven nicht. Er trug weder einen Bürstenschnitt noch Springerstiefel mit weißen Schnürsenkeln. Verdammt noch mal, er sah aus wie Dylan von »Beverly Hills 90210«, er konnte gar keine Glatze sein.

»Macht mal Musik an«, rief Sven ihnen aus der Küche zu, und Hendrik drückte auf den CD-Player.

Eine heisere Stimme brüllte durchs Zimmer. *Skinheads, Türken, Pfaffen, Nigger, Juden.* Die Worte zerschnitten die Luft.

Sven kam mit der Cola zurück und machte die Musik leiser. Maja schaute ihn und Hendrik an. Die beiden schienen den Text normal zu finden. Sie wusste gar nicht mehr, was sie denken sollte. Erst die Fahnen und jetzt das. »Nigger«, »Juden«, so was gab es doch bei ihnen gar nicht.

»Was ist 'n das für eine Fahne?«, hörte sie sich selbst fragen, bevor sie ihr loses Mundwerk im Cola-Glas versenkte. Hätte sie mal lieber die Klappe gehalten, dachte sie sofort. Sie mochte Sven. Vor allem aber wollte Maja, dass Sven sie mochte.

»Das ist die Reichskriegsflagge«, Sven schien zu Majas Überraschung erfreut über ihr Interesse, »das in der Mitte ist der preußische Adler. Und oben links ist das Eiserne Kreuz.«

»Aha.«

Sven trank von seiner Cola. Drehte die Musik wieder lauter.

Maja atmete ein. Atmete aus. »Ist die nicht verboten?«

Sven stellte die Musik wieder leiser.

»Die Fahne?«, er fuhr sich mit der Hand über die Nase. »Nee, quatsch. Verboten ist nur die Version mit dem Hakenkreuz.«

»Aber was bedeutet die Fahne denn?«

»Die Fahne repräsentiert einfach unsere Traditionen. Sie steht für den deutschen Patriotismus. Das, worauf wir stolz sein können.«

»Was denn zum Beispiel?«

»Na unsere Werte, unsere Wirtschaft, unsere Technik, unsere Kultur. Und vieles mehr.«

Maja nickte.

»Warst du damals auch dabei, als das Sonnenblumenhaus brannte?«, fragte Hendrik plötzlich, der bis jetzt stumm seine Cola in sich hineingekippt hatte.

»Wie kommst du denn jetzt da drauf?«

»Bei mir in der Klasse ist eine Vietnamesin, die hat uns gestern in ihrem Buchvortrag davon erzählt. Die musste damals mit ihren Eltern aufs Dach flüchten.«

»Na ja, die sollen mal nicht so übertreiben. Denen ist doch gar nichts passiert. Niemand ist ums Leben gekommen. Die haben höchstens einen Schreck bekommen. Wir haben doch gesehen, dass die alle heil rausgekommen sind.«

»Warst du dabei?« Maja hatte schon oft von den Ereignissen vorm Sonnenblumenhaus gehört, aber wusste gar nicht so recht, was und wann das eigentlich passiert war.

»Ja, klar war ich dabei. Meine Mutter hat ja direkt gegenüber gewohnt. Hier um die Ecke. Das könnt ihr euch nicht vorstellen, was damals hier los war. Da haben überall Zigeuner gehaust. Es war dreckig und hat zum Himmel gestunken. Die waren eine Gefahr für die Allgemeinheit, und die Bullen haben nichts getan. Na ja, hat sich nicht viel geändert seitdem. Wir sind die kleinen Idioten, die den Hampelmann für die da oben machen.«

»Hmmm.« Hendrik nickte. Er kannte ähnliche Aussagen von zu Hause. Von seinem Stiefvater, aber auch von seiner Mutter, die immer schon einen Hang zu Verschwörungstheorien von denen da oben und ihnen hier unten gehabt hatte.

Hendrik holte Luft. »Unsere Lehrerin hat gestern gesagt,

dass die Vietnamesen gar nichts dafür konnten. Und dass damals ganz viele Rechte nach Rostock gekommen sind und hier randaliert haben und das dann auf die Rostocker zurückgefallen ist.«

»Ihr solltet nicht immer alles glauben, was die Lehrer sagen. Die Geschichte verändert sich immer, je nachdem, wer sie erzählt.«

»Und woher weiß man dann, was die Wahrheit ist?«, fragte Maja.

»Ich weiß nicht.« Sven pulte an der Cola-Flasche herum und zog das rote Papier mit dem weißen Schriftzug ab. »Gesunder Menschenverstand, würde ich sagen. Informiert euch einfach. Und nicht nur in der Zeitung und im Fernsehen. Es gibt viele alternative Nachrichten, die über die Sachen berichten, die von den anderen verschwiegen werden.«

Maja schaute Sven nachdenklich an. Sie fand das alles sehr verwirrend, sie mochte Sven, aber seine Meinungen mochte sie nicht. Ob er sie jetzt doof fand? Weil sie nichts davon wusste, dass es »alternative Nachrichten« gab? Hendrik nippte an seiner Cola und sagte gar nichts mehr. Für ihn schien das Thema erledigt.

Bevor Maja weitergrübeln konnte, klatschte Sven auf seine Oberschenkel. »Sollen wir 'ne Runde zocken?«

Maja sagte sofort Ja.

*

Das Gespräch, die Fahnen, die Musik, Sven, Tante Susi und die Dolche, die Maja auf einmal in einem ganz anderen Licht sah, das alles ging ihr nicht mehr aus dem Kopf. Ein paar Tage später malte sie im Geschichtsunterricht ein Hakenkreuz auf ihren Block. Zeigte es ihrer Freundin, die neben ihr saß.

»Maja, das ist doch verboten, oder?«, flüsterte die aufgeregt.

»Was?«

»Das zu malen!«

Ihre Lehrerin lief am Tisch vorbei, und Maja schaffte es nicht schnell genug, das Gekrakel mit ihrem Arm zu verdecken.

»Was ist denn das, Maja?«, schrie die Lehrerin schrill. Sie zog an dem Heft, das Maja partout nicht hergeben wollte, bis die Lehrerin das Blatt mit dem gezeichneten Hakenkreuz einfach herausriss. Dann präsentierte sie es der ganzen Klasse. »Leute, das kann ja wohl nicht wahr sein! So was will ich hier nicht sehen! Das ist verboten!« Mehr sagte sie nicht. Maja hatte auch nicht das Gefühl, dass jetzt, oder irgendwann, ein guter Zeitpunkt für Fragen gewesen wäre. Warum das Zeichen verboten war und warum sie es dann trotzdem überall sah, auf dem Schulklo zum Beispiel. Ihre Geschichtslehrerin schnaufte verächtlich. Ihre Klassenkameraden starrten sie an. Maja hätte sich am liebsten in Luft aufgelöst. Das Ganze war ihr total peinlich.

Aus all den falschen Gründen.

Nach der Schule schlich sie, immer noch absolut beschämt, zur Theaterprobe. Theater spielte sie nun schon eine ganze Weile. Etwa vor einem halben Jahr hatte Astrid die Anzeige in der Zeitung gesehen, ausgeschnitten und auf ihren Schreibtisch gelegt. »Guck mal«, hatte sie gesagt, »die suchen Kinder und Jugendliche für ein privates Theater. Geh doch da mal hin!« Und so war sie gegangen. Maja tat immer öfter, was ihre Mutti ihr sagte, und immer seltener, was Vati wollte. Was auch daran lag, dass Vati nichts mehr wollte. Und Mutti meistens recht hatte. Das Jugendtheater gefiel Maja. Die älteren Jugendlichen dort trugen gebleichte Jeans und bunte Haare, man nannte sie »Zecken«, und die meisten trugen diesen Titel mit Stolz. Gegründet hatte es ein Mann namens Axel Schulte, er war auch ihr Regisseur. Axel, wie sie ihn alle nannten, war ein ehemaliger Polizist, der, obwohl er schon fast 40 war, noch studierte. Lehramt. Deutsch und Geschichte. Das Kinder- und Jugendtheater betrieb er nebenbei. Maja probte in der »kleinen« Gruppe mit vier anderen Jugendlichen ein Stück namens »Ganz nackt«. Es ging um Homosexualität, und Maja spielte die Mutter des schwulen Jungen, der noch nicht wusste, dass er schwul war. Sie bekamen Sprechunterricht und Bewegungstraining. Auf der Bühne musste sie ganz aus sich herausgehen. Manchmal schreien oder heulen. Das fiel ihr zwar schwer, aber wenn es klappte, fühlte es sich toll an. Axel traute ihnen was zu, das gefiel Maja. Er forderte sie, machte sie zu Künstlern. Auf der Bühne zu stehen war etwas Besonderes, und Maja wollte unbedingt etwas Besonderes sein. Etwas Besonderes tun. Und besondere Menschen um sich herum haben.

»Du kannst sein und werden, was du willst«, hatte ihr Astrid von klein auf eingebläut, »solange du außergewöhnlich bist. Du bist nicht hier, um ein kleines Leben zu führen.«

Das Gefühl, mit ihrem Leben etwas Besonderes machen zu müssen, hatte Maja mit der Muttermilch aufgesogen. Es war die einzige Lektion, die Astrid ihr immer wieder eingebläut hatte. Egal was, Hauptsache besonders. Ihr ewiges Mantra, meist gefolgt von einem Vortrag darüber, wie besonders Astrid selbst und wie außergewöhnlich groß ihre Erfolge seien. Es war auch eine Reaktion auf ihren Vater, der ihr mehr und mehr wie jemand vorkam, der geradeso überlebte, aber wahrlich nicht lebte.

Axel, ihr Regisseur, lange Haare und dichter Vollbart, war auch ein besonderer Mensch. Wenn jemand in der großen Gruppe (die waren schon 16, aber trotzdem!) einen Joint rauchte, grinste er nur und sagte: »Lasst euch nicht erwischen!« Das fand Maja cool. Dass sie ihn duzen durften, sowieso. Axel war ganz anders als die Lehrer in ihrer Schule. Eher wie ein Kumpel. Sein Theater wurde ihrer aller Refugium. Dort konnten sie sich ausprobieren, dort konnten sie schreien und wütend sein, fröhlich und glücklich. Dort konnten sie all ihre Energien in etwas Größeres verwandeln. Axel nahm sie ernst, er schenkte ihnen Freiheit und Kreativität. Was das Theater wirklich in ihrem Leben bedeutete, verstand Maja erst viele Jahre später, als sie sich endlich traute, auf großen Leinwänden zu malen. Als sie sich endlich traute, sich selbst als Künstlerin zu sehen. Das Theater war ihr erster Ausflug in die Kunst. Es hatte sie von Anfang an magisch angezogen, der Geruch der Bühne, das Gefühl kurz vor der Premiere, die Lust am Spielen und am Applaus. Und an den Menschen, die diese Lust mit ihr teilten. Nur an diesem Tag wollte es nicht so recht klappen mit den Proben, zu viele Gedanken schwirrten durch ihren Kopf.

»Was 'n los, Maja«, fragte Axel sie nach den Proben, »du warst heute so unkonzentriert. Vergisst doch sonst nie deinen Text. Stress zu Hause?«

Sie schüttelte den Kopf.

»Mit dem Freund?«

»Nee …«

»Freundin?«

Sie kaute auf ihrer Unterlippe herum und erzählte Axel dann von dem Hakenkreuz im Geschichtsunterricht.

»Wie bist du denn überhaupt darauf gekommen, das zu zeichnen? Warum plötzlich ein Hakenkreuz?«, fragte er.

Sie zögerte einen Moment. Dann erzählte sie ihm von Sven. Und auch gleich von Dylan und »Beverly Hills 90210«. Sie erzählte von den Fahnen. Und der Musik. Von ihrem Gespräch über das Sonnenblumenhaus und dem Lied, das sie bei ihm gehört hatte. Von Tante Susi und Roland erzählte sie lieber nicht. Denn dann hätte sie auch von ihrer Mutter erzählen müssen, und das wollte Maja nicht. Sie liebte ihre Mutter, niemand sollte wissen, dass sie manchmal komische Sachen sagte.

Axel seufzte. »Weißt du, dass ich dabei war?«

»Wo?«

»Im Sonnenblumenhaus. Bei den Pogromen. Ich war damals noch Polizist.«

»Was sind Pogrome?«

»So nennt man gewalttätige Ausschreitungen gegen Menschen einer bestimmten Gruppe.«

»Aha. Sven hat gesagt, dass die Situation da vorher ganz schlimm war. Gefährlich für die Anwohner.«

Axel dachte kurz nach. »Sicher, es gab riesige Probleme. Die Anwohner waren zu Recht frustriert. Aber was an diesem Wochenende passierte, das war einfach nur falsch. Das war an Unmenschlichkeit nicht zu überbieten.«

»Warum?«

»Weil man einfach keine Menschen angreifen darf. Mal ganz abgesehen davon, dass die Randale ja auch erst so richtig losging, als die Sinti und Roma bereits weg waren. Da ging es dann auf die Vietnamesen, die lebten seit Jahren in Rostock.

Hatten niemandem was getan …«, Axel seufzte, »in deren Wohnheim lebten auch schwangere Frauen. Kleine Kinder. Junge Männer, ältere Männer. Menschen! Irgendwann zog die Polizei sich zurück, das erfuhr ich aber erst einige Tage später, nachdem ich aus dem künstlichen Koma aufgewacht war. Meine Kollegen sind einfach abgehauen und haben die Leute im Stich gelassen. Da wusste ich, dass ich meine Uniform nie wieder anziehen würde.«

»Aber ist es nicht gerade dann wichtig, dass es Polizisten wie dich gibt? Also ich meine, wenn die anderen alle nicht klarkommen.«

»Vielleicht, aber danach, nach Lichtenhagen, konnte ich einfach nicht mehr. Dass so was in meinem Rostock passiert, hätte ich nie für möglich gehalten.«

»Aber mein Cousin Hendrik hat gesagt, die meisten, die damals Krawall gemacht haben, waren gar keine Rostocker …«

»Es sind sicher später, als die Gewalt total eskalierte, auch Zugereiste dabei gewesen. Aber der Großteil der Randalierer und auch der Zuschauer, die den Gewalttätern zugejubelt und sie vor der Polizei geschützt haben, waren eben doch Rostocker.«

Maja hörte aufmerksam zu. Nickte. Und schämte sich. Es war ihr unangenehm, dass so etwas Schlimmes in ihrer Stadt passiert war. Und sie fragte sich, warum Menschen so etwas taten. Und warum Sven das unterstützte.

»Mit den Großen probe ich gerade das Stück ›Mein Kampf‹ von George Tabori. Komm doch mal zu den Proben, da reden wir viel über solche Fragen und was das mit unserer Geschichte zu tun hat. Kannste ein bisschen zuhören. Mitreden.«

Maja nickte.

»Und geh mal in die Stadtbibliothek und lies ein bisschen,

gibt doch so viel Literatur. Darüber, wie das im Zweiten Weltkrieg war. Das wird dir helfen, das alles besser einzuordnen. Und wenn du Fragen hast, kannst du immer zu mir kommen.« Er hob die Hand und Maja schlug ein. Sie verließ den Theatersaal, in dem sie probten, und fühlte sich schon etwas weniger verwirrt als vorher. Draußen im Café lief ein Lied, das sie noch nie gehört hatte. Der Sänger schrie irgendwas von »Arschloch«, und Maja blieb auf der Stelle stehen. So wie man eben stehen blieb und aufhorchte, wenn jemand »Arschloch« schrie. »Deine Gewalt ist nur ein stummer Schrei nach Liebe«, der Sänger sang nun mit ganz weicher Stimme, »deine Springerstiefel sehnen sich nach Zärtlichkeit«, das Schlagzeug wurde langsam lauter, »du hast nie gelernt, dich zu artikulieren«, jetzt volle Kraft Trommeln und Gitarrenschrammeln, »und deine Eltern hatten niemals für dich Zeit, oh, oh, oh, Arschloch«.

Wie passend, dachte Maja. Und sie dachte an Sven und an das Hakenkreuz und das Gespräch mit Axel. Und sie dachte, dass sie Sven mochte, aber dass sie mit diesem ganzen rechten Gerede gar nichts anfangen konnte. Und sie dachte, dass Sven sicherlich auch nur jemanden finden müsste, der ihn wirklich liebte, und dann würde das bestimmt aufhören.

»Was ist ’n das für ’n Lied?«, fragte sie Robert mit den Dreadlocks, der sich gerade eine Fanta eingoss.

»Na, du bist ja witzig. Das sind die Ärzte. ›Schrei nach Liebe‹! Wie kannst du das nicht kennen?«

*

Im gleichen Jahr, als Maja vier Bücher am Stück über den Holocaust las, wollte Astrid nach New York. Wolf war dagegen, aber Astrid, die, seitdem die Mauer gefallen war, darauf bestand, mindestens zweimal im Jahr wegzufliegen, buchte die Reise einfach. Seit der Wende waren sie bereits in Griechenland, Ägypten, Italien, Österreich, Schweden, Dänemark und auf Mallorca gewesen. Von Amerika hatte Astrid immer geträumt. Das war die große weite Welt. Amerika, der Klassenfeind und das Gelobte Land. Sie hatte Günter Kunerts »Der andere Planet – Ansichten von Amerika« verschlungen, als es Mitte der Siebziger veröffentlicht wurde. Jahrelang hatte sie davon geträumt, einmal nach Amerika zu reisen. Eines Tages.

Astrid buchte eine Rundreise, 14 Tage, New York, Niagara-Fälle, Buffalo, Baltimore, Washington, Philadelphia und zurück nach New York City. Maja, die mit ihren Eltern vorher bereits in verschiedenen Städten und Ländern, aber noch nie so weit weg gewesen war, begriff auf dieser Reise zum ersten Mal, dass es da draußen noch eine ganz andere Welt gab. Sie kamen nach New York, schliefen in der Nähe des Times Square und bewunderten abends die riesigen Leuchtreklamen. Die Stadt kam Maja vor wie ein eigenes Land. Ein Kontinent, eine andere Welt. An den zwei Tagen, die ihnen zur freien Verfügung standen, setzten sie sich in ein Yellow Cab und fuhren einfach drauflos. Maja sah orthodoxe Juden und Frauen mit Kopftüchern. Sie sah Schwarze und Braune und Chinesen und indische Sikhs. Mit offenem Mund liefen sie durch Chinatown und Brooklyn. Alles sah anders aus, alles klang anders, alles schmeckte anders. Und jeder schien genau das zu machen, was er wollte. New York kam Maja vor wie der freiste Ort der Welt. Mit ihrer Reisegruppe, die aus 20 Leuten bestand, alle aus dem

Osten, besuchten sie einen Gottesdienst in Harlem, weit oberhalb der 110th Street. Es gab einen Pastor, der sich in Trance sang, so erklärte man ihnen das später, obwohl Astrid Wolf schon währenddessen zuflüsterte: »Der hat doch Rauschgift genommen.« Und da saßen sie nun, die Ostler, und hörten zu, wie die Schwarzen vom »Lord« sangen. Und alles, was Maja dachte, war: In so eine Kirche, wo so geile Musik ist und alle so gut drauf sind und so megatoll angezogen sind, würde ich auch gehen. Und alles, was Astrid dachte, war: Die sind doch alle auf Drogen, sollen mal lieber arbeiten gehen. Und alles, was Wolf dachte, war: Religion in diesem Ausmaß ist unheimlich. Opium fürs Volk ist das hier. Opium.

Wieder draußen auf der Straße kamen sie an einem Graffiti-Künstler vorbei, und Astrid kaufte Maja eine NY-Yankees-Baseballmütze, die der junge Straßenkünstler mit seinen Tags verziert hatte. Wolf wurde währenddessen von einer alten Schwarzen beschimpft und bespuckt und war damit dann endgültig durch mit dem »Moloch« und dem »amerikanischen Traum«. Astrid pflichtete ihm bei und freute sich umso mehr auf die Natur, die Niagara-Fälle, den Indian Summer. Hauptsache, weniger Leute.

Maja hingegen setzte sich jeden Morgen ihr Yankees-Cap auf und dachte, dass es keinen aufregenderen Ort gab als New York City, wo die Menschen bunt waren und niemand Springerstiefel mit weißen Schnürsenkeln trug.

*

Einen Sommer zuvor, im August 1995, machte Eitan seine erste große Reise. Es war sogar seine erste Reise in einem Flugzeug. Eitan träumte von Amerika. Die Serien, die Filme, die er schaute, die Musik, die er hörte – fast alles kam aus den USA. Sein erster Flug ging aber nicht nach Amerika. Sein erster Flug ging nach Deutschland. Ausgerechnet. Das kam so: Seine Heimatstadt am Fuße des Berges unterhielt seit den 80er-Jahren ein Austauschprogramm mit einer deutschen Stadt am Rhein. Und Itzchak und Jaffa, die schon Eitans großen Bruder Yogev nach Deutschland geschickt hatten, hielten die Reise für wichtig. Warum, das wussten sie selbst nicht genau. Es ging gar nicht so sehr um Deutschland als vielmehr darum, rauszukommen. Etwas anderes zu sehen. Und für Jaffa gab es nichts Fremderes als die Deutschen. Sie hatte ihre Schwiegermutter Bella nie recht verstanden. Ja, die Frauen hatten gemein, dass sie beide um ihre Brüder trauerten, aber ansonsten verband sie eigentlich nichts. Bella war im Gegensatz zu Jaffa kühl und beherrscht. Jaffa hatte immer das Gefühl, dass sie sich für etwas Besseres hielt, besser als die Orientalen, aber auch besser als die Rumänen oder Russen. Auch wenn Bella nie etwas gesagt hätte, was dieses Gefühl offiziell bestätigt hätte. Aber das war Jaffa ja auch schon so suspekt an Bella – dass sie kaum sprach. Keine Musik hörte (außer ihren Schubert), kaum Fernsehen schaute und keine Freunde hatte. Und trotzdem immer so aussah, als wolle sie geradewegs ins Theater gehen. Aber Bella ging nicht ins Theater. Sie hatte keine Hobbys, keine Meinungen und keine Begeisterungsfähigkeit. Jaffa verstand nicht, dass Bella mit dem Verlassen ihrer Heimat ihre Sprache verloren hatte und deswegen auch ihre Interessen und Meinungen. Nicht nur ihre Familie war vernichtet worden, auch ihre Kultur und alles, was sie zu dem Menschen gemacht hatte, der sie vor der Deportation war. Als sie Theresienstadt im Juli 1945 verließ, fühlte sie sich wie ein leeres Blatt Papier, was sie natürlich nicht war, denn die Erinnerungen ließen sich nicht löschen. Das war wahrscheinlich ihr größter Konflikt, sie war ein neugeborenes Baby und eine 100-jährige Frau zugleich. In Israel fühlte sie sich endlich wieder sicher, aber fremd blieb sie doch. Ihr Hebräisch war nicht gut genug, um israelische Bücher zu lesen, und deutsche Bücher wagte sie nicht ins Haus zu bringen. Kalman war ja nicht einmal bereit gewesen, eine deutsche Waschmaschine zu kaufen, und dabei wusste jeder, dass die dreckige Wäsche darin am saubersten wurde. Irgendwann vergaß Bella das Lesen, das sie früher so geliebt hatte. Sie vergaß das Lesen und die Kultur. Von anderen Jecken, wie man die deutschen Juden in Israel nannte, oder von Kunst, die keiner Sprache bedurfte, von Konzerten oder Ballettaufführungen, von Museen oder Ausstellungen, war Bella in der Stadt am Fuße des Berges, die mehrheitlich von Arbeitern und Orientalen bewohnt wurde, weit weg. Tel Aviv, Jerusalem – das waren andere Städte, Welten von ihr entfernt. Selbst nach Haifa ging sie kaum, denn Bella verließ ungern ihr Fenster. So vergingen ihre Tage schweigend. Ihr Blick wanderte vom Fenster zum Zeiger der Uhr und zurück. Manchmal kochte sie eine Hühnersuppe, manchmal hörte sie Schubert, und das war ihre ganze Welt. Sie lebte, weil sie atmete, weil ihr Herz immer weiterschlug, weil sich ihr Brustkorb hob und senkte, weil ihre Augen sich jeden Morgen wieder öffneten. Weil ihre Nieren arbeiteten, ihre Leber und ihre Bauchspeicheldrüse. Sie lebte, weil ihr Körper lebte, ihr Geist oder ihre Seele hatten damit nichts zu tun. Bella lebte ein mechanisches Leben, ohne Lust oder Leidenschaft, ohne Interessen oder Liebe, und ihr einziger Motor war der leise Schmerz. Das war die größte Emotion, die sie besaß. Jaffa kannte diesen Schmerz auch. Aber ihr Schmerz war laut und sichtbar. Ihr Schmerz bedeutete, dass sie und ihre Mutter Saïda bei jeder Gelegenheit über den toten Bruder Mordechai sprachen, sein Leben in Geschichten und Anekdoten aufleben ließen. Ihr Schmerz bedeutete, dass sie ständig und bei jeder Gelegenheit an Mordechai dachten. Schluchzten und weinten. Manchmal so sehr, dass sie auf die Knie fielen unter dieser Last. Sie widmeten ihm Gärten und Olivenhaine. Sie ließen Bücher über ihn schreiben und sprachen mit jedem, der irgendetwas über ihn berichten konnte, was sie noch nicht wussten. Sie gedachten seiner jedes Jahr an seinem Todestag in der Synagoge, und zu Jom Kippur standen sie an seinem Grabstein und ihre Klagelaute echoten über die Gräber. Bellas Schmerz hingegen bedeutete vor allem Schweigen. Selbst die Versuche, Spuren ihres Bruders zu finden, verheimlichte Bella vor ihrer Familie. Und außer Eitan und dem Suchprogramm im Radio erzählte sie nie jemandem von Sigi. Sigi war ihr großes Schweigen. Ihre Lippen waren dünn geworden vom vielen Schweigen, und sie blieb für Jaffa eine rätselhafte Frau. Am rätselhaftesten kam es Jaffa vor, dass Bella, wenn sie dann doch mal über Deutschland sprach, nur Nettes über das Land zu sagen hatte. Immerhin nahm ihr das aber auch die Angst vor den Deutschen. Dazu kam, dass Jaffas Schwestern ihre Kinder ebenfalls auf das Austauschprogramm an den Rhein geschickt hatten, und die Kinder waren fröhlich und gebildeter zurückgekommen – was sollte daran also schlecht sein? Jaffa hatte theoretisch Vorbehalte gegen Deutschland, denn wie konnte man die nicht haben als Jude, aber praktisch hatte ihr das Land nie etwas getan. Eigentlich war Deutschland ihr egal.

Eitan flog also mit der Klasse nach Frankfurt. Es war der letzte Sommer, bevor er eingezogen wurde, und das erste Mal, dass er in einem Flugzeug saß. Eitan war schon seit seiner Kindheit von Flugzeugen fasziniert gewesen. Er träumte davon, Pilot in der israelischen Armee zu werden, die Aufnahmeprüfung für den Pilotenkurs stand in zwei Monaten an, und er war guter Dinge, dass er es schaffen würde. Das Fliegen war sein großer Traum. Jahrelang hatte er seinen Vater angebettelt, ihn mitzunehmen im Flugzeug nach Rumänien, aber natürlich war das nie passiert. Doch jetzt war es endlich so weit. Sein erstes Mal im Flieger. Und Eitan zappelte aufgeregt auf seinem Sitz hin und her. Beobachtete alles ganz genau. Die Stewardess, die hereinkommende Gäste begrüßte. Den Piloten im Cockpit. Wie es sich wohl anfühlte, abzuheben? Dazu kam die Spannung, an einen Ort zu kommen, den er nie zuvor gesehen hatte.

Und was für ein Ort das war!

Deutschland war selbst im Sommer nicht unangenehm heiß, und Eitan kam es vor wie das reichste Land der Welt. Die Wolkenkratzer im Frankfurter Bankenviertel mit den verspiegelten Scheiben. Die Züge, die S-Bahn, so viele BMWs, und selbst die Taxis waren von Mercedes. Die Straßen breit und sauber. Die Wälder grün und dicht. Sie fuhren zwei Stunden mit dem Bus, und alles, was Eitan sah, beeindruckte ihn. Die Deutschen blinkten, wenn sie die Spur wechselten, und sie versteckten ihre Mülltonnen hinter Mauern aus Holz. Seine Gastfamilie hatte sogar einen Pool im Garten, und alle trugen Markenklamotten. Eitan hatte erst vor Kurzem seine erste Levi's-Jeans bekommen, aber bei seinem Gastbruder stapelten sich die Levi's in allen Farben im Kleiderschrank. Allein dass man ihm nach dem langen Reisetag nur eine Suppe servierte und er zu schüchtern war, um nach mehr Essen zu fragen, und deshalb hungrig zu Bett ging, war natürlich eine Katastrophe. So lag er an seinem ersten Abend in Deutschland da, das erste Mal im Ausland, dachte an zu Hause, wo er niemals hungrig war, und über ihm drehte sich die deutsche Raufasertapete. Vor Hunger oder vor Aufregung. Wahrscheinlich beides.

Am nächsten Morgen trafen sie die anderen Schüler aus dem deutschen Gymnasium, und Eitan machte große Augen, als er die Mädchen sah. Sie hatten alle blaue Augen und goldene Haare. Zumindest kam es ihm so vor. Er stieß seinen Kumpel Nimi mit dem Ellenbogen an (ihr Freund Eli war leider nicht mitgekommen, weil sein burmesischer Vater den Ausflug für Geldverschwendung hielt), und die beiden teilten die schönsten unter sich auf. »Maria gefällt mir.« »Ich spreche auf jeden Fall Lisa an, oder heißt sie Luisa?« »Ich glaube, ich mag Janine am liebsten.« »Boah, ich auch!«

Die Mädchen waren die eigentlichen Sehenswürdigkeiten. Dazwischen saßen sie in Kirchen, besichtigten den Rhein und viele deutsche Klassenzimmer (die so viel neuer und besser eingerichtet waren als ihre zu Hause) und redeten über Verantwortung und Versöhnung. Zwei Worte, die Eitan nie zuvor so oft gehört hatte.

Während Eitan in Deutschland drei Mädchen gleichzeitig sagte, dass er sie liebte (was sich später als Fehler herausstellen sollte, als sich eben diese Mädchen darüber austauschten und ihn zur

Rede stellten), erlitt sein Großvater Gavriel einen Schlaganfall. Gavriel »Singer« Laniado überlebte, aber er war nicht mehr der gleiche Mann, den Eitan noch eine Woche vor seinem Abflug am Freitag besucht hatte. Sein Großvater, der große Geschichtenerzähler und Zeichner, konnte nur noch murmeln, seine Bewegungen waren durcheinandergeraten und so auch sein Gehirn. Seine Hände zitterten wie Fische, die man aus dem Wasser geholt und an Land geworfen hatte. Manchmal saß er vor dem Bild mit dem Olivenbaum und sah so aus, als wolle er unbedingt etwas sagen. Aber er blieb stumm. Oder stotterte unverständliches Zeugs.

Saïda klagte nun noch mehr, über Mordechai und jetzt auch ihren Mann, sie klagte über die Prüfungen, denen Gott sie unterzog. Aber helfen tat sie kaum. Jaffa übernahm die Pflege ihres Vaters. Sie lief nun jeden Tag nach ihrer Arbeit als Tagesmutter nach Hause, machte etwas zu essen und eilte dann weiter ins Haus ihrer Eltern, um Gavriel zu pflegen. Ihn zu waschen, zu füttern und ins Bett zu legen. Wenn sie spätabends nach Hause kam, müde und erschöpft, weinte sie sich in den Schlaf. Sie weinte darüber, dass sie nun zwei der wichtigsten Menschen in ihrem Leben verloren hatte. Von Mordechai waren ihr nur zwei Knochen geblieben und von ihrem Vater nur ein Schatten.

Der Einzige, den sie jetzt noch hatte, war chaim sheli.

Doch davon ahnte Eitan noch nichts, als in Deutschland der schwerste Tag der Reise auf ihn zukam. Der Tag, den Eitan nur durchhielt, weil Luisa ihm am Morgen gesagt hatte, dass sie ihn auch mochte: der Tag, an dem sie ins Konzentrationslager

Bergen-Belsen fuhren. Während sie durch die Gedenkstätte liefen, schaute Eitan heimlich die Deutschen an. Die Lehrer und die Schüler. Beobachtete ihre Reaktionen. Waren sie entsetzt genug? Oder gar zu traurig? Sie liefen über das Gelände, das zum Teil noch genauso aussah, wie es in den 40er-Jahren ausgesehen haben musste. Lediglich ein kleiner Gedenkstein für Anne Frank, die hier mit ihrer Schwester Margot an den Folgen der katastrophalen Bedingungen gestorben war, stand auf dem Friedhof des historischen Lagergeländes und erinnerte daran, dass sie jetzt in anderen Zeiten lebten. Eitan stellte sich vor, wie der Lehrer, Herr Hagen, eine Uniform trug, und fragte sich, ob auch er ein Nazi gewesen wäre, wenn er damals Lehrer gewesen wäre und nicht heute. Die israelischen Mädchen aus seiner Klasse weinten, die Deutschen schauten beschämt und unsicher, aber Eitan fühlte sich nur leer. In Bergen-Belsen spürte Eitan nichts, nicht einmal den Tod, nicht einmal die Geister. Er dachte an Bella, aber er konnte seine elegante Großmutter nicht mit diesem Ort in Verbindung bringen. Er konnte überhaupt niemanden aus seiner Familie, seinem Volk, mit diesem schrecklichen Ort in Verbindung bringen. Erst ganz am Ende, als sie gemeinsam eine israelische Fahne in den Wind hielten und die Tikwa sangen – die deutschen Schüler blickten ob des zur Schau gestellten Nationalismus peinlich berührt auf ihre Schuhe –, regte sich etwas in ihm, und er sang die Hymne mit voller Inbrunst.

»Israel ist unsere Antwort auf das deutsche ›Nie wieder‹«, hörte er seinen Klassenlehrer zu einem der anderen israelischen Lehrer sagen.

Danach rollten sie die Fahne zusammen und fuhren zurück in die Stadt am Rhein mit ihren schönen Fachwerkhäusern und den grünen Hügeln. Fuhren auf den sauberen, ebenen deutschen Autobahnen, auf denen nie jemand drängelte und auf denen man gar nicht begriff, wie ein Volk zwei so unterschiedliche Gesichter haben konnte. Im Bus ließ ihn sein Gastbruder die Musik aus seinem Walkman hören. Rednex, East 17 und Bon Jovi. Dann kam ein deutsches Lied, was Eitan nach diesem Tag unangebracht fand. Er wollte jetzt keine Deutschen singen hören. Er spulte trotzdem nicht vor, die Melodie war ganz gut. Verstehen tat er nichts.

Nur den einen Satz im Refrain, den konnte er sich übersetzen (Schimpfwörter hatten sie in Deutschland als Erstes gelernt): »Oh, oh, oh, Arschloch.«

WOHIN?

AUFZIEHENDER WIND

2005.

»Der Spiegel« nannte es »ein Jahr zwischen Neuanfang und Stillstand«. Angela Merkel wurde Kanzlerin. Und Mahmud Abbas folgte in den Palästinensergebieten auf den verstorbenen Jassir Arafat. Irgendwann im selben Jahr trafen sich Abbas und Ariel Sharon auf dem Sinai und erklärten einen Waffenstillstand. Deutschland wurde Papst. Michael Jackson vom Vorwurf des Kindesmissbrauchs freigesprochen. In Berlin weihte man das Holocaust-Denkmal feierlich ein, nur zwölf Jahre später würde ein einflussreicher deutscher Politiker es als »Denkmal der Schande« bezeichnen. Im Iran gewann überraschend Mahmud Ahmadinedschad die Präsidentenwahl. Der Hurrikan Katrina überschwemmte New Orleans, Louisiana und Mississippi, es folgte die längste Hurrikan-Saison seit Beginn der Wetteraufzeichnung. 65 Afrikaner flüchteten erfolgreich in die spanische Enklave Melilla. In Paris brannten die Banlieues.

In Israel räumte das Militär gewaltsam israelische Siedlungen im Gazastreifen. In Tel Aviv kamen bei einem Terroranschlag vier Menschen ums Leben. Selbstmordattentäter töteten in London 56 Menschen. Im Irak starben 700 Menschen bei Terroranschlägen. Vielleicht mehr. In Kalifornien gründeten drei junge Männer YouTube, einer von ihnen kam ursprünglich aus der DDR. Die Vogelgrippe brach aus. Alle Nobelpreisträger im Jahre 2005 waren männlich. Und weiß.

In Israel machte sich Eitan, 28 Jahre, halblanges braunes Haar, immer noch bernsteinfarbene Augen, immer noch schlank, aber inzwischen muskulös, im Kopf irgendwo zwischen Draufgänger und Träumer, fünf Jahre, nachdem er die Armee verlassen hatte, auf den Weg nach Indien. Es war Anfang August, und Eitan wollte zwei Monate in Indien herumreisen. Er nahm seinen Rucksack mit den vielen bunten Abzeichen aus aller Herren Länder, packte Zigaretten ein, T-Shirts, Hosen, kurze und lange, eine Badehose mit Flammenmuster, und flog nach Delhi. In Indien wollte er seinen besten Freund Nir treffen, mit dem er gemeinsam in der Pilotenakademie der Armee war, Nir, mit dem er gemeinsam in der Pilotenakademie kurz vor dem Abschluss scheiterte. Nir, mit dem er nach London fliegen wollte, als sie 22 waren. Sie hatten ihre Flüge schon gebucht, der Urlaub war schon bei ihren Einheiten abgesegnet, da teilte man Eitan mit, dass er zurück zur Basis kommen müsste. Eitan träumte von London. Eitan bekam Krieg. Den gemeinsamen Trip, der nie stattfand, weil erst der Krieg und dann das Leben dazwischenkam, wollten sie jetzt endlich nachholen. Sechs Jahre später. Nur für London interessierten sie sich jetzt nicht mehr so besonders. Stattdessen entschieden sich Eitan und Nir für Indien. Nir, der jetzt immerhin Kinderarzt wurde, während er, Eitan, Zeug studiert hatte, das ihm nichts bedeutete. Weil ihm nach seinem gescheiterten Traum, Pilot zu werden, nichts mehr etwas bedeutete. Er hatte sich, nachdem er aus dem Pilotenkurs geflogen war, trotzdem für die Offiziersausbildung verpflichtet und insgesamt fünf Jahre gedient. War Offizier geworden, Company Commander. Machte seine Sache gut, gewissenhaft. War ehrgeizig, auch wenn es nicht von Herzen kam. Eitan war ein hervorragender Kommandeur. Seine Kompanie hatte ein besonders ausgeprägtes Zusammengehörigkeitsgefühl. Daran hatte Eitan hart gearbeitet, das war ihm wichtig. Der Zusammenhalt. Wie eine Familie. Eine sephardische Familie, keine aschkenasische. Er hatte den Namen der Kompanie geändert und sich ein neues Motto für sie ausgedacht, das sie auf T-Shirts drucken ließen. Ein neues Symbol und einen Kompanie-Song hatte er sich auch überlegt. Eitan und seine Soldaten hatten die Panzerwagen getunt, sie machten sogar ein Video mit martialisch-beeindruckenden Fotos, das einer seiner Soldaten später auf einer neuen Plattform namens YouTube hochlud. 162 Aufrufe. Seine Soldaten sollten stolz sein auf ihre Kompanie, auf ihre Arbeit, und ihre Uniformen sollten tipptopp sitzen. Ihre Waffen sauber sein. Eitan war in Details vernarrt und ging immer mit gutem Beispiel voran. Keiner bei der Armee war so diszipliniert wie er. Keiner so akkurat. Keiner so professionell. Für ein paar Operationen, wie die 1999 im Libanon, als sie einer Eliteeinheit den Arsch retteten, wurde er sogar ausgezeichnet. Da hatten er und seine Männer Einzigartiges geleistet. Artilleristen sagten, man könne nicht mehr als zwei Ziele unterstützen. Panzerwagen müssten die Daten berechnen, um Ziele zu beschießen. Schon zwei Ziele waren kompliziert, und seine Einheit hatte drei geschafft. Drei! Das glaubte ihm bis heute niemand. Aber schließlich hatte ihn die Armee doch enttäuscht. Eitan hatte dort nicht das Gefühl gehabt, dass man ihn oder die Arbeit, die er leistete, genug schätzte. Das Gefühl hatte er oft. Nicht weil er sich selbst überschätzte, sondern weil Menschen ihn chronisch unterschätzten. Weil er zu nett war, immer noch kein Egoist. Weil er zu ehrlich war, auch mit seinen Schwächen. Weil er sich manchmal verhaspelte, in den Details, die er so liebte, und weil er kein Angeber war. Weil er nicht so aggressiv war wie die anderen in seinem Heimatland, denen der Jahrhunderte andauernde Kampf als Randgruppe, als diskriminierte Minderheit, ins Blut übergegangen war. Aber Eitan war keiner, der sich prügelte oder den Weg freischubste. Er war ein rücksichtsvoller, höflicher Mensch (Itzchak störte sich seit jeher daran: »Er kann sich nicht durchsetzen«, nörgelte er, und Jaffa schaute ihren Mann böse an und zischte: »Er ist genauso wie mein Bruder Mordechai. Er ist sein Abbild.«) Bei der Armee aber suchte man die Lauten, die Ellenbogentypen. Also weg von der Armee, hin zum Studium. Vorher auf große Reise. Das machten die meisten jungen Israelis so. Nannte sich Tiul Hagadol, der große Trip. Hieß übersetzt auch: Dampfablassen. Die große Freiheit nach der großen Disziplin. Eitan trampte für seinen Trip ein ganzes Jahr lang durch Südamerika. Er besuchte die Gletscher in Argentinien, sprang in Brasilien mit einem porösen Seil am Fuß Bungee, in Kolumbien kokste er sich fast das Hirn weg, und in Chile tanzte er in einer Diskothek, in der – wie sich später herausstellte – die meisten Gäste Neonazis waren. In jedem Land, in jeder Stadt, in jedem Dorf, in jedem Guesthouse liebte er andere Frauen. Er war ein Gringo in Südamerika, vor allem in Kolumbien waren die Mamacitas so direkt und sexy, wie er es nie wieder irgendwo anders erlebt hatte. Er liebte und verließ sie wieder. Manchmal bezahlte er auch dafür, geliebt und verlassen zu werden. Es war ein ziemlich großer Rausch, so wie sich das für den Tiul Hagadol gehörte. Sex, drugs und große Rucksäcke. Der Tod war ihm nah in diesem Jahr, aber der Tod und er, sie waren ja bereits früh Freunde geworden. Eitan wusste, wie es war, Menschen sterben zu sehen. Er wusste es schon von klein auf, von seinem Onkel, dessen Namen er trug. Und von Sigi, dessen Fenster er bewachte. Der Tod gruselte ihn schon lange nicht mehr. Schon gar nicht in Südamerika, wo die Landschaft so atemberaubend und die Frauen so schön waren.

Jetzt, vier Jahre und ein abgeschlossenes Bachelor-Studium später, wollte er es in Indien deutlich ruhiger angehen lassen. Er war Ende 20 und arbeitete seit drei Jahren nebenbei als Chef in einer Bar. Er hatte alles eingeworfen, alles genommen, alles gevögelt. Er war noch lange nicht angekommen, aber er suchte auch gerade nicht. Wollte einfach nur sein. Vielleicht in Indien mit dem Yoga anfangen, von dem sein Freund Nir schon seit einigen Monaten so schwärmte. Vor allem aber: mal rauskommen.

Er flog von Tel Aviv nach Delhi und übernachtete in einem Hostel auf der Main Bazar Road in Paharganj. Nur ein paar Wochen, bevor Maja dort, in genau dieser Straße, ankam.

Von Delhi fuhr Eitan weiter nach Dharamsala. Elf Stunden Busfahrt, dann war er endlich bei Nir. In ihrem Bungalow in den Bergen saßen sie nun jeden Tag auf der Terrasse und rauchten Jaras. Manchmal gingen sie wandern. Abends jagten sie riesige Spinnen mit kleinen Plastikkugeln aus Kinderpistolen und hörten dazu das Livekonzert von Yuval Banay und Berry Sakharof. Nir sang Berrys und Eitan Yuvals Part. Sie lachten viel, was vor allem an Eitan lag, da Nir ein eher ernster Typ war. Eitan hingegen war schon immer der Klassenclown gewesen, vielleicht lag es daran, dass er schon als kleiner Junge immer das Gefühl gehabt hatte, seine Mutter aufmuntern zu müssen. Seine Mutter und Bella. Die zwei traurigsten Frauen der Welt und er, der Einzige, der sie zum Lachen bringen konnte.

Ein paar Tage nach Eitans Ankunft nahmen er und Nir Ecstasy und gingen auf eine Trance-Party mit einem ganzen Haufen anderer Israelis. Sie trafen eine Gruppe Israelinnen, die in der gleichen Anlage wie sie übernachteten, und Eitan verschwand erst mit der einen, dann mit der anderen in sein Zimmer. Eine Woche später kam Eitans Schulfreund Nimi dazu, der inzwischen als Programmierer arbeitete. Sie hingen jetzt zu dritt ab. Manchmal machte Eitan mit Nir Yoga, dann, wenn er nicht zu müde oder verkatert war, also fast nie. Er rauchte eine Schachtel Zigaretten am Tag, und einmal ging er ins Internetcafé, um erst seine Mutter und dann Bella anzurufen. Seine Mutter fragte, was er aß und ob es genug war. Bella verstand nicht, was er in Indien wollte, aber freute sich trotzdem, seine Stimme zu hören. Er brachte sie zum Lachen und legte auf. Dann setzte er sich wieder zu Nir und Nimi auf die Holzterrasse. Ihr Bungalow war der aufgeräumteste in der ganzen Anlage, sie waren immer noch Soldaten, die Armee kriegten sie nie wieder raus. Wenn irgendwo etwas umkippte, kam immer gleich einer von ihnen mit dem Lappen angelaufen, so verdammt ordentlich waren sie. Sie waren aber auch junge Männer. Sie fluchten und redeten ständig über Sex. Sie redeten über Politik und gaben ihre krassesten Erlebnisse, bei der Armee und auf der Reise danach, zum Besten. Manchmal machten sie sich über die Inder lustig, die immer Arm in Arm liefen und so lustig mit den Köpfen wackelten, wenn sie redeten. Irgendwann, es war der fünfte verregnete Tag in Folge, rief Nimi: »Kusemek, fick den Scheiß hier. Was machen wir hier eigentlich, wenn wir doch auch in Goa am Strand sein könnten?«

Sie stiegen also wieder in einen Bus, die riesigen Rucksäcke deponierten sie im Kofferraum. Zwölf Stunden lang fuhren sie nach Agra, weil Nir die billigsten Flüge nach Goa von dort gefunden hatte. Halb aufrecht, halb liegend, in einer Schlafkabine, die für ihre Körpergröße viel zu kurz war. Als sie ankamen, guckten sie sich auch gleich noch den Taj Mahal an, obwohl sie sich alle drei nicht wirklich dafür interessierten. Eitan ärgerte sich über die hohen Eintrittspreise, und die Inder, die ihm an jeder Ecke etwas verkaufen wollten, nervten ihn auch. Den Taj Mahal selbst fand er nicht besonders beeindruckend.

»Yalla, jetzt reicht's aber auch«, sagte er, als sie durch das große rote Eingangstor vor dem Taj Mahal zurück zu den Rikschas liefen. »Zum Glück fliegen wir jetzt nach Goa, da werde ich nur noch chillen und kiffen.«

Seine Freunde Nir und Nimi lachten. »Was hast du denn bisher gemacht, achi?«

Sie schossen gemeinsam ein Foto, auf dem sie alle ihre Zungen rausstreckten, im Hintergrund das rote Tor, durch das nur einen Tag später ein junges deutsches Mädchen mit blauen Augen und goldenen Haaren laufen würde.

*

In ihrem zweiten Studienjahr beschlossen Maja und ihre Freundin Rui, in den Semesterferien nach Indien zu fliegen. Anfang des Jahres hatte sich Maja von ihrer ersten großen Liebe getrennt, mit der sie fünf Jahre zusammen gewesen war (die Trennung – ein Kraftakt, weil Wolf ihren Freund so sehr lieb gewonnen hatte, dass sie ein ganzes langes Jahr von den fünfen nur noch mit ihm zusammen gewesen war, weil sie das Gefühl gehabt hatte, Wolf die Trennung nicht antun zu können). Im Sommer fühlte sie sich in Aufbruchstimmung und gleichzeitig verloren, weil alles sich ständig veränderte. Berlin war immer noch neu, ihr Leben in der WG immer noch fremd und ihr Studium immer noch schwerer, als sie erwartet hatte. Ihr ganzes Leben lag noch vor ihr, das spürte sie nie wieder so deutlich wie in diesem Sommer. Was genau sie von diesem Leben wollte, wusste sie nicht. In ihr lagen alle Widersprüche der Welt. Sie sehnte sich nach Sicherheit, aber wollte die Freiheit. Sie war hoch emotional und hasste es, Schwäche zu zeigen. Sie wollte gerne malen, nur malen, vom Malen leben, und kam sich doch lächerlich vor bei dem Gedanken. Sie wollte aus ganzem Herzen lieben und doch von niemandem abhängig sein. Sie war ihres Vaters Kind und ihrer Mutters Tochter.

Nach Indien flog sie nur, weil es Ruis Traum war. »Ich wollte schon immer mal den Taj Mahal sehen«, hatte die sehnsüchtig gesagt, als sie über ein Ziel nachdachten, und Maja musste erst einmal im Internet nachgucken, was das war, der Taj Mahal.

Ende August stiegen also Maja und Rui, beide 21, eine blond, eine brünett, in eine riesige, halb leere und nicht mehr ganz frisch aussehende Aeroflot-Maschine, die sie von Moskau nach Delhi bringen sollte.

Nach der Wende war Maja mit Wolf und Astrid viel im Ausland gewesen, aber meist waren sie am Urlaubsort angekommen und dann auf direktem Wege in Hotelanlagen verschwunden. Wolf hatte nichts anderes zugelassen. Und wenn sie doch einmal umhergereist waren, dann nur in westlichen Ländern wie den USA oder fest eingebunden in eine Reisegruppe und in die luxuriösesten Umstände, die in dem jeweiligen Land machbar waren. So hatte Maja die Welt gesehen und doch nichts gesehen. In Ländern, in denen Armut herrschte, war die Armut an ihr vorbeigehuscht, wie Bäume an einem vorbeizogen, während man aus dem Zugfenster nach draußen schaute. Umso geschockter war sie von Delhi. Als sie in der Stadt landeten, war es bereits dunkel, und das Erste, was Maja auffiel, waren die vielen Menschen, die auf dem Grünstreifen zwischen den Autobahnspuren schliefen. Die vielen Menschen, die auch in der Stadt am Straßenrand kampierten, Junge und Alte, Väter, Mütter, Kinder. Und während Maja mit offenem Mund aus dem Taxifenster starrte, fragte sie sich erstens, ob es in Delhi überhaupt Menschen gab, die ein Dach über dem Kopf hatten, und fürchtete zweitens den Moment, in dem sie die Sicherheit des fahrenden Autos verlassen musste, um selbst Teil des Dadraußens zu werden. Maja versuchte, sich nichts anmerken zu lassen, sie wollte neben ihrer Freundin, die schon zum zweiten Mal backpackte, die überhaupt viel internationaler war als sie, immerhin kam sie aus dem Westen und hatte noch dazu Migrationshintergrund, nicht wie ein Angsthase wirken, aber in Wirklichkeit erfasste sie die blanke Panik, wie sie dort auf dem Main Bazar in Delhi Paharganj zwischen Kühen, Menschenmassen, abgemagerten Straßenhunden und schrill hupenden Rikschas entlangtaumelte. Einmal im Hotelzimmer angekommen, einem kahlen Raum, in dem, als der Hotelangestellte die Tür auf- und das Licht anmachte, die Kakerlaken in Formation unter die Holzbetten huschten, fragte Maja sich, was sie hier tat. Warum sie das tat. Was suchst du hier, Maja? Warum bist du verdammt noch mal nicht zu Hause geblieben? Sie hatte das Abenteuer so sehr gewollt, dass sie kurz vergessen hatte, wie sehr Abenteuer sie ängstigten. Es war der ewige Kampf, gleichzeitig das Kind Wolfs und die Tochter Astrids zu sein.

Am dritten Tag ihrer Reise in Indien wurde Maja krank. Durchfall und Erbrechen waren jetzt ihre ständigen Begleiter und würden sie bis zum Ende der Reise nicht mehr verlassen. Sie musste jetzt, egal wo sie war, immer nach Toiletten Ausschau halten, und begann, Cola zu trinken wie Wasser. Sie blieb oft stundenlang in den kahlen Zimmern der billigen Hostels, weil sie gar nicht weiter als einen Meter von der Toilette wegkam. Und wenn sie doch mal das Zimmer verließ, lernte sie nun, sich überall zu erleichtern. Sie lernte, Gestank und Dreck zu ignorieren und öffentliche indische Toiletten zu benutzen, ohne sich die Hosenkante in der Urinsuppe auf dem Boden nass zu machen. Sie lernte, wie sie Kakerlaken verscheuchte, während sie mit einer Hand die Hose und mit der anderen die Rolle Klopapier hielt.

Auf dem Weg zum Taj Mahal dachte Maja noch, dass sie die Reise am liebsten abbrechen würde. Aber ihre Mutter hatte sie nicht zum Abbrechen erzogen, also verwarf sie den Gedanken schnell wieder. Anders als Wolf war Astrid begeistert darüber gewesen, dass sich ihre Tochter traute, so eine Reise anzutreten. Während Wolf bis zum letzten Tag vor dem Abflug immer wieder Bedenken geäußert hatte: »Wo werdet ihr schlafen? Was werdet ihr essen? Ich habe neulich eine Dokumentation über Mumbai gesehen, da liegen tote Kinder im Rinnstein, wollt ihr da wirklich hin? Dort befindet sich das größte Armenviertel von ganz Asien. Warum fahrt ihr nicht lieber nach Italien? Oder Griechenland? Dir hat es doch immer so gut auf Kreta gefallen? Warum nicht dahin? Warum ausgerechnet Indien?«

Und sie liebte ihren Vater, aber es machte sie wütend, dass er ihr – wie so oft – nichts zutraute. Dass er immer dachte, sie schützen zu müssen, anstatt ihr einfach das Gefühl zu geben, dass er an sie glaubte, an sie und daran, dass sie das schon schaffte. Aber wundern tat sie sich darüber auch nicht, dass Wolf so war. Sie hatte inzwischen vergessen, dass ihr Vater auch mal anders gewesen war. Sie kannte ihn nur noch als ängstlichen, niedergeschlagenen Mann. Während es Maja nach der Welt dürstete, saß Wolf eingeigelt in dem großen Stadthaus, das Astrid gekauft hatte, und wartete darauf, dass die Tage vergingen. Und während er drinnen wartete und Zeitung las und Nachrichten schaute, wurde ihm die Welt draußen immer unheimlicher. So unheimlich, dass es Maja jedes Mal überraschte, wenn ihre Mutter ihn überhaupt noch aus dem Haus gelockt bekam.

Maja, eine seltsame Kombination aus der Dominanz und dem Selbstbewusstsein ihrer Mutter und der auf zittrigen Beinen stehenden Kreativität und melancholischen Art ihres Vaters, wusste es damals noch nicht, aber die Reise nach Indien war ihr erster richtiger Schritt in die Unabhängigkeit. Nicht nur von Wolf und Astrid, von dem, was die beiden für richtig hielten (und das war ja selten dasselbe), sondern von dem Leben, das sie bis dahin kannte. Das deutsche Leben in seinen engen Bahnen, das in Indien ein jähes Ende fand, als sie zum ersten Mal auf sich allein gestellt war, an einem völlig fremden Ort. Und alles begann damit, dass sich ihr Körper durch die anhaltende Scheißerei auf seine Essenz reduzierte. Merkwürdigerweise kam sie besser mit dem Land und seinem Chaos klar, seitdem ihr ganzer Fokus auf dem Durchfall lag. Maja zog sich in sich selbst zurück und ließ Indien an sich vorbeifliegen. Nur manchmal hob sie den Kopf und blickte das Land an. Dann sah sie ihm in die Augen, diesem Indien mit seinem Farbenmeer, den vielen verschiedenen Gerüchen, den fremden Menschen, den knallbunten Filmen, dem Hupen und Muhen und der quietschigen, kitschigen Musik. Und dann malte sie in Gedanken Bilder und genoss für einen kurzen Moment, dort zu sein.

Das erste Mal, dass sie so einen Moment spürte, war am Taj Mahal. Der Weg zu dem Ort, den manche zu den »neuen sieben Weltwundern« zählten, kam Maja ewig vor. Vorbei an unzähligen Bettlern und Straßenverkäufern, vorbei an Männern mit Affen auf den Schultern, deren Füße mit kleinen Eisenketten an ihren Besitzern festgebunden waren. Vorbei an Kindern, die gekonnt kleine Stapel mit Postkarten, eine mit der anderen verbunden, auseinanderfallen ließen, in der Hoffnung, dass ihnen jemand das Souvenir abkaufte. Vorbei an unzähligen Gruppen indischer Touristen, die – Maja und Rui pilgerten zufällig am indischen Unabhängigkeitstag zum Taj – Maja und ihre Freundin anhielten, um mit ihnen Fotos zu machen, weil die beiden Mädchen, eine asiatisch, eine mit goldenen Haaren, für sie so exotisch aussahen. Vorbei an Tausenden bunten Saris, an Menschenmassen, an so vielen Leuten, viel zu vielen nach Majas Empfinden. Erst durch das Eingangstor aus rotem Sandstein mit den kleinen knubbligen Türmen an der Seite, dann weiter zum Eingangsgebäude, ebenfalls aus rotem Sandstein, verziert mit weißem Marmor. Und dort, fast wie aus dem Nichts, tauchte hinter einem gewölbten Tor wie eine Überraschung, eine Fata Morgana, plötzlich der weiße Riese auf. Und bei diesem Anblick blieb Maja, noch bevor sie das Tor durchschritt, wie angewurzelt stehen. Diesen Moment, diesen Ausblick auf den Taj Mahal, vergaß sie nie wieder. Der Blick auf 58 mal 56 Meter Schönheit. Eine Liebeserklärung aus Marmor und Jade und Kristall und Lapislazuli und Karneol und Türkis und Saphir.

»Auf den Seiten des Sarkophags«, las Rui hinter ihr aus ihrem Reiseführer vor, »finden sich die 99 Namen Gottes und oben die Inschrift: ›Er ist ewig. Er ist genug.‹ sowie die folgende Passage aus dem Koran: ›Gott ist derjenige, der keinen Gott neben ihm hat. Er weiß, was verborgen ist und was manifest ist. Er ist barmherzig und mitfühlend.‹« Und Maja nickte und blinzelte in die Sonne, weil sie eigentlich nicht an Gott glaubte, sich angesichts solcher Wunder und solcher Worte aber manchmal fragte, ob es ihn vielleicht doch gab.

Vom Taj Mahal reisten Maja und Rui weiter durch das nordindische Rajasthan mit seinen Palästen und Festungen, die an die vielen Königreiche erinnerten, die dort einst um die Vorherrschaft gekämpft hatten. Sie fuhren nach Jaipur, ins Paris Indiens. Nach Jodhpur, in die blaue Stadt, ins heilige Pushkar, ins weiße, märchenhafte Udaipur, nach Mumbai zum Gateway of India, und schließlich stiegen sie in einen Zug und fuhren, Maja inzwischen acht Kilo leichter, nach Goa. Abends kamen sie in einem kleinen Dorf in Goa an, und in ihrem Hostel trafen sie einen Israeli (das war der erste Jude, den sie jemals kennenlernte, auch wenn Maja das erst viel später bewusst wurde, weil Israelis in Indien selten Schläfenlocken und schwarze Hüte trugen), der ihnen empfahl, tags darauf nach Palolem weiterzufahren, weil das der schönste Strand in Goa sei: »Wir können uns ein Taxi teilen, wenn ihr wollt.«

Maja wusste nicht, dass sie einen Tag später, dort in Palolem, Eitan treffen würde. Und Eitan wusste nicht, dass Maja bereits ganz nah war. Sie ahnten nicht, dass ihre Reise jetzt erst wirklich begann.

*

Als Maja und Eitan sich endlich treffen, seufzt der Mond. Die Sterne glitzern und ein leichter Wind weht voller Erwartungen über den weichen Strand. Wirbelt etwas Sand in der Bucht am Arabischen Meer auf, berührt Majas nackte Schultern, fröstelt sie ein wenig und umarmt sie dann.

Oder anders:

Als Maja und Eitan sich endlich treffen, heult der Mond. Die Sterne glühen und ein kleiner Wind träumt davon, ein großer Sturm zu sein. Wirbelt den Sand in der Bucht am Arabischen Meer auf, rüttelt an Majas nackten Schultern und wirft sie fast um.

Und in Wirklichkeit:

Als Maja und Eitan sich treffen, kommt selbst die Sonne noch einmal hervor, flüstert dem Mond etwas zu, das man auf Erden nicht versteht, und sagt dann dem Wind, dass er aufwachen soll. Wach auf, göttlicher Wind, unsichtbarer Freund, wach auf und bring uns Veränderung.

Eitan, an diesem Abend eigentlich weniger poetisch unterwegs, zumal mit Ecstasy im Blut und einem Joint zwischen seinen schmalen Fingern, betritt die Strandbar, in der Maja bereits mit Rui sitzt, um Punkt neun. Rui ist in ein Gespräch mit dem indischen Barbesitzer vertieft, und Maja, schon ein bisschen betrunken, aber nicht zu sehr, langweilt sich. Das endet schlagartig mit der Ankunft von Eitan und seinen Freunden. Die Gruppe fällt Maja, die direkt neben dem Eingang sitzt, sofort auf. Sie sind nicht zu überhören und nicht zu übersehen. Drei gut aussehende dunkle Typen. Keine Deutschen. Endlich passiert was, denkt Maja und betrachtet die Männer mit der Neugierde einer jungen Katze, die ein Wollknäuel entdeckt hat und nun überlegt, wie sie am besten damit spielt. Betrachtet die Gruppe, nicht Eitan im Besonderen, der ihr auf den ersten Blick eigentlich zu blass ist. Ihr Freund zu Hause, ein spanischer Erasmus-Student, hat braun gebrannte Haut und einen dichten, dunklen Vollbart – doch dieser Freund scheint auf einmal so weit weg, wie jemand nur weg sein kann. Auch wenn Eitan keinen Vollbart hat. Auch wenn Eitans Haut weiß schimmert. Auch wenn Eitan eigentlich gar nicht ihr Typ ist.

Eitan bemerkt Maja schon beim Betreten der Strandbar. Jung und blond, große helle Augen, lange, wohlgeformte Beine. Neben ihr eine Asiatin. Definitiv keine Israelinnen. So richtig ansehen kann er Maja aber erst, als er sich auf den Korbstuhl setzt. Seine Freunde greifen nach den Speisekarten, albern herum, er sieht nur Maja. Er schaut sie an und sein Herz macht ein paar kleine Aussetzer, was er erstaunlicherweise sofort auf das Mädchen und nicht auf das Ecstasy in seinem Blut schiebt. Maja sitzt einfach nur da. Ihre langen Beine weit von sich gestreckt. Ihr Blick amüsiert und neugierig. Hinter ihr murmelt dunkel das Meer, ihre blonden Haare glänzen golden, und sie ist das Schönste, was Eitan Mordechai Rosenthal, chaim sheli, je gesehen hat. Als Eitan Maja ansieht, ja anstarrt, und denkt, wow, sie ist viel zu schön für mich, wie kann ich sie kennenlernen?, wie kann ich sie für mich gewinnen?, wie kann ich ihr klarmachen, dass wir füreinander bestimmt sind?, fühlt es sich für ihn an, als ob sein Leben gerade erst beginnt. Es gibt jetzt zwei Zeitrechnungen: vor Maja und danach.

Maja spürt Eitans stechenden Blick, bemerkt ihn erst jetzt überhaupt so richtig als einzelnen Menschen, nicht als Teil der Gruppe. Er fällt ihr auf, weil er sie mit offenem Mund anguckt, und das belustigt Maja mehr, als dass es sie unangenehm berührt. Es schmeichelt ihr, dass jemand sie so anstarrt. Was guckt der mich denn so an, raunt sie Rui zu und versucht, ein bisschen empört zu sein, aber eigentlich ist das Kribbeln in ihrem Bauch ganz angenehm. Und bei genauerem Hinsehen denkt sie, der hat was. Und wie der mich anschaut. Sie will ihn jetzt auch kennenlernen, und sei es nur, um sich selbst einmal mit seinen Augen zu sehen. Eitans Augen, die an ihrem Gesicht hängen, als sei es das einzige Gesicht auf der Welt. Eitans Augen, die selbst dann nicht von ihr lassen, als seine Freunde beschließen, in eine andere Bar zu gehen. Eitan läuft ihnen langsam hinterher und starrt Maja weiter an. Verdreht seinen Kopf nach ihr, als suche er nach Orientierung und Maja sei eine eigene Himmelsrichtung. Es gibt jetzt Nord, Süd, Ost, West. Und Maja. Weil er einfach nicht aufhören kann, sie anzustarren, selbst dann nicht, als ihn seine Füße schon von ihr wegtragen, muss Maja schließlich lachen. Und Eitan sieht ihre großen weißen Zähne, sieht, wie ihr breiter Mund sich zu einer Mondsichel öffnet. Und bleibt wie vom Blitz getroffen stehen, um dann, auf ihr Lachen hin, sofort zu ihr zu eilen. So wie sie ihn anlächelt, denkt sich Eitan, muss er sie kennen. Er muss sie kennen. Und wenn nicht aus diesem Leben, dann aus einem anderen. Er lässt seine Freunde stehen und läuft auf sie zu.

An dieser Stelle begegnen sich endlich die zwei Menschen, deren Geschichte wir bis hierhin genaustens verfolgt haben. Maja, 21, geboren in einer Stadt am Fluss in einem Land, das es nicht mehr gibt. Eitan, 28, geboren am Fuße des Berges in einem Land, das es 2000 Jahre lang nicht gab. Und hier endlich, am letzten Ort der Welt, an dem sie einander vermutet hätten, treffen sie sich. Eitans bernsteinfarbene Augen treffen auf Majas blaue, während hinter ihnen das Arabische Meer rauscht und unter ihnen der Sand knirscht. Eingehüllt in aufziehenden Wind, so wechseln sie die ersten Worte, diese zwei Menschen, die unterschiedlicher nicht sein könnten. Aber nur, was ihre äußeren Merkmale, ihre formelle Beschreibung angeht. Ihre Eckdaten. Informationen, die sie in ein Formular eintragen würden. Geburtsort, Geburtsland, Religion. Ja, im Ablagesystem eines Ordnungsamts lägen sie auf völlig verschiedenen Stapeln. Aber was das Innere in Maja und Eitan angeht, was sie zum Lachen bringt, den Takt, in dem ihre Herzen schlagen, die Farben, in denen sie den Himmel sehen, und vor allem, wie sie einander sehen, sind sie gleich. Ganz und gar gleich. Und das merken sie sofort.

Und sie rauschen gemeinsam durch die Nacht, durch die Bars von Palolem, Maja und Eitan, Rui und Eitans Freunde Nimi und Nir, aber eigentlich nur Maja und Eitan in einer Blase aus plötzlicher absoluter Verknalltheit. Und sie reden ohne Punkt und Komma und sie gehen gemeinsam Bier holen und sie lachen über die gleichen Witze und sie spielen zusammen ein bisschen Theater und schließlich beugt Eitan sich vor und küsst Maja. Und Maja küsst Eitan. Und sie rauschen weiter, so als hätte es nie ein anderes Leben gegeben als das, in dem sie zusammen sind. Als hätte es Maja nie ohne Eitan und Eitan nie ohne Maja gegeben. Sie sind so jung und frei, wie sie danach nie wieder sein werden. Und Maja denkt, wie ähnlich er mir ist, und Eitan denkt, wie ähnlich sie mir ist. Und am Ende des Abends liegen sie am Strand auf einem viel zu kleinen Handtuch und wissen nicht mehr, wo der eine anfängt und wo der andere aufhört. Werden eine einzige große Masse Liebe und Aufregung und Leben.

Da seufzt der Mond, Amor lässt den Bogen zufrieden sinken und flüstert: Hier habe ich endlich mal zwei erwischt, die füreinander geschaffen sind.

Zwei Abende später sagt Eitan den Satz, den Maja nie wieder vergessen wird: »Du bist die Frau meines Lebens, ich tue alles für dich. Ich werde nach Deutschland ziehen und Deutsch lernen. Ich werde dich so sehr lieben, wie ich noch nie jemanden geliebt habe. Aber du musst Jüdin werden. Ich bin Jude, und bei uns gibt die Mutter die Religion weiter. Das ist mir wichtig, damit unsere Kinder auch Juden sind.«

»Aber du musst Jüdin werden.« So sagt er das, an ihrem dritten gemeinsamen Abend. So sagt er das, 48 Stunden nachdem er sie zum ersten Mal in seinem Leben gesehen hat. Vor 49 Stunden wusste Eitan nicht einmal, dass Maja existierte. Und Maja wusste nichts von Eitan. Sie wussten nichts von der Geschichte und Biografie des anderen, von ihren Familien, von den Erfahrungen und dem Wissen, das sie jeweils über die Welt und ihre Beschaffenheit angehäuft haben. Und jetzt will er (28), dass sie (21) für immer mit ihm zusammenbleibt und an einen Gott glaubt, von dem sie noch nie gehört hat. Jetzt will er, dass sie all ihr »Dazugehören« aufgibt und Teil einer der am meisten verfolgten Minderheiten der Welt wird. Jetzt will er, dass sie ihre bisherige Identität abstreift wie ein Kleid. Jetzt will er, dass sie Jüdin wird, und sagt es mit einer Leichtigkeit, als ginge es darum, mal was anderes zu essen. Und Maja schaut ihn an, diesen Eitan mit seinen bernsteinfarbenen Augen, die ein wenig zu weit aus ihren Höhlen hervorlugen. Schaut ihn an, mit seinen perfekten weißen, geraden Zähnen, den geschwungenen Lippen und dieser Adlernase. Schaut ihn an, sieht sich selbst in seinem Gesicht, sieht sich ganz anders in diesem Mann, der sie so anschaut wie keiner zuvor. Der sie behandelt wie das achte Weltwunder, so besonders, so kostbar, so beeindruckend ist sie für ihn. Und sagt: Okay.

Hat keine Ahnung, was dieses Okay bedeutet. Was es bedeutet, Jüdin zu werden. Und Eitan weiß es in Wahrheit auch nicht. Und das ist ihr großes Glück. Dass sie keine Ahnung haben, ist ihre Rettung in dieser Nacht an einem Strand am

Arabischen Meer. Im Land der Kontraste, der Farben und Gerüche, im Land, in dem Eitans und Majas gemeinsame Geschichte beginnt, mit aufziehendem Wind. Eitan und Maja haben keinen blassen Schimmer, worauf sie sich miteinander einlassen. Hätten sie es gewusst, wären sie wahrscheinlich geradewegs in verschiedene Richtungen gelaufen und hätten sich an Ort und Stelle für alle Ewigkeit voneinander getrennt.

*

Später würde sich Maja oft fragen, wie Eitan das von ihr verlangen konnte. Wie der erste Mensch, der sie wirklich liebte, so wie sie war, eine solche Bedingung an seine Liebe knüpfen konnte. »Aber du musst Jüdin werden«, das klang so einfach und war gleichzeitig so eine groteske Unverschämtheit. Es war eine Unverschämtheit, so einen Satz zu einem anderen Menschen zu sagen. Im 21. Jahrhundert noch dazu.

Später würde Eitan sich oft fragen, ob er in diesem Moment wusste, was seine Bedingung bedeutete. Nicht nur aus Liebe und Rücksicht gegenüber Maja, sondern vor allem für sich selbst. Wie viele Jahre lang bangte er, ob seine Auserwählte es schaffen würde, diese Bedingung zu erfüllen? Wie oft dachte er, ich kann ihr das nicht antun und kann doch auch nicht darauf verzichten?

KING & QUEEN

Als Eitan Maja an ihrem letzten gemeinsamen Morgen in ihrer Hütte am Strand seine E-Mail-Adresse und sämtliche Telefon-nummern (»Das ist meine Handynummer, das ist das Festnetz in meiner Studenten-WG und das zu Hause bei meinen Eltern«) auf ein Blatt Papier kritzelte, sagte sie noch ganz cool: »Ich werde dich sowieso nicht anrufen.« Und in dem Moment glaubte sie das wirklich, denn zu Hause wartete der spanische Erasmus-Student, und der brachte sie zwar nicht zum Lachen wie Eitan, und der Sex war auch nur halb so gut (wenn überhaupt), aber er lebte noch mindestens ein Jahr lang in Berlin, und er hatte sie noch nie gefragt, ob sie für ihn Katholikin werden könne. Und überhaupt war Spanien ihr viel näher als Israel. Israel, das war die pure Fremde. Israel, das war ein Land im Krieg, ein Land voller verwirrender Eigenschaften. Sie kannte viele Spanier, sie kannte Italiener und Franzosen. Israelis kannte sie keine. Juden schon gar nicht. Wie sollte sie das ihren Eltern erklären? Wie sollte sie das überhaupt irgendjemandem erklären?

Aber schon im Taxi zum Flughafen merkte Maja, dass sie mehr weinte, als angemessen war. Und sie begann zu begreifen: Eitan war mehr als nur eine Urlaubsaffäre. Im Flieger nach Delhi waren ihre Augen bereits völlig verquollen, und die anderen Passagiere fragten sich, was diesem armen deutschen Mädchen in Reihe 13 wohl zugestoßen war, dass es so bitterlich schluchzte.

»Did you lose something?«, erkundigte sich die Stewardess einfühlsam.

»Yes! My heart!«, heulte Maja.

Sie heulte und heulte, bis sie in Delhi landeten, und während Rui etwas zu essen für sie besorgte, rannte Maja ins nächste Internetcafé und schickte ihre erste E-Mail an Eitan:

»Ich sitze in einem kleinen Internetcafé am Flughafen in Delhi, wir haben so viel Zeit hier, die wir rumkriegen müssen. Wie war dein Tag? Bist du Motorrad gefahren? Ich bin so müde. Weißt du, ich habe fast den ganzen Flug lang geheult. Hab ich dir gesagt, dass ich superemotional bin? Das Gefühl, dass wir uns vielleicht für immer voneinander verabschiedet haben, ist furchtbar. Ich will nicht, dass es ein Abschied für immer war, aber ich weiß auch nicht, welche andere Möglichkeit wir haben. Ich habe darüber nachgedacht, dass du mir deine Telefonnummern aufgeschrieben hast und ich sie nicht wollte. Ich würde jetzt gerne deine Stimme hören. In ein paar Stunden verlasse ich Indien, das Land, das irgendwie ›unsers‹ geworden ist. Ich habe jetzt eine ganze Menge mehr Sorgen und Probleme, aber ich habe jetzt auch dich! Danke, Deine Maja.«

Zurück in Berlin machte sie sofort ihren Computer an, und da, in ihrem Outlook, erschien auch schon Eitans Antwort:

»My Queen, ich habe mich so sehr über deine E-Mail gefreut. Seitdem du weg bist, hat es nur geregnet. Nachmittags habe ich deine Hunde gefüttert. Danach saß ich in meiner Hütte und habe unsere Fotos auf der Kamera meines Freundes angeschaut (du weißt, er hat eine Digitalkamera, wo man die Fotos sofort sehen kann). Ich kann nicht aufhören, an dich zu denken. Ich hoffe, wir werden uns wiedersehen. Du musst nur ein Wort sagen, und ich steige in den nächsten Flieger nach Berlin. Aber bis dahin lass uns telefonieren. Ich kann es nicht erwarten, deine Stimme zu hören. Dein King.«

Maja las jedes Wort mehrere Male. Überglücklich. Und auch verwirrt. Verwirrt über die Stärke ihrer Gefühle, nach nur vier gemeinsamen Tagen! Verwirrt darüber, für wen der beiden Männer in ihrem Leben sie sich entscheiden sollte. Und in Wahrheit: für welches Leben. Sie spürte von Anfang an deutlich, dass an Eitan mehr hing als nur eine andere Religion oder eine andere Kultur. Eitan war der Urknall. Er würde alles an ihrem Leben ändern. Vielleicht hatte er es schon getan. Ein Gedanke, so aufregend und gleichermaßen furchterregend, wie die Zukunft nur sein konnte. Unwiderstehlich. Und sie schrieb ihm ihre Nummer und sie begannen zu telefonieren. Und mit jedem Telefonat zwischen ihrer Studenten-WG und dem Internetcafé in Goa (was das damals kostete!) musste sie sich eingestehen: Noch nie hatte sie jemanden so geliebt wie Eitan. Sie mochte einfach alles an ihm. Sie fand ihn so lustig, so schlau und so liebevoll, wie sie sich einen Menschen nur vorstellen konnte. Alles an ihr wollte zu ihm. Sie vermisste ihn. Sie sehnte sich nach ihm. Sie hatte inzwischen vergessen, wie er aussah (was immer passierte, wenn sie jemanden besonders toll fand), und lief aufgeregt zur Drogerie, um die fertig entwickelten Fotos aus Indien abzuholen. Sie hängte sie überall in ihrem WG-Zimmer auf. Eitan war jetzt in jeder Ecke ihres Lebens. Sie fieberte jeder Mail und jedem Anruf entgegen. Eitan schrieb romantische Mails, er verbarg seine Gefühle nicht. Er war genauso verrückt nach ihr wie sie nach ihm. Und so schrieb sie ihm, eine Woche nach ihrer Heimkehr und fünfzehn Mails und viele Telefonate später, verknallt, aber immer noch vorsichtig: »Ich glaube, ich bin dabei, mich in dich zu verlieben«, und zehn Minuten später klingelte ihr Telefon, und Eitan, der den Unterschied zwischen »verlieben« und »lieben« nicht kannte, schrie von Goa bis Berlin: »Maja, I love you too. I love you too!«

Und Maja, die nur vorsichtig etwas hatte andeuten wollen, schluckte ihren Hinweis runter, dass sie vom »Verlieben«, nicht vom »Lieben«, geschrieben hatte, und ließ sich mitreißen von diesem Mann, der nun offiziell zu ihr gehörte.

Wenige Tage später brach Eitan seinen Indien-Trip ab und flog nach Hause. Dort fiel ihm Jaffa überglücklich, chaim sheli, um den Hals. Er ließ sich drücken, machte Wäsche, packte die Tasche aus und wieder ein.

»Aba, ich brauche Geld«, sagte Eitan zu seinem Vater.

»Wie viel?«, fragte der nur.

»Ima, ich bleibe nur ein paar Tage, ich habe einen Flug nach Berlin gebucht«, sagte Eitan zu seiner Mutter.

»Berlin? Was gibt es in Berlin?«

»Ich habe das tollste Mädchen der Welt kennengelernt, und sie lebt dort!«

Itzchak grinste, eine Deutsche, na klar.

Jaffa entglitten die Gesichtszüge. Eine *Goia*. Aus Deutschland. Für die hatte er seine Reise abgebrochen? So etwas hatte chaim sheli noch nie gemacht, und es gefiel ihr nicht. Es gefiel ihr ganz und gar nicht.

*

4000 Kilometer entfernt feierte Astrid ihren Geburtstag, und auch Maja erzählte ihrer Familie von diesem Israeli, den sie in Indien getroffen hatte und der sie bald in Berlin besuchen kommen würde. Und Astrid lächelte wissend, das wird niemals halten, und Wolf zog die Augenbrauen zusammen, das gefällt mir gar nicht, war sie nicht gerade noch mit diesem Spanier zusammen?, und Tante Susi rief beschwipst: »Kannst du dir nicht mal einen Hans von nebenan suchen?«, und Onkel Roland murmelte: »Na, wenigstens kein Inder, die stinken doch nach Curry.« Nur Hendrik und Sven hörten ihr gespannt zu. Sven war schon lange kein Neonazi mehr. Er hatte schon vor acht Jahren, im dritten Semester etwa, seine Freundin Mila kennengelernt, die, als er sie nach der Vorlesung ansprach, ob sie mal mit ihm einen Kaffee trinken würde, nur trocken geantwortet hatte: »Ja gerne, aber nur wenn du mit dem Nazi-Zeug aufhörst.« Und Sven wollte wirklich gerne mal einen Kaffee mit Mila trinken. Und überhaupt: Mit den meisten seiner Kumpels von früher hatte er eh immer weniger zu tun, seitdem er studierte. Und ohne diese Gemeinschaft verblassten die Parolen, die ihn als Jugendlichen stark gemacht hatten. Und plötzlich konnte er sich selbst nicht mehr erklären, was er daran so gut gefunden hatte, ein Rechter zu sein. Und so wie er damals an einem Sonntag im August in das Ganze reingerutscht war, rutschte er jetzt wieder raus. Er hängte die Fahnen ab, warf die

CDs weg und löschte die Telefonnummern der Freunde, die Judenwitze machten. Es gab keine große Erleuchtung, keine Offenbarung, keine große Reue und kein Schuldgefühl. Wenn in ihm danach noch irgendwas von dem rechten Gedankengut übrig war, ließ er es sich zumindest nicht anmerken. Und als Maja von Eitan erzählte, schoss ihm der Gedanke »Hoppala, ein Jude« wirklich nur ganz kurz durch den Kopf. Und dann fragten er und Hendrik, wie Maja diesen Israeli genau kennengelernt hatte und ob sie sich wiedersehen würden. Aber natürlich glaubten auch sie nicht daran, dass das halten würde. Niemand glaubte, dass das mit Maja und Eitan halten würde, außer Maja und Eitan selbst.

*

Zwei Wochen nach ihrer Ankunft in Berlin stand Maja wieder am Flughafen. Dieses Mal, um Eitan abzuholen. Auf dem Weg zum Flughafen war sie aufgeregt und nervös gewesen, sie wollte auf ihn zulaufen, ihn in die Arme schließen, ihn küssen. Filmreife Szenen, zu denen sie sich im Kopf das Drehbuch geschrieben hatte. Aber als er dann mit einem riesigen Rucksack auf dem Rücken vor ihr stand, in einer dicken, hässlichen Jacke (in Goa hatte er ja höchstens ein T-Shirt angehabt), war sie doch distanzierter als geplant. Maja brauchte einen Moment, um sich an seinen Geruch zu gewöhnen. An seine Stimme und an seine Berührungen. Erst als sie im Auto saßen und Eitan lachend erzählte, wie er fast seinen Flug verpasst hatte, verschwand die Fremde und sie fühlte sich ihm wieder so nah wie in ihren Tagen in Goa. Sie fuhren nach Hause und gingen ins Bett. Nackt war er wieder ihr Eitan. Inzwischen hatte er sich einen Vollbart wachsen lassen und war für sie der schönste Mann der Welt. Maja liebte es, Eitan zuzuhören. Sie liebte es, dass er genauso viel redete wie sie. Sie liebte seine Witze und wie locker er alles sah. Und wie sehr er sich gleichzeitig voller Leidenschaft in Dinge reinsteigern konnte. Er erzählte oft von seiner Familie, und das gefiel ihr. Er erzählte oft von seinem Land, und das gefiel ihr. Alles an ihm war neu und aufregend (seine vielen Reisen! Er war Offizier bei der Armee gewesen! Und beschnitten! Und er erzählte von jüdischen Feiertagen und einem Gott, den er »Elohim« nannte!), er kam aus einer anderen Welt und passte doch hervorragend in ihre. Oh Gott, und wie er sie ansah. Und wie er sie anfasste. Und wie ihn alles, was sie sagte, interessierte. Sie liebten sich und redeten und liebten und redeten. Sie verließen das Bett drei volle Tage lang nur, um dem Essenslieferanten die Tür zu öffnen oder ins Bad zu gehen. Manchmal schliefen sie. Und immer, wenn Maja aufwachte, sah Eitan sie schon an. Und immer, wenn Eitan die Augen öffnete, schaute er in Majas Augen, die so weit und so blau waren wie der Himmel über Berlin vor ihrem Fenster.

Maja zeigte Eitan ihr Berlin. Er hing an ihren Lippen. Eitan war schwer beeindruckt, wie viel Maja über die Stadt wusste. Zu jedem Gebäude, jedem Museum hatte sie eine kleine Anekdote zu erzählen. Sie gingen ins Theater (im Theater war er zum letzten Mal, als er noch zur Schule ging) und in Secondhandläden shoppen (Jaffa schlug später die Hände über dem Kopf zusammen, als sie sah, was dieses deutsche Mädchen ihrem Sohn angedreht hatte – benutzte Kleidung. Gott im Himmel!). Eitan kaufte alles, was Maja an ihm gefiel, und zog es sofort an. Er lernte all ihre Freunde kennen, in Bars und auf Wiesen mit einer Flasche Bier in der Hand. Er mochte ihre Freunde, und ihre Freunde mochten ihn. Es gab eigentlich niemanden, der Eitan nicht mochte. Er war lustig und interessiert. Freundlich. Und keiner konnte übersehen, dass er Maja vergötterte. Er sagte jedem, wie glücklich sie ihn machte, und dass sie für ihn die tollste Frau der Welt war. Noch nie hatte Maja das erlebt: dass jemand so über sie sprach. Sicher, ihre Eltern liebten sie, und daran hatte sie keinen Zweifel. Aber ihre Mutter war doch zu allen so hart wie zu sich selbst, ein Lob kam ihr selten über die Lippen, und im Leben ihres Vaters gab es nichts, an dem er nicht zweifelte, sie eingeschlossen. Eitan aber gab ihr ständig das Gefühl, perfekt zu sein. Er nannte sie Queen und sie nannte ihn King. Und so fühlten sie sich auch. Königlich. Voll und ganz perfekt, füreinander, miteinander. Nichts trennte sie in dieser ersten Zeit, die sie gemeinsam verbrachten. Nichts trennte sie, nicht einmal die Bedingung, die Eitan von Anfang an an ihre Beziehung geknüpft hatte. Als Maja ihm an ihrem letzten gemeinsamen Abend eine Salamipizza servierte, hatte Eitan nicht das Herz, ihr zu erklären, dass er nicht nur kein Schwein aß, sondern auch Milchiges und Fleischiges nicht mischte. Er wollte sie nicht verschrecken. Jeden Morgen hatte er sie beobachtet, wie sie ein Brot mit Butter und Leberwurst und dann eins mit Schokoladencreme aß. Aber damals störte ihn das noch nicht. Er liebte alles an ihr. Sie war klug und warmherzig. Sie hatte einen ausgeprägten Gerechtigkeitssinn und interessierte sich für Kunst und Kultur. Sie las viele Bücher und konnte wunderschön malen. Sie hörte Musik, die ihm gefiel, und wenn sie tanzte, bewegte sich ihr ganzer Körper. Sie war das lustigste Mädchen, das er je kennengelernt hatte, ihr Lachen war sowieso wahrscheinlich das Schönste an ihr, und sie lachte immer aus vollem Herzen. Ihr großer Mund öffnete sich dabei vollständig und man sah ihre großen Zähne. Jeden einzelnen Zahn. Und ihr ganzes Gesicht leuchtete, wenn sie so lachte. (Dann war da natürlich noch ihr Körper.) Sie liebte ihre Eltern, ihre Freunde und alle Tiere. Sie liebte überhaupt so sehr, sie liebte so bedingungslos und intensiv, wie Eitan sein ganzes Leben lang lieben und geliebt werden wollte, weil er es so von seiner Mutter gelernt hatte.

Als sie sich nach zehn Tagen voneinander verabschiedeten, waren sie sich sicher, dass sie das schaffen würden. Zwischen zwei Ländern und all den komplizierten Fragen und dieser Bedingung, die über ihnen schwebte wie ein Schwert.

*

Kurz nach Weihnachten flog Maja dann zum ersten Mal zu Eitan. Sie landete in Israel, aufgeregt, die sorgenerfüllten Hinweise ihres Vaters im Kopf (»Ruf uns sofort an, wenn du gelandet bist«, »Pass auf dich auf, verlass dich nicht nur auf Eitan, halte selbst die Augen offen«, »Melde dich jeden Tag«, »Schreib uns auf, wo du genau hinfährst«). Eitan empfing sie mit Blumen und einem Begrüßungsschild: »The Queen«. Um sie herum sprachen alle in einer Sprache, die sie nicht verstand, aber die deutlich lauter gesprochen wurde als Deutsch. Als sie das Flughafengebäude verließen, fiel ihr auf, dass es dort ganz anders roch als in Deutschland, besser, wärmer. Auch das Licht war schöner, weicher. Und neben ihr im Auto saß Eitan, reichte ihr ein Sandwich mit Hummus, Tahini, Auberginen und Ei (so etwas hatte sie noch nie gegessen) und konnte nicht aufhören zu grinsen, weil er seiner großen Liebe Maja endlich seine große Liebe Israel zeigen konnte.

Eitan wollte, dass sie alles kennenlernte. Er fuhr mit ihr durch das ganze Land. Zeigte ihr die Golan-Höhen, den See Genezareth, Haifa, Jerusalem, Tel Aviv, Beersheva, die Wüste und das Tote Meer – und Maja versuchte, alles, was sie sah, aufzusaugen. Einzuatmen. Wirklich zu sehen. Das Land war leer und voll. Es gab viele Bewohner, aber wenig Touristen. Alles war unfertig und im Entstehen begriffen. Vor allem Tel Aviv, eine Stadt, in der noch Monate zuvor Busse explodiert waren und die davon immer noch erschöpft zu sein schien. Erschöpft, aber unbesiegbar. Tel Aviv gefiel Maja sofort, die Stadt war heruntergekommen, aber strahlte eine besondere Energie aus. Sie ähnelte in ihrer Hässlichkeit, und auch in ihrer Unbekümmertheit darüber, Berlin. War eine dieser Städte, die mit größtem Stolz vor sich hin gammelten. Schien sich nichts daraus zu machen, dass ihre Häuser verfielen oder ihre Gehwege löchrig waren. Denn dafür hatte sie das Meer, und Maja, immerhin am Meer aufgewachsen, lief mit Eitan am Strand entlang und erinnerte sich auf einmal daran, wie sehr ihr das Wasser gefehlt hatte. Das Tel Aviver Mittelmeer war im Winter grau und wild und erinnerte Maja an Heimat, und vielleicht lag es auch an Eitan, dass sie sich so zu Hause fühlte.

Gleichzeitig war ihr in Israel so viel fremd. Zum Beispiel, dass man überall Soldaten sah. Schwerst bewaffnet saßen sie an Bushaltestellen und in Zügen. Selbst an der Klagemauer standen Militärfahrzeuge. Maja, in deren Leben mit Eitan auch die Idee von Gott gekommen war, lief staunend an ihnen vorbei und wartete, dort an der Klagemauer, dem heiligsten Ort im Judentum, auf den Moment, in dem sie etwas spürte, irgendetwas Göttliches, irgendetwas, was sie glauben ließ, dass es Gott wirklich geben konnte, aber sie spürte nur Eitans Hand in ihrer.

Und die ältere fremde Dame, die ständig an ihrer Jacke zupfte und ihr auf Englisch predigte, dass sie als Goia keinen Juden heiraten dürfe.

Statt Gott lernte sie an der Klagemauer das Wort Goia kennen, das sie von nun an begleitete und das sie, wann immer sie es hörte, selbst dann, wenn man nicht sie meinte, verletzen würde. Eitan tröstete sie, und dann fuhren sie auf eine große Familienfeier (was Maja als Zeichen dafür interpretierte, wie ernst er es mit ihr meinte). Er stellte sie seinen Tanten und Onkeln, seinen Cousins und Cousinen, vor allem aber seinen Eltern und seinen Brüdern vor. Alle sagten, wie schön Maja sei und wie sympathisch. Eitan blickte stolz in die Runde, und Maja fühlte sich nur ein bisschen unwohl. Nicht alle sprachen Englisch, vor allem Eitans Eltern nicht. Aber Maja bemühte sich trotz der Sprachbarriere sehr, ihnen zu gefallen. Sie blieben das ganze Wochenende bei seinen Eltern, und Maja war die Einzige, die nach dem Schabbatessen bei ihm zu Hause aufstand, um der Mutter in der Küche zu helfen. Eitan beobachtete jeden ihrer Schritte aufmerksam und liebte sie immer noch ein bisschen mehr, weil sie so höflich war, so zuvorkommend zu allen Menschen, die sie trafen. Selbst Itzchak nickte seinem Sohn anerkennend zu. Er mochte Maja sofort. Eine so schöne Deutsche. So zivilisiert, so gebildet (Psychologin wollte sie werden), das gefiel ihm. Eitans Mutter hingegen kämpfte mit sich. Denn Jaffa hatte, als sie zum ersten Mal erlebte, wie ihr Sohn diese deutsche Goia ansah, sofort verstanden, dass chaim sheli nicht mehr ihr chaim sheli war.

*

Als Maja wieder nach Berlin flog, hatte sie sich schockverliebt in Eitans Heimat, in diesen jüdischen Staat, zu dem Eitan so leidenschaftlich und eindeutig gehörte. In dieses Land, in dem überall Fahnen mit einem Davidstern wehten, und dessen Hymne die schönste und traurigste der Welt war. In dieses Land, das in ihr so viele Emotionen auslöste, das eigentlich kein Land war, sondern eine Geschichte, ein wahr gewordener Traum. Von Selbstbestimmung und Überleben. Von Heimkehr und Freiheit. Von Hoffnung und Kampf. Hier, wo Menschen so stolz auf ihre Heimat waren, ein Gefühl, das ihr völlig fremd war. Weil Maja ihre eigene Herkunft nicht so wichtig fand, nicht so hochhielt, dominierte Eitans Herkunft von Anfang an ihre Beziehung. Sie flogen hin und her, aber Maja war es, die in ihren Semesterferien zu Eitan, der in der Wüstenstadt Beersheva studierte, kam, um dort ein Sommerprogramm an der Uni zu absolvieren. Ganz leicht fiel ihr das nicht. Sie wollte mit Eitan zusammen sein, wollte mehr über ihn und sein Land lernen, aber sie wäre auch gerne in Berlin geblieben. Beim Abschied von ihren Freundinnen schluckte sie ein paar Tränen herunter, denn es gab fast nichts, was sie so sehr liebte wie den Sommer in Berlin. Beersheva hingegen fand sie hässlich und langweilig. Und doch wurde es ein wichtiger Sommer. Erstens: Sie lebte zwei Monate am Stück mit Eitan zusammen. Ein erster Eindruck, wie es sein könnte. Und ja, sie stritten (sie hatten sich auch in der Vergangenheit schon heftigst gefetzt, meist dann, wenn einer von ihnen eifersüchtig war, denn sie waren beide extrem besitzergreifend), aber sie waren auch sehr glücklich, gemeinsam in einer Wohnung. Zweitens: Maja lernte in ihrem Sommerprogramm an der Uni wirklich viel. Und was sie lernte, interessierte sie wirklich. Sie fand nichts spannender als dieses Israel und seine Geschichte. Als den Zionismus und seine Energie. Als die jüdischen Intellektuellen (so viele von ihnen deutscher Herkunft! Bisher hatte sie so wenig über die deutsch-jüdische Geschichte *vor* dem Holocaust gewusst, das holte sie nun nach) und ihre Ideen. Sie saß gebannt in den Vorlesungen, vergaß manchmal sogar das Einatmen, so sehr konzentrierte sie sich. Sog die Informationen auf wie ein Schwamm. Informationen über: das Judentum, die Entwicklung des Zionismus, die Kriege seit Staatsgründung und das Spannungsfeld, das in einem Staat, der gleichzeitig demokratisch und jüdisch war, automatisch entstand. Und es fühlte sich gut an zu lernen. Vielleicht kam hier auch Majas Erziehung durch, diese Art, wissenschaftlich und theoretisch an Dinge heranzugehen. Die Lust am Lesen und an Bildung. Aber schnell wusste Maja deutlich mehr über Israel, das Judentum und den Zionismus, als Eitan über Deutschland und die Deutschen wusste. Sie begann sogar Hebräisch zu lernen. Eine Sprache, die ihr ganz und gar fremd war. In der sie sich ständig verirrte, weil sie sich an nichts Bekanntem orientieren konnte. Eine Sprache, die hart klang und immer zu laut, die sich nicht mit Höflichkeiten aufhielt und manchmal aus Mangel an Vokalen unaussprechlich war.

So kam Maja nach ihrem ersten Tag im Sprachkurs mit einer Lehrerin, die immer wirkte, als wäre sie wütend, völlig erschlagen nach Hause.

»Und? Was habt ihr heute gelernt?«, fragte Eitan sie, während das Schakschuka auf dem Gasherd köchelte.

»Den ersten Buchstaben von deinem Hieroglyphenalphabet. Ähm …«, sie blätterte in ihrem Heft.

»Alef«, sagte Eitan.

»Ja, genau, Alef. Klingt wie ein ›a‹, kann aber auch ein ›e‹ oder ›i‹ sein, wenn ich das richtig verstanden habe. Warte mal, fängt dein Name mit ›Alef‹ an?«

»Jap«, antwortete Eitan, während er das Brot schnitt, »auch das Wort Ahava.«

»Und das heißt?«

»Liebe.«

Eitan gab ihr einen Kuss und drehte sich dann zum Herd zurück. »Alef ist ein lautloser Konsonant. Man sagt auch, dass er verborgen, unfassbar und unerklärlich sei. In der Mathematik, genauer gesagt in der Mengenlehre, steht ›Alef‹ als Symbol für die Stärke einer unendlichen Menge.«

»Ach so? Ich bin nicht so das Matheass, ehrlich gesagt.« Maja seufzte. »Und überhaupt, heute habe ich das Gefühl, ich werde niemals Hebräisch lernen. Was für eine komplizierte Sprache. Und dann noch die andere Schrift dazu.« Maja war müde. Es ermüdete sie, so vollkommen in ein anderes Leben einzutauchen, und wenn es auch Eitans Leben war, wenn sie auch Eitan so sehr liebte und alles über ihn wissen wollte. Alles teilen wollte, was ihn zu dem machte, was er war. Aber das Fremde, das Besondere, das Andersartige, was sie doch von Anfang an so sehr zu Eitan gezogen hatte, war auch das, was sie jetzt erschöpfte.

»Maja«, sagte Eitan, legte den Kochlöffel auf die Arbeitsfläche, kam auf sie zu, setzte sich direkt vor sie und legte seine Hände um ihr Gesicht, »du bist die schlauste Frau, die ich jemals kennengelernt habe. Hebräisch, das wird ein Klacks für dich, du wirst sehen. Ich liebe dich so sehr, du bist mein Alef. Mein Anfang, meine Unendlichkeit. Vergiss das nie.«

*

Bevor Maja Eitan traf, wusste sie immer, wer sie war. Das bedeutete nicht, dass sie keine Zweifel hatte. Ähnlich ihrer Mutter träumte Maja sich immer davon. War sie an einem Ort angekommen, eilte sie in Gedanken schon zum nächsten. Immer mit dem Gefühl, dass es noch einen besseren, wichtigeren, richtigeren Platz für sie geben musste. Und sie nur noch nicht genügend gesucht hatte. Ähnlich ihrer Mutter kannte auch Maja das Gefühl totaler Zufriedenheit nicht. Selbst in Momenten, die andere als Erfolg bezeichnen würden, die bestandene Führerscheinprüfung, das sehr gute Abiturzeugnis in den vor Aufregung schwitzenden Händen, der erste Kuss von dem Mann, den man schon lange begehrte – niemals stellte sich Ruhe in ihrem Herzen ein. Ähnlich ihrem Vater blieben die Zweifel immer. Ähnlich ihrem Vater war sie sehr gut in der Theorie und konnte doch oft mit der Praxis nicht viel anfangen. In der Theorie wollte sie glücklich sein, in der Praxis fühlte es sich immer an, als fehle noch was. Das Glücklichsein rann ihr durch die Finger. Wie Licht oder Wasser, das sich einfach nicht festhalten ließ. Das alles änderte aber nichts daran, dass sie eigentlich immer wusste, wer sie war. Nämlich genau diese Dinge. Sie wusste um ihre Schwäche mit dem Glücklichsein. Sie wusste um all die Widersprüche, die in ihr lagen. Vielleicht hatte sie das ganze Ausmaß, die Anteile, die ihr Vater und ihre Mutter daran hatten, noch nicht vollständig erfasst, aber sie kannte sich selbst doch schon recht gut. War reflektiert, wie Psychologen das nannten. Wusste, was sie ausmachte. Wusste, dass sie ungeduldig und impulsiv war. Emotional und sensibel und gleichzeitig hart zu sich selbst und anderen.

Als Maja Eitan traf, fühlte sie sich zum ersten Mal angekommen. Wenn sie sein Alef war, war er auch ihres, soviel war sicher. Alef wie Ahava wie Liebe wie Eitan. Mit ihm verschwand der Zweifel aus ihrem Herzen, und für kurze Momente gelang es ihr, das Glück zu fassen, es festzuhalten und anzusehen. Aber wer sie war, was sie ausmachte, das alles stand nun auf dem Prüfstein. Sie war angekommen und gleichzeitig auf eine Reise gegangen, die niemals enden würde.

DIE NORMALEN

Als Eitan zum ersten Mal mit Maja nach Rostock fuhr, fiel das mit Tante Susis Geburtstag zusammen. Sie reisten einen Abend vor der Feier an, und als sie die Straße zu dem Haus ihrer Eltern entlangfuhren, standen Wolf und Astrid schon am Fenster. Sie begrüßten Eitan mit festen, herzlichen Umarmungen, und auch wenn sie kaum Englisch sprachen und er kaum Deutsch, fühlte er sich zwischen ihren Gesprächen, in denen viel diskutiert und gelacht wurde, gleich zu Hause. Wolf hatte sogar versucht, koscher zu kochen, auch wenn ihm dabei durchgerutscht war, dass das Gemüse natürlich nicht in Butter geschwenkt werden konnte, wenn es dazu Fleisch gab. Eitan aß trotzdem alles auf, denn er wollte nicht gleich beim ersten Kennenlernen den Eindruck eines Fanatikers hinterlassen, zumal er von Maja ja wusste, dass ihre Eltern nicht viel mit Religion am Hut hatten. Wolf und Astrid stellten ihm viele Fragen, über sein Studium, seine Heimatstadt und seine Familie. Eitan erzählte und fragte zurück. Maja übersetzte. Astrid mochte

Schnaps und Wolf Bücher, das verstand Eitan auch ohne eine einzige Frage zu stellen. Wolf zeigte ihm seine Bibliothek im Obergeschoss und Astrid kam ständig mit einer neuen Flasche um die Ecke. Eitan mochte weder Schnaps noch Bücher besonders, aber jedes Mal, wenn er Maja ansah, strahlte sie, und so strahlte auch er. Bis er so betrunken war, dass er nicht mehr strahlte, sondern sich im Strahl erbrach – und zwar mitten auf den Badezimmerteppich. Astrid hörte ihren Schwiegersohn würgen, und irgendwie beruhigte es sie, dass er nicht mit ihren Trinkfähigkeiten mithalten konnte.

Am nächsten Morgen lächelten Majas Eltern Eitan wissend an, fragten: »Geht es dir wieder besser?«, und das Eis war spätestens jetzt gebrochen. Nach einem langen gemeinsamen Frühstück (so was kannte er nicht von zu Hause) fuhren sie mit ihm in die Innenstadt, denn er sollte ja auch was von ihrer Stadt sehen. Sie zeigten ihm den Hafen, die alten Hanse-Giebelhäuser, mehrere Kirchen, die ehrwürdige Universität und schließlich auch die Stolpersteine, den jüdischen Friedhof und die Gedenktafel für deportierte Juden, und Eitan dachte, wie nett, dass sie sich so viel Zeit für mich nehmen. Er dachte aber auch, wie seltsam, dass Juden in all diesen Sehenswürdigkeiten immer tot sind. Kein Wunder, dass sich so viele Deutsche an Israel störten, lebende Juden schien es in ihrer Vorstellung gar nicht mehr zu geben.

Als sie am Abend auf dem Weg zu Tante Susi waren, flüsterte Maja ihm im Auto etwas zu, das wie »die sind manchmal ein bisschen komisch, aber eigentlich total nett« klang, und Eitan verstand erst dann, was sie damit gemeint hatte, als er die Messer an der Wand entdeckte. Er hatte sich gerade eine Scheibe Gurke in den Mund geschoben, so viel mehr gab es für ihn an diesem Abend nicht zu essen, weil selbst im Kartoffelsalat Speck versteckt war, als sein Blick plötzlich auf das kleine Hakenkreuz fiel, das ihn von der gegenüberliegenden Wand angrinste. Dort hing ein Dolch mit Hakenkreuz in trauter Gemeinsamkeit mit zwei weiteren ähnlichen Messern, in ihrer Mitte der Adler und noch mehr Hakenkreuze. Eitan erstarrte und hatte auf einmal das Gefühl, dass er das Stück Gurke, das mittlerweile in seinem Mund völlig zerkaut war, niemals würde herunterschlucken können. Und während Maja und ihre Familie, ihre Eltern, ihre Tante, ihr Onkel, ihr Cousin und ihr Stiefcousin, sowie deren Freundinnen, um ihn herum lachten und quatschten, wobei Maja nie müde wurde, noch die dümmsten Witze und unwichtigsten Anmerkungen akribisch für ihn zu übersetzen, fühlte Eitan sich, als wäre seine Welt gerade stehen geblieben.

*

Es liegt in der Natur des Verliebtseins, dass man am Anfang alles für überwindbar hält. Man lebt wie in einem Kokon, einer Blase, die das, was man gemeinsam hat, vor der Außenwelt schützt. Man sieht nur einander, jede Trennung fühlt sich an, als würde man sich selbst in zwei Stücke zerreißen. Und wenn man sich dann wiedertrifft, ist es, als wenn alle Farben und alle Formen und alle Gerüche und alle Gefühle auf dieser Welt an ihren Platz zurückkehren. Und man redet nächtelang. Und liebt sich immer wieder. Man wird nie satt von dem anderen. Will ganz und gar ineinander versinken, bis nicht mehr klar ist, wo man selbst anfängt und wo der andere aufhört. So ist das pure Verliebtsein, und auf dieser ganzen Erde gab es vielleicht noch nie ein Paar, das so verliebt war wie Maja und Eitan. Das so ineinander verschlungen war, das sich so innigst bewunderte und vergötterte. Eitan und Maja hob das Verliebtsein völlig aus der Welt, und für eine ganze Weile spielte nichts eine Rolle außer ihrer Liebe füreinander. Es spielte keine Rolle, wer Maja wirklich war, wo sie herkam und welche Zukunftspläne sie hatte. Und auch Eitans Geschichte geriet im Rausche des noch Entstehenden in den Hintergrund. Als Majas und Eitans gemeinsame Geschichte begann, hatten sie sich einfach von der Realität gelöst und waren in eine Traumwelt hineingeschlüpft, in der nichts außer sie beide und ihre Liebe füreinander existierte. 24 Stunden am Tag. Sieben Tage die Woche. Einen Monat und dann zwei. Irgendwann ein ganzes Jahr. Und weil sie in zwei unterschiedlichen Ländern lebten und keinen gemeinsamen Alltag hatten, weil sie einander immer vermissten, verstärkte sich ihr Verliebtsein und ihre Sehnsucht nacheinander immer weiter. Und wahrscheinlich dachte jedes Paar am Anfang, dass es noch nie zwei andere Menschen auf der Welt gegeben hatte, die so sehr ineinander verliebt waren. Wahrscheinlich dachte jedes Liebespaar, seine Liebe sei die größte, und das war der wunderbar naive Größenwahn der Liebenden, deren Leben wie zwei Kometen zusammengeprallt waren und etwas Neues hatten entstehen lassen. Aber Maja und Eitan dachten das auch Jahre später noch. Sie glaubten daran wie an eine Religion, denn sie mussten sich immer wieder an diese Verliebtheit erinnern, mussten sich daran erinnern, wie sehr sie einander liebten, als alles kompliziert wurde. Und deswegen waren wirklich noch nie zwei andere Menschen so sehr ineinander verliebt gewesen wie Maja und Eitan. Das ist die Wahrheit. Sie schwebten nicht auf Wolke sieben, sie schwebten im Weltall. Zwei Planeten, weit weg von der Erde und allem Weltlichen. Mehr noch, sie waren zwei Planeten, die glaubten, eine eigene Galaxie aufgemacht zu haben, in der nur sie beide existierten und sonst nichts.

Aber natürlich war das eine Illusion. Maja und Eitan hatten Geschichten. Komplizierte Geschichten, die bald Gräben zwischen ihnen reißen würden. Sie hatten Leben voreinander, sie hatten Familien und Wurzeln. Und als der erste große Rausch vorbei war, fingen sie an, Fragen zu stellen. Und manche Fragen waren verdammt unangenehm. So zum Beispiel die, woher sie eigentlich kamen. So zum Beispiel die, auf welcher Geschichte ihr Leben aufbaute.

Eitan hatte Maja lange nichts gefragt. Er hatte sie losgelöst von ihrem Land und ihrem Volk gesehen. Hatte sie so sehr geliebt, dass es ihm kurz egal gewesen war, woher sie wirklich kam und was das mit ihm zu tun hatte. Aber an diesem Abend auf Tante Susis Geburtstag, als alle um ihn herum lachten und tranken und redeten und er sich vorkam wie der einsamste Mensch auf der Welt, fragte Eitan Maja zum ersten Mal, was ihre Großväter im Krieg gemacht hatten. Wie die meisten Israelis ging auch Eitan davon aus, dass die Deutschen mindestens genauso gut über die Geschichte ihrer Großeltern im Zweiten Weltkrieg Bescheid wussten wie sie. Wenn nicht noch besser, immerhin trugen sie die Verantwortung. Aber Maja zuckte auf seine Frage hin nur mit den Schultern. »Ich weiß nur, dass das Kindermädchen meiner Großmutter vor ihren Augen erschlagen wurde, den Vater meiner Großmutter haben die Russen verschleppt und sie und ihre Schwester vergewaltigt …«

»Das ist furchtbar«, antwortete Eitan, weil es furchtbar war.

Aber es beantwortete keine seiner Fragen. »Warum haben die ihn verschleppt?«

»Die haben ihn nicht nur verschleppt, sondern natürlich auch ermordet. Er kam zumindest nie wieder. Meine Oma sagte immer, weil er eine Uniform anhatte, er hat bei der Bahn gearbeitet. Und die Russen dachten wohl, er sei ein Offizier.«

»Was hat er bei der Bahn gemacht?«

»Keine Ahnung, Schaffner oder so.«

Eitan zögerte. Sie waren nun am Moment der Wahrheit angekommen. Er sprach langsam weiter. »Dir ist schon klar, dass die deutsche Bahn auch für den Holocaust verantwortlich war?«

Maja sah ihn fragend an.

»Die Züge!«

»Na also, die Juden wurden doch wohl von Offizieren in die Güterzüge getrieben, oder? Nicht von normalen Schaffnern, oder? Oder?« Natürlich war Majas erster Instinkt, ihre Familie zu verteidigen. Aber Maja begriff in diesem Moment auch: Sie wusste gar nichts. Sie wusste gar nichts über ihre eigene Familie. Sie wusste nicht, wo die Dolche mit den Hakenkreuzen an der Wand von Tante Susi und Onkel Roland herkamen, die sie den ganzen Abend versucht hatte, hinter ihrem Rücken zu verstecken. Und sie wusste auch nicht, warum Wolf nie über seinen Vater sprach. Warum Astrid nie über ihre Eltern sprach. Maja hatte vielleicht einmal ein Foto vom Vater ihrer Mutter gesehen, das war's. Wenn sie versuchte nachzufragen, denn wie fragte man seine Eltern, ob die Familie vielleicht aus Mördern bestand?, wichen sie ihr aus. Ihre Mutter wich aus, ihr Vater wich aus. Oder sie erzählten Geschichten, die nichts mit Majas Fragen zu tun hatten.

Es gab keine Spuren, keine Tagebücher, keine Briefe. Es gab keine Zeugen der Vergangenheit, außer ein paar wenigen vergilbten und unscharfen Schwarzweißbildern. Wolf hätte gerne mehr aufgehoben, aber schon Elfriede war geübt darin, alle Spuren zu vernichten, und Astrid übertraf ihre Schwiegermutter noch. Das lag vielleicht weniger daran, dass sie sich für irgendetwas schuldig fühlten, als vielmehr daran, dass sie beide keinen Wert im Präservieren ihrer Vergangenheit sahen. Dieser Vergangenheit, die sie als eine einzige offene Wunde empfanden. Denn sie hatten beide ihre Familien verloren, wenn auch auf sehr unterschiedliche Weise. In dieser Hinsicht waren sich Astrid und Elfriede sehr ähnlich. Sie waren geübt darin, ihr Gemüt nicht mit Sentimentalitäten zu beschweren. Manchmal sah Maja alte Fotos von ihrer Mutter und wünschte sich, sie hätte das eine oder andere Kleid aufgehoben, dann sprach sie Astrid darauf an, aber alles war weg. Jedes Jahr durchforstete Astrid mehrmals die Schränke und Kommoden im Haus. Und wenn Wolf spazieren ging (denn sonst: »Was ist denn das hier? Ist das / Sind das mein Mantel / meine alten Zeitungen / meine Notizen? Willst du die etwa wegschmeißen?«), ließ sie alles in den großen Tonnen vor dem Haus verschwinden. Die Papiere in blau. Die Klamotten hinter die gelblich weiße Klappe mit dem kleinen roten Kreuz. Den Rest in dunkelgrau. Klappe auf, alles rein, Klappe zu. Weg damit. Es gab keine Spuren. Aber die Wahrheit war auch: Maja hatte nie wirklich nachgefragt. Jedenfalls nicht vor Eitan. Und als Eitan dann da war, kam es ihr vor, als wenn ihre Eltern nun noch weniger bereit waren, irgendetwas zu erzählen. Zumindest nicht die Wahrheit. Vielleicht weil sie Angst hatten, dass Maja und Eitan das gegen sie verwenden würden? Aber Maja fragte auch gar nicht mehr nach. Denn auch sie hatte Angst – sie wollte ihre Eltern nicht in Verlegenheit bringen. Und bevor sie Eitan kennenlernte, hatte sie nie nachgefragt, weil – ja, warum eigentlich nicht? Man konnte nicht sagen, dass es sie nicht interessierte. Aber nachfragen tat sie trotzdem nicht.

Und weil ihr das eigene Unwissen vor Eitan peinlich war, weil sie fürchtete, dass er die Dolche an der Wand entdeckt hatte und jetzt furchtbar entsetzt über sie alle war, erzählte Maja stattdessen davon, wie sie als Zwölfjährige ein Holocaust-Buch nach dem anderen verschlungen hatte. Nicht ohne einen gewissen Stolz. Sie dachte damals wirklich, sie wüsste immerhin »theoretisch« etwas, sie dachte damals wirklich, sie hätte etwas verstanden durch das Lesen dieser Bücher. Sie wusste nicht, dass sie auch in diesen Belangen gar nichts wusste. Dass sie das ganze Ausmaß des Verbrechens nicht einmal annähernd erfasst hatte. Durch Eitan spürte sie aber immerhin, dass da eine Lücke klaffte in der Art, wie man bei ihnen in Deutschland mit dem Thema umging.

»Die Leute sagen immer, sie hätten in der Schule bis zum Erbrechen über den Holocaust gehört. Die Schuldfrage immer wieder durchgekaut. Die sechs Millionen. Die Schuld. Die sechs Millionen. Die Schuld. Aber das war bei uns in der Schule nicht so. Ich kann mich nur am Rande daran erinnern, dass wir im Geschichtsunterricht darüber gesprochen haben. Ich erinnere mich an Achsenmächte, an Churchill, Stalin und Hitler. Aber was den Holocaust angeht, habe ich kaum Erinnerungen. Wir haben wohl im Kino den Film ›Der Pianist‹ gesehen. Aber das war eine freiwillige Veranstaltung. Ein Großteil meiner Klasse ist gar nicht erst gekommen. Und ich war von der Lesung, die davor stattfand, schon so müde, dass ich nach

Hause ging, bevor der Film begann.« (In Wahrheit war sie mit ihrem Freund verabredet gewesen.)

»Vielleicht erinnerst du dich nicht, weil du es verdrängt hast?«

»Aber ich habe ja nichts verdrängt, die Bücher, die ich gelesen habe, das Wissen, das ich mir so angeeignet habe, das alles habe ich ja nicht vergessen. Die Proben bei uns im Theater zu ›Mein Kampf‹, die ich so beeindruckt beobachtete, Schlomo Herzl, Adolf Hitler und Gretchen, das habe ich alles nicht vergessen. Aber ich glaube wirklich, wir haben darüber im Schulunterricht kaum gesprochen. Nicht mal Anne Frank haben wir gelesen. Und schon gar nicht haben wir über deutsch-jüdische Geschichte vor dem Holocaust gesprochen. Ich glaube, mein Deutschlehrer hat noch nicht einmal erwähnt, dass Heinrich Heine Jude war, als wir ›Deutschland. Ein Wintermärchen‹ gelesen haben. Juden existierten bei uns einfach nicht. Vielleicht hat das was damit zu tun, dass ich aus dem Osten bin. Die Ossis dachten ja irgendwie immer, sie hätten sich von der deutschen Schuld durch ihren antifaschistischen Staat befreit, vielleicht haben sie deswegen alles vergessen. Vielleicht haben wir uns deswegen nie gefragt, was unsere Vorfahren im Krieg getan haben. Wir sprachen in der Schule auch nicht über Israel. Gab es bei uns nicht. Fand einfach nicht statt.«

»Und bei euch zu Hause?«

Nun musste Maja gut abwägen. Wie sollte sie Eitan das wilde Gemisch aus zweifelhaftem Gedankengut und deutscher Normalität erklären, in dem sie aufgewachsen war? Wie sollte sie ihm davon berichten, ohne dass er sie oder Teile ihrer Familie verurteilen, ja gar verachten würde? Er machte sich über ihre Großväter Gedanken, über Dinge, die geschehen waren, lange bevor sie beide geboren wurden. Sie machte sich über Dinge Gedanken, die gerade einmal zehn Jahre zurücklagen. Schlimmer noch, über Dinge, die anhielten. In ihren Hinterköpfen. Sven mochte keine schwarzweißroten Fahnen an seinen Wänden mehr hängen haben, Tante Susi mochte keine unpassenden Bemerkungen mehr machen, vor allem dann nicht, wenn Eitan zu Besuch kam, und Onkel Roland mochte jetzt gerne von der christlichen Leitkultur und der Tradition des christlichen Abendlandes sprechen, seine vielen Nazi-Dokumentationen, die sie früher heimlich im Regal begutachtet hatte, mit einer Mischung aus Faszination und Unbehagen, waren schon lange in irgendeiner Kiste im Keller gelandet. Aber hatten sie das alles wirklich hinter sich gelassen? Waren sie dem wirklich entwachsen? Wenn Eitan in ihrer Runde saß, schienen sie sich alle zusammenzureißen, und Maja glaubte noch nicht einmal, dass sie sich dafür anstrengen mussten. Natürlich waren sie keine schlechten Menschen (außer Onkel Roland vielleicht, den sie noch nie so richtig hatte leiden können), natürlich hatten sie alle Eitan gern. Wie konnte man Eitan nicht gernhaben, er war lustig und höflich und hilfsbereit wie sonst niemand in ihrer ganzen Familie. Er sprang immer auf, um Wolf in der Küche zu helfen. Er trank mit Astrid, wann immer sie mit einer Flasche Schnaps um die Ecke kam (und er hasste Schnaps, und sie kam oft). Sie konnten sich anfangs kaum unterhalten, aber Astrid und Wolf hatten einen guten Eindruck von Eitan. Und auch sie bemühten sich um ihn. Stellten viele interessierte Fragen (viel mehr als irgendjemand Maja gefragt hatte, als sie zum ersten Mal Eitans Familie traf) und versuchten, ihm von Anfang an das Gefühl zu geben, dass er in ihrer Familie willkommen war. Aber wenn er nicht dabei war, waren die Gespräche andere. Da regte sich Tante Susi über Michel Friedman, den »Zigeunerjuden«, auf, und ihre Mutter behauptete, dass die »Juden Jesus ermordet« hätten. Da kritisierte ihr Vater, dass das, was »die Juden« mit »den Palästinensern« taten, an Apartheid grenzte, und redete davon, dass »die da unten doch im Prinzip alle gleich schlimm« waren. Und dann wusste Maja nicht, ob ihr Vater Israel so sehr verachtete, weil er es in dem antifaschistischen Land, das die Palästinenser unterstützte, so gelernt hatte, oder ob er Israel so verachtete, weil er das Gefühl hatte, dass dieses Land ihm die Tochter nahm. Und da wusste Maja nicht, ob ihre Mutter wirklich solche eklatanten Bildungslücken hatte, oder ob sie schlichtweg Angst hatte, Maja an eine Religion, ein System, das sie verachtete, zu verlieren. Früher hatte sie mit ihren Eltern oft über den Zweiten Weltkrieg, die Nazis, die Glatzen von nebenan geredet. An Politik und der Gesellschaft interessiert waren sie immer. Es wurde viel diskutiert bei ihnen zu Hause. Sozialpolitik. Wirtschaft. Ausländer. Über die Juden oder Israel hatten sie nie gesprochen. Das kam erst mit Eitan. Plötzlich war das ständig ein Thema. Plötzlich kannten sie einen Juden. Mehr noch, einen Israeli. Erst da wurde Israel auch ihre Angelegenheit. Und der Holocaust ein Verbrechen ihrer Leute an seinen. Ihre Eltern, so empfand es Maja, hatten jetzt irgendwie auch immer das Bedürfnis, sich zu verteidigen. Sich zu distanzieren von den Geschehnissen, die »vor unserer Zeit« passierten. Und ein bisschen vielleicht auch zu relativieren, wenn vor allem Wolf davon sprach, wie »unmöglich« und »im Prinzip rechtsradikal« die israelische Regierung war.

»Bei uns zu Hause ist das alles ziemlich durcheinander, wenn ich ehrlich sein soll«, sagte Maja irgendwann leise.

Und Eitan nickte. »Ich habe die Messer an der Wand gesehen. Was zum Teufel, Maja?«

Eitan kam lange nicht über diesen Abend hinweg. Die Shoa, die für ihn, trotz Oma Bella, trotzdem er so oft daran erinnert wurde, Vergangenheit war, wurde durch Maja wieder Gegenwart. Und Maja, die den Holocaust immer als etwas längst Vergangenes gesehen hatte, ging es genauso. Die Täter waren für Eitan nun nicht mehr irgendwelche Deutschen, sondern Majas Volk. Und die Opfer waren für Maja keine Unbekannten mehr, sondern Eitans Familie.

*

Was das bedeutete, wenn ein ganzes Land aus Nachkommen von Opfern und nicht Tätern bestand, wurde Maja so richtig an dem ersten Jom HaShoa, den sie gemeinsam mit Eitan in Israel verbrachte, klar. Der israelische Holocaustgedenktag fiel ausgerechnet auf den Tag vor Eitans Geburtstag, und Maja war nach Israel gekommen, um ihn zu überraschen. Und vier Tage nach ihrer Ankunft dröhnte eine Sirene zwei Minuten lang durch das ganze Land, und alles Leben hörte auf, und alle Menschen standen, die Köpfe gesenkt oder gen Himmel gerichtet, und gedachten der sechs Millionen Menschen, die die Deutschen, Majas Volk, ermordet hatten. Selbst auf der Autobahn stoppten die Wagen, und Menschen stellten sich wie erstarrt daneben. Zwei Minuten konnten sehr lang sein, wenn man am Straßenrand stand und eine Sirene über den eigenen Kopf hinweg heulte. Zwei lange Minuten, in denen man eigentlich keine Wahl hatte, als an die Shoa zu denken. Zwei

Minuten lang hechtete Majas Hirn zwischen »Oh Gott, all die armen Menschen« und »Oh Gott, wie konnten wir nur?« hin und her. Es waren zwei anstrengende Minuten und vielleicht der Moment, in dem sie das erste Mal wirklich begriff, was Gedenken bedeutete. In dem sie das erste Mal das ganze Ausmaß dieses Verbrechens begriff.

Eitan nahm diesen Tag so schwer und so ernst wie keinen anderen der jüdischen Gedenktage. Und das beeindruckte Maja und brachte sie gleichzeitig in eine schwierige Lage: Sie hatte das Gefühl, sich ständig entschuldigen zu müssen. Sie hatte das Gefühl, nicht genug zu wissen. Sie hatte das Gefühl, dass alles, was sie zu dem Thema an diesem Tag sagen würde, nur falsch sein konnte. Und Eitan spürte, dass er Maja an dem Tag weniger liebte, obwohl sie nichts dafürkonnte. Er spürte, dass er ihr gegenüber unfair wurde, weil sie nichts sagen oder tun konnte, was ihn getröstet hätte. Er spürte ihre tiefe Unsicherheit und auch seine. Da beschloss er, mit Maja zu Oma Bella zu fahren. Bei Majas ersten Israel-Besuchen hatte sich Oma Bella nicht gut genug gefühlt, um sie zu empfangen, aber jetzt redete Eitan so lange auf seine Großmutter ein, bis sie zustimmte.

Maja erinnerte sich noch Jahre später genau an ihre erste Begegnung mit Bella. Aufgeregt war sie. Nervös. Sie hatte noch nie mit jemandem gesprochen, der den Holocaust erlebt, überlebt hatte. Sie hatte Angst, etwas Falsches zu sagen. Zu viel zu sagen. Zu wenig zu sagen. Gar nichts zu sagen.

Es war im Frühjahr, Majas Lieblingsjahreszeit in Israel, »deutscher Sommer« nannte sie das mit einem Lächeln. Morgens kühl, mittags angenehm warm. Man brauchte abends einen Pullover, aber keine Jacke mehr. An einem dieser Frühlingstage gingen sie zu Bella. Eitans Großmutter saß auf einem Korbstuhl und hatte ihren Oberkörper dem Fenster zugedreht, von dem Maja schon einiges gehört hatte. Was Maja von Anfang an erstaunt hatte, war, dass alte Leute in Israel oft noch ganz lange zu Hause lebten. Während ihre Oma Elfriede kürzlich von ihrer Wohnung mit Schwesterndienst in eine Altersresidenz gezogen war, saß Bella immer noch an dem Fenster, an dem sie seit ihrer Ankunft in Israel gesessen hatte. Bei ihr lebte eine Helferin, eine Filipina namens Maria, etwa Mitte dreißig, die fast nie freihatte und trotzdem immer freundlich war. Sie nannte Bella »Ima«, und Maja kam es seltsam vor, dass diese fremde Frau Eitans Großmutter als »Mutter« bezeichnete. Und gleichzeitig fand sie es schön und berührend. Erst als Eitan Bella ansprach, »Schalom Safta«, drehte sie sich um, und das Erste, was Maja an ihr auffiel, waren Bellas große blaue Augen. Und das Erste, was Bella an Maja auffiel, waren ihre großen blauen Augen. So sahen sie sich an, die vier großen blauen Augen. Und fanden einander sofort. Eine halbe Stunde später waren Maja und Bella schon in ein angeregtes Gespräch vertieft, und Eitan stand daneben und fühlte sich überflüssig und gleichzeitig glücklich. Sein holpriges Deutsch, ein Wort hier und da von Bella gelernt, und dann ein anderes hier und da von Maja, war längst abgehängt worden von den rasanten Sätzen, mit denen Maja und Bella gemeinsam durch die Geschichte und das Land sausten, in dem sie beide geboren und aufgewachsen waren. Von Berlin und der Schönhauser Allee über die Stadt an der Elbe, in der Maja das Licht der Welt erblickt hatte, hin zur Ostsee, an der Bella einst als Kind in den Ferien gewesen und an der Maja aufgewachsen war, und wieder zurück nach Berlin. Sie schwärmten von der Humboldt-Universität, dem imposanten Hauptgebäude mit den Säulen und der goldenen Schrift, »Wusstest du, dass es das ehemalige Palais des Prinzen Heinrich von Preußen war?«, an der Bella immer studieren wollte, aber nicht durfte, als sie alt genug zum Studieren war. Und an der Maja ohne Probleme einen Studienplatz bekommen hatte, bei ihrem super Abitur. Sie sprachen über die Straßen, die Bäume, die Blumen, das Meer, die Felder, den Raps, die Sprache, das Berlinern, die Musik, die Weite, die Ordnung, das diffuse Gefühl Heimat. Sie sprachen über alles, nur nicht die Menschen. Erst nach dem Essen, Bellas philippinische Pflegerin hatte auf ihr Zurufen hin Königsberger Klopse zubereitet, sagte Bella den Satz, der alles vorher Gesprochene ungeschehen machte und sie, Maja und Bella, die beiden Frauen mit den großen blauen Augen, wieder von vorne anfangen ließ: »Erst Hitler hat mich zu einer Jüdin gemacht.«

Und Bella erzählte. Von Sigi. Davon, wie er Schubert spielte und sie neben ihm saß. Davon, wie Sigi aufhörte, Schubert zu spielen, weil sie das Klavier verkaufen mussten. Von den brennenden Synagogen. Von der Deportation. Von Theresienstadt. Von Auschwitz, das sie nie sah, aber das ihr ihren geliebten Sigi nahm. Sie erzählte von allem nur kurz, ging kaum ins Detail. Ein Halbsatz über die Kälte, einer über den Hunger, und manchmal erwähnte sie einen Menschen, der besonders nett, oder einen, der besonders grausam gewesen war. Und Maja hörte zu, und ihr war elendig zumute, weil sie bei all dem, was sie hörte, immer nur denken konnte, wie furchtbar das war, was Menschen wie Bella wegen ihrem Volk durchgemacht hatten. Und dann summte Bella »Leise flehen meine Lieder«, und Maja konnte ihre Tränen nicht mehr unterdrücken. Sie liefen ihr ungebremst über die Wangen. Und sie konnte nicht mehr aufhören zu weinen, und sie konnte nicht mehr aufhören, sich zu entschuldigen. Für ihre Tränen, für ihr Volk. Für dieses furchtbare Verbrechen. Für das Leben, das Bella und ihre Familie verloren hatten. Für all diese verlorenen Leben.

Bella sah ihre Tränen, ihr Schluchzen, ihr Zucken und tätschelte ihre Hand, mit der sie versuchte, ihre roten Augen zu bedecken. »Es ist okay zu weinen«, sagte sie, »ich habe auch oft geweint. Ich würde es immer noch tun, wenn ich noch Tränen hätte.«

Und Maja dachte, wie kann sie meine Hand berühren, wo ich doch eine Deutsche bin? Es kam ihr völlig absurd vor, dass Bella jetzt sie tröstete und nicht umgekehrt.

»Ich will mit Maja auch noch nach Yad Vashem«, sagte Eitan irgendwann viel später, als Majas Tränen getrocknet, ihre Wangen aber immer noch heiß und salzig waren.

»Ach, warum denn das?«, fragte Bella und legte ihre Stirn in tiefe Falten. »Geh doch mit dem Mädchen lieber ans Meer.«

*

»Ich sage Ihnen, warum Yad Vashem so wichtig ist«, erklärte die Museumswärterin in Yad Vashem, als Maja und Eitan bei ihrem Rundgang mit ihr ins Gespräch kamen (eine junge Deutsche und ihr israelischer Freund, das faszinierte die ältere Dame, die freiwillig im Museum arbeitete und die selbst zahlreiche Vorfahren im Holocaust verloren hatte), »wissen Sie, dass die Deutschen planten, ein Judenmuseum zu errichten? Sie wollten erst alle Juden vernichten und dann ein Museum über sie machen. Sie wollten nicht nur das Volk vernichten, sondern auch seine Geschichte. Beziehungsweise: Sie wollten die Geschichte der Juden so erzählen, wie sie es für richtig hielten. Sie haben damit auch schon begonnen. Überlegen Sie mal, die meisten Bilder aus den Lagern, die man so kennt, zeigen die Juden fast entmenschlicht. Als wandelnde Skelette, riesige Köpfe, ausgehöhlte Augen, Gestalten aus einem Gruselkabinett. Haben Sie hingegen jemals ein Bild von einem Juden oder einer Jüdin gesehen, die im KZ Tagebuch schreiben oder etwas zeichnen?«

Maja schüttelte den Kopf. Eitan schüttelte den Kopf.

»Wussten Sie, dass es sogar Fußballspiele gab? Rabbiner, die junge Juden auf ihre Bar Mizwa vorbereiteten? Wussten Sie, dass jüdische Feiertage begangen wurden? Dass sie sangen und tanzten? Und das soll die Leiden in den KZs nicht mindern, nein, ich will Ihnen damit nur deutlich machen, dass Sie lediglich das Narrativ kennen, das die Deutschen, die Nazis, über die Juden aufgestellt haben. Und deswegen ist Yad Vashem von so großer Bedeutung. Weil hier wir Juden unsere Geschichte erzählen. Wir selbst.«

Maja nickte und fühlte sich gleichzeitig ertappt. Darüber hatte sie noch nie nachgedacht. Sie hatte über so viele Sachen noch nie nachgedacht, sie fühlte sich oft ertappt. Die Sieger erzählen die Geschichte, den Ausdruck kannte sie. Dass auch ihr Vater und ihre Mutter ihr nur die Variante ihrer eigenen Geschichte, Stichwort Herkunft, erzählten, die ihnen genehm war – bewusst oder unbewusst –, ja, auch das. Aber dass in Deutschland die Nichtjuden vom Holocaust erzählten, darüber hatte sie noch nie nachgedacht. Wie unfassbar fragil Geschichte doch war. Welchen Erinnerungen konnte man trauen? Welche waren eine riesengroße Geschichtsverfälschung? Eine

Variante der Wirklichkeit, für die sich je nach eigenen Interessen, je nach eigenem Blickwinkel, entschieden wurde. Vielleicht auch die Variante der Wirklichkeit, mit der man am besten leben konnte. Sicher, hin und wieder begegnete man in Deutschland jemandem, der sagte: »Mein Großvater war ein SS-Offizier. Richtig krass« (aus einer ähnlichen Richtung kam der befremdliche »Täter-Stolz«, den manche Deutsche zeigten, von wegen »nur wir Deutschen konnten so viele Menschen umbringen, nur wir organisierten, effizienten Deutschen waren zu solcher Totalität in der Lage« – manchmal untermalt mit zynischem Grinsen), aber die meisten sagten nichts. Weil niemand je genau nachfragte, oder wenn doch, weil man keine Antwort bekam, die über »jeder musste zur Wehrmacht, das war eben so« hinausging. Die Geschichte wurde nicht nur von Siegern geschrieben, sie war auch die Summe der Ereignisse, die sich durchsetzen konnten. Gegen tausend andere Ereignisse, die in Vergessenheit gerieten. Die nie wieder jemand erwähnte. Im Falle der Deutschen und des Holocausts lag das natürlich auch daran, dass es unangenehm war, sich daran zu erinnern. Denkmäler gab es zuhauf, aber niemand wollte sich die wirklich unangenehmen Fragen stellen. Wer wollte schon ständig über Schuld nachdenken? Wer wollte sich selbst und seine Vorfahren schon an den Pranger stellen? Wer wollte sich schon mit den düsteren Bestandteilen der eigenen Herkunft auseinandersetzen? Und empfanden die jungen Deutschen, die gerne sagten: »Was hat das mit mir zu tun?« oder »Ich bin nicht für die Taten meines Großvaters verantwortlich«, diesen Holocaust überhaupt noch als ihre eigene Geschichte?

In der deutschen Kultur begann die Geschichte mit jeder

Generation neu. Das war im Judentum, in dem man jeden Feiertag so feierte, als ob man den Ursprung selbst erlebt hatte, völlig anders. Und das war der erste riesige Unterschied zwischen Maja und Eitan, den sie beide begriffen.

Sie redeten den ganzen Weg von Yad Vashem zurück nach Tel Aviv darüber, wie schrecklich das alles war. Wie furchtbar die Einzelschicksale und wie furchtbar die schiere Masse von sechs Millionen Menschen, die allesamt durch die Hölle gegangen waren. Wie krass dieses Yad Vashem in seiner Größe und in seinem Umfang und in der Art war, wie es einen nicht verschone.

Und schließlich sagte Maja zu Eitan: »Weißt du, es ist irgendwie leichter, Opfer zu sein als Täter.« Sie war erschöpft und fühlte sich so schuldig wie nie zuvor. Und ihr Instinkt wollte sich von der Schuld befreien. Überlebensstrategie. Eitan strafte sie mit einem Blick, der irgendwo zwischen Wut und Unverständnis hing. »Wie bitte?«

»Moralisch meine ich. Moralisch ist es leichter, zur Gruppe der Opfer zu gehören. Ich meine, natürlich ist es für viele Opfer eine Qual, mit den Erinnerungen und den Verlusten zu leben. Die Traumata ziehen sich ja noch in die nächste und übernächste Generation weiter. Aber insgesamt steht doch die Welt auf der Seite der Opfer.«

»Zu Recht!«

»Natürlich zu Recht. Darum geht es doch gar nicht. Aber das macht es für die Nachkommen der Opfer leichter, sich mit ihnen zu identifizieren. Sie spüren eine Pflicht, an die Geschichte zu erinnern. Zu mahnen, aufzuklären.«

»Okay …«

»Die Nachkommen der Täter hingegen wollen nicht für

etwas verachtet werden, was sie selbst nicht begangen haben. Und so verdrängen sie die kollektive Schuld, das Erbe der Schuld. Von Generation zu Generation wird immer weniger nachgefragt. Das schleift sich dann so ein. Niemand will Täter sein, egal wie viele Denkmäler wir aufstellen. Und schon gar nicht will man sich eingestehen, dass ein Großteil der Täter ganz normale Menschen waren. Denn dann gibt man zu, dass man selbst auch zu den Tätern hätte gehören können. Wo sich doch jeder lieber für einen potenziellen Widerständler hält. Noch lieber wäre man natürlich Opfer. Dann würde man zu denen gehören, die sich nun alles rausnehmen dürfen, weil sie mal Opfer waren.«

»Ich habe nicht das Gefühl, dass wir Juden uns alles rausnehmen dürfen, obwohl wir die Opfer sind.«

»Die Deutschen sehen das sicherlich anders. Weißt du, wie oft ich meinen Onkel Roland darüber habe sprechen hören, dass er keine Deutschlandfahne zum Fußball aufhängen darf, weil man ihn dann, wie er das nennt, ›in die rechte Ecke stellt‹. Oder wie ›schwierig‹ es angeblich sei, Israel zu kritisieren, weil man dann sofort als Antisemit gelte. Und mein Onkel ist da keine Ausnahme. So viele Deutsche denken, dass man ihnen den Mund verbietet, dass Deutschland in der Welt nicht aufmucken darf – alles wegen der Verbrechen an den Juden. Und davon wollen sich die Leute befreien. Entweder indem sie sich einfach nicht mehr erinnern oder indem, das ist der neueste Trend, sie auf ihre eigene Opfergeschichte hinweisen. Die Vertreibungen, die Vergewaltigungen durch die Russen, die heftigen Bombardierungen deutscher Städte. Bei manchen geht das so weit, dass sie sich als Juden ausgeben. Kostümjuden nennt man diejenigen, die sich eine ganze jüdische Opfergeschichte für sich ausdenken, nur um die Schuld qua Geburt loszuwerden. Andere konvertieren eben.«

»Leute konvertieren zum Judentum, um zum Opfervolk zu gehören?«

»Das ist vielleicht ein bisschen zu simpel ausgedrückt, aber im Prinzip, ja. Leute konvertieren, um sich von der Schuld frei zu machen.«

»Ich glaube, die meisten Israelis wären lieber Täter als Opfer nach allem, was passiert ist. Guck dir meinen Vater und meine Brüder an, wie die über Araber sprechen. Oder wie lax sie Verbrechen unserer Soldaten wegwischen. Nicht dass es davon viele gäbe, immerhin sind wir die Armee mit der höchsten Moral …«

»Hmm, schon klar«, unterbrach Maja ihn, bevor sie wieder auf dieses Thema zu sprechen kamen, bei dem sie sich oft genug in die Haare kriegten und Eitan Maja gerne als *Arablover* bezeichnete, wenn sie seine Meinung von der moralischen Überlegenheit nicht teilte oder wenn sie, wie in der Vergangenheit geschehen, befremdet war von Äußerungen seiner Brüder und seines Vaters, die sie als schlichtweg rassistisch empfand. »Weißt du«, sagte Maja seufzend, »ich liebe Israel doch auch auf so eine ›deutsche Art‹. Ich liebe die ganze Idee von diesem Land, von diesem jahrtausendelang anhaltenden Traum über alle Schwierigkeiten hinweg, und ich bewundere die Stärke der Opfer, die befreit wurden, aus Asche ein eigenes Land gründeten, die überlebten, allen Widrigkeiten zum Trotz – warum liebe ich diese Geschichte so? Warum möchte ich mich so gerne damit identifizieren? Weil diese Geschichte natürlich viel attraktiver ist als die Geschichte von den Tätern, die mordeten, und ihren Nachkommen, denen jahrelang ihre

Schuld eingebläut wurde und denen niemand je wieder diese Schuld abnahm.«

»Das erinnert mich an diesen Film, den wir neulich gesehen haben«, Eitan lachte sarkastisch, »wo der Typ sagt: ›Die Deutschen werden den Juden Auschwitz nie verzeihen.‹«

»Ganz genau! Wir sehnen uns so sehr danach, dass ihr Juden sagt: ›So, nun ist auch mal gut. Vergeben und vergessen.‹ Aber natürlich werdet ihr das nicht sagen, und deswegen wabert dieses Täterdasein von Generation zu Generation weiter. Genau wie die merkwürdigen Copingmechanismen, um mit dem Tätersein klarzukommen.«

»Ich habe das Gefühl, ihr Deutschen habt euch sehr viel besser vom Tätersein befreit, als wir davon, Opfer gewesen zu sein. Ich meine, deine Familie hängt sich sogar Nazi-Schmuckstücke an die Wand. Das ist für die völlig normal, so als hätten sie nichts damit zu tun. Als stünde das Hakenkreuz nicht für sechs Millionen Tote, sondern nur für die hervorragend gebauten Autobahnen. Aber meine Oma erlebt die Shoa jeden Tag von Neuem.«

Maja schluckte. Er hatte recht. Er hatte so recht. Aber trotzdem bestand sie auf ihrer Sicht der Dinge, es fühlte sich fast existenziell an, Eitan klarzumachen, aus welcher Gedankenwelt sie stammte. »Wie kommst du darauf, dass wir Deutschen uns vom Tätersein befreit haben? Die meisten von uns verdrängen es doch nur. Oder sie reagieren mit Wut auf diese Schuldgefühle. In der Psychotraumatologie heißt es, dass Täter bereuen und sühnen, die Opfer dem Täter verzeihen sollen und man sich erst so aus den Rollen befreien kann. Was aber, wenn du ein Täter bist, dem nie verziehen wird? Ein ganzes Volk von Tätern? Nachfahre des Tätervolks? Du findest den Holocaust ganz furchtbar, spürst vielleicht auch Verantwortung dafür, dass so etwas nicht noch mal passiert, aber was hat das alles wirklich mit dir zu tun? Du bist doch nicht schuldig, du hast doch nichts getan. Und trotzdem kannst du dich nicht davon befreien, zum Tätervolk zu gehören. Trotzdem steckst du in der Schublade drin. Das nervt. Das nervt so sehr, dass du nach Wegen suchst, aus der Schublade herauszukommen. Wir leben in einer Zeit, in der man gerne die eigene Verletzlichkeit betont. Wer Opfer ist, ist rein und unschuldig, verdient Mitgefühl und Anerkennung. Wer Opfer ist, ist moralisch überlegen. Hat das Recht auf seiner Seite.«

»Das ist absurd. Kein Israeli will ein Opfer sein. Wir kämpfen gegen die Wehrlosigkeit.«

»Aber trotzdem gehört das Opfersein auch fest in euer Narrativ. Natürlich wird das Ergebnis betont. Aber eben auch die Tatsache, dass man Opfer war. Sonst gäbe es doch keinen Tag wie den Jom HaShoa, an dem im ganzen Land zwei Minuten eine Sirene heult und man der Opfer gedenkt.«

»Willst du uns das jetzt vorwerfen?«

»Ach Quatsch, überhaupt nicht. Ich sage nur: Der Opferstatus wird gepflegt, zu Recht, er wird gepflegt mit Liebe und dem Bedürfnis, sich zu erinnern. Hast du jemals darüber nachgedacht, warum es in Deutschland keine Sirene gibt, keinen Holocaustgedenktag, an dem alle Restaurants und Supermärkte und Läden schließen? Dabei wäre es doch in Deutschland viel wichtiger. Oder mindestens genauso wichtig.«

»Ich habe trotzdem das Gefühl, du wirfst uns vor, dass wir des Holocausts gedenken.«

»Das tun die Deutschen auch. Natürlich tun wir das. Denn jedes Mal, wenn ihr gedenkt, werden wir an unsere Schuld erinnert. An unsere Schande. An unsere moralische Unterlegenheit. An unser Stigma. An die Tatsache, dass wir nicht mehr stolz auf unser Land sein dürfen. Und daraus entstehen dann die Vorwürfe, dass Israelis mit dem Holocaust ein Geschäft machen, zu viel Geld dafür bekommen oder die Shoa für ihre Politik nutzen. Daraus entstehen die Vorwürfe, dass Israelis mit den Palästinensern auch nicht besser umgehen und so weiter und so fort. Denn das relativiert unsere Schande.«

»Erinnerst du dich an deinen Kommilitonen, der zu mir meinte, dass die Juden ja wohl genug Geld bekommen hätten von den Deutschen?«

Maja erinnerte sich natürlich an das Gespräch mit einem ihrer Mitstudenten, der sich in Eitans Gegenwart darüber ausließ, dass die Deutschen den Juden so viel Geld gezahlt hätten, dass es nun »auch mal gut sein müsste«. Sie erinnerte sich an jede einzelne Bemerkung dieser Art. Egal, ob Eitan dabei war oder nicht. Seitdem sie Eitan kannte, hörte sie diese Art von Aussagen ständig. Und fragte sich manchmal, ob ihr das früher einfach nur nicht aufgefallen war oder ob man sich früher einfach nur nicht über solche Themen unterhalten hatte, weil sie keine Juden kannten. Seitdem Maja mit Eitan zusammen war, zerbrachen ständig Freundschaften über solche Kommentare und Diskussionen. Gegen Juden, gegen Israel. Ständig eskalierten diese Gespräche. Selbst Axel, ihr ehemaliger Theaterdirektor, den Maja früher vergöttert hatte und den sie neulich, als sie bei ihren Eltern zu Besuch war, zufällig auf der Straße getroffen hatte, ließ eine blöde Bemerkung fallen, als sie ihm begeistert von Israel erzählte (so was wie: »So lange die ein ganzes Volk unterdrücken, werde ich da bestimmt nicht hinfahren.«). Majas Freunde und Bekannte waren gebildet, sie waren tolerant – und sie sagten am laufenden Band Dinge, bei denen Maja am liebsten laut aufgeschrien hätte. Oftmals äußerten sie sich ihr allein gegenüber viel radikaler, als wenn Eitan dabei war. Die »normalen« Deutschen hatten einem Juden gegenüber immer noch eine Art innere Zensur, bei Maja hingegen trauten sie sich, noch die absurdesten Sachen auszusprechen. Maja identifizierten sie genug mit dem Judentum, um diese Sachen mit ihr diskutieren zu wollen, und sie war doch deutsch und vor allem nichtjüdisch genug, um ungefiltert rauszuhauen, was sie wirklich dachten. Für Maja war das das Schlimmste. Wenn Menschen, die sie liebte, die sie mochte, etwas Dummes, etwas Unanständiges, etwas Antisemitisches sagten. Dann wusste sie oft nicht, was sie tun sollte. Drüber weghören. Diskutieren und zurechtrücken oder die Freundschaft kündigen. Es war eine ständige Hilflosigkeit, ein Sich-ausgeliefert-Fühlen. Und sie konnte mit niemandem darüber reden, mit den Deutschen nicht, weil sie es nicht verstanden, und mit Eitan nicht, weil sie nicht wollte, dass er noch schlechter über »ihre Leute« dachte, als er es sowieso schon tat.

»Also, erinnerst du dich an den Kommentar?«, fragte Eitan noch einmal.

»Ja, klar«, sagte Maja matt.

»In dem Moment, als der das sagte, dieser angehende Akademiker, Psychologe noch obendrein, wurde mir klar, dass der Antisemitismus viel tiefer drinsteckt, als ich dachte. Und dass wir Juden, was das angeht, immer Opfer sein werden, weil es immer Menschen geben wird, die uns abgrundtief hassen.«

»Ich glaube nicht, dass der ein Antisemit ist. Der weiß es einfach nur nicht besser.«

»Ihr Deutschen seid alle Antisemiten. Bewusst oder unbewusst. Ihr könnt da gar nichts dafür. Europa ist seit Jahrhunderten mit dem Antisemitismus infiziert. Das ist in euer Blut übergegangen, in eure Lebensphilosophie, eure Weltsicht. Ihr wisst es einfach nicht besser.«

Maja schaute Eitan mit großen Augen an. »Und ich?«, flüsterte sie, »bin ich für dich auch ein Antisemit?«

Sie hatte Angst vor seiner Antwort. Maja hatte das Gefühl, Stück für Stück ihr Volk und ihre Heimat zu verlieren. Ihre Wahrheit. Ja, sogar ein Stück weit ihre Familie, von der sie ja ganz genau wusste, dass sie sich nicht richtig verhielt in vielen dieser Fragen. Sie begann zu begreifen, dass Eitan vielleicht recht hatte. Dass ihnen allen der Antisemitismus tief in die DNA eingewoben war. Dass er ihnen im Blut steckte, seit Generationen. *Die schlauen Juden. Die wohlhabenden Juden.* Ja, auch das. Dass das ihr deutsches Erbe war. Nicht nur die Schuld, sondern das jahrhundertelang andauernde Antisemitische, das sie alle mit der Muttermilch aufgesogen hatten. Und aus dem man nur mit unheimlicher Kraftanstrengung oder durch den Einfluss eines geduldigen, schwer verliebten Juden herauskam. Und selbst dann nicht, weil man nicht denken brauchte, dass es einen automatisch zu einem guten Menschen machte, wenn man eine Linie zwischen sich und den schlechten Menschen zog. Sie musste Eitans Antwort gar nicht mehr hören, um zu wissen, was er sagen würde. Um zu wissen, dass er recht hatte.

»In gewisser Weise schon«, sagte Eitan vorsichtig, »wie gesagt, du bist damit aufgewachsen, guck dir doch deinen Onkel und deine Tante an. Du weißt selbst, wie daneben diese Nazi-Dolche an der Wand sind! Wie können die so was aufhängen? Wo das doch für die Zeit steht, in der sechs Millionen Juden, die ganze Familie meiner Großeltern, ausgelöscht wurde.«

»Ich weiß …«, sagte Maja leise. Sie hatte sich seit jeher für diese Dolche geschämt. Aber egal wie oft sie Tante Susi darum gebeten hatte, sie abzunehmen, ihre Tante und Onkel Roland schienen das Problem gar nicht zu verstehen. Sie behaupteten einfach, es handle sich um »historische« Gegenstände. »Wenn wir hier ein Wikinger-Schwert hängen hätten, würde dich das ja auch nicht stören. Und die Wikinger waren genauso brutal, da kannst du dir sicher sein.« Tja, und was sollte man darauf sagen? Maja hatte keine Ahnung, wie sie einer solch tiefen Ignoranz begegnen sollte. Sie hatte versucht, das Ganze vor Eitan herunterzuspielen. Genauso wie die Israel-Bemerkungen ihres Vaters. Und sie war Eitan dankbar dafür gewesen, dass er großzügig mit ihnen war. Dass er einfach in die andere Richtung schaute, wenn sie in das Zimmer mit den Hakenkreuz-Dolchen kamen.

»Aber du bemühst dich«, lenkte Eitan jetzt ein, weil er Majas bedrücktes Gesicht sah, »du bemühst dich, die andere Seite zu sehen, und wenn du erst einmal übertrittst, wirst du auch die Religion besser kennenlernen. Du wirst sie praktizieren und an dir arbeiten, so lange, bis der Antisemitismus in dir immer kleiner wird.«

»Ich will nicht konvertieren, um kein Antisemit mehr zu sein.«

»Nein, klar, du konvertierst natürlich in erster Linie für mich.«

»Ich will auch nicht für dich konvertieren. Weißt du, dass ich nicht einmal weiß, ob ich daran glaube, dass es einen Gott gibt? Und wenn es einen gibt, glaube ich nicht daran, dass es ihm wichtig ist, ob ich Schwein esse oder Milch- und Fleischprodukte mische.«

»Du willst also nicht mehr konvertieren? Aber du weißt doch, wie wichtig mir das ist. Das habe ich schon in Indien gesagt. Ich war immer ehrlich zu dir, was das angeht.«

»Ja klar, Eitan, du warst ehrlich, und ja, du hast das gesagt. Und ich habe Ja gesagt. Aber damals wusste ich auch noch nicht, dass diese Konvertierung Jahre dauern kann. Dass mich überhaupt niemand von deinem Club will!«

»Wir kriegen das schon hin. Zusammen.«

»Ich lieb dich so, wie du bist. Warum kannst du mich nicht so lieben, wie ich bin?«

»Ich liebe dich so, wie du bist. Du bist der tollste Mensch, den ich je getroffen habe.«

»Ich bin nicht jüdisch.«

»Das kann man ja ändern.«

DEUTSCHLAND

Die Geschichte der Vertreibung aus dem Paradies
drehten wir um.
Wir liebten zwischen Disteln und Dornen
in Trauer und Glück.

Jehuda Amichai

Als Eitan sich entschloss, zu Maja nach Deutschland zu ziehen, genau in dem Moment, als er in der israelischen Wüste
an seinem Schreibtisch in seiner Studenten-WG saß und Maja
so sehr, so schmerzhaft, so körperlich vermisste und entschied,
dass er nach dem Abschluss seines Studiums das Wagnis, zu
ihr zu ziehen, eingehen würde, fiel bei seinen Eltern in der
Stadt am Fuße des Berges, nur einen ausgedehnten Spaziergang
vom Meer entfernt, der Strom aus. Ein Herbststurm fegte vom
Mittelmeer über sie hinweg, draußen schüttete und donnerte
und blitzte es, als wenn die Welt untergehen wollte. Jaffa stand
gerade in der Küche und bereitete Kubbeh für Eitan zu, der
am nächsten Tag – einem Freitag – für das Wochenende nach
Hause kommen wollte. Sie war gerade dabei, die mit Hack-
fleisch gefüllten und zur Perfektion gerollten Teigbällchen in
den Topf gleiten zu lassen, als das Licht, der Fernseher, vor

dem Itzchak saß, und der Herd, auf dem ihre Kubbeh köchelte, ausgingen. Im ersten Moment, als so unerwartet alles um sie herum still und dunkel wurde, glaubte Jaffa, sie wäre in Ohnmacht gefallen, aber dann spürte sie das Kubbeh-Bällchen in ihrer Hand, spürte, dass sie sich keinen Zentimeter vom Fleck gerührt hatte. Sie stand immer noch am Herd. Beide Füße auf dem Boden. Vor ihr der silberne Topf, der ein wenig in der Dunkelheit glitzerte. Itzchak begann zu fluchen, über den Winter, die wackligen Strommasten und die Tatsache, dass es reine Verschwendung war, diesem Staat noch Steuern zu zahlen. Seine Rage blieb irgendwo zwischen Wohnzimmer und der direkt daran angeschlossenen Küche hängen und drang nicht zu Jaffa vor, die ängstlich aus dem kleinen Küchenfenster schaute und beobachtete, wie das Gewitter über dem Berg den schwarzen Himmel immer wieder wie aus dem Nichts hell erleuchtete. Der Donner dröhnte in ihren Ohren und machte sich von dort aus auf den Weg in ihr Herz. Dort hallte er nach mit einer Kraft, die ganze Erdteile verwüsten konnte, und während ihr das Kubbeh-Bällchen langsam aus der Hand glitt und auf die Arbeitsfläche kullerte, wurde ihr tatsächlich schwarz vor Augen. Eitans Entscheidung, seiner großen Liebe in ihre Heimat zu folgen, Eitans Entscheidung für die Liebe, wurde für Jaffa der Beginn einer Dunkelheit, die sich mit dem Donnerschlag der Ewigkeit in ihrem Herzen festsetzte. Eitans Umzug nach Deutschland bedeutete für Jaffa nur eins: Jetzt hatte sie auch noch chaim sheli verlassen. Sie war nun ganz allein.

*

Am Anfang war es schön. Natürlich war es das. Sie waren jetzt zusammen. Maja und Eitan. In einem Land. In einer Stadt. In ihren eigenen vier Wänden. Keine Skype-Verabredungen mehr. Keine ständige Suche nach preiswerten Flügen. Keine anhaltende Sehnsucht. Und echte Haut auf echter Haut. Lippen, die sich berührten und nicht nur einen flimmernden Computerbildschirm küssten.

Am Anfang war es schön, Möbel zu kaufen. Zusammen in den Supermarkt zu gehen. Abzuwaschen. Wäsche zu falten. Staub zu saugen. Am Anfang waren all die Dinge schön, die man sonst nervig fand. Weil sie sie jetzt gemeinsam taten. Sie teilten endlich einen Alltag, danach hatten sie sich gesehnt in den anderthalb Jahren Hin und Her, bei dem immer wieder so viele Tränen am Flughafen geflossen waren, weil einer von ihnen wieder zurückmusste.

Am Anfang war es schön. In der Gegenwart zu leben und nicht immer auf die Zukunft hinzufiebern. »Ich kann es nicht erwarten, bis du kommst.« »Noch drei Tage, noch dreimal einschlafen und aufwachen, bis du kommst.« »Wenn du erst mal in Berlin bist, wenn wir erst mal zusammen sind, wenn wir erst mal zusammenwohnen.« Endlich Gegenwart. »Heute Morgen bin ich neben dir aufgewacht. Und morgen und übermorgen und in zwei Monaten wache ich auch neben dir auf.« Sicherheit.

Am Anfang war es schön. »Jetzt lernst du mein Land und mich erst richtig kennen. Meine Sprache. Meine Kultur.« Wenn man schlecht drauf ist, muss man nicht telefonieren. Man kann einander umarmen. Wenn man zusammenlebt, kann man nichts verstecken. Dann lernt man sich erst richtig kennen. Auch Berlin, wo Maja seit vier Jahren lebte. Sie liebte die Stadt, sie liebte Eitan. Und jetzt hatte sie beides. Am Anfang war es schön.

Am Anfang war alles so schön.
Bis es nicht mehr schön war.

Eitan war ja nicht blöd. Er hatte nicht gedacht, dass es einfach werden würde. Aber er war schon so viel in seinem Leben gereist, hatte sich in so vielen Ländern zurechtgefunden, dass er es sich vielleicht doch leichter vorgestellt hatte. Er unterschätzte, wie schwer es sein würde, in Deutschland anzukommen. Es hatte ihn von Anfang an erschlagen, dieses Land und seine Leute. Vor allem die Schnelligkeit, in der alles passierte. Nachdem er Maja seine Entscheidung, nach Deutschland zu ziehen, mitgeteilt hatte, begann sie in rasanter Geschwindigkeit, alles zu organisieren. Vieles über seinen Kopf hinweg. Plötzlich suchten sie eine Wohnung, und Majas Mutter unterschrieb schon die Bürgschaft, als Eitan noch haderte, ob das alles so richtig sei. Ob er die Wohnung wirklich mochte. Ob er sie sich wirklich leisten konnte. Und wann er nun tatsächlich nach Berlin ziehen würde. Eitan war kein Mann schneller Entscheidungen. Er wägte gerne ab. Fragte seine Mutter. Seinen Vater. Seinen Bruder. Seinen anderen Bruder. Seinen Onkel. Seine Tante. Die ganze Familie eigentlich. Da waren Maja und er grundverschieden. Er war ein Herdentier, und Maja am Ende des Tages eine Einzelgängerin. Während Maja in Millisekunden lebensverändernde Entscheidungen traf, brauchte Eitan dafür Tage, manchmal Wochen. Und er brauchte seine Herde. In Deutschland ging das nicht. In Deutschland machte man das nicht so.

Da schienen alle für sich allein zu kämpfen. Überhaupt war man hier viel allein. Die Menschen sahen einander nicht in die Gesichter auf den großen, breiten Alleen, durch die im Winter der Wind so kalt pfiff, als wolle er sie alle zu Eis erstarren lassen. Und wenn jemand in der U-Bahn pöbelte, schauten alle auf den Boden. Sie waren Meister des Ignorierens. Bloß keine Systemstörung. Alles sollte immer so weiterlaufen wie gewohnt. Die Leute hier hatten keine Geduld für Verzögerungen. Sie kamen Eitan vor wie Maschinen. Leise, präzise und effizient. Sie liefen immer schnellen Schrittes, immer zu den richtigen Ausgängen und Eingangstüren. Nie standen sie im Weg und überlegten. Nie änderten sie plötzlich ihre Richtung. Sie mochten keine Fragen und auch keine Hinweise, wie man Dinge besser machen konnte. Und wenn man ihre Sprache nicht perfekt sprach, hielten sie einen für dumm. Man musste immer »Danke« sagen und ständig »Entschuldigung«, das waren Floskeln, niemand meinte sie ernst, aber sie gehörten zur Form. Und die Form wurde eingehalten in diesem Land voller Regeln und Regulationen. Eitan hingegen kam aus einem formlosen Land. In dem alle immer sagten, was sie dachten, und sie sich nicht mit Höflichkeitsfloskeln aufhielten. Eitan kam aus einem Land, dessen größte Stärke es war, sich an keinen Rahmen zu halten.

Eitan hatte kein großes Ego, er war kein Narzisst, Demut war ihm nicht fremd. Und trotzdem schaffte Deutschland es, ihn kleinzumachen. Stück für Stück schrumpfte er ein bisschen mehr. Dass sie seinen Namen nicht aussprechen konnten, geschenkt. Dass sie anfingen, ebenfalls falsches Deutsch zu sprechen, wenn er mit ihnen redete (»Du gehen da lang«), geschenkt. Dass er keine Arbeit fand, mit der er Geld verdienen konnte, weil sie ihm trotz seiner zwei Abschlüsse immer nur Praktika anboten, geschenkt. Dass er es schwierig fand, Freundschaften mit Deutschen zu schließen, geschenkt. Dass sie ihm, sobald er erzählte, woher er kam, ständig ungebeten Ratschläge zum Nahostkonflikt erteilten, geschenkt. Dass Maja sich um alles kümmerte und er um nichts, geschenkt. Dass sie ihm sagten, wir haben genug Geld an die Juden gezahlt, geschenkt. Dass sie ihn fragten, ob er auch so reich sei wie die anderen Juden, geschenkt. Dass sie sich selbst als moderne Antisemiten bezeichneten und ihm dabei ins Gesicht grinsten, geschenkt. Natürlich nicht! Alles nicht geschenkt. Das ertrug man ein Mal, vielleicht zwei Mal, aber dann platzte man doch. Aber Eitan konnte nicht platzen, denn er wollte das hier so sehr. Er wollte so sehr mit Maja leben. Er wollte so sehr, dass ihre Heimat auch seine wurde. Und er wollte so sehr Erfolg haben, denn zu Hause, in der Stadt am Fuße des Berges, von der man das Mittelmeer sah, saß seine Mutter und weinte jeden Tag, weil er gegangen war.

Und dann starb sein Großvater Gavriel, nur zwei Monate, nachdem er nach Berlin gezogen war. Und er spürte unendliche Trauer, weil er ihn nicht noch einmal besucht hatte, bevor er starb. Und er spürte unendliche Erleichterung, weil er einen Grund hatte, nach Hause zu fliegen. Maja weinte, als er ihr davon erzählte. Nicht um den Großvater, den hatte sie ja kaum gekannt, und ohne Hebräischkenntnisse hatte sie sich sowieso nie mit ihm direkt unterhalten können. Nein, sie weinte, weil Eitan nach Hause fliegen wollte. Dabei war er doch gerade erst gekommen.

Wenn Eitan bei Maja war, war alles gut. Wenn Eitan weg war, war alles schlecht. Verloren. Kam Eitan zurück, war wieder alles gut. Aber jedes Mal, wenn er wegwollte, bekam Maja panische Angst. Wenn er auch nur überlegte, zurück nach Israel zu fliegen, schnürte die Angst ihre Kehle zu wie eine unsichtbare Schlinge, und Maja hoffte inständig, dass Eitan noch einmal seine Meinung ändern würde. Oder dass ihm etwas dazwischenkäme. Dass er sich den Flug nicht leisten konnte oder ihn verpasste.

»Musst du wirklich zu der Beerdigung? Du bist doch gerade erst gekommen, und die Flüge sind so teuer.« So sprach sie, die deutsche Maschine, und Eitan verlor den Verstand, weil er jetzt ein Gesicht von Maja sah, das er noch nicht kannte. Es ging um seinen Großvater, da war Geld doch unwichtig. Und überhaupt, warum klammerte sie so? Eitan fühlte sich von Maja eingesperrt. Sie fesselte ihn an sich mit Stricken aus Liebe. Sie ließ ihn nie mit einem guten Gefühl gehen, sondern packte das schlechte Gewissen in seinen Koffer wie Unterwäsche. Er trug es jeden Tag, wenn er weg war. Er dachte jeden Tag an Maja, weil er sie liebte, nicht weil er sich schuldig fühlte. Aber er wusste nicht, warum sie es ihm so schwer machte. Natürlich hatte er schon gemerkt, dass sie egoistischer war als er. Viel weniger bereit, Menschen zu helfen, wenn es zu ihrem eigenen Nachteil war, aber er hatte das auf ihre Erziehung geschoben, auf ihr Land, in dem nun einmal alles auf Effizienz und Rationalität ausgerichtet war. Aber dass sie sich manchmal auch ihm gegenüber so verhielt, erschreckte ihn. Er begriff nicht, warum Maja sich so verhielt. Er wusste nicht, dass Maja panische Angst hatte, dass er nach Israel fliegen und nicht wiederkommen würde. Dass er in Majas Angstvorstellungen eine andere Frau fand, eine Jüdin, eine Israelin, eine, mit der alles leichter sein würde und für die er Maja, mit der alles so schwer, so kompliziert, so unmöglich war, verlassen würde. Eitan liebte Maja, das wusste auch Maja. Aber würde diese Liebe reichen? Würde ihre Liebe genug sein? Das wusste Maja nicht.

*

Eitan fand keine Arbeit, Maja keine Ruhe. Er saß zu Hause und wurde immer kleiner. Sie kümmerte sich um alles und wurde immer größer. Doch egal wie viele Bewerbungen sie für ihn schrieb, egal wie oft sie ihn anschnauzte, weil sie ihn für zu faul hielt und weil ihr all die Verantwortung, vor allem die für sein Unglück, langsam über den Kopf wuchs (mein Gott, sie war gerade einmal 23) – nichts half. Eitan machte Hilfsjobs, klammerte sich an halbe Möglichkeiten und ganze Versprechen. Wenn er sich für Praktika bewarb, wobei ihm dieses Konzept der mehr oder weniger unbezahlten Arbeit völlig fremd war, kam dazu, dass er deutlich älter als die anderen Bewerber war. Er hatte fünf Jahre beim Militär gedient und war dann vor dem Studium auch noch herumgereist, jetzt war er 30 und die anderen Bewerber höchstens 25. Da saß er dann bei Vorstellungsgesprächen und erklärte ungläubig dreinschauenden Deutschen, dass er Offizier bei der israelischen Armee gewesen war und eine Kompanie von 70 Männern durch den Krieg geführt hatte. Da saß er bei der Ausländerbehörde, und die behandelten ihn wie einen Unerwünschten. Da saß er beim Jobcenter, und die behandelten ihn wie einen Schmarotzer. Wenn er Englisch sprechen konnte, hatte er wenigstens nicht das Gefühl, ihnen komplett unterlegen zu sein. Aber auf Deutsch wurde er – völlig entgegen seiner Natur – immer schweigsamer. Und selbst, wenn es doch mal gut aussah: Eitan wurde immer wieder enttäuscht. Und je enttäuschter er war, desto schwieriger wurde es für Maja. Seine Enttäuschung fühlte sich an wie ihre, und wenn Maja eines nicht ertrug, dann war das Schwäche. Nicht bei anderen und schon gar nicht bei ihr selbst. Und so wurden beide immer wütender. Eitan still und leise, weil es ihn verstummen ließ, sich wie ein Versager zu fühlen. Maja laut und dröhnend, weil Eitan einfach nicht das bekam, was er so sehr verdient hätte. Irgendwann bekam er doch einen Job. Und ein Visum. Sogar eine Arbeitsgenehmigung (irgendeine Mitarbeiterin im Jobcenter erinnerte sich plötzlich, dass es eine »Ausnahmegenehmigung für Angehörige des mosaischen Glaubens« gebe – damit marschierten sie in den Westhafen zur Ausländerbehörde, wo sich die kurzhaarige Angestellte beim Blick auf das Schreiben vom Jobcenter empörte: »Wat? Davon hab ick ja noch nie jehört, dit hätten andere aber och verdient«, woraufhin Maja zischte, dass der Holocaust ja wohl Grund genug sei!).

Eitan war egal, wie er die Arbeitsgenehmigung bekommen hatte, er konnte endlich arbeiten. War jetzt Junior Online Marketing Manager bei einem Online-Glücksspiele-Anbieter. Kein Traumjob, aber ein Job. Er hatte das Gefühl, endlich einmal Luft holen zu können. Doch er kapierte nie, was in den Meetings auf Deutsch besprochen wurde. Und so wusste er eigentlich auch nie, was er da eigentlich genau machen sollte in seinem Job. Als sie ihn nach fünf Monaten feuerten, saß er im Büro seiner Vorgesetzten und dachte, sie erklärten ihm lediglich, dass er seine Leistung verbessern musste. Zu Hause erzählte er Maja von dem Gespräch und sie schaute ihn entsetzt an: »Eitan, die haben dich entlassen! Das war kein normales Personalgespräch, in dem sie dich abgemahnt haben oder so.«

Da war er wieder arbeitslos.

Er lernte einen anderen Israeli kennen, zwanzig Jahre älter
als er. Ein erfolgreicher Geschäftsmann (nach eigenen Angaben) aus West-Berlin. Rolex, getönte Brille, schwarzer Jaguar.
Der versprach Eitan, dass man gemeinsam mit Diamanten
handeln würde, und ließ ihn stattdessen den Garten der deutschen Schwiegermutter in Spandau säubern. Da stand Eitan
mit Handschuhen, die kaum vor den Dornen der Büsche, die
er aus dem Garten entfernen sollte, schützten, machte Garten-
arbeit und dachte an seinen toten Onkel, dem er doch Ehre
machen sollte. Dachte an seine Mutter, die jedes Semester
allen Nachbarn erzählt hatte, dass ihr jüngster Sohn, chaim
sheli, mal wieder als Jahrgangsbester ausgezeichnet worden war.
Dass er mit Stipendien überhäuft wurde und man noch sehen
würde, wie weit er es bringen würde. Daran dachte er und
hievte die Dornenbüsche in einen Container und zerkratzte
sich die Hände und das Gesicht.

Er suchte israelische Freunde, aber es gab kaum Israelis, 2007
in Berlin. Er suchte jüdische Freunde, aber die deutschen Juden
mit ihrem – so nannte er das – Duckmäusertum kamen ihm,
dem Israeli, dem ehemaligen Offizier, so schwach vor. Und
die, die ihre Religion gar nicht mehr lebten, für die »Judesein«
weder was mit Israel noch mit koscherem Essen zu tun hatte,
verstand er noch weniger. Er ging mit Maja zum Schabbat in
die Synagoge, das hatte er zu Hause nie gemacht, aber hier
in Berlin dachte er, dass er sich dort vielleicht zu Hause fühlen würde. Maja interessierte sich für den Konvertierungskurs,
und als er und sie einmal dorthin gingen, sah er dort deutsche
ältere Männer sitzen, mit grauen Bärten und Kippot auf dem
Kopf, und Eitan dachte: Was tun wir hier? Wir gehören hier
nicht hin! Und er liebte Maja, aber ihre ständigen Zweifel, ihre

bissigen Kommentare zur Religion und dem, was es bedeutete, Jude zu sein, aus denen er immer ihren Vater und ihre Mutter heraushörte, ärgerten ihn.

In diesen Momenten fragte er sich, wie er sein Leben mit ihr verbringen sollte. Was das überhaupt für ein Leben war, was das mit ihm zu tun hatte, denn hier in Deutschland lebten sie immer nur Majas Leben.

*

Während Eitan unter der Jobsuche, der Arbeitslosigkeit, dem schlechten Wetter, der Dominanz Majas und unter allem, was er als »deutsch« bezeichnete, litt, versuchte Maja, ihren Übertritt ins Judentum voranzutreiben. Vielleicht dachte sie sogar darüber nach, wie es wäre, Eitan zu heiraten. Kinder mit ihm zu haben.

»Ihr Frauen baut euch in eurem Inneren verzauberte Paläste«, las sie Jahre später in einem Buch von Yasmina Reza und musste dabei sofort an diese Zeit zurückdenken. Diese Zeit, die sie als unglücklichste Zeit ihres Lebens abspeicherte. Niemals wieder hatte sie sich so hilflos gefühlt. So verklärt und falsch. Sie hatte Eitans ganzes Leid auf ihren Schultern gespürt und trotzdem verzauberte Paläste gebaut. Hatte gedacht, wenn sie erst konvertierte, würde alles besser werden. Sicherer. Auch für Eitan. Und damit auch für sie. Als sie das erste Mal im Vorzimmer des Rabbis, in dessen Synagoge Eitan und sie nun ab und zu gingen, stand, korrigierte die Sekretärin Maja, als sie sich nach der Konvertierung erkundigte: »Das heißt G-I-U-R, wie im Hebräischen. Nicht Konversion und auch nicht Konvertierung.« (Maja hasste es, verbessert zu werden.)

Dann erklärte sie ihr, dass Maja dem Rabbiner einen Brief schreiben müsse, in dem sie begründete, warum sie übertreten wolle. Und dass der nächste G-I-U-R-Kurs sowieso erst im Oktober begänne. Und dass es nicht unwahrscheinlich war, dass der Rabbiner sie sowieso erst einmal ablehnte. Das sei so üblich.

Maja nickte, sie war hartnäckig, keine Sorge. Klar, sie fand es verrückt, dass Jude zu werden so ein Akt war, dass man einen Kurs und am Ende eine Prüfung machen musste, meine Güte, was denn noch?, aber sie war immer eine gute Schülerin gewesen, und Lernen schreckte sie nicht ab. Sie würde alles auswendig lernen, vor dem Test hatte sie keine Angst. Viel schwieriger fand sie die Vorstellung, zukünftig wirklich Milch- und Fleischprodukte zu trennen und jeden Tag beten zu müssen. Viel schwieriger fand sie die Bedingung, an Gott glauben zu müssen. Denn wie glaubte man auf einmal an Gott, wenn man mehr als zwanzig Jahre lang nicht wirklich davon ausgegangen war, dass es ihn gab. Wo fing man an mit so einem Glauben? Wartete man auf die Erleuchtung, oder arbeitete man hart an sich selbst, bis die Erleuchtung kam? So oder so, Maja hatte nicht das Gefühl, noch lange darauf warten zu können. Eitan und sie brauchten Sicherheit, wenn schon sonst alles so unsicher war. Und so setzte sich Maja an einem Sonntagnachmittag, Eitan traf sich mit einem seiner wenigen, eigenen Freunde, an ihren Schreibtisch, und mit Blick auf die Elisabethkirche, die genau gegenüber ihrer Wohnung lag, begann sie zu schreiben:

Lieber Rabbi Engelman,

*mein Name ist Maja Pagel und ich bin 23 Jahre alt.
Geboren bin ich konfessionslos in der ehemaligen DDR. Meine
Eltern sind beide Atheisten, mein Vater ist zwar evangelisch
getauft, aber aus der Kirche ausgetreten. Meine Mutter kommt
aus einer Sozialisten-, Kommunistenfamilie, in der Religion
keine Rolle spielte. Meine Eltern haben mich deswegen nicht
getauft, weil sie der Meinung waren, dass ich mir meine
Religion selbst aussuchen sollte …*

Sie schrieb und schrieb. Davon, dass sie zwar nie so richtig
an Gott geglaubt hatte, es aber auch nicht für völlig ausge-
schlossen hielt, dass es ihn gab. Von ihrer Begegnung mit Eitan,
der ihr sofort klarmachte, dass sie Jüdin werden müsse für ein
gemeinsames Leben. Von ihrem ersten Israel-Besuch, von den
Feiertagen im Kreise von Eitans Familie. Sie schrieb dem Rabbiner von ihrem ersten Besuch in einer Synagoge und von ihrem tiefen Wunsch, an Gott zu glauben und zum Judentum
dazuzugehören.

Dann las sie alles noch einmal, nickte zufrieden und steckte
den Brief in einen Umschlag. Sie fand ihn gut geschrieben,
überzeugend. Von Herzen. Das meiste empfand sie auch wirklich so. Einiges war natürlich gelogen, man konnte in so einem
Brief gar nicht hundertprozentig ehrlich sein, davon war Maja
überzeugt. Sie schrieb natürlich nicht, dass sie bisher nur einen
Feiertag mit Eitans Familie erlebt hatte, Pessach, und da wurde
vor allem laut gesungen und viel getrunken – von Religiosität
hatte sie da nichts gespürt. Sie schrieb nicht, dass sie es un-
gerecht fand, dass in Eitans Familie alle darauf zu bestehen

schienen, dass sie Jüdin wurde, sie selbst aber nicht mal in die Synagoge gingen und auch nie beteten. Und sie schrieb natürlich auch nicht, dass ihre Eltern sie zwar wirklich nicht getauft hatten, weil sie der Meinung waren, so etwas wie eine Religion sollte man niemandem aufzwingen – vor allem aber hatten Wolf und Astrid sie nicht getauft, weil sie nicht daran glaubten, dass es einen Gott gab. Und die Vorstellung, dass Maja nun zum Judentum konvertieren wollte, befremdete sie. Wolf fand, dass seine Tochter sich verleugnete, und Astrid hatte Angst, dass Eitan sich irgendwann radikalisierte und ihre Tochter in züchtiger Kleidung an den Herd verbannte. Nein, glücklich waren sie mit dieser Entscheidung nicht. Und das wusste Maja ganz genau. Sosehr sie akzeptierten, dass Eitan jüdisch war (und auch da sah Maja ihnen manchmal geradezu an, wie sehr sie sich zusammenreißen mussten, wenn Eitan mal wieder etwas nicht aß, weil es nicht koscher war, oder wenn er erzählte, dass er an Jom Kippur einen ganzen Tag lang weder aß noch trank noch sich wusch – da mussten Wolf und Astrid ihr Bedürfnis, mit den Augen zu rollen, so krampfhaft unterdrücken, dass ihre Augen manchmal sekundenlang einfach zublieben) – dass ihre Tochter nun auch noch jüdisch werden musste, verstanden sie beim besten Willen nicht. Und Maja fand es ja manchmal selbst eine absurde Vorstellung, sich künftig an 613 Ge- und Verbote halten zu müssen. Beim Gedanken daran zog sich ihr Magen zusammen. Beim Gedanken daran, dass sie und Eitan nun jeden Freitag und jeden Samstag in die Synagoge gehen müssten, blieb ihr die Luft weg. Aber sie versuchte, diese Alarmzeichen zu ignorieren. Versuchte zu ignorieren, dass es sich nicht richtig anfühlte, für einen anderen Menschen an Gott zu glauben oder auch nur so zu tun. Versuchte zu ignorieren, was mit so einem Giur einherging: ein wahrhaftig religiöses Leben nämlich. Das war einfach nicht ihr Leben, alles daran war Maja fremd. Wenn Eitan ehrlich war, befremdete es auch ihn. Natürlich glaubte seine Familie an Gott, sie waren traditionell, sie mischten nicht zwischen Milch- und Fleischprodukten, und außer seinem Vater würde niemand auch nur auf die Idee kommen, Schweinefleisch zu essen. Sie fasteten an Jom Kippur und aßen an Pessach nichts mit Mehl oder Hefe. Aber sie waren nicht religiös in dem Sinne, dass sie beteten oder gar in die Synagoge gingen. Eitan hatte seit seiner Bar Mizwa kein Gebetbuch mehr aufgeschlagen. Nun plötzlich regelmäßig in die Synagoge zu gehen fühlte sich verlogen an. Nun plötzlich beweisen zu müssen, wie jüdisch er war, wo er sich doch niemals als etwas anderes gefühlt hatte, kam auch ihm absurd vor.

Aber sie hatten beide das Gefühl, in diesem Moment keine andere Wahl zu haben. Eitan bestand weiterhin darauf, dass Maja Jüdin werden musste, auch wenn sie beide langsam begriffen, dass das ein langer, anstrengender Prozess werden würde. Sie hatten mit der Sekretärin des Rabbiners ausführlich über den Kurs gesprochen, darüber, dass er mindestens zwei Jahre dauern würde, man aber Maja sicherlich nicht prüfen würde, bevor sie nicht mehrere Jahre jüdisch gelebt hatte. Eigentlich durften sie und Eitan als unverheiratetes Paar nach den jüdischen Gesetzen, der sogenannten Halacha, nicht einmal zusammenwohnen, aber weil Maja noch keine Jüdin war, sondern »nur« eine Goia (so empfand sie das, dieses »nur« schwang für sie immer mit, selbst wenn Leute es nicht sagten), hatte niemand etwas dagegen einzuwenden. Und Eitan wollte zwar unbedingt, dass Maja übertrat, aber er hatte eigentlich auch keine Lust, jede Woche in die Synagoge zu rennen. Aber das sagten sie einander nicht. Und so stand dieser Giur, dieser Übertritt, die Religion, immer mehr zwischen ihnen. Und das spürte Eitan, und Maja spürte es auch.

Maja begann den Giur-Kurs im Oktober, im Dezember brach sie ihn ab. Offiziell, weil der Rabbiner Maja und Eitan sagte, dass sein Giur in Israel nicht anerkannt sei: »In Israel werden nur orthodoxe Übertritte anerkannt, das müssen Sie wissen. Ich allerdings werde dort lediglich als konservativ eingestuft.« Aber in Wahrheit war Maja froh, nicht mehr zu diesen seltsamen Unterrichtsstunden zu müssen, in denen es immer nur um die Großartigkeit Gottes ging und um völlig absurde Fragen wie: Sind meine Teller und Tassen dann koscher, wenn ich übertrete? Und Eitan war in Wahrheit auch froh, dass Maja aufgab, denn das würde ihm das Aufgeben erleichtern.

*

Eine Liebe wie ihre würde nie zu Ende gehen, dachten Maja und Eitan. Maja dachte, dass Eitan sie so bedingungslos liebte, dass er alle Hindernisse, die es zu überwinden galt, um mit ihr zusammen zu sein, auch überwinden würde. Und Eitan dachte, dass seine Liebe groß genug wäre, um die Unterschiede auszugleichen. Aber natürlich war sie das nicht. Zumindest nicht immer. Denn keine Liebe ist groß genug, um sich dauerhaft selbst zu verleugnen. Und Maja war nun einmal, was sie war: Maja, geboren an der Elbe, aufgewachsen in Hochhäusern, wo es keinen Gott und keine Tradition gab. Und Eitan war das, was er war: Eitan, geboren im Gelobten Land. Die Verantwortung von über 5000 Jahren auf seinen Schultern. Mit einem Gott, der über ihn wachte, und einer Mutter, die zu Hause auf ihn wartete.

Eine Weile trug ihre Liebe sie über all das hinweg. Ließ sie über den Unterschieden schweben, ließ sie auf einem Seil balancieren, das über dem tiefen Graben ihrer Unterschiede gespannt war. Ihre Ängste ließen sich eine Weile lang ignorieren. Überdeckt von dem Rausch, der Lovestory of a Lifetime, die Maja und Eitan verband. Aber die Ängste wurden langsam größer, fraßen sich in sie hinein. Die Angst, die Maja beschlich, wenn Eitan in Berlin in das Flugzeug stieg, um in die Heimat zu fliegen. Die Angst, dass er dort im Heiligen Land eine Jüdin fände, mit der alles einfacher wäre, und dass er nie zurückkehrte. Und die Angst, die Eitan beschlich, wenn er in Berlin aus dem Flieger stieg und wieder seine Heimat, seine Familie, seine Traditionen zurückließ, um mit Maja in diesem kalten Land so zu tun, als ob er mit ihrer Liebe allein glücklich werden konnte. Immer öfter, mit jedem Monat, in dem Eitan immer noch keine Arbeit gefunden hatte, in dem Eitan immer mehr an Orientierung verlor und Maja immer schneller lief, um nicht vom gemeinsamen Weg abzukommen, mit jedem Mal, in dem die beiden keine gemeinsame Sprache mehr fanden, in dem sie plötzlich auf unterschiedlichen Planeten saßen und jeder dem anderen seine Herkunft vorwarf, wurde die Angst deutlicher und die Verzweiflung sichtbarer. Bis die Angst alles Gute aufgefressen hatte, bis die Angst das Seil, auf dem sie balancierten, durchgeknabbert hatte und sie in den Abgrund stürzen ließ. Und so kam es, dass Eitan sich in einer Frühlingsnacht, zwei Jahre nachdem er nach Deutschland gezogen war, erschöpft von einem weiteren Streit mit dieser Frau, die nichts mehr mit der unbekümmerten Maja zu tun hatte, die er einst im Land der Farben und Gerüche kennengelernt hatte, nach einem weiteren Streit, in dem er sich selbst nicht mehr wiedererkannte, von ihr trennte. Das war das erste Mal, dass Maja Eitan weinen sah. Er weinte und sagte: »Ich kann einfach nicht mehr. Ich mag uns so nicht mehr. Das muss aufhören. Wir müssen aufhören.«

Und Maja, die bis zum Schluss an ihre Liebe geglaubt hatte, trotz allem, brach wie von tausend Faustschlägen getroffen zusammen. Denn niemals hatte sie geglaubt, dass eine Liebe wie Eitans und ihre enden könnte. Dass Eitans Liebe, die so unendlich war wie das Alef, vorbeigehen könnte. Niemals hätte sie aufgegeben. Sie war nicht zum Aufgeben erzogen worden. Maja hielt selbst dann das scharfe Messer fest, wenn es immer tiefer in ihr eigenes Fleisch schnitt. Und als Eitan am nächsten Morgen aus ihrer gemeinsamen Wohnung auszog, fühlte es sich an, als sei ihr Herz in tausend Stücke zerfetzt. Und doch, gleichzeitig spürte Maja auch etwas anderes: Ruhe. Ruhe und Erleichterung. Und Dankbarkeit. Dafür, dass Eitan zum ersten Mal, seitdem sie einander kannten, eine Entscheidung getroffen hatte, ohne sie zu fragen.

ARE YOU JEWISH?

Reiße deine Wurzeln aus und geh.

Amos Oz

Are you Jewish? Bist du Jüdin?

Immer wieder diese eine Frage.

Maja saß im Taxi, das Radio dudelte, der Fahrer stellte Fragen. Erst: »Where are you from?«, dann sofort: »Are you Jewish?«

Maja musste zum Amt, die Angestellte schaute in ihren dicken Ordner. Blätterte, blickte auf. »Are you Jewish?«

Maja lief zum Arzt, Halsschmerzen, Schnupfen und auch ein bisschen Fieber. »Are you Jewish?«

Sie ging auf eine Party, junge schöne Menschen, Männer, die mit ihr anbändeln wollten, immer wieder dieselbe Frage. »Are you Jewish?«

Manchmal dauerte es fünf Sekunden, bis die Frage aufkam, manchmal fünf Minuten. Aber es war auch egal, wie viel Zeit sie hatte, sich darauf vorzubereiten, denn nach einer Weile rechnete Maja schon mit dieser Frage. Zappelte unruhig hin und her, hatte kaum noch Lust, andere Fragen zu beantworten. Ist doch egal, wo ich herkomme. Ist doch egal, was ich hier mache. Ist doch egal, wie ich Israel finde. Frag schon deine Frage. Lass uns das hinter uns bringen, lass uns festhalten, dass du jüdisch bist und ich nicht.

Ihr ganzes Leben hatte man Maja Fragen gestellt. Wie geht es dir. Wie heißt du. Wie alt bist du. Was willst du mal werden. Was studierst du. Wo wohnst du. Wo kommst du ursprünglich her. Was machst du heute Abend. Wollen wir ins Kino. Wo sehen Sie sich in fünf Jahren. Was sind Ihre Stärken und Schwächen. Wann hört das auf wehzutun. Wie schaffst du das, immer so stark zu sein. Warum bist du so wütend. Was hast du dir bloß dabei gedacht. Wann sehen wir uns wieder. Was denkst du. Liebst du mich. Willst du das wirklich. Warum kannst du nicht loslassen.

Aber nie, niemals hatte sie jemand nach ihrer Konfession gefragt. Es war Maja bisher gar nicht in den Sinn gekommen, dass das für irgendjemanden interessant sein könnte. Relevant sein könnte. Und dass sie aufgrund ihrer Antwort plötzlich nicht mehr dazugehören könnte. Sie hatte nicht gewusst, wie das war, nicht dazuzugehören. Sie kannte nur ein Leben in der Mehrheit. Das Leben als weiße Deutsche in Deutschland. Sie gehörte immer dazu. Und dann zog sie nach Israel, und plötzlich trennte diese Frage sie von der ganzen Welt.

»Warum fragen mich immer alle, ob ich Jewish bin?«, fragte

Maja, als sie mit Eitan und seinem besten Freund Nir beim Abendessen zusammensaß. »Und warum haben sie es mich nie gefragt, als ich noch Touristin war? Erst seitdem ich hier wohne, werde ich dauernd danach gelöchert. Warum?« Eitan zögerte, aber Nir antwortete sofort.

»Weil du nicht jüdisch aussiehst und trotzdem hier lebst.«

»?«

»Die wollen verstehen, warum du hier bist. In Israel.«

»Okay.«

»Ob du dazugehörst.«

»Okay.«

»Wer ›wir‹ sagt, meint ›ihr nicht‹ – hast du das über den jüdischen Staat noch nicht verstanden?« Nir lachte sarkastisch, und Maja schielte zu Eitan rüber, der seine Augenbrauen leicht hochzog. Eitan würde solche Dinge nie sagen. Er sah sein Land nicht so kritisch. Schon gar nicht vor Maja. Majas schiere Existenz in seinem Leben war Angriff auf seinen Patriotismus genug. Er hatte schon so viel aufgeben müssen, zum Beispiel seine Karriere, die nach dem Bruch der Jahre in Deutschland gar nicht mehr in die Gänge kommen wollte, aber auch das Verhältnis zu seiner Mutter, das durch seinen Weggang einen riesigen Knacks bekommen hatte – die Liebe zu seiner Heimat wollte er sich nicht auch noch nehmen lassen. Maja und Eitan lebten jetzt in Tel Aviv, aber sie hatten sich immer noch nicht von ihrem Leben in Deutschland, von ihrer Trennung in Deutschland, erholt. Ein halbes Jahr waren sie auseinander gewesen. Ein halbes Jahr, in dem sich Eitan nicht dazu durchringen konnte, Deutschland zu verlassen (auch wenn seine Mutter, als sie hörte, dass er und Maja nicht mehr zusammen waren, auf seine sofortige Rückkehr gedrängt hatte). Ein halbes Jahr, in dem Maja plötzlich ein Job in Tel Aviv angeboten wurde und sie beschloss, ihn anzunehmen, mit oder ohne Eitan. Ein halbes Jahr, das irgendwann zu Ende ging, als Eitan, ohne große Geste oder wenigstens ein paar Tränen oder mindestens eine leidenschaftliche Liebeserklärung, wieder vor Majas Tür stand und nur sagte: »Ich kann einfach nicht ohne dich. Und wenn du sowieso nach Tel Aviv ziehst, lass es uns zusammen tun.« Aber die Trennung, die hallte in ihnen nach. Und die Gründe für ihr Auseinandergehen auch. Maja vertraute Eitans Liebe nicht mehr, und Eitan war sich immer noch nicht sicher, ob das mit Maja und ihm wirklich funktionieren konnte.

Umso mehr bestand er jetzt, wo sie in Israel lebten, darauf, dass Maja endlich übertrat. Gleich nach ihrer Ankunft hatte er sie zu einem Rabbiner, der irgendwie mit seiner Familie verbandelt war, geschleppt. Sie hatten in einem kleinen, schmuck-losen Büro in einem Hochhaus in Haifa gesessen, Eitans ältes-ter Bruder auf dem Stuhl neben ihnen, und der Rabbiner hatte ihnen erklärt, dass es fast unmöglich war, so einen Übertritt durchzuziehen, wenn man nicht wirklich religiös lebte. Und er hatte ihnen erklärt, dass Maja mindestens ein Jahr lang zwei-mal in der Woche zu den Unterrichtsklassen gehen müsse und dass sie sich anders kleiden müsse und dass sie ihre Küche ab-solut koscher machen müssten (mit Tellern für Milchiges und Tellern für Fleischiges – nicht alles durcheinander, so wie es jetzt bei ihnen war) und dass Maja jeden Tag beten müsse. Ein-mal pro Woche in die Synagoge zu gehen war sowieso Pflicht, am besten zweimal. Und dass sie zwar offiziell konvertieren könne, aber weil sie schon ein Visum im Land hatte, würde es viele Jahre dauern, bis dann auch das Rabbinergericht die-sen Übertritt anerkennen würde. Von diesem Rabbinergericht, dem Rabbanut, hatte Eitan Maja schon erzählt. Dieses Gericht war es, das in Israel über Leben, Ehe und Tod entschied. Eine Zivilehe gab es nicht. Man konnte nur mit Rabbinern, Priestern oder Imamen heiraten – was es im Land unmöglich machte, gemischte Ehen zu schließen. Sie wussten wohl, dass im Ausland geschlossene Ehen immerhin anerkannt wurden, aber ehrlicherweise hatten sie sich darüber noch nicht allzu viele Gedanken gemacht, obwohl Eitans Mutter das Thema immer öfter ansprach. Vor allem seit sich Majas und Eitans Eltern bei Wolfs und Astrids erstem Besuch kennengelernt hatten (da die vier keine gemeinsame Sprache sprechen konnten, prostete man einander vor allem freundlich lächelnd zu). Vor allem auch, weil Jaffa so glücklich war, dass chaim sheli jetzt endlich wieder in Israel lebte, und sie unter keinen Umständen wollte, dass er noch mal ging. Deshalb wünschte sie sich eine große israelische Hochzeit, in der Hoffnung, dass das Maja und Eitan an Israel binden würde. Maja war heiraten egal, wenn überhaupt, war es ihr nur deshalb nicht egal, weil sie wusste, dass es für Eitan wichtig war. Aber sie wusste auch, dass er sie nicht heiraten würde, bevor sie nicht offiziell dazugehörte. In dem schmucklosen Büro in Haifa hatten Maja und Eitan damals dem Familienrabbiner zugehört, wie er über orthodoxe Übertritte und das, was damit auf sie zukommen würde, berichtete. Und Maja, die doch gerade erst ihr ganzes Leben über den Haufen geworfen hatte mit diesem Umzug ins Heilige Land, spürte, wie ihr die Luft wegblieb. Am liebsten hätte sie dem Rabbiner einen Vogel gezeigt. Stattdessen drückte sie Eitans Hand so fest, dass sich die Knöchelchen oben weiß verfärbten. Sie hatte gespürt, wie sich alles in ihrem Körper dagegen wehrte, so ein Leben zu führen. Und dann hatte sie in Eitans hoffnungsvolle Augen geblickt und ihn gleichzeitig geliebt und gehasst.

Eine Woche nach dem Termin in Haifa waren sie zu einem Rabbiner in Tel Aviv gegangen, der ihren Übertritt begleiten sollte. Er empfahl ihr und Eitan, erst einmal regelmäßig zum Schabbatgottesdienst zu kommen. Und das taten sie. Und zu ihrer Überraschung gefielen Maja die Gottesdienste des Rabbiners. Er sprach immer auch über aktuelle Themen, nicht nur über Religion. Er war überhaupt viel moderner als die meisten Gläubigen, die sie bisher kennengelernt hatte. Doch wenn sie danach zu dem Schabbatmahl gingen, das der Rabbiner in einem Raum im ersten Stock der Synagoge abhielt, fühlte sich Maja wie ein Fremdkörper zwischen den Gläubigen. Und obwohl Eitan es nicht zugab, ging es ihm genauso. Sie wussten beide, dass sie das Ganze nur halbherzig taten, und schließlich, nach drei Monaten, sagte Maja: »Ich will da nicht mehr hin«, und Eitan widersprach nicht. Sie sprachen danach sehr lange nicht mehr über das Thema.

Aber nachts hatte Maja Albträume von Eitan und seinen jüdischen Kindern, deren Mutter nicht sie war, sondern eine andere Frau, eine, die als Jüdin auf die Welt gekommen war. Und auch Eitan hatte Träume, aus denen er schweißgebadet aufwachte, weil er in seinen Träumen Kinder hatte, die nach einer Scheidung zwischen zwei Ländern hin- und herpendeln mussten. Oder weil er, was fast noch schlimmer war, davon träumte, wieder nach Deutschland zurückzumüssen. Und dann fragte Eitan sich, ob er mit Maja jemals ein Leben in Frieden führen könnte, wie er es eigentlich ersehnte. Und dann lagen sie schweigend nebeneinander, jeder mit seinen Ängsten.

Was, wenn sie nie wieder richtig irgendwo dazugehören würden? Wenn sie beide so viel aufgaben, dass sie irgendwann nicht mehr wussten, wer sie ursprünglich mal gewesen waren. Was, wenn ihre Liebe allein nicht reichte? Wenn es einfach nicht genug war, sich zu lieben.

Wann wusste man, dass man aufgeben musste? Wann wusste man, dass man es geschafft hatte?

Dass sie zusammen nach Israel gezogen waren (was für ein Schritt für Maja, die noch nie länger als sechs Wochen am Stück im Ausland gewesen war), war keine Antwort auf all ihre Fragen. In Israel war es nun Eitan, der sich plötzlich um alles kümmern musste. Die Wohnung, das Visum, die Arbeitsgenehmigung, den Sprachkurs. Und vor allem Majas Gefühlsausbrüche. Wenn man kein Sabres war, also jemand, der in Israel geboren wurde, wenn man kein Oleh war, also ein Jude aus der Diaspora, der mit wehenden Fahnen nach Israel zog und sich dort endlich zu Hause (weil endlich ein Jude unter vielen) fühlte, blieben einem zwei Möglichkeiten, was das Leben in Israel betraf: Man konnte es lieben oder hassen. Während Maja sich bei ihren ersten Besuchen unsterblich in das Land verliebt hatte, blind geradezu vor Freude und Glück über die Existenz des jüdischen Staats, begann sie jetzt, wo sie hier leben sollte, schon bald, Israel zu hassen. Natürlich gestand sie sich das nicht ein. Jedenfalls nicht am Anfang. Am Anfang hatte man ja noch Geduld, man hoffte, dass es bald besser werden würde. Aller Anfang war schwer und so weiter. Doch auch Wochen nach ihrem Umzug rief Maja Eitan mindestens einmal am Tag heulend an, weil sie sich wieder in Tel Avivs Straßengewirr, wo Straßennamen auf jedem Schild anders geschrieben wurden, verirrt hatte. Weil sie den Bus nicht fand oder jemand in typisch grober israelischer Art so unfreundlich zu ihr gewesen war, dass sie in Tränen ausbrach.

Maja, die Israel einst so sehr geliebt hatte, fühlte sich nun, da sie dort leben sollte – und zwar für immer, denn Eitan hatte nicht vor, wieder nach Berlin zurückzugehen, und Maja wusste ja, wie schwer dort alles gewesen war, und dass es Israel sein musste oder ein Leben ohne Eitan –, sie fühlte sich in Israel wie amputiert. Dabei war nicht alles schlecht. Denn sie hatte immerhin einen Job, ihre große Rettung. Sie fand gleich Freunde, im Sprachkurs und bei Partys auf Dächern. Israelis waren offener, man kam gleich mit ihnen ins Gespräch. Aber worüber man redete, das war anders. Und wie man redete, auch das. Für jemanden, der so gerne quatschte wie Maja, der so gerne Gesprächen anderer Menschen lauschte, der ein so riesiges Interesse an seinem Umfeld hatte, war es deprimierend, nicht inmitten der eigenen Muttersprache zu leben.

»Die Israelis sprechen doch alle Englisch«, versicherte man ihr ständig, und das stimmte auch. Aber dann stand sie doch allein auf der Familienfeier, weil alle um sie herum Hebräisch sprachen und sie kein Wort verstand. Dann saß sie doch bei Essen mit Freunden, die sich die ersten dreißig Minuten gegenseitig daran erinnerten, Englisch zu sprechen und dann (und Maja konnte es ihnen noch nicht einmal übel nehmen) wieder in ihre Muttersprache verfielen, wenn sie Witze machten. Das waren Momente, in denen sich Maja so dermaßen einsam fühlte, obwohl sie nicht allein war. Momente, in denen sie aufs Klo verschwand, weil sie spürte, dass sich die Tränen nicht mehr länger zurückhalten ließen. Momente, in denen sie ihre eigene Familie, das Zusammensitzen bei Tante Susi und ihre Witze und Sprüche, die Lieder, die sie hörten, wenn ihre Mutter und Tante Susi so richtig einen im Tee hatten, so sehr vermisste, dass sie glaubte, den Kloß im Hals niemals herunterschlucken zu können. Ja, viele Israelis sprachen sehr gut Englisch, wahrscheinlich besser als die meisten Deutschen. Aber die Wahrheit war auch: In dem Moment, wo sie Englisch mit dir sprachen, gehörtest du nicht mehr dazu. Nur wenn Maja es auf Hebräisch versuchte, ein hoffnungsloses Unterfangen, sie konnte sich kaum Vokabeln merken (da half es auch nichts, dass die Grammatik vergleichsweise einfach war), dann waren die Israelis sie selbst. Den Unterschied spürte Maja sofort. Und immerhin waren sie großzügig, es störte sie nicht, wenn Maja Fehler machte (die einzige Milde der Einwanderungsnation). Aber: Wenn Maja Hebräisch sprach, behandelten sie sie sofort wie eine von ihnen, und das war noch viel schlimmer, als auf Englisch nicht dazuzugehören, denn die Israelis gingen grob miteinander um. Zumindest wirkte es auf Maja so. Sie sagten nicht Danke und nicht Bitte und niemals Entschuldigung. Sie spuckten Wahrheiten und Wut aus wie Sonnenblumenkerne. Und es würde Jahre dauern, bis sich Maja an diese direkte, unverblümte Art zu reden gewöhnte. Jahre, bis sie sich endlich auf Hebräisch wehren konnte. Und noch mal Jahre, bis sie diese Art, direkt, ehrlich und ohne Umschweife zu kommunizieren (wenn man wütend war, aber auch wenn man etwas toll fand), wirklich zu schätzen lernte. Bis sie endlich das Gleichgewicht fand zwischen Aggression und dieser besonderen israelischen Herzlichkeit. Am Anfang jedoch erschlug es sie. Die Menschen erschlugen sie. Sie schubsten und drängelten und pöbelten und brüllten. Sie waren alle ständig im Krieg. Nein, nicht in der West Bank oder in Gaza. Bei der Parkplatzsuche. Oder wenn sie in einen Bus einsteigen wollten. In der Schlange an der Supermarktkasse, in der man ständig aufpassen musste, dass sich nicht jemand vordrängelte. Dazu kam das Chaos. Alles war irgendwie Chaos. Die Bushaltestellen, die Straßennamen, nie fand man die richtigen Eingangstüren oder korrekten Ansprechpartner. Verabredungen wurden spontan getroffen und kurz vor dem Termin wieder gelöst. Versprechen wurden nicht eingehalten, und niemand fühlte sich schlecht deswegen – außer Maja. Und dass sie so anders war als die anderen, setzte ihr zu. Und diese allgemeine Grobheit zermürbte sie. Maja, die in Deutschland so selbstbewusst war, immer ihre Meinung gesagt hatte, laut und extrovertiert, begann sich in Israel zu verkriechen. So wie Eitan zuvor in Berlin, wurde auch Maja in Israel immer kleiner. Jedes Mal, wenn sie die Wohnung verließ, passierte irgendwas. Wurde sie fast über den Haufen gefahren. Oder von der Nachbarin angeschrien, weil sie die Straßenkatzen vor der Tür fütterte. Oder sie verzweifelte, weil ein Techniker auf sie einredete und sie kein Wort verstand und sich vorkam wie der dümmste Mensch der Welt. Sie bekam Panikattacken und entlud ihre Wut darüber bei Eitan. Wütete über sein Land, über die Leute und darüber, dass sie wegen ihm hier jetzt feststeckte. Sie wurde aggressiv und ängstlich. Sie vermied den Kontakt mit Israelis, die sie nicht kannte. Sie arbeitete nun meist von zu Hause. Immer öfter vermied sie es, nach draußen zu gehen, wenn es nicht unbedingt nötig war.

Irgendwann hörte sie ganz auf, das Haus zu verlassen.

Und Eitan, der an Maja auch ihre Liebe für Israel so sehr bewundert hatte, konnte es kaum ertragen, wie sein Land seine

Geliebte zermürbte. Und allzu oft verstand er ihre Frustration, denn auch ihm, der nur drei Jahre weg gewesen war, fiel es schwer, sich wieder an dieses Leben ohne Regeln und Formalitäten zu gewöhnen. Auch Eitan konnte sich nur langsam wieder an diesen rauen Umgangston gewöhnen, an das orientalische Chaos, an den Staub und auch die Hitze. Daran, dass jeder nur das machte, was er wollte, daran, dass jeder sich selbst für den Mittelpunkt der Welt hielt. Eitan spürte, dass er sich durch Maja von seinem Land entfremdet hatte. Sie machte ihn auf all die Dinge aufmerksam, die nicht gut liefen. Vor allem im Vergleich zum reichen, ordentlichen Deutschland. Und sie ließ ihn ständig auf der Hut sein. Wenn er auf Familienfeiern zu lange mit seinen Cousins quatschte und sie dann heulend in der Ecke fand, weil sie sich so einsam fühlte. Oder wenn sie wieder tränenüberströmt anrief, an einem Tag, an dem er es eigentlich genossen hatte, endlich wieder zu Hause zu sein, und er dann sein unfreundliches Volk und sein chaotisches Land gegen sie verteidigen musste.

*

Das Land, in dem man sein Leben lang gelebt hatte, für ein anderes zu verlassen, bedeutete immer auch einen Verlust der Heimat. Eitan hatte das in Deutschland erfahren, aber Maja, die immer geglaubt hatte, Eitans Unzufriedenheit läge nur an der fehlenden Arbeit oder den fehlenden Freunden, hatte das nie richtig verstanden. Sie fühlte sich als Teil einer Generation, die ohne Anker durch die Welt segelte. Schon zu Schulzeiten kannte sie genügend Leute, die ein Auslandsjahr in den USA machten. Au-pair, später Erasmus, Sprachkurse in England oder einen MBA in Amerika. Maja dachte, es würde auch ihr leichtfallen, in ein anderes Land als Deutschland zu ziehen. Weil es doch allen leichtzufallen schien. Und weil sie, die immer etwas Besonderes für ihr Leben wollte, die ganze Welt als ihr potenzielles Zuhause betrachtete. Eine Zeitlang wollte sie nach Spanien ziehen, dann nach New York – aber irgendwie war es nie dazu gekommen. Das lag auch an Wolf. Er wollte sie nie weglassen. Selbst das Auslandssemester, von dem sie träumte, verübelte er ihr: »Ein Auslandssemester auf Teneriffa? Was willst du denn da lernen? Haben die überhaupt eine richtige Uni?« und: »New York? Das ist doch viel zu teuer, ich bitte dich.« Obwohl er sich natürlich in Wahrheit eher darum sorgte, was das seine Beziehung zu Maja kosten würde. Wolf war liebevoll und wohlwollend, aber er verstand sich nicht darauf, Vater eines erwachsenen Menschen zu sein. Astrid ließ ihr viele Freiheiten, vielleicht war sie auch einfach nur zu selten da, aber wenn sie da war, ermutigte sie Maja zu werden, was sie wollte. Schauspielerin, Sängerin, Lehrerin oder Staatsanwältin. Hauptsache, sie wäre gut darin. Besonders gut. Und Wolf stimmte zu, ja, sie konnte werden, was sie wollte – in einem Umkreis von 400 Kilometern. Ihm war unwohl bei dem Gedanken, seine Tochter zu weit von sich wegzulassen. Und dort, wo er war, wurde es immer enger. Trotzdem träumte Maja von einem anderen Leben, einem größeren Leben, das nicht auf Heimat und Herkunft beschränkt war. Trotzdem war sie stolz, weggegangen zu sein. Dass das Heimweh sie plagen könnte, damit hatte sie nicht im Geringsten gerechnet. Heimweh, das waren Gefühle aus Udo-Jürgens-Songs, griechischer Wein, Blut der Erde. Heimweh, diese tiefe schmerzhafte Sehnsucht, das sei reserviert für Migranten und Flüchtlinge, dachte sie.

Für Menschen, die ihre Heimat unter großen Ängsten oder mit leeren Händen verlassen mussten. Für Menschen, die unfreiwillig gingen und ein Leben lang vom Verlust gezeichnet waren. Für Menschen, die im neuen Land nie ankamen, weil sie nicht die finanziellen Möglichkeiten hatten, die es für eine echte Integration brauchte.

Dass sie selbst einmal einer dieser Menschen werden könnte, dass sie schlimmstes, schmerzhaftestes Heimweh plagen könnte, das hatte sie im Traum nicht für möglich gehalten. Und als es eintrat, schämte sie sich für dieses kleingeistige Gefühl. Sie saß an ihrem Schreibtisch in der engen Tel Aviver Straße, in der man nicht nur sein eigenes Leben, sondern auch das sämtlicher Nachbarn mitlebte, und träumte von der Ostsee. Von diesem brackigen Meer, das im Sommer algig grün und im Winter düster grau war. Sie saß am Schreibtisch und vermisste die breiten Straßen Berlins, die Nachmittage mit ihren Freunden im Park und die Nächte in Berliner Hinterhöfen. Sie vermisste die Stadt, in der man so voll sein konnte und so leer, und in der sie wusste, auf welcher Höhe der U-Bahn-Station sie einsteigen musste, um beim Aussteigen gleich am richtigen Ausgang zu sein. Sie vermisste das deutsche Grün, das deutsche »Ja«, das auch »ja« hieß und nicht »vielleicht«, und die deutsche Ruhe. Sie vermisste ihre Familie, ihre Freunde und jeden Menschen, der genauso dachte wie sie. Genauso unflexibel im Kopf war und gerade deswegen so effizient. Sie hatte all diese Gefühle des Vermissens und schämte sich dafür. Konnte mit niemandem darüber reden. Nicht mit Eitan, der ihre Sehnsucht nach Deutschland persönlich nahm. Nicht mit Astrid, die Schwäche noch nie geduldet hatte. Und schon gar nicht mit Wolf, der Maja sowieso ständig davon überzeugen wollte, endlich wieder nach Hause zu kommen. Der nur darauf wartete, »ich hab es doch gleich gewusst«, dass sie es nicht schaffte, weil es ihm sowieso so verdammt schwerfiel, an Maja zu glauben. An irgendwas zu glauben. Wolfs Ablehnung ihres Umzugs nach Tel Aviv resultierte darin, dass er sie anfangs nicht einmal besuchen kommen wollte, was wiederum dazu führte, dass Maja einige Monate lang nicht mehr mit ihm sprach. Bis ihr Vater zu Majas Überraschung plötzlich doch einen Flug buchte. Maja wusste nicht, dass ihre Mutter ihn eines Tages beiseitegenommen und mit entschlossener Stimme zu ihm gesagt hatte: »Wenn dein Kind geboren wird, bekommst du eigentlich zwei Kinder: das Kind, auf das du gehofft hast, und dein eigentliches Kind, und irgendwann musst du dich für eins entscheiden. Wenn du nicht bald anfängst, Majas Entscheidungen zu respektieren, wirst du sie verlieren.« Drei Wochen später setzte Wolf Pagel seinen Fuß zum ersten Mal auf israelischen Boden. Und wenn ihre Eltern nun nach Israel kamen, musste Maja ihnen umso deutlicher zeigen, wie glücklich sie dort war. Auch wenn sie es nicht war.

Maja hatte vor ihren Eltern immer für ihr Recht, nach Israel zu ziehen, gekämpft. Sie hatte ihnen klarmachen wollen, dass sie diese Entscheidung aus tiefster Überzeugung getroffen hatte. Sie wollte den Zweifeln keine Chance geben, am wenigsten den Zweifeln, die sie selbst plagten. Denn die Wahrheit war: Maja hatte sich Israel nicht ausgesucht. Sie hatte sich Eitan ausgesucht, aber nicht seine Heimat.

Wollte Maja nach Israel? Natürlich wollte sie, Eitan zwang sie ja nicht. Und doch: Ja, Eitan zwang sie. Maja wusste, wie unglücklich er in Deutschland gewesen war. Sie wusste, dass er es vielleicht noch ein, zwei weitere Jahre ausgehalten hätte, aber dass dann vielleicht gar nichts mehr von dem Mann, den sie fünf Jahre zuvor in Indien kennengelernt hatte, übrig gewesen wäre. Sie wusste, dass es für ihn immer nur eine Heimat gab und geben würde, und dass er außerhalb von Israel auf lange Sicht niemals glücklich wäre. Und sie wollte aus ihm keinen Mann ohne Fragen und Antworten machen, wie der Vater, der zu Hause auf dem elterlichen Sofa klebte. Maja dachte auch, dass sie weniger auf ihre Heimat festgelegt war als Eitan. Irgendwann hatte sie sich so an diesen Gedanken gewöhnt, dass sie selbst dann, als Eitan sich von ihr getrennt hatte, an ihm festhielt. Irgendwann hatte sie sich selbst überzeugt, dass ihr Heimat nicht annähernd so viel bedeutete wie ihm. Und das stimmte ja irgendwie auch: Durch Eitans Augen hatte sich Maja ein anderes Gesicht ihrer Heimat und der Menschen, die sie einst als die ihrigen angesehen hatte, gezeigt. Eitans schiere Existenz hatte ihr Wahrheiten eröffnet, von denen sie sonst niemals erfahren hätte. Zwischen Deutschland und Maja war etwas zerbrochen. Mit jedem antisemitischen Kommentar. Mit jedem Mal, das sie um Eitans Leben fürchtete, weil er nach dem Besuch in der Synagoge (Kippa auf dem Kopf) nicht pünktlich nach Hause kam. Mit jeder Demonstration, auf der Menschen ihren Hass auf Israel herausschreien durften und dabei von der deutschen Polizei geschützt wurden. Mit jedem Moment, in dem sie sich so fremd in ihrem eigenen Land fühlte, und das nur, weil Eitan an ihrer Seite war. Sie hatte sich Stück für Stück von ihrer Heimat entfremdet, hatte sie auf stille Weise verloren. Kein Krieg, keine Verfolgung. Zum Glück. Aber trotzdem ein Verlust, der sich nie wieder rückgängig machen ließ. Sie ging mit wehenden Fahnen nach Israel, glücklich, nun keine antisemitischen Kommentare mehr zu fürchten. Und doch zutiefst traurig darüber, ihr Zuhause verlassen zu müssen. Ihre Eltern, ihr Leben, wie sie es kannte. Aber was hieß schon »müssen«. Hatte sie eine Wahl? Natürlich hatte sie eine Wahl. Und hatte doch keine, denn Eitan zu lieben, das hatte sie sich nicht ausgesucht. Das war ein Naturgesetz, und ohne ihn hätte sie weitergelebt und wäre doch gestorben. So wie sie in den sechs Monaten ohne ihn weiterlebte und sich doch wie tot fühlte. In diesen sechs Monaten ohne Eitan, in denen sie spürte, dass sie eine Entscheidung treffen musste. Für Eitan oder für ihr Leben, wie sie es kannte. Eine Entscheidung, die letztendlich in der Frage mündete: Was war sie bereit aufzugeben, Liebe oder Zugehörigkeit?

*

Zwei Jahre nach ihrem Umzug kam der Krieg und stellte neue Fragen. An einem Mittwoch im November klingelte Majas Handy, und Eitan sagte ihr, dass sie ihr Abendessen mit einer Freundin lieber absagen solle. Maja lachte und fand wie immer, dass Eitan übertrieb. Er hatte es sich in Israel angewöhnt, Maja manchmal wie ein kleines Kind zu behandeln, nahm sie an die Hand, wenn sie über die Straße gingen, oder erklärte ihr selbst simpelste Wege und Dinge so oft, dass es ihr zu den Ohren herauskam. Sie lachte, legte auf und machte mit ihrer Arbeit weiter. Dann malte sie. An ihrem Fenster vor dem Balkon, von dem sie alle Nachbarn sah, weil Tel Aviver Straßen nun einmal so schmal waren. Seit 1991, seit dem Golfkrieg, hatte es niemand gewagt, Raketen auf Tel Aviv zu schießen, beruhigte sie sich selbst, Pinselstrich für Pinselstrich, von wegen Krieg, das war doch lächerlich.

Am gleichen Abend hörte sie zum ersten Mal den Alarm. Diesen Alarm, der wie kein anderes Geräusch auf der Welt klang. Die Sirene, laut und heulend, bedeckte die ganze Stadt mit ihrem Klang. Kroch in alle Ecken, machte sich breit. Egal wohin Maja in ihrer Wohnung lief, die Sirene war immer schon da. Sie dröhnte, sie grölte ihre einzigartige Melodie, auf und ab, bis zum großen Knall. Maja griff nach Eitans Hand, und gemeinsam liefen sie in den Hausflur, hockten sich so weit von den Fenstern des Treppenhauses weg, wie es ging.

»Was jetzt?«, fragte Maja.

»Jetzt warten wir, bis wir das Boom hören. Dann ist die Rakete entweder vom Abwehrschild zerstört worden oder irgendwo eingeschlagen«, sagte Eitan.

Ein paar andere Nachbarn kamen hinzu. Die meisten von ihnen hatten das schon mal erlebt, so eine Sirene, und doch, niemand wollte so recht glauben, dass wirklich auf Tel Aviv gezielt wurde. Man tauschte Geschichten aus, Gerüchte, die man gehört hatte. Nur Maja war stumm. Schweigend saß sie auf der kalten Treppenstufe und blickte ängstlich zur Decke. Das Boom hörten sie gedämpft, die Explosion war weit weg. Sie warteten noch eine knappe Minute, dann gingen sie zurück in ihre Wohnungen. Jeder Nachbar in seine.

Der Krieg gehörte jetzt dazu. Die Sirene, immer noch furchterregend, wurde vertraut. Mehrmals am Tag liefen sie aus der Wohnung, setzten sich im Hausflur so weit es ging vom Fenster weg und warteten auf das Boom. Alarm. Raus. Boom. Aufatmen. Zurück. Alarm. Raus. Boom. Aufatmen. Zurück. Das war ihre neue Routine. Mittlerweile bekam Maja bei jedem Motorrad, das beschleunigte, ein Geräusch, das dem der aufheulenden Sirene erstaunlich ähnlich war, Herzrasen. Sie hatte ständig Angst und fühlte sich doch so lebendig wie nie zuvor. Fühlte sich, als tanzte sie am Abgrund. Es war das intensivste Gefühl, das sie je erlebt hatte. Sie rannten und fürchteten sich, und danach liebten sie sich oder schauten »Eretz Nehederet«, eine bekannte Comedy-Show, und lachten über die Witze, die dort über den Krieg gemacht wurden. Darüber, wie man beim Raketenalarm jedem Nachbarn, der in den Hausflur gelaufen kam, ansah, was er gerade gemacht hatte. Gekocht, gebadet oder seltsame Sexpraktiken ausgeübt. Nach zwei Nächten mit Alarmen gingen sie wieder in Restaurants, man bekam auch jetzt nur mit Reservierung einen Tisch, Tel Aviv lebte weiter. *Aber wir haben Pharao überlebt, wir überleben auch das noch.* Das Überleben war immer noch ihr größter Hit. Und Tel Aviv war eine Stadt, die wie eines dieser Tiere funktionierte, das sich bei Verletzungen sofort selbst regenerierte. (Ein Axolotl, ein Zebrafisch. Verletzte Teile fielen ab und gesunde wuchsen nach.) Tel Aviv, diese Stadt, die sich nicht unterkriegen ließ. Schon gar nicht von Sirenen. Und selbst Maja gewöhnte sich an den Krieg. Der Krieg schweißte sie zusammen, zum ersten Mal hatte sie das Gefühl, in Israel wirklich dazuzugehören. Und irgendwo zwischen dem Gefühl von Angst und Zugehörigkeit änderte sich noch etwas: Sie erkundigte sich wieder nach Rabbinern. Nach Gemeinden in Tel Aviv, die Kurse für Übertritte anboten. Dabei hatte sie daran schon ganz lange nicht mehr gedacht.

Aber das Widerstreben, das Maja bei dem Rabbinergespräch in Haifa kurz nach ihrer Ankunft im Land gespürt hatte und das auch bei den Besuchen in der Synagoge in Tel Aviv nicht wegging, ließ jetzt, als der Krieg in ihre Häuser kam, plötzlich nach. Mit jedem Raketenalarm spürte sie es verblassen. In dieser Bedrohungslage spürte sie, dass sie dazugehören wollte. Und da war noch etwas anderes: Maja, inzwischen 28 Jahre alt, spürte langsam das Bedürfnis nach einem Kind. Und sie wusste, dass Eitans einziger Beweggrund, warum sie unbedingt Jüdin werden musste, immer mögliche Kinder gewesen waren. Sie wusste, dass Eitan mittlerweile fast die Hoffnung aufgegeben hatte, dass sie noch konvertieren würde. Sie wusste, dass seine Großmutter Saïda ihm bereits mehrmals gesagt hatte (auch wenn Maja dabei war): »Heirate sie trotzdem«, »habt trotzdem Kinder«, »es ist egal, dass sie keine Jüdin ist. Du bist doch schon 35!« Sie wusste, dass es immer noch Eitans sehnlichster Wunsch war, dass sie übertreten würde. Aber dass er sie lieben würde, sein Leben mit ihr teilen würde, auch wenn sie es nicht tat. Sie hatte es gespürt, jedes Mal, wenn die Sirene heulte und er nach ihrer Hand griff.

Als Maja eine Woche, nachdem die Raketenalarme endlich zu Ende gegangen und eine Art Waffenstillstand verhandelt worden war, zufällig den Verlobungsring in Eitans Nachttischschublade fand, war sie überrascht und glücklich. Sie schloss die Schublade schnell wieder und sagte beim Abendessen entschlossen zu ihm: »Lass uns den Antrag für den Giur stellen, lass es uns jetzt einfach durchziehen, diese ein, zwei Jahre. Wenn ich es nicht jetzt mache, dann mache ich es nie.«

MORDECHAI UND RIVKA

Eitan, der eigentlich Mordechai hieß, hatte immer an Gott geglaubt. Mehr oder weniger. Denn natürlich war der Glaube an Gott eine Beziehung, die mal besser, mal schlechter funktionierte. Aber die Grundlage war immer da. Es gab eine Beziehung zwischen ihm und Gott, anders kannte er das gar nicht. Seine Mutter glaubte an Gott, sein Vater glaubte an Gott, einigermaßen zumindest (was egal war, denn er war doch eigentlich vor allem mit seiner Mutter aufgewachsen). Manchmal hatte er sich natürlich gefragt, warum Gott dies und jenes zuließ (die Fünf im Lesen! Oder dass Shira aus der Parallelklasse nicht mit ihm gehen wollte!), aber viel öfter hatte er sich das nicht gefragt. Er glaubte bedingungslos. Ob er sich dabei bewusst dafür entschieden hatte, an Gott zu glauben, wusste er nicht. Das war ihm auch egal. Wer glaubte, der glaubte. Mit acht Tagen hatte man ihn beschnitten und nach seinem toten Onkel benannt. *Bereshut moirei verabotai. Le chaim!* Mordechai Ben Itzchak. Und Eitan war ein Abbild seines Onkels gewor den, dieses Onkels, der auch an Gott geglaubt hatte, selbst in dem Moment, als er die Sagger durch die Luft zischen hörte, sein Tod nur noch einen Atemzug entfernt, hatte er an Gott geglaubt. Vielleicht in diesem Moment noch mehr als zuvor. So wie Eitan das sah, brauchte man an gar nichts glauben, wenn man nicht schon wenigstens an Gott glaubte. Das war einfach die Welt, in der er aufwuchs. Das war die Stadt am Fuße des Berges, nur einen ausgedehnten Spaziergang vom Meer entfernt. Seine Heimat war kein Ort Ungläubiger. Jeder, der dort gesagt hätte, *ich glaube nicht an Gott*, wäre ein Außenseiter gewesen.

Dann traf Eitan Maja, und wenn so eine große Liebe nicht die Existenz Gottes bewies – was dann? Gleichzeitig war Maja seine größte Probe. Manchmal hinterfragte sie seinen Glauben, wollte ihn erklärt haben, wollte, dass er ihr eine Art Rezept gab, wie einem das Glauben gelang, aber das konnte er nicht. Er glaubte einfach, er hatte immer geglaubt. War es Erziehung? Seine gläubige Mutter? Der Unterricht in Bibelkunde, der bei ihnen in den normalen Stundenplan gehörte? Die Tatsache, dass sie der jüdische Staat waren? Die Bar Mizwa, bei der er sich offiziell zu Gott bekannte, das erste Mal den Tefillin anlegte und laut einen Abschnitt aus der Tora vorlas? War es die Bibel, die unter seiner Waffe lag, als er offiziell von der Armee vereidigt wurde, »ich schwöre, ich schwöre, ich schwöre«? Ja, es war all das. Es war die Summe all dieser Teile, das Fundament seines Lebens. Eitan wuchs in einem religiösen Haus, in einer religiösen Gesellschaft, in einem religiösen Land auf. Nicht nur religiös, irgendwie religiös, sondern jüdisch. Es gab Hunderte christliche Länder auf der Welt, Dutzende muslimische und ein paar buddhistische und hinduistische. Es gab nur einen jüdischen Staat. Und Eitan gehörte voll und ganz dazu. Jüdisch sein war nicht nur seine Religion, es war seine Volkszugehörigkeit, seine Ethnie und seine Identität. Und deswegen war eigentlich immer klar gewesen, dass er eine jüdische Frau heiraten und jüdische Kinder haben würde.

Maja, die immer nur Maja hieß, bis sie eines Tages noch den Namen Rivka annahm, hatte nie an Gott geglaubt. Als sie jünger war, hatte sie eine Phase, in der sie jeden Abend das *Vaterunser* aufsagte, aber eigentlich wollte sie nur, dass der Junge aus der Parallelklasse sie endlich mal bemerkte oder dass sie in der Mathe-Klassenarbeit wie durch Magie eine Eins bekommen würde. An Weihnachten war sie manchmal mit Oma Elfriede in die Kirche gegangen, aber geglaubt hatte sie das nicht, was dort gepredigt wurde. Sie fand die Vorstellung, dass es einen Gott geben sollte, irgendwie absurd. Dass Gott die Welt erschaffen haben sollte, noch absurder. Und dass man Dinge tun sollte, um Gott zu dienen, am absurdesten. Als Eitan ihr damals am Strand des aufziehenden Windes gesagt hatte, dass sie Jüdin werden müsse, hatte sie Ja gesagt, weil sie kein Problem darin sah, Jüdin zu werden. Wer nicht glaubte, störte sich nicht daran, einfach, pro forma, eine Religion anzunehmen. Erst viel später verstand sie, wie schwierig es war, zum Judentum zu konvertieren. Erst viel später verstand sie, dass man von ihr erwartete, an Gott zu glauben. Sie hatte anfangs keine Ahnung, was es wirklich bedeutete, »jüdisch zu sein« – also im religiösen Sinne. Sie hatte überhaupt keine Ahnung, was es bedeutete, religiös zu sein. Gott und sie waren bis dahin getrennte Wege gegangen. Ihre Eltern hatten sie nicht getauft, weil sie glaubten, wie sie immer, nicht ohne Stolz, erklärten, dass sich jeder Mensch seine Religion selbst aussuchen können sollte. Aber die Wahrheit war natürlich, dass es viel leichter war, zu glauben, wenn man damit aufwuchs. So wie es leichter war, eine Sprache zu sprechen, die man von klein auf hörte. Nun war eine Sprache sicherlich Teil der eigenen Identität, aber man musste sich nicht selbst verbiegen, um eine Sprache zu lernen. Um jüdisch zu werden hingegen, musste Maja viele Dinge tun, die sie normalerweise nie getan hätte. Bei ihrer Familie stieß das nicht immer auf Verständnis. Aber auch in Maja selbst löste die Konvertierung einen inneren Widerstand aus. Sie war bereit, das Ganze theoretisch zu lernen, wie in der Schule. Aber sie wollte das Gelernte nicht leben. Es nervte sie, wenn Eitan sie fragte, warum sie am Freitagabend nicht die Schabbatkerzen anzündete. Es nervte sie, jeden Freitagabend in die Synagoge zu rennen, und wenn Pessach nahte, jammerte sie schon Wochen vorher herum, wie schwer es sei, eine Woche lang auf Mehlprodukte zu verzichten. Wenn sie kurz vor einem Feiertag mit ihren Eltern in Deutschland telefonierte und ihnen erklärte, was »die Juden« genau feierten, und Eitan danach zu ihr sagte: »Warum sagst du immer ›die Juden‹ – du gehörst doch auch zu uns?«, dann schaute sie ihn nur verständnislos an: »Ey, wenn ich jetzt zu meinen Eltern sage ›wir Juden‹, dann denken die, ich bin komplett verrückt geworden.« Eitan hatte keine Ahnung, wie weit entfernt Maja vom Glauben war. Erst recht vom Judentum, einer Religion, die sie jahrelang nur aus ihren Holocaust-Büchern gekannt hatte. Tante Susi hatte sogar mal im Scherz gesagt: »Dein Großvater war so stolz auf seinen Arierpass, und jetzt machst du alles kaputt!« Da hatte sie schon einige Schnäpse intus, aber vielleicht hatte sie es auch ernst gemeint. Aber so war das natürlich. Manchmal hatte Maja sich gewünscht, jüdische Wurzeln zu haben. Weil das die ganze Angelegenheit erleichtert hätte. Aber da konnte sie sich so viel wünschen, wie sie wollte – als Deutsche entdeckte man nicht mal eben jüdische Wurzeln. Jedenfalls nicht mehr mit Ende 20. Als Deutsche war man jüdisch oder das Gegenteil. Das hieß nicht, dass ihr die Idee, jüdisch zu werden, nicht gefiel. Jüdisch zu sein war etwas Besonderes, vor allem da, wo sie herkam. Und besonders sein, das hatte ihr Astrid schließlich zur Genüge eingebläut, war gut.

So wurde das Jüdischsein, das Eitan von ihr verlangte, ihr großer Traum und ihr Damoklesschwert. Schon lange, bevor sie überhaupt mit dem Konvertierungskurs begann, sehnte sie sich danach, endlich dazuzugehören. Ihr Leben lang hatte sie eigentlich immer dazugehört, und plötzlich trennte sie diese Religion ausgerechnet von dem Menschen, den sie am meisten liebte.

Maja war Eitans erste und einzige nichtjüdische Freundin. Und obwohl er sich sofort in sie verliebte, obwohl sie seine große Liebe war, spürte er doch auch von Anfang an Zweifel. Von Anfang an war es für ihn ein Problem, dass Maja nicht jüdisch war. Nicht, weil es sie zu einem schlechteren Menschen machte, nicht, weil es ihm wirklich wichtig war, dass seine Freundin die richtigen Segenssprüche kannte (die kannte er selber nicht), sondern weil er nie eine andere Möglichkeit in Erwägung gezogen hatte, als sein Leben mit einer Frau aus seinem Stamm zu verbringen. Nicht nur mit einer Frau, die auch an Gott glaubte, sondern vor allem mit einer Frau, die ebenfalls jüdisch war. Er hätte kein Problem damit gehabt, mit einer Israelin zusammen zu sein, die sich selbst nicht als gläubig bezeichnete, denn sie wäre trotzdem jüdisch gewesen. Er hätte kein Problem damit gehabt, mit einer Jüdin zusammen zu sein, die Schinken aß. Vielleicht hätte er es etwas nervig gefunden, weil er selbst keinen Schinken aß, aber sie wäre trotzdem Jüdin gewesen. Es hätte trotzdem diese gemeinsame Selbstverständlichkeit gegeben. Sie hätten trotzdem zum gleichen Stamm gehört und so auch die Kinder, die sie eines Tages bekommen hätten. Maja aber war keine Jüdin. Sie musste eine werden. Und dafür musste sie an Gott glauben und aufhören, Schinken zu essen. Und Eitan verstand, dass das für sie ein großes Opfer war. Es war auch für ihn ein Opfer. Denn es machte ihn jüdischer, als er es je zuvor gewesen war. Es stellte auch seine Beziehung zu Gott auf die Probe, denn wenn er nicht standfest in seinem Glauben war, wie konnte er das dann von einem Menschen verlangen, der nie geglaubt hatte? Und so wurde Eitan wegen Maja religiöser. Legte Morgen für Morgen den Tefillin an, begann freitagabends und samstagvormittags in die Synagoge zu gehen und dort nicht nur den Gottesdienst zu beobachten wie einen Kinofilm, sondern sich selbst einzubringen. Selbst zu verstehen, an welcher Stelle im Gebetbuch sie gerade waren. Selbst die Lieder zu singen, die Gebete zu sprechen und sich vor Gott in die jeweils richtige Richtung zu verbeugen.

Nur so, dachte er, konnten sie es gemeinsam schaffen. Seine Mutter hatte oft überlegt, ob man diesen Übertritt für Maja nicht einfach »kaufen« könnte (man kann alles kaufen, auch Übertritts-Urkunden von frommen Rabbinern) – aber dafür war Eitan viel zu ehrlich. Er hasste Lügen. Er wollte so etwas Wichtiges wie die Zugehörigkeit zum jüdischen Volk nicht kaufen. Er wollte, dass Maja wirklich dazugehörte. Er wollte, dass seine Kinder wirklich Juden waren. Er konnte diesen wichtigen Teil seiner Identität nicht aufgeben, der Glaube war für ihn nicht verhandelbar. Und anfangs dachte er oft, dass er trotz allem Glück im Unglück gehabt hatte. Ja, er hatte sich unsterblich in eine Nichtjüdin verliebt. Noch dazu in eine Deutsche. Aber immerhin in eine, die bereit war, überzutreten. Irgendwann verstand er, dass der Weg von keinem Gott zu einem Gott noch weiter war, als der von »einem« Gott zu einem »anderen«.

Maja hatte, seitdem sie Eitan getroffen hatte, Jüdin sein wollen. Aber irgendwann verstand sie, wie kompliziert dieser Prozess war, was für eine Prozedur sie über sich ergehen lassen musste, um dazuzugehören. Wie sehr sie sich wirklich verändern musste: Nicht nur ihr Geschirr musste koscher gemacht werden, im reinigenden Wasser irgendeiner Mikwe, nein, auch sie, Maja, musste koscher gemacht werden. Und dieser Gedanke implizierte, dass sie, so wie sie jetzt war, nicht in Ordnung war. Unrein. »Nur« eine Goia. Sich zu einer so fundamentalen Veränderung zu überwinden, die man selbst nicht für zwingend notwendig hielt, war, als würde man einen Berg hinaufklettern, während ein Seil einen zurück nach unten zog.

War sie sich dieses Mal sicher mit dem Übertritt?

Maja wusste es nicht. Aber sie wusste, dass sie 28 war. Dass in Eitans Schublade ein Verlobungsring lag und er sie so oder so heiraten würde. Sie wusste auch, dass sie dieses erste Versprechen, das sie Eitan je gegeben hatte, einhalten musste. Sie war es ihm schuldig. Und sie hoffte, dass sie jetzt bereit war. Sie war lange genug im Land, sie sprach ganz gut Hebräisch, sie war gefestigt. Sie wollte endlich alles lernen und machen, was vonnöten war. Vielleicht wollte sie sogar an Gott glauben, immerhin hatte sie diesen ersten richtigen Krieg in ihrem Leben heil überstanden, und wem sollte sie dafür danken, wenn nicht Gott? Und immerhin hatte sie Eitan in einer Nacht mit aufziehendem Wind getroffen, und er hatte sie gefragt, ob sie für ihn Jüdin werden würde – wenn das kein Zeichen war, was dann? Sie wollte so gerne glauben, sie wusste nur nicht wie. Aber sie hoffte, dass das, dass dieser Glaube, schon kommen würde. Learning by doing, fake it till you make it, solche Sachen sagte sie sich, als sie beschloss, endlich den Giur zu beginnen. Sie wollte das Ganze endlich hinter sich bringen und dazugehören.

Einmal pro Woche kam jetzt ein Religionslehrer in ihre kleine Tel Aviver Wohnung. Mendy, kurz für Mendel, was auf Hebräisch so viel wie »Tröster« bedeutete, war ein ruhiger Mann Ende 30. Sein Gesicht war weich und rund, er trug einen kleinen Bauchansatz vor sich her, dort wo seine Schaufäden aus der Hose baumelten. Er hatte fünf Kinder, alles Söhne, und trug eine gehäkelte Kippa mit blauen und dunkelroten Maschen auf dem Hinterkopf. Er war auf den ersten Blick unscheinbar, auf den zweiten sympathisch und auf den dritten sehr, sehr religiös. Gleich bei einem ihrer ersten Treffen erklärte Mendy Maja, warum Regeln, Ge- und Verbote, so wichtig waren im Judentum. Er erklärte ihr, dass die Juden als »auserwähltes Volk« dazu auserwählt waren, Gott zu verehren und seinen Anweisungen zu folgen. Dann malte er ein Viereck auf ein weißes Blatt Papier. In das Viereck malte er noch ein weiteres Viereck.

»Das«, sagte er mit seiner leisen sanften Stimme und zeigte auf das äußere Viereck, »sind die Regeln der Tora. Dort steht zum Beispiel, ›du sollst ein Zicklein nicht in seiner Mutters Milch kochen‹.«

Maja und Eitan nickten. Diese Regel kannten sie, hatte sie doch schon oft genug zu Spannungen zwischen ihnen geführt.

»Die Regel«, sprach Mendy weiter, »ist ja eigentlich recht allgemein gehalten. Auch wenn sie immerhin dreimal in der Tora wiederholt wird. Die Halacha, die jüdischen Gesetze, dazu gehören auch die Speisegesetze, genannt Kaschrut, erweitern das und erklären, dass man, wenn man Fleisch gegessen hat, sechs Stunden, in manchen Ländern wie Frankreich und Deutschland nur drei, und wenn man Käse gegessen hat immerhin eine halbe Stunde, es sei denn, es handelte sich um Hartkäse, dann drei bis sechs Stunden, warten muss, bis man das jeweils andere wieder essen kann. Diese konkreten, genauen Gesetze sind das kleine Viereck im großen. Es gilt, das große einzuhalten, aber damit wir nicht in Bedrängnis kommen, haben wir die Regeln noch strenger gemacht. So werden wir die Regeln des großen Vierecks niemals brechen, wir kommen da gar nicht erst hin, weil wir im kleinen Viereck bleiben.«

Und Eitan dachte, zum Glück erklärte mal jemand anderes Maja diese Dinge, die sie für absurd hielt. Und Maja dachte, dass Menschen wie Mendy die Religion als eine Art Schutzschild nutzten. Als Leuchtturm, der ihnen immer den Weg leuchtete. Als Sicherheitsleine, an der sie sich auf ihrem Weg durch das Leben entlanghangelten. Aber gleichzeitig war es doch auch ein Gefängnis. Und die Religiösen kamen ihr vor wie Häftlinge, die schon zu lange im Knast lebten und irgendwann so viel Angst vor der Freiheit bekamen, dass sie das Gefängnis bevorzugten.

Mendy konnte stundenlang über die Verbindung des jüdischen Volks zu Zion, zum Land Israel, referieren. Über den Bar-Kochba-Aufstand, Massada und den jüdischen Freiheitswillen, aber auch über die großen Gelehrten wie Rav Kook, Rabbi Akiva und Rambam. Dann redete Mendy sich minutenlang heiß und trank danach sein Glas Wasser (etwas anderes nahm er bei Maja und Eitan nie zu sich, weil ihre Küche nicht koscher war) in einem Schluck aus. Natürlich nicht, ohne vorher einen kurzen Segensspruch zu sagen, denn wie Maja schnell von Mendy lernte, musste man als religiöser Jude nicht nur täglich beten, sondern auch vor jeder Mahlzeit einen Segensspruch sagen. Je nachdem, was man aß oder trank, gab es Segenssprüche für Brot, Obst und Gemüse, Mehlspeisen, Wein und »alles andere«. Dazu gab es die Regel, dass man zum Beispiel, wenn man nur ein, zwei Schluck Wasser trank, keinen Segensspruch sagen musste, bei einem ganzen Glas aber schon.

Mendy erklärte ihr diese Dinge, als seien sie das Normalste der Welt. Er hatte diese tausend kleinen Regeln so verinnerlicht, wie andere Menschen es verinnerlicht hatten, dass man beim Fahrradfahren nach vorne trat oder beim Tauchen unter Wasser nicht den Mund öffnete.

Wenn Mendy diese Regeln voller Ernsthaftigkeit erklärte, musste Maja manchmal ein Grinsen unterdrücken. Was für eine verrückte Ironie des Schicksals, dachte sie dann, dass gerade Israel, das Land der Regellosigkeit, das Land, in dem sich niemand an Hinweisschilder hielt, in dem alle Gesetze und Regeln lediglich eine »Handlungsempfehlung« zu sein schienen, dass gerade dieses Land von einer Religion dominiert wurde, die aus Hunderten von Regeln bestand.

Anders als Maja lernte Eitan die Dinge, die Mendy ihnen beibrachte, mit einem gewissen Stolz. Er saß neben ihr und notierte alles, was Mendy sagte, in sein Notizheft. Er begann, die Küche koscher zu halten, erinnerte Maja immer wieder an die Regeln für den Schabbat. Und wenn sie freitagabends in die Synagoge gingen – Schabbat begann am Freitag mit Sonnenuntergang, dann, wenn die ersten drei Sterne am Himmel leuchteten und im Judentum der neue Tag anbrach –, war es Eitan, der mit bester Laune in seinen eleganten Schabbeskleidern voranlief. Eitan wusste, dass Maja niemals so sehr an Gott glauben würde, dass sie sämtliche 613 Ge- und Verbote, denen religiöse Juden sich unterwarfen, einhalten würde. Aber er hoffte, dass das eine oder andere bei ihr hängen bleiben würde. Dass sie etwas milder werden würde, beim Betrachten der Kaschrut oder der Regeln für den Schabbat. Dass sie sich vielleicht wenigstens an ein paar Dinge halten würde. Dass er sich nicht mehr dafür rechtfertigen musste, dass er glaubte. Denn: Wie sollte er das, womit er sein Leben lang aufgewachsen war, was Teil von ihm war, wie die Sprache, die er sprach und die sie auch erst mühsam lernen musste und wahrscheinlich niemals so gut und perfekt sprechen würde wie er, wie sollte er ihr das erklären? Wie erklärte man jemandem, der nicht an Gott glaubte, dass man an Gott glaubte? Und war das nicht vielleicht so, als würde man jemandem, der nicht an die Liebe glaubte, versuchen zu erklären, dass man nicht nur mit einem Menschen zusammen war, weil er die Hälfte der Monatsmiete bezahlte und einem im Sommer den Rücken mit Sonnencreme einschmierte. Wie erklärte man ein Gefühl, das so subjektiv, so irrational war?

Vor allem aber hoffte Eitan, dass Maja am Ende die Prüfung bestehen und endlich offiziell Jüdin sein würde.

*

In der Synagoge trafen sie Josef. Das heißt, Eitan traf Josef, denn Maja stand ja auf der anderen Seite der Synagoge. Hinter dem Vorhang, in einem kleineren Seitenbereich, dort, wo die Frauen sich aufhalten durften. Dort, wo man den Chasan und den Rabbiner nur hörte, aber nicht sah (und bei dem lauten Getratsche der meisten Frauen hörte man ihn auch kaum, wenn man mal ehrlich war). Auf der anderen Seite traf Eitan Josef, einen älteren Mann um die 60, und der lud sie ein, das nächste Mal nach dem Gottesdienst zum Schabbatessen zu ihm und seiner Frau mitzukommen. Mendy hatte ihnen nahegelegt, sich eine Familie in der Gemeinde zu suchen, bei der sie hin und wieder zum Schabbatessen einkehren durften, eine Frau und ihren Mann, die ihnen, Maja und Eitan, Rede und Antwort stehen und sie auf dem Prozess des Giurs begleiten würden, und so sagte Eitan sofort zu. Eine Woche später gingen Eitan und Maja mit zu Josef und seiner Frau Mirjam.

Maja sagte sehr wenig bei diesen Abendessen, sie hörte meistens Mirjam zu, wie sie von anderen Menschen sprach, meistens von Paaren, bei denen oft einer »zur Religion zurückgekehrt« war und der andere nicht. Was, laut Mirjam, immer ein Problem war, denn wie konnte man solche Unterschiede überbrücken? Liebe war da nicht genug. Womit Mirjam in ihrer seltsamen

Logik wahrscheinlich sogar recht hatte, das wusste Maja wohl am besten. Mirjam, eine schöne Frau mit dichtem schwarzen Haar, das hier und da seinen Weg unter dem locker gebundenen Kopftuch hervorfand, strahlte eine ganz besondere Wärme aus. Ein paarmal nahm sie Maja spontan in den Arm und sprach ihr Mut zu. Sie gab ihr das Gefühl, in ihrem Haus willkommen zu sein. Ließ sie in ihre Töpfe gucken und forderte sie auf, jede Frage zu stellen, die ihr durch den Kopf ging. Und Maja fragte. Dinge wie »warum hast du drei Abwaschlappen?«, »ist euer Backofen für Milchiges oder Fleischiges?«, »auf welche Temperatur stellst du die mit Zeitschalter versehene Gasplatte, wenn du das ›Chamin‹ am Schabbat durchköcheln lässt?« oder auch »wie machst du an Schabbat Tee?«. Und sie versuchte dabei nicht zu lachen, weil sie die meisten dieser Fragen, wenn sie ehrlich war, völlig absurd fand. Die eigentlichen Dinge fragte Maja nicht. Sie fragte nicht, warum Mirjam die ganze Welt in Juden und Nichtjuden aufteilte, ja mehr noch, in Religiöse und von der Religion Abgefallene. Sie fragte nicht, warum Mirjam ihr ganzes Leben einem Gott widmete, dem jüdische Männer jeden Morgen dafür dankten, dass er sie als Mann geschaffen hatte und nicht als Frau oder Sklave oder Nichtjude. Sie fragte nicht, ob sie nicht manchmal genug davon hatte, ihr ganzes Leben nach den Regeln eines Unsichtbaren auszurichten. Sie fragte nicht, ob sie manchmal das Gefühl hatte, vielleicht etwas im Leben verpasst zu haben. Als Mirjam erzählte, wie sie nach Budapest gereist war, einen ganzen Koffer mit koscheren Lebensmitteln im Gepäck, denn wer wusste schon, ob die koscheren Restaurants in Budapest auch wirklich koscher genug waren, fragte Maja nicht, warum sie überhaupt ins Ausland fuhr. Warum ihr das nicht zu anstrengend war. Dieser ganze Glaube, diese ganzen Regeln. Sie fragte auch nicht, wie Mirjam fünf Kinder aufgezogen, nebenbei in einer Mädchenschule als Köchin gearbeitet und trotzdem jeden Schabbat ein Festmahl auf den Tisch gebracht hatte. Sie stellte diese Fragen nicht, weil Mirjam sie nicht verstanden hätte. Weil sie mehr über Maja als über Mirjam aussagten. Mirjams Leben war so. Es war ihr ganzes Leben, ihrem Gott, ihrem Mann und ihren Kindern zu dienen. Das war ihre Sicherheitsleine. Oder ihr Gefängnis.

Jeden Freitagabend saßen Maja und Eitan nun bei Josef und Mirjam zu Hause. Die beiden Männer am Kopf des Tisches, Josefs Arm oft um Eitans Schultern gelegt, die beiden Frauen oft gemeinsam in der Küche, wo Maja sich immer etwas fehl am Platze fühlte, weil sie nicht wusste, wobei sie helfen durfte, weil sie Angst hatte, sich nur einmal in die falsche Richtung zu drehen und so das ganze koschere Haus zu entweihen. Maja war Mirjam dankbar dafür, dass sie sie mit offenen Armen empfing. Freitag für Freitag. Eitan bewunderte Josef. Seine Wärme genauso wie seine Stärke, vor allem natürlich die Stärke seines Glaubens, der ihm viel gefestigter und größer schien als sein eigener. Er war gerne mit Josef zusammen. Vielleicht auch deswegen, weil er in ihm eine Vaterfigur sah, die er selbst nie gehabt hatte. Mit religiöser Identität, mit starken traditionellen Werten. Josef glaubte an etwas, das größer war als er selbst. Weil ihm die Sinnhaftigkeit des Ganzen, warum er tat, was er tat, selbst dann, wenn niemand sonst es bemerkte, klar war. Diese Sinnsuche begleitete Eitan schon sein Leben lang. Vielleicht war das so, wenn man Tod und Verlust von klein auf kannte: Vielleicht suchte man dann noch viel mehr nach dem Sinn in allem.

Und darin waren sich Maja und Eitan nicht ganz unähnlich. Auch Maja suchte. Anders als Eitan suchte sie jedoch nicht nach dem Sinn, sondern eher nach dem Unsinn. Sie war es gewohnt, zu hinterfragen. Auf Fragen noch mehr Fragen zu stellen und niemals etwas als gegeben hinzunehmen.

Und so fragte sie Josef an einem dieser Abende, nachdem sie gerade darüber gesprochen hatten, wie Juden beerdigt wurden und dass sie eben nicht verbrannt werden durften und die Shoa mit ihren Schornsteinen in Auschwitz und Treblinka auch deswegen so schlimm gewesen war: »Josef, du glaubst an Gott. Wie erklärst du dir, dass es die Shoa gab? Dass das Ganze ausgerechnet dem ›auserwählten Volk‹ angetan wurde?«

Josef überlegte einen Moment, der Eitan und Maja vorkam wie eine kleine Ewigkeit. Und dann setzte er zu einer Antwort an:

»Die frommen Juden würden sagen, dass man trotzdem weiterglauben muss, weil man Gott nicht anzweifelt, selbst dann nicht, wenn etwas so Schlimmes wie die Shoa passiert. Und dass es auf die Frage, wo Gott während der Shoa war, keine Antwort gibt. Und die Liberalen glauben, dass Gott eben nicht allmächtig ist. Dass er unser Wegweiser ist, ja, unsere innere Stimme, aber eben nicht allmächtig. Und jüdische Philosophen sagen vielleicht, dass Gott auch im Holocaust da war. Dass das nun einmal die Freiheit ist, die Gott der Welt, dem Menschen, geschenkt hat, indem er ihm eine Seele gab und die Freiheit, nicht nur Gutes, sondern auch Böses zu tun. Und ich bin mir sicher, viele Juden haben, als sie in den Gaskammern standen, kurz vor dem Ende ihres Lebens das ›Schma‹ gesagt. Sie haben sich in ihrer größten Verzweiflung zu Gott bekannt.

Denn am Ende hast du nur Gott und deinen Glauben. Und deswegen glaube ich weiter, auch wenn ich nicht verstehen kann, warum die Shoa passiert ist. Auch wenn ich unfassbar traurig und wütend darüber bin. Natürlich quält auch mich die Frage, wie Gott das zulassen konnte. Aber wenn wir aufhören würden zu glauben, wenn wir aufhören würden, Juden zu sein, hätte Hitler doch erst recht gewonnen. Und vielleicht ist am Ende schon die Frage falsch. Vielleicht sollten wir nicht fragen, wo Gott während des Holocausts war, sondern wo der Mensch während des Holocausts war. Und ob vielleicht die Mörder einfach nicht an Gott glaubten und deswegen in der Lage waren, solche Taten zu begehen.«

»Nun könnte man aber entgegnen, dass die Nazis ebenfalls an etwas glaubten, nämlich daran, dass alle Juden vernichtet werden müssen …«, wandte Maja ein, und Eitan fiel ihr ins Wort: »Die Nazis glaubten an das Böse, nicht an Gott.«

»Und was ist mit Islamisten? Die töten sogar im Namen von Gott.«

»Oder das, was sie für Gott halten«, sagte Josef leise.

»Oder das, was sie für Gott halten«, wiederholte Maja nachdenklich.

Später, als Maja und Eitan nach Hause spazierten, nahm Maja das Thema noch mal auf: »Vielleicht muss man auch einfach akzeptieren«, sagte sie, »dass manche Fragen keine Antworten haben und manche Antworten keine Fragen. Ich bin mit der Annahme aufgewachsen, dass die ganze Welt sich logisch erklären lässt, selbst Menschen in ihren irrationalen Handlungen Beweggründe, logische Motivationen für ihr Handeln haben. Aber was, wenn das nicht so ist? Was, wenn sich eben nicht alles erklären lässt. Und was, wenn genau das die Begründung dafür ist, dass es eine höhere Macht gibt. Einen Gott.«

»Allein, dass du diese Frage gestellt hast«, sagte Eitan und nahm ihre Hand, »zeigt, dass du an Gott glauben willst. Dass du es in dir hast. Denn ansonsten wäre es dir egal, wo Gott während der Shoa war. Denn es gäbe ihn nicht, und damit auch keine Frage.« Maja nickte, und Eitan hatte zum ersten Mal das Gefühl, dass das mit dem Glauben langsam in Majas Herz und Hirn einsickerte.

Natürlich kamen die Zweifel aber immer wieder zurück. Und wenn sie zurückkehrten, dann mit aller Wucht. Dann saßen sie bei Josef und Mirjam oder im Unterricht mit Mendy, und Maja drückte Eitans Hand unter dem Tisch und raunte ihm auf Deutsch zu: »Ich muss jetzt sofort hier raus, sonst ersticke ich.«

Dann attackierte sie Eitan, dann schrie sie ihn an:

»Bin ich ein schlechterer Mensch, nur weil ich eurem Club nicht offiziell angehöre? Warum tust du mir das an? Wenn du mich wirklich lieben würdest …«

»Es geht nicht um dich. Ich liebe dich, wie du bist. Aber die Kinder …«

»… müssen Juden sein.«

Das Wertesystem des verfolgten Volks. Wer sollte sich an all die Ge- und Verbote erinnern, wenn sich alles vermischte, vor allem Juden und Nichtjuden? Manche Rabbiner bezeichneten die Mischehen als den neuen Holocaust. Und alle, egal ob Eitan, Mendy, Josef oder Mirjam, alle beriefen sich auf Tausende von Jahren jüdischer Existenz, über schlimmste Verbrechen und Pogrome hinweg. Auf das Bewahren der Traditionen. Den Auszug aus Ägypten, die Zerstörung des Tempels,

Diaspora, Shoa, den jüdischen Staat – und immer die gleichen 613 Ge- und Verbote.

Dagegen bin ich ein kleines Licht, dachte Maja. Gegen diesen Glauben habe ich keine Chance.

*

Der Glaube. Hebräisch: Emuna. Das fiel ihr am schwersten. Die vielen Regeln zu kennen und sie dann auch noch zu befolgen, war das eine. Aber wirklich, wirklich an Gott zu glauben. Das war etwas völlig anderes. Als die Unterrichtsstunde kam, in der Mendy das Wort »Emuna« auf ein Blatt Papier schrieb und darunter die vielen Namen Gottes notierte, seufzte Maja lautlos. Sie folgte den ruhigen, gleichmäßigen Bewegungen seiner Hand, atmete tief ein und wieder aus und bemerkte auf einmal, dass nicht nur »Emuna«, sondern auch fast alle Namen, die es im Hebräischen für »Gott« gab, mit dem Buchstaben »Alef« begannen. Und irgendwie beruhigte sie das. Dann lasen sie die Glaubensbekenntnisse gemeinsam.

»Ich glaube, dass G'tt einmalig, unendlich und ewig ist.«
»Ich glaube an die Propheten.«

»Ich glaube, dass G'tt Moses und seinem Volk die Tora gegeben hat.«

»Ich glaube, dass Moses einzigartig ist.«

»Ich glaube, dass G'tt alles weiß und überall ist.«

»Ich glaube an das Jenseits, an Belohnung und Strafe.«
»Ich glaube daran, dass der Messias kommen wird.«

Mendy glaubte, dass sie noch nicht bereit war für die Prüfung. Und wahrscheinlich hatte er recht. Sie lernten erst seit knapp acht Monaten. Und hätte man Maja mitten in der Nacht aus dem Schlaf gerissen, sie hätte sämtliche Segenssprüche für Obst und Gemüse und Brot und »anderes« vorbeten können, sie hätte das Schma, auch den Teil, den man nicht laut sagen durfte, aufsagen können, *Höre, Israel, der Herr ist unser Gott, der Herr ist einzig*, aber ob sie an Gott glaubte, das wusste sie immer noch nicht. Sie wartete darauf, dass der Glaube sich einstellte. Schwankte zwischen Himmel und Hölle. Dachte manchmal, sie könnte Gott schon spüren, und wurde sauer, wenn sie darüber nachdachte und die Idee dann doch absurd fand. Wie sollte sie jemals wirklich glauben? Aber sie machte trotzdem weiter, Woche für Woche. Wie jemand, der mit großen Schritten auf einen Abgrund zurannte und aus irgendeinem Grund sicher war, fliegen zu können, wenn er den Abgrund erreichte. Learning by doing. Fake it till you make it. Sie betete und fluchte. Manchmal in einem Satz. Sie wollte es wirklich, mittlerweile nicht nur wegen Eitan. Sie wollte es, weil sie angefangen hatte und weil sie niemand war, der aufgab. Sie überlegte, welchen jüdischen Namen sie nach dem Übertritt annehmen sollte. Und betete. Zündete die Schabbatkerzen an. Lehadlik Ner Schel Schabbat. Kleidete sich züchtig und machte das Telefon am Freitagabend für 24 Stunden aus. Stand jeden Morgen mit einem Gebet auf und sagte vor jeder Mahlzeit, vor jedem Snack, den richtigen Segensspruch. Trennte Milchiges von Fleischigem und weichte das Fleisch in Wasser ein. Und legte es in Salz. Bis das Blut entwich, bis auch der letzte Tropfen Blut entwich. Sie kochte die Töpfe ab. Verbrannte sich die Finger an dem kochenden Wasser. Dachte, warum tust du mir das an, Eitan? Dachte, was mache ich hier eigentlich? Und dann wusste sie nicht, ob sie lachen oder weinen sollte.

Nachts träumte sie von der Mikwe, dem Ritualbad. Wie sie endlich in dem reinigenden Wasser untertauchte. Mit dem ganzen Körper. Nicht einmal die Nase durfte man sich zuhalten, damit das Wasser überallhin gelangte. An jeden Millimeter ihres Körpers. Und dann entstieg man dem Nassen als neuer Mensch. Sie träumte vom Ziel der Reise. Sie wollte unbedingt endlich ankommen. Acht Jahre lang träumte sie nun schon davon. Achtmal Auszug aus Ägypten. Achtmal hungern an Jom Kippur. Achtmal Simchat Thora. Zweimal hatte sie den Übertritt angefangen und wieder aufgegeben. Dieses Mal würde sie nicht aufgeben. Dieses Mal würde sie es durchziehen. Jeden Tag ein Schacharit. Jeden Tag ein Morgengebet. Und jeden Tag dankte sie Gott, dass er sie so geschaffen hatte, wie sie war. Nur warum er sie nicht als Jüdin erschaffen hatte, darauf fand sie keine Antwort.

Sie zweifelte noch immer, und Mendy sagte ihr, dass das dazugehörte. Weil Juden nun einmal zweifelten.

»Bald ist es so weit«, sagte Mendy nach fast einem Jahr mit seiner leisen, sanften Stimme. Und sie wollte weinen vor Glück und aß abends im Restaurant ihren Hamburger mit extra viel Schinken. Wer da reingeboren war, war trotzdem Jude. Der konnte auch Schinken essen und war immer noch Jude. Sie wollte eine Jüdin sein, die Schinken essen durfte. Sie wollte nicht mehr kämpfen müssen. Sie wollte endlich dazugehören.

*

Vor dem offiziellen Übertritt mussten sie noch einen kompletten Schabbat mit anderen Anwärtern verbringen. Sie fuhren in eine religiöse Schule im Süden des Landes, in der unter der Woche junge Männer wie in einem Internat lebten und Religion studierten. In ihrem Zimmer roch es nach Teenagerfüßen und von der Decke hingen Spinnweben wie kleine Kunstwerke. Maja und Eitan lernten andere Konvertiten kennen. Konvertiten wie Alona, Eltern aus Russland. Vater Jude, Mutter nicht, was sie in Israel zwar zur Israelin machte, die in der Armee diente und auch sonst alle Rechte hatte, aber eben nicht zur Jüdin. Als Nichtjüdin durfte Alona im Land niemanden heiraten. Als Nichtjüdin würde man sie auf einem speziellen Friedhof begraben. Deswegen war Alona hier. Sie war zwar erst 22, aber sie dachte viel an ihre Zukunft. Maja und Eitan trafen auch Paare wie sie selbst, in denen einer jüdisch war und der andere nicht. Sie trafen eine Mutter mit ihrem Kind, die gemeinsam übertreten wollten, weil die Mutter sich in Thailand in einen Israeli verliebt hatte. Sie trafen all diese Menschen, die im gleichen Boot saßen, fest entschlossen dazu, es durchzuziehen, und die wenigsten sahen so aus, als würden sie danach noch religiös leben. Das gab Maja den Mut für die letzten Meter auf dieser langen Strecke.

Wieder zu Hause backte Maja ihren ersten koscheren Kuchen für Mendy, parve mit Gelatine aus Fisch. Eitan schaltete den Ofen an und schob den Kuchen hinein – nur so war er koscher. Und Maja machte nicht einmal eine bissige Bemerkung. Und Mendy hätte auch wirklich fast ein Stück gegessen. Sie betete jetzt jeden Tag. Seite an Seite mit Eitan. Sie hielten Schabbat ein, und Maja lernte durch Routine. Lernte, die richtigen Fragen zu stellen, die man nur stellen konnte, wenn man Schabbat wirklich einhielt. Fragen wie, darf ich einen Apfel schälen, oder gilt das als Arbeit? Fragen wie, kann ich überhaupt Toiletten-papier an Schabbat abreißen, oder gilt das als Arbeit?

Und dann sagte Mendy ihr eines Tages, es war etwas mehr als ein Jahr vergangen, seitdem er zum ersten Mal in ihrer Küche gesessen hatte, dass sie jetzt wirklich bereit war. Und er nannte ihr ein Datum.

»An diesem Tag«, sagte er mit seiner leisen, sanften Stimme, »wirst du deine Prüfung haben.«

Drei Rabbiner, drei über dichte Bärte und durch dicke Brillen-gläser kritisch blickende Augenpaare – und Maja davor. Lear-ning by doing. Fake it till you make it.

Das Schma' Israel besiegelte ihren Übertritt, danach würde sie Rivka heißen. Es würde noch einige Jahre dauern, bis sie wirklich von sich selbst sagte, dass sie an Gott glaubte. Manch-mal zumindest. Den Zweifel würde sie niemals loswerden, sie lernte einfach nur, damit zu leben.

EPILOG

HEIMKEHREN

Denn dort stammst du her. Dort hast du dich verlaufen.
Das hier ist Exil. Bis dein Tod dereinst kommt,
eine wissende Hand auf die Schultern dir legt.
Komm, kehr heim, es ist Zeit.

Amos Oz

2014 war das Jahr, in dem Maja endlich zur Jüdin wurde und
in dem Bella sich für immer von ihnen verabschiedete. Es war
ein schwerer Abschied. Ein von wochenlanger Qual geprägter
Abschied. Wochen, in denen Bella von schlimmen Albträumen
heimgesucht wurde und in denen ihre Schreie über den ganzen
Krankenhausflur hallten. Wochen, in denen sie alles noch einmal zu erleben schien. Die Reichspogromnacht, die Deportation, Theresienstadt, die Trennung von Sigi, und immer wieder
Theresienstadt. Es war fast, als müsste sie all das Unglück noch
einmal durchleben, bevor ihre Seele endlich ewig werden konnte.

Seitdem Bella mit einem Oberschenkelhalsbruch, den sie wochenlang heruntergespielt hatte, weil sie alles, nur nicht weg
von ihrem Fenster wollte, ins Krankenhaus eingeliefert worden war, besuchten Eitan und Itzchak sie jeden Tag. Und auch

Eitans Mutter kam mittags und abends mit Töpfen voller Suppen und Reis, seine Brüder mit Kuchen und Blumen. Doch der Arzt machte ihnen keine großen Hoffnungen: »Wenn so ein Bruch nicht gleich operiert wird, steigen die Chancen für Komplikationen. Viele Patienten werden erst bettlägerig und dann zum Pflegefall. Herr Rosenthal, Ihre Mutter ist 85. Vielleicht ist es Zeit, sie in Frieden gehen zu lassen.« Itzchaks Augenbrauen zogen sich zusammen, denn in Frieden gehen zu dürfen, das stellte er sich nun wirklich anders vor. Die letzten Schreie seiner Mutter verließen sein Ohr nie wieder. Abwechselnd, manchmal gemeinsam, saßen Itzchak, Eitan, Jaffa, Eitans Brüder und Maja an Bellas Bett. Machten Tee, lasen ihr aus der Zeitung vor oder starrten einfach nur gemeinsam mit ihr an die Wand. Hielten ihre Hand oder hielten sie auch nicht, wenn sie sie zappelnd vor Albträumen wegschlug. Maja las ihr Goethe und Schiller vor, sang Schuberts Ständchen und »Die Gedanken sind frei« in dieser Sprache, die für Bella alles bedeutete. Geburt und Vernichtung. Glück und Elend. Liebe und Hass. Diese Sprache, die ihr ganzes Leben und ihr ganzes Sterben ausmachte. Maja las und las, die Lippen spröde, der Mund trocken, und einmal, mitten im Satz, griff Bella plötzlich nach ihrer Hand und sagte in einem ihrer letzten wachen Momente in dieser Sprache: »Ich bin hundertmal gestorben und habe einmal überlebt.«

Als sie kurz danach für immer von ihnen ging, flimmerten Bellas Augen vor Erschöpfung. Und heimlich atmeten sie alle, die um sie herumstanden, auf. Atmeten auf, dass der Kampf nun vorbei war. Und hörten die letzten Worte, die Bella Cohn Rosenthal je sagen würde, zur Überraschung aller auf Hebräisch: »Sigi, ani ba-ah.«

Sigi, ich komme.

Bella starb am 3. Mai 2014, und eine Woche nach ihrem Tod kam die Antwort auf den Antrag, den Maja zwei Jahre zuvor gestellt hatte. Am 10. Mai 2014 kam der Brief von der Deutschen Dienststelle für die Benachrichtigung der nächsten Angehörigen von Gefallenen der ehemaligen Deutschen Wehrmacht. Maja öffnete den Umschlag, zog die Papiere raus und setzte sich auf den Küchenstuhl.

Betreff: Familienforschung.
Hier: Pagel, Hermann, geboren am 10. 06. 1924
Bezug: Ihr Schreiben vom 20. 01. 2012
Anlagen: ./.

Sehr geehrte Frau Pagel,

leider kann Ihre Anfrage aufgrund der großen Anzahl der hier vorliegenden Eingänge erst heute abschließend beantwortet werden.

Zu Angehörigen von Heer und Luftwaffe liegen hier in der Regel keine Personalakten vor. Daher mussten die Angaben zu dem Gesuchten in verschiedenen Verzeichnissen und Karteien ermittelt werden.

Aus den Erkennungsmarkenverzeichnissen und Veränderungsmeldungen der Wehrmacht ist Folgendes zu entnehmen:

(Quelle: Bundesarchiv B 563 / 08694 Seite 052)
– Pagel, Hermann, geboren am 10. 06. 1924 in Wittenberge –
(hier in dieser Schreibweise registriert)

Einzige Meldung
Heimatanschrift: *(Eltern) Karl P., Wittenberge, Burgstr. 13*
Erkennungsmarke: *–12897- Flg.Ausb.Btl. 16*
Truppenteil: *lt. Meldung vom 01. 09. 1941*
2. Kompanie Fliegerausbildungsbataillon 16, Schleswig
Dienstgrad: *lt. Meldung vom 01. 09. 1941 Flieger*

Ein Wehrstammbuch des Gesuchten sowie Aufzeichnungen über eine westalliierte Kriegsgefangenschaft konnten nicht ermittelt werden.

Die Kriegsgefangenenakten über deutsche Soldaten in sowjetischer Gefangenschaft liegen beim Bundesarchiv, Abteilung PA, nicht vor. Möglicherweise liegen dem DRK-Suchdienst Standort München, Chiemgaustraße 109, 81549 München, Telefon: 089 / 68 07 73 – 0, E-Mail: info@drksuchdienst.de, weitere Angaben zu der Kriegsgefangenschaft vor.

Nähere Informationen zu Einsatzräumen von Einheiten der Wehrmacht finden Sie in den Publikationen Georg Tessin: Verbände und Truppen der deutschen Wehrmacht und Waffen-SS im Zweiten Weltkrieg 1939–1945, Bde. 1–17, Osnabrück 1973 ff, sowie Suchdienst des Deutschen Roten Kreuzes München (Hg.): Divisionsschicksale Band 1 und 2, München 1958–1960. Einsatztagebücher sind in der Abteilung Militärarchiv des Bundesarchivs (Wiesentalstraße 10, 79115 Freiburg, E-Mail: militaerarchiv@bundesarchiv.de) zu suchen.

Ein Gebührenbescheid geht Ihnen mit getrennter Post zu.

Mit freundlichen Grüßen

Im Auftrag gez. Heinreich

Maja googelte sofort. Schleswig, Fliegerausbildungsbataillon. Das klang alles recht unspektakulär. Sie seufzte erleichtert. Gleichzeitig war sie enttäuscht darüber, dass sie nicht mehr über ihren Großvater herausgefunden hatte. Darüber, was er im Zweiten Weltkrieg gemacht hatte. Sie wusste jetzt immer noch nicht, ob und wie er Schuld auf sich geladen hatte. Sie hatte zu spät Fragen gestellt, und gewisse Dinge waren verschütt gegangen. Wie Trümmer, auf die einfach neu gebaut wurde. Sie zeigte Eitan den Antrag, und er starrte lange auf das Papier. Maja, nicht sicher, ob er so lange brauchte, um alles zu lesen, oder ob er bereits über die Informationen nachdachte, beobachtete ihn geduldig von der Seite.

»Wo ist Schleswig?«, fragte er schließlich.

»Ich weiß nicht genau, in der Nähe von Lübeck, glaube ich.« Eitan und sie googelten gemeinsam Schleswig und schauten nachdenklich auf die Karte.

»Warte mal«, sagte Eitan plötzlich. »Meine Oma hat mal so ein Schreiben von Yad Vashem bekommen, über den letzten Verbleib von Sigi. Da stand was von Lübeck drin.« Eitan lief los. Er besaß nun die Kiste mit den Sachen von Bella. Niemand sonst wollte sie haben. Es gab nichts mehr zu regeln. Damals hatte sich Eitans Großvater Kalman um die Angelegenheit mit den Entschädigungszahlungen der Deutschen gekümmert, und so lange er lebte, hatte Kalman eine kleine Rente von den

Deutschen bekommen. Bella hingegen hatte sich immer geweigert, diese zu beantragen. Trotzdem hatte Eitans Vater die
nötigen Papiere aufgehoben – auch wenn Bella bis zu ihrem
Tod auf ihrem Standpunkt beharrte: »Ich brauche kein Geld
von denen. Geld kann das nicht aufwiegen, was sie mir angetan
haben. Und ich will nicht, dass sie denken, dass es jetzt mal
gut ist, weil sie dafür bezahlt haben. Ihre Schuld hat keinen
Preis, und mein Vergeben auch nicht.« Und nun hatte Eitan
die Papiere, um vielleicht irgendwann die deutsche Staatsbür-
gerschaft zu beantragen. Er brachte die Metallkiste und öffnete
sie. Darin lag ein ganzer Haufen Dokumente, und es dauerte
eine Weile, bis er das Schreiben von Yad Vashem gefunden
hatte, das er suchte. Maja schaute Eitan über die Schulter, aber
da das Schreiben auf Hebräisch war, kapierte sie nicht gleich,
was dort stand. Ihr gesprochenes Hebräisch war mittlerweile
fließend (sie hatte sogar ihre Giur-Prüfung auf Hebräisch absolviert, was die Rabbiner besonders beeindruckte), aber mit
dem Lesen und Schreiben, vor allem von längeren Texten,
hatte sie immer noch Probleme.

»Was steht da, Eitan?«

Eitan machte ein zischendes Geräusch. »Was man über Sigi
weiß, war, dass er zusammen mit 1000 anderen Häftlingen im
Januar 1945 von Auschwitz aus auf einen Todesmarsch geschickt
wurde, der sie schließlich durch ›Ostholstien‹ führte …«

»Ostholstein«, korrigierte Maja ihn, als wenn das jetzt wichtig wäre.

»Sie wurden durch die Lübecker Bucht getrieben, Dunkels-
dorf, Ahrensbök …«

Maja gab die Ortsnamen ein und schaute auf der Karte nach,
wo diese Orte lagen. Sie fuhr den Weg zwischen den Orten

mit dem Finger nach und ließ ihn dann noch etwas weiter Richtung Süden reisen. Das wäre in etwa der Weg gewesen, wenn man von Schleswig zur Stadt an der Elbe fuhr, in der sie geboren war und in der ihr Großvater, der starke Hermann, sein ganzes Leben verbracht hatte. Die Orte lagen alle mehr oder weniger auf dem Weg. War das Hermanns Weg gewesen? Als er vom Militär nach Hause fuhr?

»Vermutlich ist Sigi am Ende wie die meisten Häftlinge dieses Todesmarsches auf der Cap Arcona ertrunken oder verbrannt. Am 3. Mai 1945.«

»Nur so wenige Tage vor der Kapitulation Hitlers …«

»Am 3. Mai!«, rief Eitan plötzlich aus.

Maja sah ihn irritiert an.

»Er ist am gleichen Tag wie Bella gestorben. Nur 69 Jahre früher.«

»Oh Gott, stimmt«, flüsterte Maja, »unglaublich.«

Sie griff nach Eitans Hand, und dann schauten sie beide einen Moment lang auf die Papiere, den Computerbildschirm und zurück auf die Papiere, sie hingen ihren Gedanken nach und all den Dingen, die für immer unerzählt bleiben würden.

Die Zeit lief zurück, die Zeit lief voran. Und Papiere von deutschen Behörden erzählten keine Geschichten. Alle, die die Geschichte noch hätten erzählen können, waren tot. Die Geschichte von Sigi Cohn, einem Jungen aus Berlin, der nach Auschwitz längst kein Junge mehr war. Die Geschichte von Hermann Pagel, einem Jungen aus einer Kleinstadt in Brandenburg, der nach dem Krieg längst kein Junge mehr war. Zwei 21-Jährige, deren Blicke sich kreuzten, als der eine gemeinsam mit anderen Halbtoten, Halblebenden, durch die deutschen

Dörfer getrieben wurde, und der andere sich in der Uniform derjenigen, die für all das verantwortlich waren, auf den Weg nach Hause machte. Als der eine in den Tod lief und der andere ins Leben.

Irgendwann sagte Maja: »Vielleicht hat mein Großvater auf dem Weg nach Hause den Todesmarsch gesehen?«

»Das kannst du nicht wissen«, antwortete Eitan.

Sie schüttelte den Kopf, überlegte kurz und nickte schließlich, erst langsam, dann immer heftiger. »Doch, ich weiß es. Vielleicht haben sie einander sogar kurz in die Augen gesehen.«

*

Maja denkt über das Leben nach. Das Leben mit Eitan, das Leben vor Eitan. Und auch Eitans Leben vor ihr. Sie beide, die Summe ihrer Geschichten und Erfahrungen. Leben, die sie, als sie zusammenkamen, miteinander verknüpften, aber die schon immer, das glaubt Maja jetzt, weil ihr der Gedanke gefällt, unsichtbar miteinander verknüpft gewesen waren. Eine unendliche Sammlung von Liedern und Bildern und Worten und neuen Geschichten. Gemeinsamen Geschichten. Sie, die Nachfahrin von Hermann und Elfriede, den Eltern ihrer Mutter, die eine zu wenig, der andere zu viel da. Die Nachfahrin von Astrid und Wolf, von Tante Susi, von all dem, was sie zu Majas Geschichte beisteuerten. Ein Land, das verschwand. Träume und Hoffnungslosigkeiten, Brüche und Brücken, Neuanfänge und auch das, was unter die Räder kam. Maja, die Nachfahrin von Schuld, ewiger Schuld. Erbin eines Verbrechens, so groß, dass es Generationen überschatten und sie alle in die Sprachlosigkeit treiben würde. Und er, der Nachfahre von Kalman und Bella, von Sigi. Geschichten, so schmerzhaft, dass man glaubte, es müsse einem das Herz herausreißen. Eitan, der Nachfahre von Saïda und Gavriel, von einem Leben voller Verluste. Von Resilienz und der Kraft, weiterzumachen. Von Menschen, die selbst dann, als ihnen das Leben die kalte Schulter zeigte, nicht aufhörten zu leben. Die aber auch nie aufhörten zu vermissen. Von Mordechai, dem Spiegel Eitans, dem Schatten, der ihm immer vorauslief und den er doch nie einholte. Von Itzchak und Jaffa, die wahrlich alles versuchten, um ihren Kindern ein Leben zu schenken, das sie selbst nie hatten.

Maja und Eitan. Die Kinder von Müttern und Vätern, die all das einfach verschluckten wie ein Blauwal Krill. Die Kinder von traurigen Müttern und traurigen Vätern, von Menschen, die nicht wussten, dass ihr Leben für einen anderen Menschen, für ihre Kinder, das ganze Fundament sein würde. Maja und Eitan, deren Leben gebaut waren auf Hoffnung und Unglück, auf Traditionen und Veränderungen. Zwischen vier Ländern, zwischen drei Meeren, zwischen Bergen und Flüssen. Mit einer Liebe, die sie über alles hinwegtrug. Mit der Erkenntnis, dass all ihre Geschichten, all ihre Leben immer Fluch und Segen zugleich sind. Und dass es auf die Frage, wie sie eins sein können und gleichzeitig sie selbst, keine Antwort gibt. Denn was bedeutet es schon, man selbst zu sein, wenn man die Hälfte von sich selbst aufgeben muss, nur um zusammen sein zu können? Nur um nie zu einem Ende zu kommen. Wie das Alef, der Beginn von allem und die Unendlichkeit, so sind sie, Maja und Eitan, gemacht für die Ewigkeit. Das denkt Maja in diesem Moment. Das hat sie schon immer gewusst, seit Eitan sie in dieser Nacht in Indien gefragt hat, ob sie ihr Leben mit ihm verbringen würde. Und als Eitan sie damals ansah, sie berührte, sich verliebte, wusste er es auch. Ohne Worte, ohne Erklärungen, ohne weitere Geschichten. Sie waren schon lange verbunden gewesen, bevor sie sich trafen. Ihre Liebe war das Alef. Genauso wie der erste Buchstabe für Gottes Namen würden sie niemals enden. Sie beide, für immer, in jedem Universum. Sie schrieben sich ihre eigene Geschichte und liefen über alle Gräben zwischen ihren Ländern und Völkern hinweg auf ihrem Weg in die Unendlichkeit.

Wie sie dort hinkommen, keine Ahnung. Maja weiß es nicht. Eitan weiß es nicht.

Sie wissen auch nicht, dass in Majas Bauch ein Kind wächst. Ein Kind, durch dessen Geburt Maja endlich vollkommen in Israel ankommen wird. Der erste Israeli, mit dem sie blutsverwandt ist. Ein Junge, zu gleichen Teilen deutsch und israelisch, der die Geschichte von Maja und Eitan weitererzählen wird.

Auf neue Weise.

∞

ALEF, א

Am Anfang
Du und ich, beide nicht mehr als die Summe unserer Geschichten und Wurzeln.
Bevor wir begannen, sie ineinanderzuweben, Faden für Faden.
Gesponnen in einen niemals endenden Teppich aus Liedern
und Bildern und Worten,
die wir sagten,
flüsterten,
in Liebe, die so frisch war, dass man sie roch
wie grünes Gras nach dem Regen.

Mittendrin,
als das Flüstern sich in Schreien verwandelte,
oft genug,
sodass wir verstanden: Das hier wird nicht leicht.
Es mag eine Last sein, die Summe unserer Herkunft zu einer
gemeinsamen Erzählung zusammenzutragen.

Wie wird man überhaupt eins und bleibt doch man selbst? Und was soll das heißen, man selbst bleiben, wenn man die Hälfte von sich aufgeben muss, nur um mit dem Menschen zusammen zu sein, den man liebt.

Und am Ende aller Dinge,
das wir, warte, niemals erreichen werden.
Denn so wie auch das Alef sind unsere Wege versteckt und unergründlich und nicht erklärbar, aber vor allem: unendlich.
So wie der erste Buchstabe von Gottes Namen werden wir, du und ich, niemals enden.
Wie wir das schaffen? Ich weiß es nicht.
Du weißt es nicht.
Die Liebe wird es zeigen.

ALEF, א

In the beginning
You and I, nothing more than a sum of our stories.
Before we started to tie them together
To an infinite collection of songs and pictures and words
being told, whispered, with love so fresh you could smell it
like green grass after the rain.

And in the middle of things
When the whispering turned into yelling,
sometimes and often enough for us to understand: this will
not be easy.

That it might be a burden to bear the collection of stories
that we blend together to our history.
To be one and stay our own person at the same time.
And what does it even mean, to be your own person when
you have to give up half of who you are, only to be with the
one you love.

And in the end of things, wait, which we will never reach. Because just like the alef our ways are hidden and incomprehensible and unexplainable, but most of all: infinite.

Just like the first letter of god's name you and I will never end.

How we'll manage that, I don't know.

You don't know.

Only love will tell.

ANHANG

GLOSSAR

Tefillin: Gebetsriemen, schwarze, mit Lederriemen versehene kleine lederne Boxen (es gibt einen Arm- und einen Kopfteil), die auf Pergament handgeschriebene Schriftrollen mit Texten aus der Tora, den fünf Büchern Mose, enthalten. Der Arm-Teil liegt am Oberarm, und die Riemen werden um den Arm, die Hand und Finger gewickelt, der Kopf-Teil wird über der Stirn getragen.

Maabarot: Auffanglager in Israel für Neueinwanderer, vor allem in den 50er-Jahren genutzt, ein Großteil der Bewohner der Zeltstädte (später auch Wellblechhütten) waren jüdische Neueinwanderer aus arabischen Ländern. Ende 1951 lebten etwa 227 000 Menschen in solchen Lagern. Ab Mitte der 50er-Jahre leerten sich die Lager langsam, das letzte Maabara wurde 1963 abgebaut.

Baruch Ha Schem: Hebräisch für »Gesegnet sei Gott«, heißt aber auch »Gott sei Dank«

Saba: Hebräisch für »Großvater«

Adonai: Hebräisch für »mein Herr« (Gott)

Elohim: Hebräische Bezeichnung für »Gott«

Pfeffi: Pfefferminzlikör der DDR

Ki-wi: Kirsch-Whisky

NSW: Nichtsozialistisches Wirtschaftsgebiet (NSW) in der DDR, in Abgrenzung für alle Staaten gebraucht, die sich nicht an sozialistischen Wirtschaftsprinzipien (Zentralverwaltungswirtschaft, Volkseigentum u. ä.) orientierten

Jecken: So werden deutschsprachige Juden in Israel bezeichnet. Der Begriff ging wohl ursprünglich darauf zurück, dass diese Juden selbst nach der Ankunft im heißen Israel immer ihre »Jacken« (Sakkos) trugen. Aber das ist nur eine Erklärung für diese Wortherkunft (alle findet man hier: https://de.wikipedia.org/wiki/Jecke). Während diese Bezeichnung früher vor allem spöttisch gemeint war, ist sie im heutigen Israel auch eine Auszeichnung für Genauigkeit, Pünktlichkeit und Zuverlässigkeit.

Naschi: Schokoladencreme in der DDR

Galei Zahal: Ein vom israelischen Militär betriebener Rundfunksender, der sehr beliebt im Land ist

Tikwa: israelische Nationalhymne

Text: *Solange noch im Herzen*
eine jüdische Seele wohnt
und nach Osten hin, vorwärts,
ein Auge nach Zion blickt,
so lange ist unsere Hoffnung nicht verloren,
die Hoffnung, zweitausend Jahre alt,
zu sein ein freies Volk, in unserem Land,
im Lande Zion und in Jerusalem!

Achi: Hebräisch für »Bruder«, wird wie im Deutschen »Alter« oder »Digger« genutzt

Goia: Hebräische Bezeichnung für nichtjüdische Frau

Chamin: Eintopfgericht, das man über Schabbat auf einer heißen Platte köcheln lässt, besteht aus Rindfleisch, Kichererbsen, Bohnen, Graupen, Kartoffeln und Eiern

DANKSAGUNG

Danke an meinen Mann Nahum Haitam Ciobotaru, ohne den es diese Geschichte nicht gäbe. Ohne den es mein Leben, wie es ist, nicht gäbe. Ohne den ich nicht in Israel leben würde (oder?!) und auch nicht Jüdin wäre. Ohne den ich nicht so viel gelernt und keine so große, wilde, schöne und laute Familie hätte. Ich liebe dich, forever!

Ich danke meinen Eltern Petra und Siegfried, ohne deren finanzielle Unterstützung ich dieses Buch nicht hätte schreiben können. Meiner Mutter für ihr Interesse und ihre Geduld und vor allem auch für ihr wichtiges Lektorat. Meinem Vater für seinen tiefen Glauben an Alef und sein unglaubliches Elefantengedächtnis sowie all die Zeit und Ruhe, die er sich genommen hat, um tausend Fragen zum Leben in dem Land, das verschwand, zu beantworten.

Meiner Schwiegermutter Hagar danke ich dafür, dass sie mir viele unglaubliche Geschichten anvertraut hat (was für eine fantastische Geschichtenerzählerin du bist!), und meiner Schwiegerfamilie dafür, dass sie mich immer wieder inspirieren und so warm und herzlich in ihren Kreis aufgenommen haben.

Meinem Bruder Oliver danke ich von Herzen, du weißt schon wofür.

Meinen Tanten Astrid und Susi dafür, dass sie Namenspaten für zwei meiner wichtigsten Figuren spielten (die so gar nichts mit ihnen gemein haben).

Außerdem: Britta Kuhn (meine andere Hälfte!), Mirna Funk für den Tritt, den ich so dringend brauchte, Eva Nickel (von Herzen!), Andrea Kiewel, Sarah Stricker, Zwi (Z"L) und Regina Steinitz, Alexander Osang, Kat Kaufmann und der wunderbaren Band City (Fritz und Toni im Besonderen!), dafür, dass sie mir von klein auf einen Soundtrack zu dem Land gaben, das ich kaum kennengelernt habe.

Schlussendlich danke ich natürlich meiner wunderbaren Agentin Nora Boeckl, die mich nicht nur von Anfang an mit Begeisterung unterstützt hat, sondern mich beim Wachsen begleitet, sowie meiner tollen Lektorin Heide Kloth, die sofort daran geglaubt hat, dass diese Geschichte erzählt werden muss, auch dann, als ich alles noch einmal über Bord warf, um eine andere Geschichte zu erzählen, und deren Leidenschaft für Bücher und gute Erzählungen mitreißend ist.

Die beiden Kapitel »Weltfestspiele« und »Sonnenblumenhaus« basieren zum Teil auf zwei tollen Filmen, die ich zur Recherche genutzt habe: Weltfestspiele auf der DEFA-Dokumentation »Wer die Erde liebt«, angelaufen 1974, Regie: Uwe Belz, Jürgen Böttcher, Joachim Hellwig, Harry Hornig; und Sonnenblumenhaus auf dem Film »Wir sind jung. Wir sind stark« von Burhan Qurbani. Außerdem habe ich unzählige Dokumentarfilme über den Jom-Kippur-Krieg (erwähnen möchte ich hier vor allem: »1973. Jom Kippur. Ein Krieg im Oktober« von Vincent de Cointet) und andere historische Ereignisse im Roman gesehen. Zitate habe ich zum Teil von echten Persönlichkeiten, wie sie in den Dokus gezeigt wurden, übernommen. Die Rede von Roland Holt habe ich aus Reden aus der damaligen Zeit und aktuellen AfD-Reden zusammengesetzt.

Ansonsten bleibt nur zu sagen, dass alles in diesem Buch ausgedacht ist, abgesehen von den Sachen natürlich, die so passiert sind.

LESEEMPFEHLUNGEN

Wladyslaw Szpilman, *Das wunderbare Überleben. Warschauer Erinnerungen 1939–1945.*

Michael Gruenbaum mit Todd Hasak-Lowy, *Wir sind die Adler: Eine Kindheit in Theresienstadt.*

Victor Klemperer, *Ich will Zeugnis ablegen bis zum letzten. Tagebücher 1933–1945.*

Ellen Händler, Uta Mitsching-Viertel, *Unerhörte Ostfrauen: Lebensspuren in zwei Systemen.*

Wolfgang Benz (Hrsg.), *Antisemitismus in der DDR: Manifestationen und Folgen des Feindbildes Israel.*

Nea Weissberg, Jürgen Müller-Hohagen, *Beidseits von Auschwitz: Identitäten in Deutschland nach 1945.*

Michael Krupp, *Die Geschichte des Staates Israel: von der Gründung bis heute.*

Ayelet Gundar-Goshen, *Eine Nacht, Markowitz.*

Saša Stanišić, *Herkunft.*

QUELLEN

S. 7 Nayyirah Waheed, salt. Amazon Media 2013.

S. 67 Bertolt Brecht, Lob des Kommunismus, aus: Gesammelte Werke 9, Frankfurt / Main, Suhrkamp 1990.

S. 81 »Höre das Tomtom …«, aus: DEFA-Dokumentation »Wer die Erde liebt«, angelaufen 1974, Regie: Uwe Belz, Jürgen Böttcher, Joachim Hellwig, Harry Hornig, 72 Min., Farbe, Dokumentarfilm. Deutsche Demokratische Republik (DDR), DEFA-Studio für Dokumentarfilme, 1973, https://www.defastiftung.de/filme/filmsuche/wer-die-erde-liebt/.

S. 131 Jehuda Amichai, Richtungen, aus dem Gedicht »Wie schön sind deine Zelte, Jakob«, aus: Auch eine Faust war einmal eine offene Hand, aus dem Hebräischen von Alisa Stadler, München / Zürich, Piper 1994.

S. 194 Aus Aufzeichnungen der Else Lasker-Schüler, aus: Erika Klüsener, Lasker-Schüler, Reinbek bei Hamburg, Rowohlt 1980, 12. Auflage Juni 2011.

S. 327 Jehuda Amichai, Trauer und Freude, aus: Auch eine Faust war einmal eine offene Hand, aus dem Hebräischen von Alisa Stadler, München / Zürich, Piper 1994.

S. 345 Aus Amos Oz, Raus hier, aus: Allein das Meer, aus dem Englischen von Frank Heibert, Frankfurt / Main, Suhrkamp 2002.

S. 389 Aus Amos Oz, Oliven, aus: Allein das Meer, aus dem Englischen von Frank Heibert, Frankfurt / Main, Suhrkamp 2002.